Erich Rietenauer

Alma, meine Liebe

Erich Rietenauer

Alma, meine Liebe

Mit 94 Abbildungen

Amalthea

Bildnachweis

Privatarchiv Erich Rietenauer:
26, 28, 31, 32, 34, 36, 38 (oben und unten), 41, 43, 44, 46, 49, 50, 56, 57, 58, 60, 61, 62 (links und rechts), 64, 70, 73, 74, 80, 82, 84, 88, 89, 97, 101, 108, 113, 114, 115, 119, 125, 133, 136, 137, 140, 141, 142, 146, 148, 149, 150, 154, 160, 162, 163, 170, 171, 173, 180, 182, 185, 186, 191, 195, 199, 200, 204, 205, 210, 216, 218, 219, 233, 244, 246, 247, 249, 257, 265, 267, 272, 277 (links und rechts), 278, 279, 281

Österreichische Nationalbibliothek:
66, 67, 69, 70, 76, 147, 161, 176, 179, 190, 274

Meiner lieben
Helga Plachenka gewidmet –
ohne sie hätte ich meine Vergangenheit
weitgehend verdrängt

Besuchen Sie uns im Internet unter:
www.amalthea.at

Sonderproduktion 2012

Umschlaggestaltung: Kurt Hamtil, verlagsbüro wien
Umschlagbild: Otto Wegrath
Herstellung und Satz: VerlagsService Dr. Helmut Neuberger
& Karl Schaumann GmbH, Heimstetten
Gesetzt aus der 11,5/14,1 Punkt Adobe Garamond
Druck und Binden: CPI Moravia Books GmbH
Printed in the EU
ISBN 978-3-85002-795-3

Inhalt

Vorwort

Meine im vorliegenden Buch beschriebene Lebensgeschichte würde sich wahrscheinlich kaum von der eines anderen Menschen unterscheiden, der in der Zwischenkriegszeit in sehr ärmlichen Verhältnissen geboren wurde und aufgewachsen ist, wenn nicht …

Und dieses »wenn nicht« ist in weiten Teilen der Hauptbestandteil meiner Biografie. Durch Zufall hatte ich Gelegenheit, die Mutter und den Stiefvater von Alma Mahler-Werfel, Anna und Carl Moll, und in der Folge ihre ganze Familie näher kennen zu lernen. Sich als Kind in diesem Kreis der Künstler und Politiker in jener Zeit aufzuhalten, war für mich damals noch kein so großes Ereignis. Erst später wurde mir bewusst, mit welchen Größen ich seinerzeit in Kontakt kam: Alma Mahler-Werfel, aber auch Franz Werfel, Carl Zuckmayer, Alban und Helene Berg, Franz Lehár, Max Reinhardt und Helene Thimig, Stadtrat Julius Tandler sind nur einige der Persönlichkeiten, die ich kennen lernen durfte, wobei ich als Kind Autogramme sammelte und von vielen auch ein solches erhielt.

Wie entstand nun diese – ich darf wohl sagen: enge – Verbindung mit dem Hause Moll? Zu dieser Zeit spielte ich Fußball in der Knabenmannschaft von »Viktoria Währing«. Wir spielten am Trainingsplatz der Vienna, am Sportplatz Hohe Warte. Nach einem Match wurde ich neugierig und wollte sehen, was sich vor der Alma-Villa abspielte.

Wenn man von der Endstation der Straßenbahn 37, damals noch Linie G2, zur Mahler-Villa ging, kam man zuerst an einem Haus im Jugendstil vorbei. Da sah ich im Garten dieses Hauses einen bärtigen Mann mit einem wunderschönen Hund. Ich blieb stehen, steckte meine Arme durch das Gitter und bestaunte den Hund. Da schrie der alte Mann: »Jetzt kommen schon die kleinen Kinder zu uns betteln! Harro, putz ihn weg!«

Ich kam gar nicht dazu zu sagen, dass ich nicht betteln wollte. Der Hund rannte zu mir, schleckte meine Hände ab, bellte und wollte mit mir spielen. Das Verhalten des Hundes veränderte schlagartig die Situation. Eine alte Frau kam zu mir, fragte mich, ob ich Hunger habe. Sie gab mir Kuchen und ein Glas Milch. Ein junges, schönes Mädchen hatte meine Begegnung mit dem Hund beobachtet. Sie gab mir die Hand und sagte: »Dieser Hund heißt Harro und gehört mir. Er hat dich sofort lieb gewonnen. Burschi, sooft du möchtest, kannst du mit Harro spielen.« Jetzt war das Eis gebrochen. Alle vier Anwesenden stellten sich jetzt vor. Der alte Mann war der Maler Carl Moll. Seine Frau Anna war die Mutter von Alma Mahler-Werfel, Manon Gropius, genannt »Mutzi«, die Enkelin von Anna Moll, sowie die Oberschwester Ida Gebauer, die »Schulli«, ein hilfreicher und dienstbarer Geist im Hause Mahler-Werfel, die Alma Mahler-Werfel bis nach New York folgen sollte.

Diese vier Menschen sollten von da an in meiner Kindheit eine große Rolle spielen. Seit diesem Tag war ich im Hause Moll immer nur der »Burschi«. Frau Moll war wie eine Großmutter zu mir. Sie lehrte mich rechtschreiben und artikuliert zu sprechen. Sie kontrollierte meine Schulaufgaben, und das Wertvollste für mich war: Alle vier Menschen nahmen mich ernst und ließen mich gelten. Zur damaligen Zeit war es für ein Kind unmöglich, einem Gespräch unter Erwachsenen zuzuhören. Mit den Worten »Jetzt reden Erwachsene, geh spielen« wurde man sofort weggeschickt. Bei Frau Moll durfte ich still auf einem Schemel sitzen und zuhören.

Um meine Mama an dem Geschehen im Hause Moll teilhaben zu lassen, schrieb ich in all den Jahren fünfzehn dicke Schreibhefte voll. Wenn meine Mama meine Aufzeichnungen mit meinen kindlichen Kommentaren las, konnte sie sich oft nicht zurückhalten und lachte Tränen. In den 70er Jahren, als mich Schulli dauernd bestürmte, mit ihr eine Biografie über Alma zu schreiben, gab ich ihr, um sie von ihrem Tatendrang abzuhalten, meine fünfzehn Schreibhefte zu lesen.

Zu meinem größten Bedauern waren diese Hefte nach Schullis Tod spurlos verschwunden.

Durch mein Zusammensein mit Frau Moll, meine Erlebnisse und fünfunddreißig Jahre später auch durch die Gespräche mit Schulli hatte sich bei mir ein ungeheures Wissen über Alma und ihr Umfeld angehäuft.

Im Jahre 1953 heiratete ich und blieb mit meiner Frau nahezu fünfzig Jahre eng verbunden. Ich wurde später Instruktor bei den Firmen Agfa-Gaevert und Fuji-Film für Österreich. Diese Tätigkeit war anspruchsvoll und sehr mühsam. Auch diese Zeit beschreibe ich in diesem Buch.

Am 11. Dezember 1964 starb Alma in New York und wurde am 8. Februar 1965 in Wien begraben. Durch einen Zufall – »Zufälle« gab es in meinem Leben sehr häufig! – traf ich im Jahre 1971 Schulli, die Oberschwester Ida Gebauer, wieder. Von diesem Zeitpunkt bis zu ihrem Tode wurde ich von ihr mit Briefen von Alma, Franz Werfel, Walter Gropius und anderen Zeitgenossen regelrecht bombardiert. Jeden Samstagvormittag von 8 Uhr bis 13 Uhr musste ich mich für Schulli zur Verfügung halten. Sie prüfte mich, ob ich ja nichts vergessen hatte, was sie mir am vergangenen Samstag erzählt hatte. Sie sagte immer zu mir: »In zwanzig Jahren lebe ich nicht mehr, aber du wirst in Pension sein und genügend Zeit haben, um mit deinem Wissen über Alma eine wahre Biografie zu schreiben.« 1976, ein Jahr vor ihrem Tod überließ Schulli mir ihre gesamte Korrespondenz zur Auswertung, die sich heute in der Nationalbibliothek in Wien befindet.

Nach dem Tod meiner Frau im Jahre 2002 war ich seelisch und körperlich sehr angeschlagen. Zwei Jahre später lernte ich durch Zufall eine wunderbare Frau kennen und lieben. Dieser Frau gelang es, meine Tränen in Edelsteine zu verwandeln. Zu der Zeit standen die Geschichten über Alma Mahler-Werfel bei den Medien hoch im Kurs. Fast bei jedem Zusammensein mit Freunden oder Bekannten kam das Gespräch auf Alma, und ich erzählte immer nur von ihr, aber nie von meinen persönlichen Erlebnissen bei ihr.

Einmal berichtete ich meiner Helga, was ich als Kind bei Frau Moll erlebt hatte. Helga meinte, dass das mein größtes Problem sei. »Du erzählst immer nur von den anderen. Aber was du selbst erlebt hast, darüber schweigst du. Wenn du dich nicht hinsetzt und dir alles von der Seele schreibst, wirst du es bis zu deinem Lebensende immer mit dir herumtragen.« Diese Empfehlung habe ich mir zu Herzen genommen. Das ganze Jahr 2006 habe ich daran gearbeitet. Ich konnte nur darüber staunen, was ich in meinem eigenen Keller entdeckte, Dinge, die ich im Laufe meines Lebens total verdrängt hatte. Meine Autogramme, die ich damals von den Prominenten gesammelt, und meine Fotos, die ich schon als Kind gemacht hatte, waren mir eine hilfreiche Gedankenstütze.

Wenn ich behaupte, dass mir manche Erlebnisse aus meiner Kindheit, die wieder lebendig wurden, nachts den Schlaf geraubt haben, dann stimmt das.

Nachdem ich mein Manuskript beendet hatte, fühlte ich mich von einer schweren Last befreit. Nun kann ich mein Leben im Alter lieben, weil es mir gehört und weil es genau in diesem Augenblick nichts Besseres gibt.

Wien, im September 2008

Meine Kindheit

Ich wurde am 14. August 1924 in Wien geboren. Meine Familie, das waren mein Vater Karl, meine Mutter Hermine, mein acht Jahre älterer Halbbruder Otto und ich. Wir wohnten damals im 18. Wiener Gemeindebezirk in der Währingerstraße 158, 3. Stock, Tür 14. Unter Wohnen stellt man sich im Allgemeinen eine Wohnung vor. In unserem Fall war das ein 11 m^2 großes Kabinett. Ich will es hier kurz beschreiben: Der Raum hatte ein Fenster, das in einen trostlosen Innenhof hinausging. Unter dem Fenster stand eine Kohlenkiste. Sie war unser Allzwecktisch. Alles, was man hinlegen oder ausbreiten musste, fand auf dieser Kiste statt. Zum Beispiel machte ich darauf meine Schulaufgaben. Links daneben stand unsere »heilige Kuh«. Das war eine »Singer«-Nähmaschine, mit der unsere Mutter durch Weißnäherei unseren Fortbestand mit ihrem kargen Lohn sicherte.

An der linken Wand befand sich ein uralter Diwan, auf dem Generationen vor mir so wie auch ich einen aussichtslosen Kampf gegen Wanzen geführt hatten. Daran grenzte ein Schubladenkasten mit drei Laden an. Darin wurde unsere Wäsche verstaut. Darauf lag eine Marmorplatte mit einer Waschschüssel und einem Wasserkrug. Hier war unser Waschplatz. Daneben stand ein Bett für Erwachsene. Damit war die eine Hälfte des Kabinetts ausgefüllt.

An der Rückseite des Kabinetts stand ein kleiner Kohlenofen. Darauf musste meine Mutter im Sommer und Winter kochen. Im Winter, wenn Feuer im Ofen brannte und Kohlen vorhanden waren, war es im Raum angenehm warm. Aber im Sommer wurde die Hitze oft unerträglich. An der rechten Wand befand sich ein Küchenkasterl. Darauf bereitete meine Mutter unser Essen zu. Unser Speisezettel war mehr als karg: drei Tage altes Brot, Schmalz (zu dieser Zeit preiswert und ausgiebig), Grammeln und Wurstenden, die unverkäuflichen Reste, die mir Kaufmann Salomon, der Besitzer eines kleinen Lebensmittelladens, heimlich zusteckte.

Doch unsere Hauptspeise waren meistens Obstknödel. Quer durch das ganze Jahr gab es bei uns, je nach Saison, Apfelknödel, Kirschenknödel, Marillenknödel, jede Art von Beerenknödel und Weintraubenknödel. Jede Fruchtart, die meistens von keiner besonderen Qualität war, wurde von meiner lieben Mutter sofort zu Knödeln verarbeitet. Diese Obstknödel wurden in stattlicher Anzahl hergestellt. Ich kann mich noch gut erinnern, dass ich allein oft mehr als zwanzig Knödel verdrückt habe.

Angrenzend an das Küchenkasterl stand ein vollgestopfter Kasten mit Kleidern und Motten. Dann kam die Tür zum Gang. An der Innenseite der Gangtür befand sich ein starker Haken. Darauf hingen die Mäntel. Der Gang zwischen Bett und Kleiderkasten war so eng, dass sich meine Mutter kaum umdrehen konnte. Die sanitären Einrichtungen, Wasser und Klosett, waren am Gang. Das Klosett, wenn man es so nennen darf, war ein Plumpsklo ohne Wasserspülung. Da es von den übrigen Wohnungsinhabern auch benützt wurde, ließ die Sauberkeit meist zu wünschen übrig. Das gab häufig Anlass zu lautstarken Auseinandersetzungen. Da sich meine Mutter niemals in die diversen Streitereien einließ, wurde ich dazu angehalten, das Klo nur nach gründlicher Reinigung zu verlassen. Wir fürchteten uns, wenn wir unsere Notdurft verrichten mussten. Meistens war der Klodeckel verschmutzt und es stank dort fürchterlich. Licht am Abend spendete uns eine alte Petroleumlampe.

In diesem Kabinett sollten meine Eltern, mein großer Bruder und ich leben und schlafen. Das ging doch gar nicht! Also fanden meine Eltern folgende Lösung: Meine Mutter schlief im Bett, ich auf dem Diwan, mein Vater schlief bei seiner Mutter in der Klostergasse und mein Bruder in der Währingerstraße 107 bei meiner Tante. Dass dieses Leben für Vater und Mutter nicht sehr angenehm war, habe ich oft mitanhören müssen. Obwohl mich Vater und Mutter sehr geliebt haben, waren sie sicherlich froh darüber, wenn ich sie am

Nachmittag einige Stunden alleine ließ. Da ging ich meistens zu einer uns gut gesinnten Nachbarin. Ihre Wohnung war größer als unsere – Zimmer, Küche und ein kleines Kabinett. Die Familie Axmann bestand aus Vater, Mutter und zwei Töchtern, beide um ein und zwei Jahre älter als ich. Frau Axmann ging mit uns drei im Winter in den Schubertpark Schlitten fahren.

Das Jahr 1931 war für mich ein grausames Jahr, das ich niemals, wenn ich auch noch so alt werde, aus meinem Gedächtnis streichen könnte. Es war ein Jahr, in dem das Elend und der Schmerz knüppeldick auf meine Mutter und auf mich als siebenjährigen Buben niederprasselten. 1930 hatte mein Vater seine Arbeit beim Heer verloren. Nach acht Monaten bekam er kein Arbeitslosengeld mehr und wurde ausgesteuert. Danach erhielt er keinen Groschen Geld mehr. »Ausgesteuert« war das schrecklichste Wort dieser Zeit. Meine Eltern hatten immer Angst, denn sie wussten manchmal nicht, wie es mit uns weitergehen sollte. Um nicht zu verhungern, hatte man sich als armer Ausgesteuerter jede Woche beim Bezirksamt zu melden. Dort bekam jede Familie für jedes Familienmitglied einen Gutschein, der es uns ermöglichte, täglich um die Mittagszeit bei Kirchen, Klöstern und bei der Caritas eine heiße Suppe mit einem Stück Brot zu bekommen. Kinder bis zum vierzehnten Lebensjahr erhielten zusätzlich einen halben Liter Milch. Ich stand oft mit meiner Mutter in langen Reihen angestellt, um in unserem mitgebrachten Geschirr für vier Personen die heiße Suppe und das Stück Brot zu bekommen. Ich weiß gar nicht, wie oft ich diese langen Reihen von hungrigen Menschen miterlebt habe. Das Geschrei der Kinder und das autoritäre Gebrüll der Erwachsenen waren grässlich anzuhören.

Der Winter 1929/30 war ein schrecklicher Winter, wie es ihn seither nie mehr gegeben hat. Es fiel massenweise Schnee, die Temperatur sank auf unter 25 Grad minus. Die Donau war gänzlich zugefroren. Man konnte auf ihr Eis laufen oder von einem Ufer der Donau zum anderen gehen. Wer keine Kohlen eingelagert hatte, der konnte auch keine Kohlen kaufen – es gab keine. An manchen Tagen, nach einem ausgiebigen Schneefall, waren Gehsteige und

Straßen vollkommen zugedeckt. Manches Haustor war derart zugeschneit, dass man es von innen gar nicht mehr aufmachen konnte. Man war auf Hilfe von außen angewiesen. Wenn Tauwetter einsetzte, versank Wien im Matsch und Wasser. Doch bald gab es wieder Frost und erneuten Schneefall. Die Einzigen, die sich über den Schnee freuten, waren die Arbeitslosen, die durch Schneeschaufeln einige Schillinge verdienen konnten.

Der Winter 1930/31 war gerade das Gegenteil vom vorigen Winter. Es gab fast keinen Schnee, nur Kälte und Frost. Verzweifelt warteten die Arbeitslosen, dass es doch endlich schneien möge. Schneeschaufeln würde doch einige Schillinge einbringen. Doch der Schnee, so sehr man ihn herbeisehnte, kam nicht. Im Jänner und Februar 1931 war der Frost besonders stark. Mein Vater war dauernd unterwegs, um irgendeine Hilfsarbeit zu finden. Meine Mutter war immer ganz entsetzt, wenn mein Vater in seinem dünnen Regenmantel, zitternd vor Kälte, von seiner erfolglosen Arbeitssuche heimkam. Manchmal hatte er ein paar Schillinge bei einer Hilfsarbeit verdient, die er dann meiner Mutter gab, doch meistens war jede Mühe umsonst. Zur Ehre meines Vaters kann ich nur bestätigen, dass er jede Anstrengung auf sich nahm. War die Arbeit auch noch so schmutzig oder schwer, er packte an. Mein Vater war über die Grundschule nicht hinausgekommen.

Als meine Eltern im Jahre 1922 heirateten, brachte meine Mutter einen unehelichen, achtjährigen Sohn in die Ehe mit. Eine ledige Mutter mit einem Kind zu sein, war für jede Frau ein großes Handicap. Man bezeichnete solche Frauen als »miese Schlampen«. Zuerst wurden die Mädchen durch Eheversprechungen gefügig gemacht. Wenn sie dem Mann glaubten, wurden sie sehr rasch unter Druck gesetzt: »Du kannst mich doch net leiden lassen! Ich heirate dich ja!« Irgendwo geschah dann in Eile das Weitere. Wenn das Mädchen schwanger wurde, zog sich der edle Mann sofort zurück. Ein Eheversprechen hat er ja niemals gegeben. Das war sicher ein anderer, nicht er. Nicht nur mit ihrem Baby wurde das Mädchen alleingelassen, auch die Allgemeinheit behandelte sie danach mies.

Meine Mutter musste eigentlich froh sein, dass sie einen drei Jahre jüngeren Mann fand, der sie mit ihrem kleinen Buben kirchlich heiratete. Mein Vater war kein besonders gescheiter Mann, aber er war meiner Mutter treu ergeben, unbescholten und fleißig. Wenn man aber keine Arbeit bekommt, kann man noch so fleißig und arbeitswillig sein, da hilft gar nichts.

Im Januar 1931 wartete mein Vater sehnsüchtig darauf, dass Schnee fiel. Ich kann mich noch genau erinnern, wie meine Mutter weinte, wenn Papa traurig heimkam, wie sie seine Hände nahm, sie kräftig rieb und dem verzweifelten Mann Mut zusprach. Dann schickte sie ihn in ihr Bett, deckte ihn fest zu und wartete, bis er einschlief. Mama befahl mir, ruhig zu sein, damit Papa schlafen konnte. Sie zog sich an und ging zur Familie Hess oder zur Familie Weitzenstein, um anzufragen, ob sie nicht etwas zum Nähen, Flicken oder zum Schneidern hätten, und es gab Arbeit.

Am 4. Februar 1931 ging mein Vater wie immer auf Arbeitssuche. Gegenüber unserem Haus befand sich das Gasthaus Fischer. Mein Vater hatte viele Spezis, einen echten Freund hatte er allerdings nie. Diese Spezis standen vor dem Wirtshaus und warteten, ob jemand bereit wäre, ihnen ein Bier zu zahlen. Ich kam gerade von der Schule und sah, wie mein Vater, in seinen armseligen Regenmantel gehüllt, die Währingerstraße heraufkam. Als die Spezis meinen Vater sahen, lachten sie und machten sich über ihn lustig. Dann beobachtete ich, wie einer von ihnen meinem Vater ein Fläschchen zusteckte, heftig auf ihn einsprach und ihm dann auf die Schulter klopfte. Mein Vater steckte das Flascherl ein, kam zu mir herüber und sagte, ich sollte der Mama ausrichten, er ginge zur Großmama, sie hätte ein Gulasch für ihn übrig. Er hob mich mit seinen kalten Händen hoch, gab mir einen Kuss und ging seines Weges. Das war das letzte Mal, dass ich meinen Vater gesehen und er zu mir gesprochen hat.

Ungefähr um 5 Uhr abends gab es am Gang ein großes Geschrei. Polizisten riefen nach meiner Mutter: »Frau Rietenauer, Ihr Mann hat sich im Aumannpark vergiftet. Er ist ins Lainzer Krankenhaus gebracht worden. Sie müssen bald kommen.« Während sich meine

Mutter anzog, sagte sie zu mir: »Erich, kannst du alleine sein?« Ich versuchte sie zu beruhigen: »Ja – hier kann mir doch nichts geschehen!« »Es kann aber sehr spät werden, bis ich wieder daheim bin.« »Wenn es spät wird, schlafe ich schon längst. Lass den Papa schön grüßen.« Sie gab mir noch eine Schale Milch und ein Stück Brot und verschwand.

Meine Mutter muss sehr spät nach Hause gekommen sein, ich schlief und hörte sie nicht. Am Morgen weckten mich ihr starkes Weinen und Schluchzen. Erschrocken fragte ich nach dem Papa. »Erich, um unseren Papa steht es sehr schlecht. Er kann nicht sprechen, er hat den ganzen Hals aufgeschnitten. Er muss hohes Fieber haben, denn sein Kopf ist brennheiß. Der Arzt hat gesagt: ›Das hohe Fieber geht nicht weg. Ob das sein Herz aushält?‹« Sie weinte wieder. Dann schluchzte sie: »Erich – ich glaube der Papa kommt nimmer mehr zu uns. Du musst jetzt sehr tapfer sein.« Sie zog mich an sich – und wir begannen beide heftig zu weinen.

Am Abend des 5. Februar 1931 kam vom Krankenhaus die Nachricht, dass der Papa um 17 Uhr gestorben sei. Jetzt kam die Nacht der tiefsten Trauer. Meine Mutter und ich konnten uns nicht beruhigen. Unsere Tränen wollten kein Ende nehmen. Schließlich schliefen wir eng umschlungen, unter Tränen, auf meinem Diwan ein. Am nächsten Tag musste sich meine Mutter zusammennehmen, denn es gab viel zu tun. Sie nahm mich überallhin mit. Im Lainzer Spital wurde meine Mutter vom Arzt gefragt: »Frau Rietenauer, können Sie mir erklären, wie in eine Flasche ›Altvater Magenbitter‹ das Wanzengift Lysol hineinkommt?« Meine Mutter war entsetzt: »Wir haben keinen Magenbitter und auch kein Lysol. Wir haben gar kein Geld dafür.« »Das schließt nicht aus, dass Ihr Mann aus dieser Flasche getrunken hat. Daran ist er gestorben! Sie wissen ja, Frau Rietenauer, das kann Mord sein. Wir haben bereits die Polizei verständigt.« Meine Mutter stand vor dem totalen Zusammenbruch. Immer wieder rief sie: »Erich, Erich, jetzt verdächtigen sie sogar mich, dass ich unseren Papa umgebracht habe!«

Als wir aus dem Ärztezimmer herauskamen, warteten zwei Kriminalbeamte, die meine Mutter zur Einvernahme ins Kommissariat

Plenergasse mitnahmen. Mich wollten sie einer Fürsorgerin übergeben. Ich machte aber so ein Theater, dass die Leute im Spital zusammenliefen und wissen wollten, was geschehen sei. Ich ließ mich von niemandem beruhigen. Durch mein Geschrei stellten sich die Spitalbesucher auf meine Seite. Da gaben die Polizisten nach und ich durfte einstweilen bei meiner Mutter bleiben. Wir fuhren ins Kommissariat und meine Mutter wurde vernommen.

Inzwischen musste sie unsere Wohnungsschlüssel hergeben, damit zwei Polizisten eine Hausdurchsuchung vornehmen konnten. Als die beiden Beamten an mir vorbeigingen, sagte ich trotzig: »Bei uns findet ihr kein Lysol, höchstens ein paar Wanzen.« Da sagte einer der beiden Beamten: »Wanzen, Bua, die hab'n wir selber!« Ich durfte bei der Vernehmung meiner Mutter nicht dabei sein. Als sie tränenüberströmt wieder herauskam, sagte ich zum Kommissar: »Ich hab gesehen, wie mein Papa von einem Mann die Flasche bekommen hat. Er hat sie eingesteckt, ist zu mir herübergekommen und hat mir gesagt, ich soll der Mama sagen, dass er zur Großmama geht. Sie hat für ihn ein Gulasch.« Der Kommissar schaute mich an und sagte zu mir: »Ist das auch wahr, was du da sagst?« Darauf antwortete ich: »Alles stimmt, so wie ich es gesagt habe!« Der Mann bei der Schreibmaschine sagte darauf: »Wie sich der kleine Hosenscheißer vornehm ausdrückt – ›sowie ich gesagt habe‹.« Beleidigt konterte ich: »Ich bin schon lange kein Hosenscheißer mehr, Herr Rat.« Meine Aussage wurde nicht protokolliert.

Wir mussten im Kommissariat noch warten, bis man uns die Wohnungsschlüssel zurückgab. Als wir heimkamen, traf Mutter fast der Schlag. Das Kabinett sah wie ein Müllablageplatz aus. Alles war zerlegt und über den Haufen geworfen. Als ich meine Mutter ansah, hatte ich Angst, dass sie verrückt werden würde. Am nächsten Tag wurde mein Vater begraben. Ich durfte nicht mit zum Begräbnis. Den ganzen Tag sprach meine Mutter kein Wort. Sie hatte keine Tränen mehr. Sie starrte immer nur vor sich hin. Plötzlich stürzte sie zum Fenster, öffnete es, hob mich auf die Kohlenkiste, stieg dazu, packte mich am Arm und rief: »Erich, ich ertrag den

Schmerz und die Schand net, ich mach Schluss. Bleib brav!« Mit diesen Worten wollte sie meinen Arm loslassen. Jetzt hielt ich mich mit all meiner Kraft an ihrem Arm fest und schrie: »Tu es nicht! Tu es nicht!«

Ich schrie so laut, dass die Nachbarn hereinstürzten und meine Mutter festhielten. Alle Anwesenden redeten auf meine Mutter ein und legten sie schließlich auf das Bett. Ich holte den Armenarzt Dr. Zimmerl, der meiner Mutter ein Schlafmittel gab. Langsam beruhigte sie sich und schlief ein. Von diesem Zeitpunkt an hatte ich große Angst um meine Mutter. Außer mit mir sprach sie mit niemandem. Es war ja auch kaum auszuhalten, wie meine Mutter bei den lieben Mitmenschen ins grauenhafte Gerede kam. »Hast gehört, des G'frast soll ihren Mann umbracht haben, der Schlampen. Aber in die Kirchen rennt's allweil!« Andere Unwissende verbreiteten das Gerücht: »Bei der Rietenauer haben's eine Hausdurchsuchung g'macht. Wahrscheinlich hat ihr Alter g'stohlen! Des G'sindel!« Eine andere sagte darauf: »Und vergift soll's ihr'n Mann haben. So a G'sindel, man sollterts außeschmeißen. Na wartens no, de werdens eh einsperrn, des wär höchste Zeit.« Unter solchen ungerechten Anschuldigungen musste meine arme Mutter leiden. Auch ich wurde von den Mitmenschen »Mörderbankert« gerufen. Meiner Mutter und mir half niemand. Unsere Verwandten hatten ebenfalls Angst und blieben unserer Wohnung fern. Auch in meiner Klasse wurde ich von meinen Mitschülern angepöbelt. Es war für uns beide schwer zu ertragen.

In meiner Not ging ich zu meinem Katechet Rudolf Masopust und erzählte ihm, was ich am 4. Februar gesehen hatte, dass ein Mann meinem Vater eine Flasche gegeben und ich dem Kommissär davon erzählt hatte, aber kein Mensch mir glauben wollte. Katechet Masopust war ein Mann der Tat. Er nahm mich bei der Hand und wir gingen beide in das Polizeikommissariat Währing in der Klostergasse. Dort machte der Katechet einen großen Auftritt. Wieso man bei einer Mordanschuldigung nicht der kleinsten Spur nachgehe? Auch wenn der Zeuge erst sieben Jahre alt sei, hätten sie seine Aussage aufzunehmen. Jetzt gab es ein Hin und Her, bis schließlich der Kommissär meine Aussage protokollierte.

Beim Gehen sagte mein Katechet: »Wirst sehen, jetzt wird alles gut!« Dann gingen wir gemeinsam heim zu meiner Mutter und es gelang ihm, meine Mutter seelisch etwas aufzurichten. Danach suchte er unsere Hausbesorgerin auf, das böseste Weib der ganzen Umgebung, und sprach so laut zu ihr, dass es das ganze Haus hören konnte: »Von Ihren Freundinnen und auch von Ihnen wird dauernd böswillig behauptet, dass die Frau Rietenauer ihren Mann vergiftet hat. Das ist die ungeheuerlichste Behauptung, die man einem unbescholtenen Menschen antun kann. Ich bitte, mit diesen Schmähungen sofort aufzuhören. Wenn man weiterhin diese arme Frau auf diese infame Art belästigt, werde ich darauf drängen, dass das Gericht gegen euch vorgeht. Das wäre eine Verleumdungsklage, die sich gewaschen hat!« Die Hausmeisterin wollte ihre Unschuld beteuern, aber er schnitt ihr das Wort einfach ab und verließ das Haus. Als ich am nächsten Tag zur Schule ging, waren die Tratschweiber übertrieben freundlich zu mir. Auch in meiner Klasse hielt Herr Direktor Vogl einen Vortrag darüber, dass man einen Menschen nicht beschuldigen darf, ein Verbrechen begangen zu haben, wenn seine Schuld nicht bewiesen ist.

Wochen später gab es im Gasthaus Fischer einen Riesenwirbel, denn die Polizei nahm mehrere Verhaftungen vor. Was wirklich geschah, habe ich nie erfahren. Meine Mutter war von der Last der schweren Anschuldigung befreit und hat danach nie mehr wieder mit mir über den Tod meines Vaters gesprochen.

Vaters Tod blieb für mich persönlich nicht die einzige Katastrophe in diesem Jahr. Mit meinen sieben Jahren wuchs nicht nur mein Körper, sondern auch meine Füße. Hier begann für mich mein größtes Problem: passende Schuhe. In den Sommerferien konnte ich zur Not barfuß herumlaufen. Aber im Herbst, wenn ich zur Schule ging, wenn es regnete, wenn es kälter wurde – was sollte ich da ohne passende Schuhe machen? Die Schuhe, die ich vor dem Sommer getragen hatte, waren mir inzwischen viel zu klein geworden. Außerdem hatten sie ein erbarmungswürdiges Aussehen. Meine Mutter versuchte, sie mit allen möglichen Hilfsmitteln zu dehnen. Durch das Dehnen, das absolut erfolglos blieb, sahen diese Schuhe dementsprechend aus. Die Sohlen lösten sich vom Oberleder, die Nähte gingen auf – man konnte diese Schuhe nur mehr wegwerfen. Jetzt versuchte meine Mutter verzweifelt, Kinderschuhe in Größe 32 aufzutreiben. Kaufen konnten wir keine. Nach Vaters Tod wussten wir nicht, wie wir satt werden konnten. Meine Mutter suchte nach getragenen Schuhen, bei der damaligen finanziellen Situation in Wien ein aussichtsloses Unterfangen. Die Ausgesteuerten, die eventuell getragene Kinderschuhe Größe 32 hatten, wollten Geld dafür. Wir lebten aber von der Hand in den Mund. Meine Mutter konnte dafür kein Geld ausgeben, denn wir hatten keines. Von den Fürsorgeämtern, die meine Mutter um Schuhe für mich anflehte, wurde sie nur auf Weihnachten vertröstet. Da veranstaltete die Gemeinde Wien in verschiedenen Bezirken Weihnachtsbescherungen für Kinder. Man werde uns dem Stadtrat Dr. Julius Tandler melden, damit er mich bevorzugt berücksichtigt. »Jetzt ist es Mitte November, es regnet, es wird schon oft sehr kalt. Was sollen wir bis Dezember tun?« Auf diese Frage hatte niemand eine Antwort.

Mein Onkel Otto hatte im Keller ein Paar Halbschuhe Größe 45, die er mir gerne schenken wollte. Meine Mutter und die übrigen Tanten, die die Schuhe begutachteten, stellten fest: »Der Bua kann die Schuh frühestens in zwanzig Jahren tragen, jetzt niemals!« Größe 45 statt Größe 32 – wie sollte das gehen? Trotzdem nahm meine Mutter die Schuhe mit nach Hause.

Am nächsten Tag machte sich der Winter leise bemerkbar. Es regnete bei null Grad und auf den Dächern lag zum ersten Mal Raureif. Jetzt blieb mir keine andere Wahl, ich musste in diese Riesenschuhe hinein. Zuerst musste man das Problem lösen, wie ich in den Schuhen drinnenblieb und nicht sofort wieder herausschlüpfte. Also stopften wir zuerst in jeden Schuh die halbe »Kronenzeitung« hinein, damit er vorne voll ausgefüllt war. Dann musste ich alle Sockerln, die ich besaß, anziehen. Meine Mutter stellte meinen Fuß in den Schuh hinein. Ihn gewöhnlich zuzubinden war unmöglich. Beim ersten Schritt hätte ich keinen Schuh mehr angehabt. Meine Mutter fand alte Damenschuhe aus dem 19. Jahrhundert mit einem riesigen hohen Schaft. Daraus löste sie die langen Schnürbänder, um meinen Fuß mit dem großen Schuh auf irgendeine Weise zu verbinden. Die langen Schnürbänder reichten nicht aus, man musste einen Spagat zu Hilfe nehmen. Endlich, nach öfterem Binden und Umwickeln und wieder Binden, waren die beiden Schuhe an meinen Füßen befestigt. Jetzt hatte ich ein anderes Problem zu lösen: Wie gehe ich, wie bewege ich mich, ohne aus den Schuhen herauszuschlüpfen? Normal gehen funktionierte nicht, ich musste trampeln. Zuerst einen Fuß heben, einen Schritt vorziehen, gerade aufsetzen und den anderen Fuß auf die gleiche Weise nachziehen, immer genau darauf achten, meine neue Art der Fortbewegung einzuhalten, sonst wäre ich sofort aus meinen Schuhen herausgeschlüpft. In einem Lustspiel hätte ich mit meinen Bewegungen einen herrlichen Clown abgegeben. So aber war es für mich der bittere Ernst. Als ich meine Schuhe betrachtete, war ich bereits zu Hause im Zimmer verzweifelt. Wie würde das erst werden, wenn ich so auf der Straße ginge?

Meine Mutter trug mich die drei Stockwerke hinunter und begleitete mich zur Schule. Ich war natürlich zu spät. Als ich in die Klasse kam, sah mein Lehrer Schubert sofort mein Problem. Er konnte aber nicht verhindern, dass die ganze Klasse in ein höhnisches Gelächter ausbrach. Alle Appelle des Lehrers und des Herrn Direktors waren vergebens. Mein Anblick war für die ganze Klasse der Anlass zu ungezügeltem Humor. Fast jeder Schüler versuchte meine Gangart nachzuäffen. Es war furchtbar für mich und ich getraute mich überhaupt nicht aufzustehen. Nach Schulschluss begleitete mich fast die ganze Klasse zum Ausgang, aber nicht um mir zu helfen, sondern um auf ihre Weise und auf meine Kosten ihren Spaß zu haben. Ich war verzweifelt. Beim Ausgang stand meine Mutter mit einem Wachmann. Sofort endete die Belustigung der Schüler und jeder ging gesittet seines Weges. Sozusagen unter Polizeischutz ging ich mühsam nach

Hause. Beim Haustor sah mich unser Nachbar, der Herr Axmann. Er hob mich auf und trug mich in den dritten Stock hinauf. In der Wohnung riss ich mir die Schuhe sofort von den Füßen. Dann saß ich auf meinem Prunkstück von Diwan, war verzweifelt und weinte bitterlich.

Erstaunlicherweise haben sich unsere Hausparteien danach unwahrscheinlich nett benommen. Jemand brachte uns ein Zwetschkenkompott, ein anderer ein Stück selbstgemachten Kuchen, wieder eine andere Hausbewohnerin schenkte uns Kartoffeln oder eine Schale Reis. Es war rührend, jeder wollte uns etwas Gutes tun. Nur Kinderschuhe in meiner Größe, die hatte niemand. Ich hörte immer nur: »Wirst sehen, der Stadtrat Julius Tandler wird dir helfen.«

So gab es in meinem Leben zwei Gruppen von Menschen – die Guten und die Bösen. Allerdings blieben die bösen Menschen in der großen Überzahl. Mein Leben wurde immer schlimmer. Ich glaube, ich war in der Zwischenzeit durch meine Schuhe fast schon bezirksbekannt. Ich konnte mich, im unguten Sinne bemerkt, über Schaulustige nicht beklagen. Noch heute, siebzig Jahre später, kann ich mich von diesem Albtraum schwer befreien.

Mitte November 1931 waren meine Mutter und ich persönlich beim Stadtrat Prof. Julius Tandler in seine Privatwohnung eingeladen. Er machte es kurz. Die erste Weihnachtsfeier der Stadt Wien fand am 8. Dezember 1931 im Casino Zögernitz in der Döblinger Hauptstraße statt. Alle fünfzig Teilnehmer der Bescherung standen zwar bereits fest, aber für einen einundfünfzigsten war immer noch Platz. Tandler gab mir die Hand und sagte zu mir: »Kopf hoch, das geht vorbei, wie alles einmal vorbeigeht.« Hoffnungsvoll gingen meine Mutter und ich nach Hause.

In der Schule wurde ich für drei Wochen vom Unterricht befreit. Mein Direktor nahm mich bei der Hand und sagt zu mir: »Schüler, wenn du am Freitag, dem 9. Dezember, wieder zum Unterricht erscheinst, dann bitte ich mir aus: mit passenden Schuhen!« Von jetzt an wartete ich sehnsuchtsvoll auf den 8. Dezember.

Donnerstag, der 8. Dezember 1931

Der Tag der Weihnachtsbescherung war gekommen. Meine Mutter achtete peinlichst genau darauf, dass meine Kleidung rein und ohne Flecken war. Rock und Hose sahen ärmlich aus, doch sie waren nicht zerrissen oder befleckt und meine schwarzen Strümpfe waren fein säuberlich gestopft. Nur diese Schuhe! Zum letzten Mal machte meine Mutter mit mir die heillose Prozedur des Anbindens der Schuhe an meinen Füßen. Als sie damit fertig war, drückte sie mich an sich und sagte: »Erich, das war ein fürchterlicher Kreuzweg für dich, doch glaube mir, jetzt ist das Ärgste vorbei.« Meine Mutter war schon seit zwei Tagen grippekrank und musste auf Anordnung des Arztes im Bett bleiben. Sie konnte deshalb nicht mit mir zu der Feier gehen. Da sich keiner meiner Verwandten bereit erklärte, mich zu begleiten – sie schämten sich – erwies mir der liebenswerte Herr Axmann diesen Liebesdienst.

Als wir beim Casino Zögernitz eintrafen, waren alle geladenen Gäste mit ihren Kindern bereits angekommen. Die Eltern bekamen eine reichhaltige Jause und durften sich gründlich aufwärmen. Herr Axmann und ich wurden sofort zum großen Schauobjekt. Als Stadtrat Tandler mich kommen sah, ging er sofort auf uns zu, zeigte Herrn Axmann seinen Platz und führte mich zu der wartenden Gruppe, die mich ebenfalls staunend anstarrte. Tandler ließ ihnen keine Zeit zum Starren. »Wer von euch kann ein Weihnachtsgedicht aufsagen?« Keiner meldete sich. Da sagte ich: »Herr Professor, ich kann ›Markt und Straßen‹, aber ich glaube nicht, dass ich es ganz kann.« Da nahm mich Tandler an der Schulter, zeigte auf die Anwesenden und sprach: »Glaubst du, einer von den Erwachsenen kann dieses schöne Gedicht ganz? Ich glaube es nicht. Also sag das Gedicht ruhig auf. Wenn du nimmer weiterkannst, dann machst du eine Verbeugung und setzt dich auf deinen Platz.«

Damals war es bei den Weihnachtsfeiern der Stadt Wien üblich, dass immer eine berühmte Persönlichkeit von Oper, Film oder Bühne eingeladen wurde, um durch ihre Anwesenheit diesem Fest einen besonderen Glanz zu verleihen. An diesem 8. Dezember sollte die berühmte Opernsängerin Rosette Anday die Patronanz unseres Festes übernehmen. Da sie erkrankt war, ersuchte sie ihre beste Freundin Alma Mahler-Werfel, sie bei diesem Fest zu vertreten. Alma Mahler hatte sich niemals karitativ betätigt. Sie mischte sich nicht gern unter das arme Volk. Aber in diesem Fall konnte sie schwer absagen, erstens wegen ihrer Freundin und zweitens wegen Julius Tandler, dem die Familie sehr viel verdankte. Sie war also bereit zu kommen.

Alma Mahler-Werfel, 1931

Während sich das Publikum unterhielt, wurde Tandler sichtbar ungeduldig. Da öffnete sich die Tür und eine schöne Frau in einem weißen langen Kleid mit einem Hermelincape kam herein. Mit einem Schlag verstummten die Gespräche. Alle Beteiligten starrten die Frau an und plötzlich begann der ganze Saal laut zu applaudieren. Immer bestrebt dem Publikum ihr schönes Profil zu zeigen, rauschte Alma Mahler-Werfel zum Podium. Tandler begrüßte sie. Während sie Platz nahm, sang der Chor ein Weihnachtslied. Nach dem Lied kam mein Auftritt. Als ich aufstand und zwei Schritte in meiner witzigen Art mit den zu großen Schuhen vortrat, wurde Frau Mahler lebendig.

Während ich verlegen und mit rotem Kopf das Gedicht aufsagte, schaute die Dame dauernd abwechselnd auf mein Gesicht und auf meine Schuhe. Es war mir unendlich peinlich. Trotzdem gelang es mir, Eichendorffs Gedicht fehlerfrei aufsagen. Da stand Frau Mahler auf, kam mir entgegen und drückte mich an ihre Brust. Sie stand, da ich ja kleiner war, etwas vorgeneigt. Dadurch drückte sie mich genau zwischen ihren Busen an ihren Körper. Wie mir Jahre später die Schulli erzählte, trug Frau Mahler niemals Büstenhalter oder Korsett.

Alma sprach dauernd auf mich ein und ließ mich nicht los. Ich roch ihre Haut und ihr Parfum. Dabei streichelte sie mich und redete zu mir, wobei ich in meiner Aufregung kein Wort verstand. Endlich ließ sie mich los, hielt mich an der Hand kurz fest und flüsterte: »In deinem Paket sind Schuhe, zieh sie sofort an und wirf diese schrecklichen Schuhe weg.« Sie gab mir das Paket, nickte Professor Tandler freundlich zu, drehte sich um und ging. Jetzt ließ sie einen ratlosen Tandler zurück. Denn Frau Mahlers Aufgabe wäre es gewesen, allen fünfzig Knaben das Weihnachtspaket der Stadt Wien zu überreichen. Inzwischen zog ich mir meine neuen Schuhe an und ich kann dieses Glücksgefühl, endlich wie ein normaler Mensch gehen zu können, in Worten gar nicht beschreiben.

Etwas werde ich zeit meines Lebens niemals vergessen: Das war Almas berauschendes Parfum. Dieser Geruch war verwirrend. Er roch nach Honig und diversen anderen unerklärbaren Düften, die ich nicht beschreiben kann. Diese Begegnung mit dieser aufregenden, faszinierenden Frau habe ich nie vergessen. Mit sieben Jahren hat man noch keine erotischen Gefühle, das ist klar. Wenn man sich jedoch das ganze Ambiente vorstellt! Eine in wallende Kleider gehüllte vornehme Dame mit einem Hermelincape drückt einen armselig angezogenen Knaben mit unmöglichen riesigen Schuhen an ihre Brust. Wenn es da noch einen Fotografen gegeben hätte, um diese lustige Szene zu fotografieren: Dieses Bild hätten die Zeitungen auf der ganzen Welt veröffentlicht.

Als ich Monate später Frau Anna Moll von dieser Begebenheit erzählte, war sie sprachlos: »Um Gottes Willen, die Alma? Geht sie am Ende schon auf die Kinder los?« Da fiel ihr Carl Moll ins Wort: »Dass sie auf Kinder losgeht, das brauchst du nicht glauben. Das hier war ein ungewohntes Gefühl von Menschlichkeit bei ihr, darüber hat sie sich geschämt und ist geflüchtet. Doch eines ihrer Geheimnisse wurde gelöst. Der Grund, warum sie alle Männer so verwirrt: Es ist einfach ihr Duft, ihr Männer verwirrendes Parfum. Der Burschi hat das Rätsel gelöst. Anna, jetzt weißt du es.«

Zeichnung von Willy Legler, 1932

Am nächsten Tag, als ich wieder zur Schule ging, war ich von einem Albtraum befreit. Ich sprang förmlich die Stufen in der Schule hinauf, ging in die Direktionskanzlei und zeigte dem Herrn Direktor meine neuen Schuhe. Der ganze Lehrkörper, der mein Elend miterlebt hatte, freute sich mit mir. Mit stolzer Brust marschierte ich in meine Klasse. Alle Schüler staunten: »Der Rietenauer hat neue Schuhe!«

Vor mir saß der Schüler Anti. Diese Mistbiene war der Hauptinitiator sämtlicher Leiden, die man mir die ganze Zeit über angetan hatte. Ein unheimliches Rachegefühl stieg in mir auf. Ich warf seinen Federhalter auf den Boden. Überrascht drehte sich Anti zu mir und sagte: »Bist du deppert? Wart nur in der Pause.« Er machte eine drohende Gebärde in meine Richtung.

Ich wartete aber nur darauf, dass er sich bückte. Er tat es und ich machte es: Ich trat ihn mit meinen neuen Schuhen mit voller Wucht in seinen Hintern. Völlig überrascht lag der Schüler Anti vor mir auf dem Bauch. Ich dagegen war aus ganzem Herzen zufrieden. Von diesem Zeitpunkt an hat mich kein Schüler meiner Klasse mehr bedroht.

Familie Moll

Als Siebenjähriger war ich schon ein begeisterter Fußballer. Es gab damals – und es gibt ihn noch heute – den ältesten Fußballclub Österreichs, den FC Vienna. Dieser Club war damals schon sehr fortschrittlich. Besonders die fußballbegeisterte Jugend förderte er sehr. Von sechs bis achtzehn Jahren gab es in jeder Altersklasse die Möglichkeit, unter Gleichaltrigen Fußball zu spielen. Ich war in der untersten Knabenmannschaft im Tor und als Goalkeeper sehr geeignet. Mutig und unerschrocken warf ich mich den angreifenden gegnerischen Stürmern vor die Füße. Dadurch verhinderte ich so manches sicher scheinende Tor. Natürlich sah ich nach solchem Einsatz manchmal sehr erbarmungswürdig aus, sodass meine Mutter in Tränen ausbrach. Doch ich war trotz all dieser Wehwehchen glücklich, hatte ich doch im Tor meiner Mannschaft sichere Tore unseres Gegners verhindert. Als Dank unseres Vereins durften wir dann, wenn die erste Mannschaft Vienna ihre Ligaspiele bestritt, gratis vor der ersten Reihe hockend zusehen, wie unsere Idole, Tormann Horeschovsky, die beiden Verteidiger Rainer und Blum in der Saison 1932/33 die wenigsten Tore bekamen und mit unserem Wunderteamspieler Fritz Gschweidl in diesem Jahr vor Rapid und Admira Meister wurden.

Neben den Fußballerfolgen der Vienna gab es auf der Hohen Warte ein weitaus wichtigeres Gesprächsthema: die Übersiedlung der berühmten und schönen Alma Mahler-Werfel in die neu renovierte Astvilla. Es gab dort prächtige Einladungen und viele Besucher fuhren mit eigenem Auto oder mit dem Taxi zu der Villa in die Steinfeldgasse 2 hinauf. Als ich den Namen Alma Mahler-Werfel hörte, erinnerte ich mich sofort an das Weihnachtsfest der Stadt Wien – das Fest, an dem ich endlich Schuhe bekam, und außerdem den Moment, als diese schöne vornehme Dame mir meinen Kopf streichelte, mich an ihren Busen drückte und mir dabei die Gelegenheit gab, ihr atemberaubendes Parfum intensiv zu riechen. Das war für mich ein gewaltiges Erlebnis. Daher beschloss ich, mich auf der Hohen Warte umzusehen. Ich fuhr mit der Straßenbahn G2 die eine Station zur Steinfeldgasse hinauf.

Als ich dort ankam, sah ich viele elegant gekleidete Menschen, die in kleinen Gruppen plaudernd beisammenstanden und auf irgendetwas warteten. Um mich unter diese eleganten Menschen zu mischen, fehlte mir der Mut. Ich beschloss, ein anderes Mal zu kommen. So ging ich zur Straßenbahnhaltestelle. Als ich bei der Nachbarvilla vorbeikam, sah ich zwei alte Leute, die im Garten ihren Kaffee tranken und zu ihren Füßen lag ein wunderschöner, großer Hund. Der Hund kam angestürmt – und so lernte ich, wie ich eingangs erzählt habe, die Molls kennen. Die alte Dame kam zum Gartentor, sah mich an und sagte zu mir: »Einen Hunger hast du auch, gelt? Komm herein, du bekommst einen Kakao und ein Stück Kuchen.« Im Gegensatz zu dem alten Mann sprach die alte Dame hochdeutsch. Kaum war ich im Garten, warf mich der Hund vor lauter Freude um und schleckte mich überall ab. Es gelang der alten Dame nicht, den Hund von mir abzuhalten, erst einem jungen Mädchen, das gerade aus dem Haus kam. Ich wurde gefragt, wie ich heiße, wie alt ich bin, wie es mir in der Schule geht, wer meine Eltern sind usw.

Als ich erzählte, dass mein Vater vor einem Jahr gestorben war, hatte ich das Gefühl, dass mich die alte Dame mochte, denn sie gab mir ein noch größeres Stück Kuchen. Dann sprach sie zu dem alten Herrn: »Also, wie sich der Harro aufführt, so habe ich ihn noch nie gesehen.

Carl und Anna Moll, um 1933 von Erich Rietenauer fotografiert

Wenn ihn der Hund gleich so gern hat, dann muss das ein gutes Kind sein.« »Das mein ich auch«, sagte das schöne Mädchen. »Weißt du, Burschi, ich bin die Mutzi, die Tochter von Alma Mahler-Werfel, und er, Harro, gehört mir. Wenn du Lust hast und Zeit, kannst du immer zu uns kommen und mit dem Hund spielen. Ich glaube, der Harro hat dich sofort lieb gewonnen.« Tatsächlich wich der Hund mir nicht von der Seite und als ich bei Tisch saß, legte er seinen Kopf auf mein Knie und schloss seine Augen. Mir, als kleinen Jungen, war es direkt unangenehm, dass der Hund sich mir gegenüber so aufführte, darum sagte ich beinahe als Entschuldigung: »Ich kann nix dafür, ich habe halt Hunde so furchtbar gern.«

Jetzt fragte mich die alte Dame, was ich hier suche und warum ich hier heraufgekommen sei. Da erzählte ich, dass ich unten am Sportplatz Fußball spiele. Außerdem hatte mir die schöne Dame Alma Mahler-Werfel letztes Jahr zu Weihnachten ein Geschenkspackerl gegeben. Da waren Schuhe drin, die habe ich so dringend gebraucht. Jetzt wurde Mutzi ganz aufgeregt: »Ach, du bist der kleine Junge mit den hässlich zusammengebundenen Schuhen. Die Mami hat mir erzählt, dass sie noch nie solche grauenhaften, viel zu großen Schuhe bei einem kleinen Kind gesehen hatte. Sie hat dir das Paket gegeben und musste sofort gehen, sonst hätte sie dort vor all den Leuten aus lauter Mitgefühl geweint. Dem Julius Tandler – ich sage ›Jolli‹ zu ihm, wir sind gute Freunde, weißt du – dem war das gar nicht recht. Mami hätte doch noch so lange bleiben müssen, bis alle Kinder ihr Paket bekommen haben, aber als sie Tandler erzählte, warum sie gegangen war, hat er das verstanden. Tandler kommt oft zu uns, da kannst du ihn, wenn du möchtest, wieder treffen.«

Manon Gropius, um 1920

Da fiel der alte Herr ihr ins Wort: »Mutzi, du lädst den Buben ganz einfach ein und denkst nicht daran, dass er Aufgaben hat, dass er lernen muss. Der Bua kann doch nicht einmal schreiben!« Doch fiel ihm die alte Dame ins Wort: »Carl, wie kannst du das behaupten! Du kennst doch den Burschi gar nicht!« Und zu mir gewandt sagte sie: »Also höre mir zu: ich bin die Frau Moll und dieser grantige Herr da, das ist der ›weltberühmte Maler Carl Moll‹, mein Mann. Wenn du zu uns kommen willst, dann sehen wir dich gern, nur musst du mir deine geschriebene Aufgabe zeigen. Dann kannst du mit dem Harro spielen.«

Mutzi nahm ein Einkaufsnetz und sagte zu mir: »So, Burschi, ich muss nach Grinzing, um etwas einzukaufen. Wenn du willst, kannst du mitgehen.« Mein zaghafter Blick zum Hund wurde bemerkt. Mutzi holte den Beißkorb und mit freudig erregten Sprüngen begleitete uns der Hund nach Grinzing.

So begann für mich als achtjährigen Knaben eine sehr interessante und liebenswerte Zeit. Wenn ich zu Frau Moll auf Besuch kam, zeigte sie sich erfreut, drückte mich an sich und begann von Ereignissen in der Familie, von denen niemand etwas wusste, zu erzählen. Sie erzählte mir von ihrem ersten Mann Emil Jakob Schindler, von Johannes Brahms, der, wenn er Heimweh nach Norddeutschland hatte, immer zu ihr kam, um mit ihr plattdeutsch zu sprechen. Auf diese Weise konnte er sein Heimweh mildern. Dann über Gustav Mahler, den Frau Moll besonders geliebt hatte, über all die berühmten Leute, die besonders ihrer guten Kochkunst wegen zu ihr gekommen waren, hauptsächlich aber doch wegen ihrer gütigen, liebenswerten Menschlichkeit. Diese wunderbare Frau habe ich zeit meines Lebens niemals vergessen.

Mein erstes Autogramm

Am 13. März 1932 stand ich mit Zettel und Bleistift in der Hand vor der Mahler-Villa und wartete auf die Frau Moll, denn ich war mir sicher, dass ich aus Grinzing wieder etwas besorgen sollte. Immer wenn mich Frau Moll sah, rief sie mich zu sich in ihre Villa. Die Villa Moll befand sich neben der Prachtvilla von Alma Mahler-Werfel und war etwas bescheidener, aber ungemein gemütlich. Wenn mich Frau Moll zu sich hereinrief, war ich als Kind ganz hingerissen von der Atmosphäre dieses Heimes, vor allem aber von der Herzlichkeit und Zuneigung der alten Frau Moll.

Zu dieser Zeit lernten wir in der Schule schreiben. Das nahm Frau Moll zum Anlass, mir ihre Bestellungen in langen Sätzen zu diktieren. Oft sah ich sie ratlos an, weil ich nicht wusste, wie man das Wort schrieb. Da blieb Frau Moll ungerührt: »Schreibe es auf, wie du glaubst, am Ende werden wir es korrigieren. Nur so lernst du was.« Nachdem sie meine Schrift und meine Orthografie verbessert hatte, musste ich es nochmals schreiben. Das war für mich eine sehr gute Übung. Dadurch bekam ich Sicherheit im Schreiben und in der Orthografie. Meine Mutter wusste, wo ich mich aufhielt, und war sogar etwas stolz, dass eine so feine Dame mit ihrem Buben lernte. Als der Lehrer Schubert sie in die Schule beorderte und sie fragte, wieso denn der Erich in Schreiben so weit fortgeschritten sei, war sie richtig glücklich.

So wartete ich also an jenem Tag auf Frau Moll. Da fuhr ein Taxi vor, eine schöne Frau stieg aus und schritt zügig zur Mahler-Villa. Als sie mich mit Zettel und Bleistift in der Hand erblickte, dachte sie sicher, dass der kleine Junge von ihr ein Autogramm wollte. Sie nahm mir den Bleistift aus der Hand. »Hast du schon viele Autogramme gesammelt?«, fragte sie mich. Ich war total verwirrt und stotterte: »Nein, das ist mein erstes.« Jetzt wurde die schöne Dame ganz freundlich zu mir: »Wirklich dein erstes Autogramm, und das von mir? Sag, wie alt bist du denn?« Mühsam brachte ich es heraus, dass ich acht Jahre sei. Da war die feine Dame noch mehr gerührt: »Was – so jung bist du – und das soll dein erstes Autogramm sein? Da muss ich mich sehr zusammennehmen.« Sie nahm aus ihrer Tasche einen Notizblock, schrieb mit ihrer Feder ihren Namen, löste die Seite heraus und gab sie mir. »Ich habe das heutige Datum dazu geschrieben, damit du später weißt, wann du dein erstes Autogramm bekommen hast. Weißt du überhaupt, wer ich bin?« Da lief ich feuerrot an und stotterte: »Eine wunderschöne Frau.«

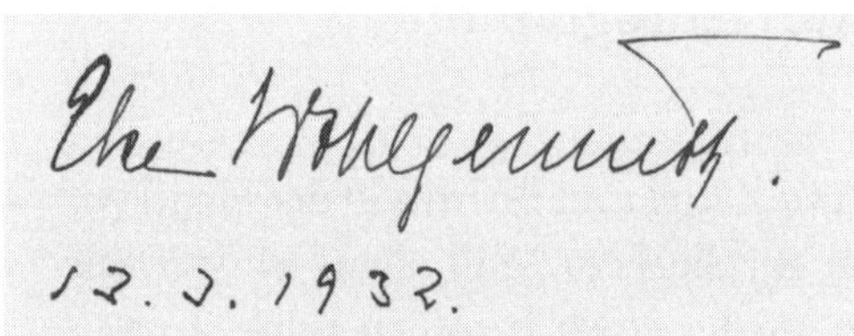

Autogramm von Else Wohlgemuth

Da gab mir die Dame einen leichten Klaps, ging zur Mahler-Villa und wurde sofort reingelassen. Ein achtjähriger Knabe in heller Aufregung blieb zurück. Als kurz darauf Frau Moll kam, sah sie sofort meine Verwirrung. Ich zeigte ihr den Zettel. »Da schau her, die Wohlgemuth ist da, das ist eine ganz berühmte Schauspielerin aus Berlin. Das ist eine Ehre für dich. Doch komm jetzt, wir müssen ganz wichtige Bestellungen aufschreiben.« Ich folgte ihr in die Küche und unsere Schreibübung begann.

Gerhart Hauptmann besucht Alma und ich erhalte viele Autogramme

Es war der 5. Mai 1932, Christi Himmelfahrt, ein gesetzlicher Feiertag, an dem wir schulfrei hatten. Ich beschloss, die liebe Frau Moll auf der Hohen Warte zu besuchen. Als ich dort ankam, herrschte große Aufregung. Gleich als Frau Moll mich sah, nahm sie mich bei der Hand und sagte: »Burschi, heute kommt ein ganz wichtiger Besuch, da schreibt dir niemand ein Autogramm, da musst du still sein. Zuschauen kannst du ja, aber so, dass dich niemand bemerkt. Wenn alles wieder ruhiger ist, kannst du wieder zu mir kommen und bekommst deinen Kuchen.«

Damals stand seitlich vor der Mahler-Villa ein Baum, hinter dem ich mich herrlich verstecken konnte. Von dort sah ich bequem alles, was sich vor meinen Augen abspielte. Es war für mich sehr spannend. Es begann ein reges Treiben. Alma Mahler-Werfel kam mit ihren Angestellten aus dem Haus. Unter ihren lautstarken Anweisungen begann ihr Personal riesige Töpfe mit Grünpflanzen heranzuschleppen. Diese Töpfe wurden in beiden Reihen zum Zugang zur Pforte aufgestellt. Ein grüner Laufteppich wurde aufgelegt und überall kehrte und wischte man eifrig, damit ja alles sauber war. Ich dachte mir: »Da wird sicherlich ein König kommen.« Inzwischen kamen laufend gut angezogene Damen und Herren, die alle von Franz Werfel herzlich begrüßt wurden.

Alma Mahler-Werfel, 1929

Als sich schließlich alle Anwesenden mit Frau Alma in das Haus zurückzogen, wurde es draußen still. Ich dachte mir, dass alles schon vorbei wäre, und wollte mein Versteck verlassen. Da bog um die Ecke, von zwei weißen Schimmeln gezogen, ein Landauer und blieb vor dem Eingang der Villa stehen. Im Wagen saß ein älterer Mann mit einem riesengroßen breitkrempigen Hut. Neben ihm saß eine elegante, sehr nervöse, magere Dame. Sie stieg aus dem Wagen und läutete sehr lang an dem Eingangstor. Jetzt öffnete sich das Tor und heraus kamen drei männliche und drei weibliche Angestellte und stellten sich der Reihe nach auf. Inzwischen war der ältere Herr mit dem großen Hut mühsam aus dem Landauer ausgestiegen. Er hatte einen Blumenstrauß in seinem Arm, lehnte am Wagen und wartete.

Da wurde das Tor der Villa weit aufgerissen und heraus trat, prächtig gekleidet und wunderbar aussehend: Alma Mahler-Werfel. Lässig ging sie auf den Herrn, der am Wagen lehnte, zu. Jetzt breitete sie auch ihre Arme aus. Als Alma nahe genug vor ihm stand, machte der Herr einen Schritt auf sie zu, rief laut »Alma!« und stürzte sich in ihre Arme. Der Sprung war so kräftig, dass Alma beinahe das Gleichgewicht verlor. Mit Mühe konnte sie stehen bleiben. Dem Herrn fiel der Hut auf den Boden, der Blumenstrauß lag daneben, aber beide hielten sich eng umschlungen und dann küssten sie sich. Das Küssen dauerte lange. Man konnte glauben, dass die Küsserei überhaupt nicht mehr aufhörte. Die magere Dame, die dabei stand, war mit dieser innigen Begrüßung sichtlich nicht einverstanden. Sie zappelte nervös hin und her und rief immer nur: »Was ist denn – was ist denn!« Doch ihr Gezeter konnte die beiden nicht stören. Sie küssten sich emsig weiter. Nachdem sie sich ausgiebig begrüßt hatten, hob Alma den Blumenstrauß und den Riesenhut auf, hängte sich in den älteren Mann ein und führte ihn bedächtig in das Haus hinein.

Diese Riesenknutscherei machte auf mich keinen Eindruck. Ich selbst hatte diese feuchte Küsserei gar nicht gerne, hatte ich doch ältere und auch alte Tanten, die mich bei jeder Gelegenheit abknutschten. Eines aber – und daran kann ich mich gut erinnern – hat mich damals sehr gestört: dass dieser alte Mann bei der Frau Alma diesen berauschenden Duft ihres Parfums riechen durfte. Da war ich sehr dagegen. Wie mir später erzählt wurde, hatte man dieses Parfum eigens für die Frau Mahler hergestellt.

Als sich alles wieder beruhigt hatte, ging ich zu Frau Moll und bekam den versprochenen Kakao mit einem Stück Kuchen. Inzwischen war ihr Mann, der Maler Carl Moll, gekommen und setzte sich zu uns. Man sprach über die verschiedenen Besucher, die ich alle nicht kannte. Ich wollte etwas anderes wissen. So fragte ich Frau Moll: »Bitte – warum ist der alte Herr in die gnädige Frau so hineingestürzt, dass beide fast umgefallen wären? Erst war er grob zu ihr, dann haben sie sich geküsst. Muss ich das später bei den Frauen auch so machen?« Ein schallendes Gelächter war die Antwort. »Schau dir den Burschi an«, sagte Carl Moll, »der will schon sehr früh etwas lernen. Eines kann ich dir sagen, wenn du das so mit den Frauen machst, dann bekommst du sicherlich eine kräftige Watschen. Das kannst du dir nicht erlauben. Der ältere Herr hat sicherlich bei der Frau Alma einen Halt, eine Stütze gesucht.« Frau Moll fiel ihm ins Wort: »Sicher einen festen Halt, weil er besoffen war!«

Jetzt wechselte man das Thema. Ich nützte die Gelegenheit, um anzugeben. »Ich habe doch ein Autogramm bekommen – von einem eleganten Herrn, E. List heißt er. Wer ist denn das?« »Was, der war auch da?«, fragte Carl Moll, »zeig her, da wird die Anna eine große Freude haben.« Er meinte Anna Mahler, die Tochter von Anna und Gustav Mahler. »Das ist ein guter Klavierspieler, sehr musikalisch, da kannst du dir ein Beispiel nehmen.« Ich konnte diesen Rat nicht verstehen. Wie kann ich mir an diesem Herrn ein Beispiel nehmen, wo ich doch gar kein Klavier hatte. Frau Moll rügte ihren Mann: »Was du immer für dummes Zeug zum Burschi sagst! Da fällt mir etwas anderes ein. Der Bub sammelt doch Autogramme – da hätte er heute eine Gelegenheit, dass er von der Alma eines bekommt.« »Was – der Bua – von der Alma? Niemals!«, sagte Moll. »Ja, da hast recht, aber die Schulli könnte ihm eines verschaffen.« Jetzt nahm mich die Frau Moll zur Seite, zeigte auf eine Frau mit weißer Schürze: »Grüße sie schön, sag, du kommst von mir, erzählst ihr, dass du Autogramme sammelst und dass du sehr gern von der gnädigen Frau ein Autogramm haben willst. Erzähl ihr auch von dem Packerl zu Weihnachten, das dir die gnädige Frau überreicht hat, und ich wette, du bekommst dein Autogramm.«

Autogramm von E. List

So bin ich halt mit Herzklopfen zu Frau Schulli hingegangen. Schulli war der Kosename der Oberschwester Agnes Ida Gebauer, die 40 Jahre, zuerst in Wien und später in den USA, mit der Alma zusammen war.

Herzklopfen hätte ich bei dieser Frau gar nicht zu haben gebraucht. Die Frau war so lieb zu mir. Sie fragte mich zuerst, wie ich hieß. Ich antwortete: »Burschi.« Ob ich schon viele Autogramme habe? Da sagte ich: »Erst zwei – von der Frau Wohlgemuth und vom Herrn List.« Da meinte sie lächelnd: »Burschi, das dritte Autogramm bekommst du von der gnädigen Frau.« Sie nahm mir meinen Zettel aus der Hand und ging. Nach kurzer Zeit kam sie triumphierend damit wieder zurück.

Alma Mahler-Werfels Unterschrift

»Schau einmal her«, sagte sie, »das hat dir die gnädige Frau mit ihrer eigenen Füllfeder geschrieben. Sag, hast du jetzt eine Freude?« Mit rotem Kopf brachte ich ein mühsames »Oh, ja danke« hervor und wollte gehen. Da hielt sie mich zurück. »Wenn du wieder die Frau Moll besuchst, dann besuche mich doch auch.« Ich versprach es, grüßte und lief zu Frau Moll, um ihr meine neue Errungenschaft zu zeigen. Mit einem großen Glücksgefühl ging ich danach nach Hause.

Im Jahre 1932 jährte sich der hundertste Todestag von Johann Wolfgang von Goethe. Unser Lehrer erzählte uns, dass Goethe als junger Mann nach Italien gereist war und dass er sich dort nicht nur mit seiner Dichtkunst, sondern auch mit Blumen und Pflanzen eingehend befasst hatte. Danach ließ er einige Bilder zum Anschauen durch die Bänke gehen. Als die Bilder zu mir kamen, wurde ich stutzig. Was ich da sah, konnte nicht wahr sein. In meiner Empörung stand ich ohne Wortmeldung auf und schrie in die Klasse: »Das gibt es doch nicht, der Mann auf dem Bild soll tot sein? Den habe ich erst gestern auf der Hohen Warte gesehen!« Jetzt brach die Klasse in schallendes Gelächter aus. In einer Lachpause sagte der Lehrer zu mir: »Schüler Rietenauer, der Mann auf dem Bild ist sehr wohl Johann Wolfgang von Goethe! Wen du da auf der Hohen Warte gesehen hast, weiß ich nicht. Wahrscheinlich hast du, wie in der letzten Zeit schon öfter, am helllichten Tag geträumt.«

Diese Bemerkung des Lehrers machte mich tief betroffen und ich schlug auf den neben mir sitzenden Schüler, der besonders aufreizend lachte, wütend ein. Dieser schlug zurück und das war der Startschuss zu einer Massenrauferei. Der Lehrer wusste sich keinen Rat und schickte eine Schülerin nach dem Herrn Direktor. Dieser war als strenger, lautstarker Mann sehr gefürchtet. Als er die Klassentüre öffnete, wurde es augenblicklich still und jeder Schüler lief auf seinen Platz. Der Herr Direktor brüllte: »Was ist hier los? Welcher Rotzlöffel hat hier zu raufen begonnen?« Die ganze Klasse blieb still. Jetzt konnte ich nicht anders und hob meine Hand. Ich konnte gar nicht so schnell schauen, da bekam ich von ihm eine schallende Ohrfeige. Dann brüllte er los: »Das sind ja Verbrechermethoden! Das lasse ich mir auf meiner Schule nicht bieten!« Dann holte er tief Luft und blieb vor mir stehen: »Morgen um acht Uhr erwarte ich deine Mutter bei mir. Wir werden gemeinsam überlegen, ob wir dich nicht in die Besserungsanstalt nach Eggenburg schicken sollen. Dort wird man dich zügeln. Das wird das Beste für dich sein.« Er ging zur Tür, drehte sich noch einmal um, durchbohrte mich mit seinem Blick und sagte nur: »Morgen um acht Uhr vor meiner Kanzlei.« Danach schlug er die Türe zu und ich war mit meinem Kummer allein.

Jetzt hatte ich zu allem Überfluss den schwierigen Gang vor mir, meiner Mutter das alles beizubringen. Seit mein Vater tot war, war meine Mutter die alleinige Erziehungsberechtigte für mich. Wenn ich etwas in der Schule anstellte oder etwa gar in die Besserungsanstalt nach Eggenburg kommen würde, verlor sie sofort die Vormundschaft und ich war den Behörden ausgeliefert. Das war ein Schreckgespenst, das über mir und meiner Mutter kreiste.

Nach einer fürchterlichen Nacht ging ich am nächsten Morgen mit meiner Mutter zur Schule. Die Kanzlei war offen. Scheinbar wurden wir schon erwartet. Wir traten ein und meine Angst war sofort weg, als ich sah, dass mein Lehrer Schubert ebenfalls anwesend war. Er nahm mich bei der Hand und sagte zu mir: »So, jetzt erzähle dem Herrn Direktor, warum du gestern eigentlich so wütend wurdest.« Ich nahm meinen ganzen Mut zusammen und erzählte, dass ich auf der Hohen Warte einen Mann mit großem, breitem Hut gesehen hatte, der genauso aussah wie der Mann auf den Bildern. Der Herr Direktor sah mich prüfend an und fragte mich: »Hat dir denn niemand gesagt, wer dieser Mann war?« Wahrheitsgetreu konnte ich die Frage verneinen. Da sah der Herr Direktor meinen Lehrer an und sagte: »Jetzt kann ich den Knaben verstehen. Der Mann, den er auf der Hohen Warte gesehen hatte, war vermutlich der große Dichter Gerhart Hauptmann. Er kleidet sich ganz genau wie Goethe, trägt auch einen riesigen Hut und sieht Goethe zum Verwechseln ähnlich. Auch bei der Arbeit verhalten sie sich ähnlich. Beide arbeiten nur im Stehen an ihren Stehpulten.

Jetzt kann ich die Empörung des Knaben verstehen. Dass er aber gleich zu raufen anfängt, das ist von ihm ein Lumpenzug und muss bestraft werden. Der Schüler schreibt fünzigmal den Satz: ›Ich werde niemals mehr in der Klasse raufen!‹ Aber die Mitraufer in Ihrer Klasse müssen auch bestraft werden, sonst geht es bald so zu wie in der Fremdenlegion.« Wir Kinder hatten keine Ahnung, was die Fremdenlegion eigentlich war, aber dieses Wort war ein Lieblingswort unseres Direktors. Daheim habe ich dann unter der Aufsicht meiner Mutter diesen Strafsatz stundenlang geschrieben. Zeigte ich Ermüdungserscheinungen und schmierte nur einen Satz, musste ich alle Sätze nochmals schreiben. Ich glaube, ich habe meine Strafe doppelt so oft geschrieben.

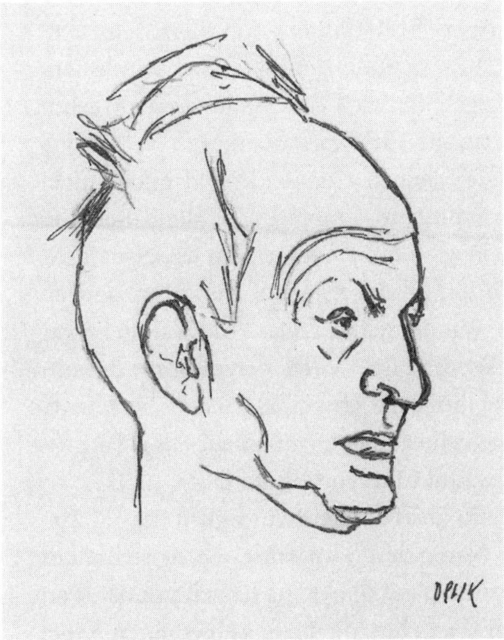

Gerhart Hauptmann, gezeichnet von Emil Orlik, 1932

Am nächsten Sonntag ging ich zur Frau Moll und erzählte ihr von meinem großen Ärger in der Schule. Sie tröstete mich und Carl Moll meinte: »Das gefällt mir am Burschi, dass er so zu seiner Meinung steht. Du, der Gerhart Hauptmann ist vom Maler Orlik gezeichnet worden. Diese Zeichnung lag am Boden. Ich habe sie an mich genommen. Für all deine Martern in der Schule schenke ich sie dir. Sie soll dich immer an Gerhart Hauptmann erinnern.« Ich habe mir diese Zeichnung aufgehoben und will sie den Lesern nicht vorenthalten.

Schulli

Wer war die Oberschwester Agnes Ida Gebauer – von allen Menschen, die sie kannten, nur immer Schulli gerufen? Sie wurde am 3. Oktober 1895 in Kleinkugel, Bezirk Dieskau, in Sachsen geboren. Kleinkugel war eine Ortschaft, die diesen Namen zu Recht trug. Die Sehenswürdigkeiten dieser kleinen Gemeinde sind rasch aufgezählt: zuerst das einstöckige Schulhaus. Dort wurden alle Kinder des Dorfes zwischen sechs und vierzehn Jahren von einem würdigen Lehrer unterrichtet. Dann kam ein großer Gutshof mit einer riesigen Landwirtschaft. Der Besitzer war der reiche Bauer Fritz Walter. Er war zugleich Bürgermeister und Brotherr des Dorfes, denn fast alle Bewohner von Kleinkugel waren bei ihm beschäftigt. Wie Schulli berichtete, war er ein freundlicher und gerechter Mann. Außerdem war er ein großer Verehrer Kaiser Wilhelms und Otto von Bismarcks.

Schließlich gab es noch eine dritte Sehenswürdigkeit: das Wirtshaus »Klein Kugel«. Dieser Name des Wirtshauses bezog sich nicht auf den Namen des Orts, sondern auf die kleine Kugel, mit der man auf der ruppigen Kegelbahn versuchte, die neun aufgestellten Kegel zu treffen – was den Keglern, bedingt durch die holprige Bahn, nicht oft gelang.

Worauf Schulli besonders stolz war: In Kleinkugel gab es seit Menschengedenken keinen Diebstahl und kein Verbrechen. Man konnte die Haustüre immer unverschlossen lassen, es wurde nie etwas gestohlen. Schullis Vater war beim reichen Bauer Walter beschäftigt. Sein Lohn war karg und seine Arbeit schwer. Vater und Mutter waren gläubige Protestanten. Und da gab es noch die ältere Schwester Frida und den jüngeren Bruder Ernst, damit war die Familie komplett.

Nach der Grundschule machten sich Schullis Eltern Gedanken, was aus ihr werden sollte. Beim Bauer Walter am Kartoffelacker zu arbeiten, dagegen war ihr Vater sehr. Eines Tages bekam Bruder Ernst eine schwere Diphtherie und wurde nach Dresden in das Kinderspital gebracht. Als die Ansteckungsgefahr gebannt war, durfte man ihn besuchen. Bei dieser Gelegenheit erzählte der Arzt dem Vater, dass die ärztliche Betreuung der kleinen Patienten immer schwieriger wurde, weil es einen großen Mangel an ausgebildeten Kinderkrankenschwestern gab. Arzt und Vater kamen überein, dass der Beruf Kinderkrankenschwester für Schulli das Richtige wäre. Mit vierzehn Jahren nahm Schulli von der Familie Abschied und ging auf die Schwesternschule nach Dresden. Nach der Ausbildung zur Krankenschwester machte sie eine Spezialausbildung für die Bekämpfung von Seuchen. Im Mai 1914 bekam sie ihr Diplom und eine Anstellung als Kinderschwester. Zwei Monate später brach der Erste Weltkrieg aus. Durch die Waffenbrüderschaft Deutschland-Österreich-Ungarn kam es öfter zum Austausch von Spezialisten. Die Monarchie hatte zur Bekämpfung von Fleckfieber, Typhus, Cholera und Ruhr zu wenig ausgebildetes Personal und Schulli wurde in das k. und k. Epidemie-Lazarett Brzezay in Galizien versetzt.

Agnes Ida Gebauer, 1914

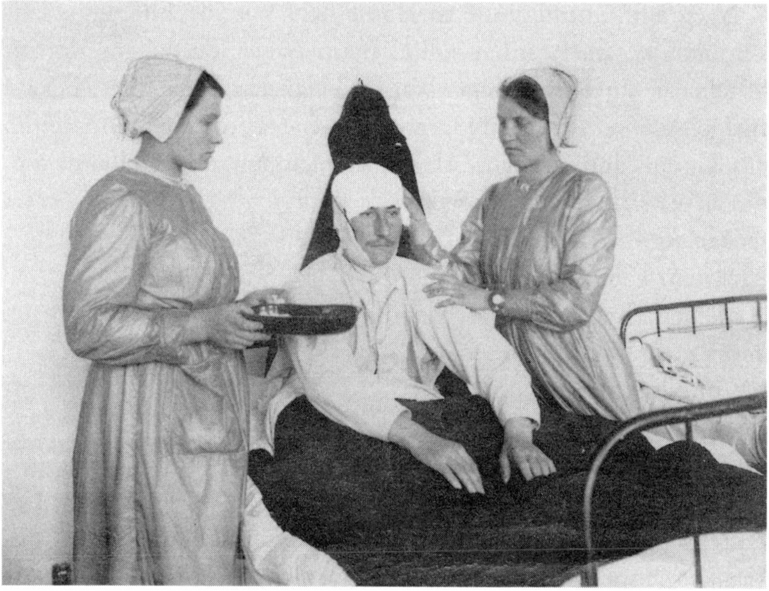

Oberschwester Ida im Lazarett, 1915

Nach sechs Tagen Fahrt kam Schulli mit drei Ärzten und weiteren vier Schwestern in Brzezay an. Es war Anfang November 1914 und schon grimmig kalt. Sie wurden im Lazarett schon dringend erwartet. Ein Arzt und zwei Rot-Kreuz-Schwestern waren im vollbelegten Lazarett total überfordert. Zuerst brachte man von der Front Soldaten mit Fleckfieber, Ruhr und kleineren Verwundungen. Als der Krieg grausamer wurde, kamen auch schwer verwundete Soldaten in das Seuchenlazarett. Man hatte die Dauer des Krieges mit Russland unterschätzt. Nach einem halben Jahr steckte sich Schulli am Fleckfieber an. Damals verlief diese Krankheit ohne antibiotische Medikamente bei unterernährten Menschen meistens tödlich. Schulli brauchte fast ein Jahr, um sich zu erholen und wieder als Krankenschwester arbeiten zu können. Ende 1917 bewarb sie sich beim Wiener Stadtrat für das Gesundheitswesen Prof. Dr. Julius Tandler, der sie an das Leopoldstädter Kinderspital vermittelte. Die Arbeit bei den Kindern machte Schulli zufriedener.

Als Schulli mir in den 70er Jahren ihr Leben erzählte, berichtete sie auch die wahre Geschichte über ein »geheim gehaltenes Baby«: 1918 war ein Katastrophenjahr. Die Wiener Bevölkerung hatte nichts zu essen und viele Menschen waren schwach und unterernährt. Als am Anfang des Jahres eine große Grippeepidemie ausbrach, waren viele Menschen körperlich zu schwach, um dem hohen Fieber zu widerstehen, und starben daran. Zu den Opfern zählte auch Egon Schiele. Wenn man durch die Straßen der Stadt Wien ging, spürte man förmlich, dass nur ein Funke genügen würde, um eine Revolution auszulösen, was im November 1918 auch geschah.

Das Wetter im Sommer 1918 war unerträglich. Am 3. August 1918 wurde in das Spital ein Knabe eingeliefert, der zwei Monate zu früh geboren worden war. Es war ein ganz kleines Baby. Seine Haut war feuerrot und das Verhalten des Kindes war ungewöhnlich. Das Baby rührte sich überhaupt nicht und gab keinen Laut von sich. Es war so schwach, dass es in einen Brutofen gelegt werden musste. Gleichzeitig mit dem Baby traf ein Brief von Stadtrat Prof. Julius Tandler an die Spitalsverwaltung ein, worin er ausdrückte, dass er persönlich großen Wert darauf legte, dass ausschließlich Schwester Agnes Ida Gebauer die Pflege dieses Knaben übernehmen sollte. Außerdem musste die Herkunft des Knaben geheim bleiben. Kein Besucher durfte das Kind sehen.

Zuerst freute Ida sich über das große Vertrauen. Sie dachte, dass dieses Kind aus Adelskreisen stammte, deshalb diese Geheimhaltung. Doch nach einigen Tagen wurde es ihr unheimlich. Sie bemerkte am Körper des Kindes merkwürdige Veränderungen. Der kleine Körper wurde immer zerbrechlicher und schrumpfte, während der Kopf des Kleinen gleichzeitig größer wurde. Sie war darüber entsetzt und befürchtete, bei der Pflege des Kindes einen Fehler gemacht zu haben, und erzählte dem Chefarzt von ihren Befürchtungen. Er fragte sie: »Haben Sie schon von der Krankheit Progeria gehört?« Sie verneinte. »Das ist kein Wunder«, fuhr er fort, »denn diese fürchterliche Krankheit ist zum Glück sehr selten. Wir haben bei diesem Kind ein Musterbeispiel dieser Krankheit vor uns.

Erich Rietenauer als achtjähriger Erstkommunikant, 1932

Ich möchte Sie jetzt schon darauf aufmerksam machen, dass Sie im Laufe der Zeit der Anblick des Kindes sehr entsetzen wird. Es passiert Folgendes: Der Kopf des Kindes wächst weiter und altert sehr rasch. Von Monat zu Monat, vielleicht in noch kürzeren Abständen, wird das Kind greisenhafte Züge annehmen. Der kleine Körper bleibt zumeist, wie er jetzt ist. Nur der Kopf wird wie der eines alten Greises aussehen. Ein Baby mit Vollbart, wie aus einem Gruselkabinett. Man kann nur hoffen, dass dieser arme Wurm nicht mehr lange lebt. Der Pfarrer drängt darauf, dass dieses Kind, so rasch es geht, getauft werden soll.« Eine Woche später kam der Pfarrer mit dem Taufpaten – es war Carl Moll – und taufte das Kind auf den Namen Martin Johannes Carl Gropius.

Von diesem Tag an kümmerte sich kein Mensch mehr um diesen Buben. Man musste ihn von fremden Menschen absondern. Also stellte man das kleine Bett in eine größere Besenkammer. Der einzige Mensch, der das Baby fütterte, trocken legte und es betreute, war Schulli. Als der kleine Martin am 15. Mai 1919 starb, hatte dieses arme Wesen das Gesicht eines ungepflegten Greises, voller Falten und Runzeln und mit einem schneeweißen Vollbart.

Ein Jahr später wurde Schulli zum Stadtrat Tandler gerufen. Er erklärte ihr, dass eine berühmte Dame der Wiener Gesellschaft für ihre vierjährige Tochter eine Kinderschwester suchte. Die Schwester sollte ledig sein und die nächsten zwei Jahre in ihrem Haus wohnen. »Wäre das nichts für Sie?«, fragte Tandler. »Ihr Karenzurlaub wird

sofort bewilligt, Sie verdienen dort mehr Geld und nach zwei Jahren können Sie jederzeit in das Kinderspital zurückkehren. Die Dame heißt Alma Mahler-Gropius. Sie hat eine entzückende kleine Tochter. Sie heißt Manon, hört aber auf den Namen ›Mutzi‹. Übrigens ist das jene Dame, deren Sohn Martin Sie so hingebungsvoll gepflegt haben. Stellen Sie sich morgen um 16 Uhr in der Elisabethstraße Nr. 22 vor. Ich bin sicher, Sie bekommen die Anstellung.« Das war der Beginn einer vierzig Jahre dauernden Verbindung zwischen Alma Mahler und der Oberschwester Agnes Ida Gebauer, der Schulli.

Am 22. Mai 1932 fand unsere Erstkommunion statt. Das war zu meiner Zeit ein Fest und wir wurden zu einer Jause im Pfarrhof eingeladen. Wir bekamen Knackwurst, eine Semmel und ein Kracherl und fühlten uns wie vom Himmel beschenkt. Wir wurden auch alle einzeln fotografiert. Auf dem Foto gehörte nichts wirklich mir. Alles war geliehen, selbst das Gebetbuch in meiner Hand gehörte der Kirche. Doch etwas gehörte allein nur mir: meine schwarzen Schuhe.

An einem Tag im Frühling 1932 ging ich wieder auf die Hohe Warte, um Frau Moll zu besuchen. Auf halbem Weg kam mir Mutzi mit ihrem Hund Harro und einem riesigen Paket entgegen. Nachdem mich Harro stürmisch begrüßt hatte, sagte sie zu mir: »Du, Burschi, die beiden Molls sind nach Venedig gefahren. Ich bin alleine zu Hause. Der Opapsch hat heute angerufen, er braucht dringend seinen Frack und einen Orden. Ich habe alles zusammengepackt. Jetzt muss ich schauen, dass das Paket express in Venedig ankommt. Am besten, wir fahren gleich zur Hauptpost, da bin ich sicher, dass das Packerl morgen dort ist.« Ich nahm die eine Seite des Paketes, Mutzi die andere und wir zogen los. Am Hauptpostamt angekommen, gab Mutzi das Paket auf und ich wartete mit Harro draußen auf sie. Nach geraumer Zeit kam sie ganz verstört heraus: »Burschi, was soll ich machen, ich habe zu wenig Geld mit?« »Wie viel fehlt denn?« Darauf Mutzi: »Blöde 50 Groschen.« Ich griff in meinen Hosensack und jubelte: »Des Fufzgerl hab ich!« Ein riesiger Seufzer von der Mutzi: »Geh, Burschi, bitte borgs mir!« Nachdem der Postbeamte Mutzi felsenfest versprochen hatte, dass das Paket sicher am nächsten Tag in Venedig ankam, gingen wir sorglos wieder heim. Am Heimweg sagte Mutzi ganz verwundert zu mir: »War das ein Glück, dass ich dich mitgehabt habe, sonst wäre ich schön dagestanden!« Ich: »Das war wirklich ein Glück. In meiner linken Hosentaschen hätte ich das Fufzgerl nicht mehr gefunden, da habe ich leider ein Loch.«

Wieder auf der Hohen Warte, nahm mich Mutzi mit in die Mahler-Villa und gab mir das Geld zurück. Als ich vor dem Prachtsaal der Villa stehen blieb, muss ich vor lauter Staunen meinen Mund offen gehabt haben. Lächelnd griff mir Mutzi unters Kinn und sagt: »Gelt, da staunst du. Hier in diesem Prunksaal kann die Mami ihre ganzen Schätze zeigen, was sie früher aus Platzgründen nicht konnte. Warte ein bisserl. Ich zeig dir was.« Sie ging zum Lichtschalter und drehte das Licht auf. Jetzt konnte ich dic volle Pracht dieses Raumes bewundern. Ich war von der Schönheit, der Atmosphäre dieses Raumes und seinem Inventar so beeindruckt, dass ich mich nicht einzutreten traute. Doch Mutzi nahm mich bei der Hand und führte mich zu einem beleuchteten Schrein. Darin lagen vom Licht indirekt angestrahlt handgeschriebene Noten. »Das ist die Originalpartitur der dritten Symphonie von Anton Bruckner!« Jetzt – nach Jahrzehnten – kann ich ja den Wissenden spielen, aber damals habe ich nicht gewusst, wer der Anton Bruckner war, was eine Partitur ist – oder gar eine Symphonie.

»Du, Burschi, über die Noten kann ich dir etwas Lustiges erzählen: Der Bruckner hat von seiner dritten Symphonie zwei Abschriften gemacht. Zwei waren bekannt, nur die Originalpartitur war spurlos verschwunden. Kein Mensch wusste, wo sie ist. Eines Tages – die Mami war mit mir in Breitenstein, damals war ich so alt wie du – kramte sie mit der Schulli im Keller herum. Da fanden sie eine alte Kiste, von der niemand wusste, was sie beinhaltete. Als die Kiste offen war, stieß die Mami plötzlich einen Schrei aus. Wir glaubten, dass sie sich wehgetan hatte. Sie aber hatte diese Noten in der Hand, schwenkte sie in der Luft und rief: ›Das ist das Original – jetzt

Die Originalpartitur der dritten Symphonie von Anton Bruckner

haben wir das verschwundene Original der dritten Symphonie von Anton Bruckner gefunden – ist das ein Glück!‹«

Nur wie kam dieses kostbare Musikstück in diese alte, morsche Kiste hinein? In den späteren 70er Jahren bekam ich von Ida Gebauer dafür die folgende Erklärung: Diese Kiste beinhaltete ein Konvolut von Otto Mahler, dem musikalisch ebenfalls hochbegabten Bruder Gustav Mahlers. Anton Bruckner war ein großer Verehrer von Gustav Mahlers Musik. Um Mahler gegenüber seine musikalische Wertschätzung zu beweisen, gab Anton Bruckner Gustav Mahler die Originalpartitur seiner dritten Symphonie und ersuchte ihn, davon einen Klavierauszug herzustellen. Zu dieser Zeit war Gustav Mahler stark engagiert und konnte für diese Arbeit keine Zeit aufbringen. Deshalb vertraute er seinem Bruder Otto die Partitur für die Transkription an.

1896 starben sowohl Anton Bruckner als auch Otto Mahler. Seit damals war Bruckners Originalpartitur verschwunden. Nach Ottos Tod packte man seine paar Habseligkeiten in diese Kiste. Nichtwissende haben die Bruckner-Symphonie dazugepackt.

Manon »Mutzi« Gropius und Ida Gebauer, 1932 von Erich Rietenauer fotografiert

Als Alma Mahler-Werfel 1932 in ihre Villa auf der Hohen Warte einzog, stellte sie diese Kostbarkeit in einer beleuchteten Vitrine zur Schau. Anton Bruckners handgeschriebene Originalpartitur war das Prunkstück ihres Salons – darauf war sie sehr stolz. In diesem Blauen Salon, wie sie den Prunksaal immer nannte, wurden die eingeladenen Gäste zu allererst zu diesem unersetzlichen Kulturgut hingeführt. Nach gebührender Bewunderung durch die Anwesenden zeigte Alma ihre anderen, nicht minder wertvollen Schätze in diesem Salon. Da gab es Handschriften und Manuskripte von so großen Musikern wie Beethoven, Wagner, Chopin, Schumann, Brahms und selbstverständlich alle Originale sämtlicher Arbeiten von Gustav Mahler. Dazu kamen Werke von bedeutenden Dichtern und Malern des 19. Jahrhunderts. Man konnte sich diese Kostbarkeiten gar nicht alle merken und fühlte sich wie in einem Tabernakel, in dem wertvolle Kunstwerke von umsichtiger Hand hineingestopft wurden, damit sie in dem Bildersturm der kommenden Zeit überstehen können. Trotz all dem Übermaß an Werten war die Atmosphäre in diesem Salon erlesen, vornehm und schön.

Carl Moll und sein Orden

Als ich vierzehn Tage später, nachdem ich mit Mutzi im Blauen Salon gewesen war, auf Besuch zur lieben Frau Moll ging, war die Stimmung im Hause Moll zwiespältig. Während Frau Moll mir sehr heiter und belustigt schien, war Carl Molls Stimmung am absoluten Tiefpunkt angelangt. Schüchtern erlaubte ich mir die Frage, ob der gnädige Herr vielleicht krank sei. Während Carl Moll daraufhin wütend aus dem Zimmer stampfte und die Zimmertür zuschlug, konnte Frau Moll vor lauter Lachen kaum stillhalten. Als sie sich wieder beruhigt hatte und mein bestürztes Gesicht sah, zog sie mich zu sich heran. »Weißt, Burschi«, sagte sie, »der Herr Moll und ich, wir waren in Venedig bei einer Ausstellung, die Herr Moll, der Papschi, für Österreich mit österreichischen Künstlern organisiert hatte. So eine Ausstellung kostet viel Geld. Wenn du kein Geld hast, dann borgst du dir bei der Bank welches aus. Das bekommst du aber nur, wenn du Sicherheiten hast. Wir haben als Sicherheit unsere Villa angegeben. Wenn der Papschi das Geld nicht zurückzahlen kann, dann nimmt die Bank uns unsere Villa weg und wir sitzen auf der Straße. Was würdest du machen, wenn du Schulden hättest?« Das alles verstand ich eigentlich gar nicht, darum war meine Antwort ganz einfach: »Da schaue ich halt blöd und meine Mama haut mich mit'n Kochlöffel.« »Siehst du, das möchte ich mit dem Herrn Moll auch gern machen.« Darauf ich sehr altklug: »Aber, gnä' Frau, der bleibt ja nicht stehen, der rennt Ihnen ja davon. Ich hätte es schwerer, mich täten's halten!« Da streichelte sie meine Wangen und meinte: »Burschi, dir geht's gut, du brauchst dir über solche Sachen keine Sorgen zu machen. Komm, erzähle mir, was in deiner Schule los war.« Da nahm sie mein Aufgabenheft und wir waren bei meinen Sorgen angelangt.

Zu einem späteren Zeitpunkt erzählte mir Agnes Ida Gebauer, die Schulli, ausführlich über das Erlebnis des Herrn Moll in Venedig: Im Frühjahr 1932 veranstaltete der italienische Graf Volpi in Venedig die »Internationale Kunstausstellung«. Da Deutschland für seinen Ausstellungspavillon kein Geld zur Verfügung hatte, fürchtete die Ausstellungsleitung, dass dieser Pavillon leer bleiben würde. Man ersuchte Österreich für Deutschland einzuspringen. Auch Österreich hatte für eine repräsentative Ausstellung der österreichischen Maler kein Geld. Die Direktion der österreichischen Galerien bat Carl Moll, seinen Einfluss geltend zu machen, um einen Querschnitt der österreichischen Malerei der Neuzeit zu präsentieren. Carl Moll war dazu bereit. Woher er das viele Geld dazu bekommen würde, wusste niemand. Da sein Ansuchen vom Staat abgelehnt wurde, machte Moll auf seine Kosten Schulden. Der Ausstellungsraum war räumlich begrenzt, daher konnte er nur eine geringe Anzahl von Bildern auswählen. Es wäre besser gewesen, wenn er die Auswahl der Bilder einem Gremium übertragen hätte. Doch Moll wählte die Bilder selber aus und machte sich dadurch unter den nicht berücksichtigten Künstlern viele Feinde. Die Ausstellung wurde international gut besucht und war für die österreichischen Künstler ein voller Erfolg.

Zum Abschluss der Biennale gab Graf Volpi einen großen Empfang. Dazu wurden alle Initiatoren der Ausstellung, darunter auch Carl Moll, eingeladen. Das Protokoll schrieb Frack mit Orden vor. Moll hatte keinen Frack dabei und wollte absagen. Der österreichische Botschafter war damit nicht einverstanden. Denn zu diesem Empfang hatte sich Benito Mussolini, der Duce, angesagt. Deshalb war es für alle Beteiligten Pflicht, anwesend zu sein. Moll telefonierte nach Wien. Da nur Mutzi erreichbar war, bat er sie, ihm express seinen Frack und irgendeinen Orden aus der Schreibtischlade nach Venedig zu schicken. Knapp vor dem Empfang waren Frack und Orden angekommen. In großer Eile zog sich Moll um und heftete sich den Orden an die Brust. Er hatte schon einige Orden bekommen, doch wofür er diesen Orden bekommen hatte, wusste er nicht. Es war ein italienischer Orden, der unübersehbar an Carl Molls Brust glänzte. Er dachte sich, dass Mutzi diesen Orden mit Sidol poliert haben musste, weil er gar so strahlte. Der Duce grüßte alle Honoratioren per Handschlag. Als er zu Carl Moll kam, stutzte er und brach anschließend in ein schallendes Gelächter aus. Moll war konsterniert. Die Heiterkeit des Duce konnte nur etwas mit dem Orden zu tun haben, deshalb nahm er ihn ab. Als Mussolini den Saal verließ, drehte er sich zu Moll um und drohte ihm lachend mit dem Finger. Moll war sehr bedrückt. Er konnte sich den Heiterkeitsausbruch des Duce nicht erklären. Nach dem Dinner klärte ihn Graf Volpi bei einer Flasche Wein auf und erzählte ihm die Geschichte des Ordens.

Als mit dem Jahr 1900 ein neues Jahrhundert begann, war man überall sehr optimistisch. Papst Leo XIII. hatte das heilige Jahr ausgerufen und die Christen der ganzen Welt eingeladen, nach Rom zu pilgern. Der Höhepunkt des heiligen Jahres war die Heiligsprechung der Rita von Cascia. Die Feierlichkeiten begannen am 24. Mai 1900. An dem Tag wurde zum ersten Mal der Petersdom in Rom elektrisch beleuchtet. Zu diesem Zeitpunkt befanden sich an die 300 000 Pilger in Rom. Als die diversen Feierlichkeiten beendet waren und die fremden Pilger Rom wieder verließen, konnte sich der römische Handel über große Gewinne freuen. Des einen Freud war des anderen Leid. Viele ledige Mädchen merkten, dass sie zur Mutter gemacht wurden, doch die Väter dieser ledigen Kinder waren meistens unbekannt. Über diese Auswirkungen des heiligen Jahres wurde der Papst sehr böse. Er ließ von allen Kanzeln verkünden, dass er sich von den Bürgern Roms, vor allem von den geheimen Verursachern dieser ledigen Schwangerschaften, erwartete, dass in christlicher Nächstenliebe zumindest finanziell für die ledigen Mütter etwas getan würde. Als die Römer die Verfehlungen gegen das sechste Gebot allein auf die Pilger schieben wollten, wurde das vom Papst nicht akzeptiert.

Plötzlich wurde der Papst sehr krank und man fürchtete um sein Leben. Um ein Opfer für den heiligen Vater zu bringen und den Himmel zu versöhnen, beschloss man, den ledigen Müttern tatkräftig zu helfen und eine große Tombola zu veranstalten. Der gesamte Ertrag sollte dem »Hilfsfonds für ledige Mütter« zugute kommen. Es gab wertvolle Preise, die die römischen Geschäftsleute freiwillig zur Verfügung stellten. Wer einen zweistelligen Betrag spendete, bekam zusätzlich zu seinem Preis einen prächtigen, glänzenden Orden. Besonders bei den jüngeren Männern war dieser Orden sehr beliebt. Sie protzten in der Öffentlichkeit damit. Als der gesetzteren Bevölkerung dieser Rummel zu viel wurde, rief man den stolzen Ordensträgern oft – vornehm übersetzt – »die Kindermacher kommen« zu. Kurze Zeit später war dieser Orden, der so viel Staub aufgewirbelt hatte, aus der Öffentlichkeit verschwunden. Bis Herr Moll diesen Prachtorden wieder vorführte.

Nachdem sich die Heiterkeit im Raum gelegt hatte, stellte sich ein bedrückter Carl Moll die Frage: »Was habe ich damit zu tun?« »Das fällt unter das Beichtgeheimnis«, antwortete der Graf, »Sie brauchen sich nicht zu schämen. Der Duce hat mir beim Abschied zugeflüstert, dass er ebenfalls diesen Orden besitzt. Er habe sich sehr gefreut, nach so langer Zeit einen strammen Recken der damaligen Zeit begegnet zu sein.«

Als Carl Moll seiner Frau diese Geschichte erzählte, bemerkte sie dazu: »Ich werde in meinen Notizen nachsehen, mit wem du zu dieser Zeit in Rom warst. Ich war gerade bei unserer neugeborenen Tochter Marianne in Wien.«

Meine Erinnerungen an Franz Werfel

Jedes Mal, wenn ich das Glück hatte, Franz Werfel zu begegnen, was leider nicht allzu oft vorkam, war ich voller kindlicher Freude. Ich hatte bei ihm immer das Gefühl, dass er mich gern hatte. Er sprach zu mir wie zu einem Erwachsenen. Ein Zwiegespräch zwischen Franz Werfel und mir hörte sich so an:

Franz Werfel: »Bist brav gewesen in der Schule, hast du deine Aufgaben schon alle geschrieben? Geht's dir gut, mei Bua?«

Ich: »Danke schön, Herr Dichter, meine Aufgaben hat alle schon die Frau Moll gesehen. Sie hat nix gesagt.«

Franz Werfel: »Brav, weißt du, die alte Frau Moll ist eine goldene Frau. So lieb und gut und hilfsbereit. So eine Frau, die kannst du suchen. Die findet man nicht so leicht. Leider wird sie nimmer mehr lang bei uns sein, sie ist alt und sehr krank, da dauert's nimmer lang.«

Ich: »Muss sie dann sterben? Mein Papa hat auch müssen sterben, der war aber nicht alt.«

Franz Werfel: »Ja, sie wird bald sterben müssen. Wie alt war dein Papa, als er gestorben ist?«

Ich: »Meine Mama hat gesagt, neununddreißig Jahre war er nur. Jetzt ist sie ganz alleine und weint.«

Franz Werfel: »Ja, Burschi, das ist traurig, wenn man in deinem Alter keinen Papa mehr hat. – Aber du hast ja uns.«

Nach diesen Worten suchte er bei sich nach einer Zigarette – er fand aber keine. Ich erklärte mich sofort bereit, Zigaretten zu holen. So schnell, wie es mir möglich war, kam ich mit den sehnsüchtig erwarteten Zigaretten zurück. Werfel nahm gleich eine Zigarette aus der Packung und für mich galt es jetzt, aufmerksam zu sein, denn nun begann ein Schauspiel: Zuerst beschnupperte er die Zigarette, dann schleckte er sie ab und steckte sie in den Mund. Nachdem er sie mit einem langen Zündholz angezündet hatte, zog er so beharrlich an seiner Zigarette, bis die Glut in die Mitte der Zigarette gewandert war. Dann nahm er die Zigarette von seinem Mund, ließ den in seiner Mundhöhle gesammelten Rauch hinaus, um ihn sofort wieder mit einem hörbaren Zischlaut tief in seine Lungenspitzen einzuatmen. Nachdem diese Prozedur beendet war, ließ er den gesammelten Rauch in lieblichen, kleinen Wölkchen aus seinem Mund entgleiten. Eine Zigarette war bei ihm in zwei Zügen bis auf einen kleinen Stummel geraucht. Werfel beim Rauchen zuzusehen war für mich als 8-jährigen Buben ein unvergessliches Erlebnis. Bei dieser Gelegenheit war es mir möglich, Werfels rabenschwarze Vorderzähne zu sehen. Bis heute habe ich nie mehr solche schwarzen Vorderzähne gesehen.

In den Monaten Mai, Juni und Juli 1932 war Franz Werfel nicht auf der Hohen Warte. »Er schreibt an einem sehr wichtigen Buch«, sagte die Frau Moll, »da hat er für uns keine Zeit. Da ist er entweder in Breitenstein oder in Italien. Da braucht er seine Ruhe, die er niemals hat, weil Alma immer hinter ihm her ist.« Das bestätigte auch Willy Legler. Er war der Sohn von Wilhelm und Grete Legler. Grete war eine geborene Schindler, die Schwester von Alma Mahler-Werfel und somit Frau Molls Tochter aus ihrer ersten Ehe mit dem verstorbenen Maler Emil Jakob Schindler.

Franz Werfel

Im August kam Werfel ganz überraschend von Breitenstein am Semmering nach Wien zurück. Er ging nicht in die Alma-Villa, sondern in das Moll-Haus. Unrasiert und wütend kam er zur Tür herein. Auch ich kam gerade vom Einkaufen für Frau Moll aus Grinzing zurück. In meinem Netz lag neben Gemüse und Obst obenauf eine Schachtel Heliane Zigaretten. Diese Zigaretten waren für Herrn Carl Moll bestimmt, der ebenfalls ein starker Raucher war. Herr Werfel hatte die Schachtel sofort in seiner Hand. Mit den Worten »Bleibt eh unter uns« öffnete er die Schachtel und seine Rauchzeremonie begann. Das war Frau Moll sichtlich nicht recht. Nicht wegen der Schachtel, sondern weil plötzlich die Tür aufgehen könnte, Alma Werfel erschien, ihren Mann rauchen sah – und es Ärger gab. Wenn Werfel uneingeladen irgendwo auftauchte und sich darüber freute, dass ihm die Flucht vor seiner Frau gelungen war, konnte man sicher sein, dass bald Alma im Raum stand und ihren Mann mit lauter Stimme daran erinnerte, was in ihren Augen Werfels absolute Pflicht war: »Zu schreiben, zu schreiben und endlich fertig zu schreiben!«

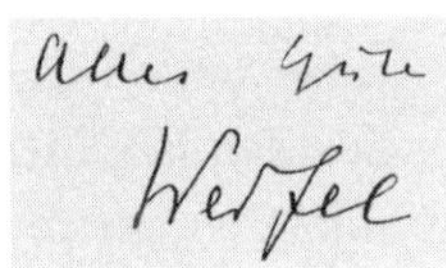

Autogramm von Franz Werfel

Anscheinend war es ihm dieses Mal gelungen, unbemerkt aus Breitenstein zu flüchten. Nur das größte Rätsel war, wie es Werfel immer gelang, ohne Geld und ohne Zigaretten auf der Hohen Warte zu erscheinen.

Nachdem er seine Zigarette geraucht hatte, war er sichtlich guter Laune. Frau Moll wusste, dass es mir bisher nicht gelungen war, von Franz Werfel ein Autogramm zu bekommen. »Warum gibst du dem Burschi nicht endlich ein Autogramm?« »Wozu braucht er das?«, war die Antwort. »Weil er Autogramme sammelt!«, sagte Frau Moll. »Außerdem hat er heute Geburtstag!« »Also damit die arme Seel a Ruah hat, gib mir dein Schreibzeug.« Ich reichte ihm einen Bleistiftstummel und einen Zettel. Als er mein Schreibzeug sah, spreizte er seine Hände von sich, so, als ob er etwas Grauen Erregendes angreifen sollte, und sagte zu mir mit tiefer verstellter Stimme: »Burschi, mit dem Schreibzeug kriegst du in jeder Schule einen Pintsch (nicht genügend), auch der große Dichter Werfel schreibt dir damit keine Unterschrift.« Da wurde Frau Moll ganz giftig und sagte: »Geh, Franzl, red doch net so geschwollen, wo soll der arme Bua ein dir genehmes Schreibzeug hernehmen, der hat doch nix! Schenk ihm doch eine von deinen Schreibfedern – da tust du ein gutes Werk.«

Die Mahler-Villa auf der Hohen Warte

Gehorsam griff Werfel in seine Aktentasche, holte eine Anzahl Schreibfedern heraus, suchte eine aus, füllte sie mit Tinte und gab sie mir. Diese Schreibfeder war damals eine Novität. Sie sah aus wie ein Federstil mit Feder. Als besonderes Patent hatte der Federstil ein Schnapperl. Wenn man es zurückschnappen ließ, saugte man dabei Tinte ein und konnte ohne einzutauchen seitenweise schreiben. Da Franz Werfel alle seine Manuskripte nur mit der Hand schrieb, war diese Errungenschaft für ihn von großem Nutzen. Dann sagte Werfel zu mir: »Burschi, weil du Geburtstag hast, schenke ich dir diese Schreibfeder und mein Autogramm!«

Er schrieb: »Alles Gute Werfel«. Frau Moll rügte ihn: »Wo bleibt dein Vorname?« »Den schreib ich net, sonst sagt der kleine Gauner noch Franzi zu mir!«

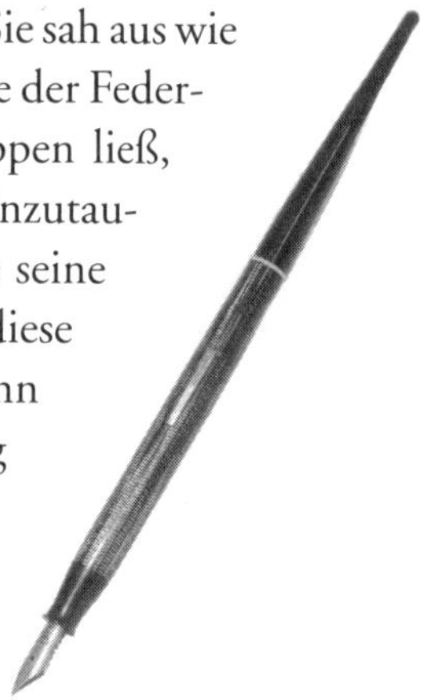

Franz Werfels Geschenk, seine Schreibfeder

Ich lerne fotografieren

Ich habe mich schon sehr früh mit Fotografie beschäftigt. Mein Onkel Otto Wegrath besaß ein eigenes Fotoatelier, wo ich öfter die Gelegenheit hatte, ihm bei seiner Arbeit zuzusehen. Bei meiner Mutter in ihrer elf Quadratmeter großen angeräumten Wohnung machte ich nach der Schule meine Aufgaben. Nachher ging ich entweder auf die Hohe Warte zu Frau Anna Moll oder ich besuchte meinen Onkel Otto in seinem Fotoatelier, das er von seinem Großvater, einem akademischen Maler, geerbt hatte. Die Familie Wegrath war sehr kunstverständig. Onkel Ottos Vater, Karl Wegrath, war ebenfalls Maler, doch interessierte ihn die damals neue Kunst der Fotografie viel mehr. Er holte sich an der Grafischen Lehranstalt den Befähigungsnachweis und machte aus dem Maleratelier 1881 ein Fotostudio. Damit das Gewerbe in der Familie blieb, nahm der Vater seinen Sohn Otto als Lehrling an. Zu dieser Zeit war die Portraitfotografie eine Sensation. Besonders bei den Familienfeierlichkeiten wie Taufe, Erstkommunion, Firmung, Hochzeit und bei anderen Anlässen waren die Bewohner von Währing stark daran interessiert, sich »abbilderln« zu lassen, wie es im damaligen Sprachgebrauch hieß.

1895 übernahm Onkel Otto das Fotoatelier als Selbstständiger von seinem Vater und heiratete Leopoldine Nowotny. Manchmal hörte ich ihn in seiner Dunkelkammer klagen: »Ach, hätte ich das nie getan!« Er hatte es bei Tante Poldi wirklich nicht leicht. Zu mir und zu ihren beiden Töchtern war sie ein liebenswerter, angenehmer Mensch, aber zu ihrem Mann war sie eine ausgesprochene »Bissgurn«. Onkel Otto selbst war ein freundlicher, sozial denkender Mann. Oft erzählte er mir, wie er am 1. Mai 1900 als Fünfundzwanzigjähriger die erste sozialdemokratische Massendemonstration in Hainburg miterlebt hatte, wo das Manifest veröffentlicht worden war, wonach jeder Mensch ein Recht auf Arbeit, angemessene Bezahlung und menschenwürdige Behandlung habe.

Diese Gedanken müssen meinen Onkel sehr beeindruckt haben, denn er dachte nicht nur sozial, er handelte auch danach. Wenn er einem Kunden ansah, dass er mühsam seine Kreuzer zusammenzählte, um seine Fotografien zu bezahlen, dann kam er diesen Kunden preislich sehr entgegen. Ganz anders bei den Höhergestellten, wie den Beamten – sie mussten ausnahmslos ohne zu verhandeln den vollen Preis bezahlen. Da die meisten seiner Kunden aus dem ärmeren Milieu stammten, war der Reingewinn seiner Arbeit gering. Das brachte seine Frau zur Weißglut. Sie keifte und machte ihm Vorwürfe, dass er sein Geschäft noch in den Ruin treiben würde, oder sagte: »Soll ich mit deinen beiden Töchtern betteln gehen?«

Ich habe solche sprachlichen Ergüsse meiner Tante oft mit angehört. Das Gezeter der Tante Poldi hatte aber bei meinem Onkel keine große Wirkung. Wenn sie nach einem Wortschwall Luft holen musste, stand er immer mit Hut und weißem Arbeitsmantel bekleidet auf, sagte sein obligates: »Schmecks, schmecks, beim Arsch is finster« und ging pfeifend in sein Atelier. Es war für mich ein lustiger

Anblick, wenn ich Onkel Otto von hinten sah: Den Hut, den er Sommer und Winter hoch aus der Stirne geschoben trug, der wallende Arbeitsmantel, der immer strahlend weiß war, seine Hose hoch hinaufgezogen – ja, man könnte sagen, seine Hose hatte »Hochwassercharakter«. Dazu seine riesigen Schuhe Größe 46, von denen ich ja selber ein Paar getragen hatte, und dazu sein Gang, der stark an Charlie Chaplin erinnerte. Zu mir war er immer herzlich und gut.

Franz Werfel vor der Mahler-Villa auf der Hohen Warte, 1932

Das größte Glück für mich war, wenn mir mein Onkel zeigte, wie man eine Fotografie herstellte und wie man sie kopierte: Man nahm einen Rahmen, legte die Platte mit der Schicht nach oben, darauf kam ein Tageslichtpapier mit der Schicht nach unten. Dann schloss man den Rahmen, damit Platte und Fotopapier fest in Kontakt blieben. Danach hielt man den Rahmen ans Tageslicht und zählte: einundzwanzig, zweiundzwanzig, dreiundzwanzig und ging mit dem Rahmen zurück in den Kopierraum. Bei gelbem Licht legte man das Fotopapier in den Entwickler und konnte mit Freuden zusehen, wie sich das Bild entwickelte. Danach gab man das Bild in einen Fixierer. Nach ungefähr zwei Minuten nahm man die Fotografie heraus, wässerte sie und hängte sie dann zum Trocknen auf.

Wenn Onkel Otto gut aufgelegt war, durfte ich unter seiner Aufsicht diese Arbeit ganz alleine machen. Als ich zum ersten Mal ein von mir belichtetes Fotopapier in den Entwickler gegeben hatte und zusah, wie auf dem weißen Fotopapier das Bild langsam hervorkam, war ich unbeschreiblich glücklich. Diese Liebe zur Fotografie führte auch zu meinem späteren Beruf. Viele Jahre danach wurde ich in den 1960er Jahren Instruktor im grafischen Gewerbe und demonstrierte neue Arbeitsverfahren für die Filmkonzerne Agfa Gevaert und später Fuji Film.

Im Frühsommer 1932 gab es bei der Frau Moll etwas zu bewundern – Oberschwester Ida hatte eine neue kleine Kamera mitgebracht. Die Kamera hieß »Box-Fix« und man verwendete zum Fotografieren einen 6-x-9-cm-Rollfilm. Damals war das eine Neuheit. Durch einen kleinen Sucher fand man sein Motiv und knipste. Schulli zeigte uns einige Aufnahmen, die sie geknipst hatte. Diese Fotos wurden einerseits bewundert, andererseits wegen ihrer Unschärfe kritisiert. Eine

Franz Werfel lässt sich von Erich Rietenauer fotografieren, 1932

Diskussion entstand, ob diese Box-Fix-Kamera einen fotografischen Wert hatte oder ob sie nur eine Spielerei sei. Herr Moll urteilte rasch: »Das ist etwas für Kinder, des Klumpert ist a Dreck!« Daraufhin protestierte Schulli ganz energisch: »Das ist deutsche Wertarbeit, ich hab diese Box aus Dresden mitgebracht!« »Na und?«, erwiderte Herr Moll. »Wenn es wirklich kein Dreck ist, dann soll uns der Burschi fotografieren. Komm, wir setzen uns da her, Schulli, setz dich auch zu uns und der Burschi wird uns drei knipsen.« Etwas zittrig, aber schon sehr

Alma Mahler-Werfel mit ihrer Tochter Mutzi

Alma Mahler-Werfel, Franz Werfel und Manon Gropius, 1932

neugierig habe ich sie geknipst. »Das war alles?«, fragte Herr Moll, »du hast uns ja nicht einmal das Vogerl gezeigt. Jetzt bin ich neugierig, was daraus wird.« Damals war es üblich, dass der Fotograf seine Kundschaft aufmerksam machte, sich still zu verhalten, sich nicht zu bewegen, sonst würden sie das Vogerl nicht sehen, das aus dem Objektiv herauskommt. Darauf folgte meistens ein Gelächter und die Gesichter waren entspannt.

Da kam Manon. Als sie mich mit der Box-Fix sah, rief sie: »Burschi, komm rüber zu uns, du musst mich bei unserer Stiege aufnehmen, aber alleine. Im Garten sitzt der Onkel Franz, den musst du auch knipsen. Das wird schön werden.« Ich dachte mir im Stillen: »Na hoffentlich!« Im Alma-Haus stellte sich Mutzi in Positur und ich knipste sie. Neugierig kam Franz Werfel zu uns und fragte: »Burschi, was hast du denn da?« »Das gehört der Oberschwester, das hat sie mir geborgt, damit ich Sie knipsen kann.« »Was, mich willst du knipsen, du Knirps du?« »Ja, Herr Dichter, ich muss!« Mit der Bemerkung »Wenn der Burschi muss, dann muss er halt!« begann Franz Werfel sich die verschiedensten Posen auszudenken, in denen er fotografiert werden wollte. Franz Werfel hatte, wenn er wollte, ein großes Talent zum Komiker. Wir alle kamen aus dem Lachen nicht heraus. Endlich ließ er es zu, dass ich ihn dreimal knipste. Inzwischen war auch Frau Alma Mahler-Werfel dazu gekommen. Sofort wurde sie von

Mutzi bestürmt: »Mami, komm her, der Burschi soll uns fotografieren!« Alma sah mich an: »Was, der Knirps, kann er denn das?« Da sagte Werfel ganz trocken: »Jawohl, der Knirps knipst!«

Ich fotografierte Alma, Werfel und Manon auf einer Bank. Kaum war der Film ausgeknipst, rannte ich zu meinem Onkel, damit er den Film entwickelte. Doch er behauptete, er habe noch nie im Leben einen Rollfilm entwickelt. Auf mein stürmisches Zureden ließ er sich schließlich doch überreden. Ich wartete voller Ungeduld vor der Dunkelkammer. Als er endlich herauskam, grinste er: »Erich, fürchte dich nicht. Es ist was drauf. Aber nicht so scharf wie auf meinen Platten.« Da fiel mir ein Stein vom Herzen. Mein Onkel machte mir Kopien und ich sah, dass die Fotos gut waren. Am nächsten Tag konnte ich es kaum erwarten, sie auf der Hohen Warte herzuzeigen. Ich wurde sehr gelobt. Besonders Schulli war hoch erfreut. Sie sagte zu Herrn Moll: »Das Klumpert ist doch kein Dreck. Der Burschi hat's bewiesen!« Ich war glücklich. Noch heute, mehr als 70 Jahre später, habe ich die Fotos mit den dazugehörigen Negativen in meinem Besitz.

Auch Alma Mahler-Werfel spürt die Notlage

An einem verregneten Sommertag im Jahre 1932 saß ich in der Küche und half Frau Moll beim Erbsenauslösen. Carl Moll setzte sich dazu und beklagte die furchtbar schwere Zeit. »Überall, wo man hinkommt, jammern die Menschen über Trostlosigkeit und Elend.« Er erzählte von einer Familie, die ihre Villa im Cottage verkaufen musste, weil sie ihre Schulden nicht bezahlen konnte. Dann erzählte er, dass er gerade aus dem Kulturministerium komme. Man hatte ihm dort den Schuldenstand nach der »Internationalen Kunstausstellung« in Venedig genannt. Seinen Monolog beendete er stets mit dem Satz: Wenn er früher gewusst hätte, welche Schwierigkeiten auch im Nachhinein auf ihn zukommen, er hätte für die Ausstellung keinen Finger gerührt! Dann ging es weiter: »Und meine feinen Kollegen, besonders die Maler, die ich bei der Ausstellung nicht berücksichtigen konnte, die führen sich auf, als ob ich ihr Mörder wäre!«

Frau Moll ging sein Gejammer sichtbar auf die Nerven: »Carl, ich habe dir doch damals geraten, die Künstler für die Kunstausstellung nicht selber auszuwählen, sondern diese Arbeit einer Kommission zu übertragen. Sie hätten gewählt und du hättest keine Probleme. Jetzt, als der Chef des Ganzen, bist du übrig geblieben. Das geschieht dir recht. Eine andere Sache sind die Restforderungen für die Ausstellung in Venedig. Wenn du allein den Schuldenbetrag aufbringen müsstest – das wäre eine Katastrophe! Sicher hast du es heute im Kulturministerium gehört, dass unsere Freunde Julius Meier-Graefe, Gräfin und Graf Spork dir mit ihren Beziehungen geholfen haben, damit die Schulden international beglichen werden.«

Carl und Anna Moll, Julius und Annemarie Meier-Graefe, unbekannt

Dann wechselte sie das Thema: »Etwas anderes macht mir mehr Sorgen: ob die Almschi ihre gewaltigen Investitionen beim Hauskauf und bei der Instandsetzung der Villa finanziell verkraften kann!« Carl Moll meinte darauf hin: »Ich habe schon lange erwartet, dass Alma finanzielle Sorgen bekommt. Bedenke doch, dass seit über einem Jahr aus den USA und Holland für die Aufführungen der Werke Gustav Mahlers keinerlei Tantiemen gekommen sind. Das ist doch der Grund, warum Franzi wie ein Besessener an der Fertigstellung seines ›Musa Dagh‹ arbeitet und Alma überall den Sparstift ansetzt.«

Wie aufs Stichwort kam Schulli in diesem Moment bei der Türe herein, hatte ganz verweinte Augen und setzte sich stumm nieder.

Ganz bestürzt fragte Anna Moll, was mit ihr los sei. Wortlos legte Schulli einen Brief auf den Tisch, den ihr Alma in das Kinderspital geschickt hatte. Frau Moll las den Brief laut vor:

> *Liebste Schwester – Heute fällt es mir schwer, Ihnen zu schreiben – hoffentlich schwerer, als Ihnen, es zu lesen. Aber ich möchte alles klar machen – bevor es zu spät ist. – Es handelt sich um unseren Sommerurlaub – D.h. Ihren – von dem seit Jahren alle Menschen unsrer Umgebung glauben, dies sei eine Einladung – und Ihre Hilfeleistungen – ein Gegendienst für einen schönen gesunden Landaufenthalt. Die Zeiten haben sich indess so verschlechtert, dass ich Ihnen nun wirklich das Honorar, das ich Ihnen immer gab, nicht mehr geben kann – und ich die Bitte an Sie stellen möchte, die Vermutung unsrer Freunde wahr zu machen. Am Ende Ihres Aufenthaltes möchte ich Ihnen dann ein Geldgeschenk machen – als Gegengeschenk für mancherlei Hilfsleistung – die dadurch viel verkleinert ist, dass ich nun statt einem alten Drachen in der Küche und einem unfähigen Diener zwei prachtvolle Mädchen habe. –*
> *Ich schreibe dies Ihnen zur rechten Zeit, da Sie, wenn Sie auf das Geld angewiesen sein sollten, noch immer Zeit haben, ein Engagement für diese Sommermonate zu suchen – was mir sehr leid täte.*
> *Ich bitte herzlichst um Antwort und grüße Sie hundertmal*
> *Alma Mahler*

Als Frau Moll endete, war es zunächst still. Dann wurde die Frau sehr ärgerlich: »Also, Carl das ist doch eine impertinente Frechheit von der Alma. Sie tut so, als wenn Schulli den ganzen Sommer über bei ihr in Breitenstein wohnen und arbeiten würde. Soviel ich weiß, Schulli, sind Sie doch als Oberschwester im Leopoldstädter Kinderspital ganztags tätig! Soviel ich gehört habe, bekommen Sie für das ganze Jahr zehn Tage Urlaub. Wenn Sie eine Woche davon in Breitenstein verbringen, werden Sie von ihr wie eine Dienstmagd behandelt. Schulli, ich frage Sie jetzt, seien Sie ehrlich zu mir: Haben Sie jemals für eine Arbeit von Alma Geld verlangt?« Schulli war empört: »Ich soll Geld verlangt haben? Niemals! Wenn sie mir manchmal Geld zugesteckt hatte, so

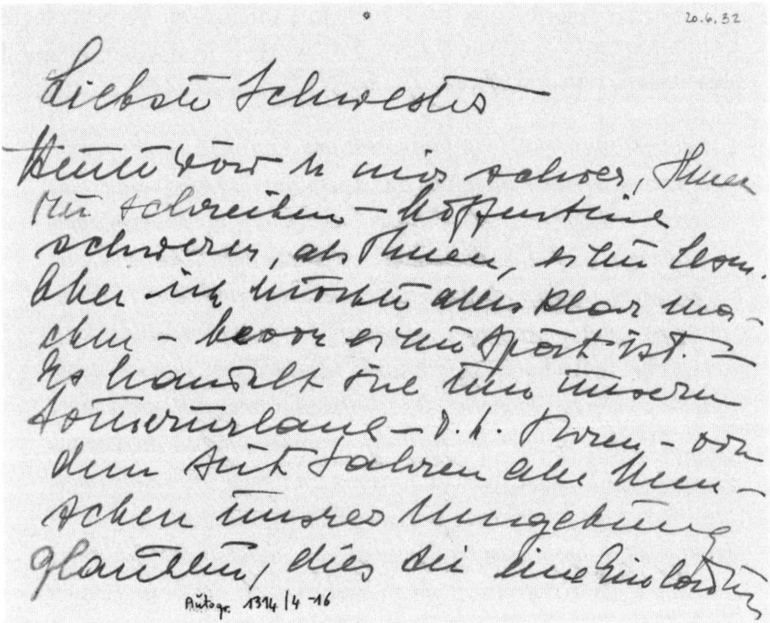
20.6.32

Liebste Schwester

Heute wird es mir schwer, Ihnen zu schreiben – hoffentlich nie schwerer, als Ihnen, es zu lesen. Aber ich möchte alles klar machen – bevor es zu spät ist. – Es handelt sich um unseren Sommerurlaub – d. h. Ihren – den seit Jahren alle Menschen unserer Umgebung glauben, dies sei eine Einladung

Autogr. 1314/4-16

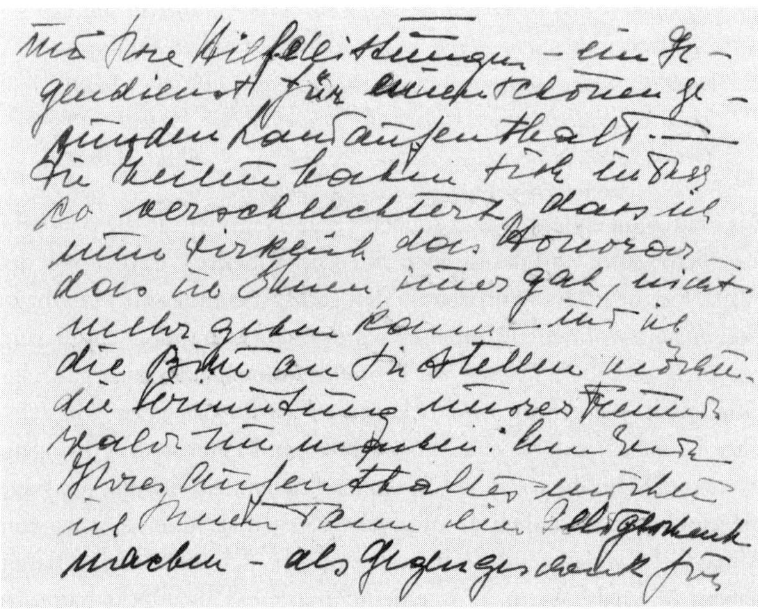
und Ihre Hilfeleistungen – ein Gegendienst für einen schönen gesunden Landaufenthalt. – Die Zeiten haben sich indessen so verschlechtert, dass ich uns wirklich das Honorar das ich Ihnen immer gab, nicht mehr geben kann – und ich die Bitte an Sie stellen möchte die Betreuung unseres [illegible] [illegible]: Am Ende Ihres Aufenthaltes möchte ich Ihnen dann ein Geldgeschenk machen – als Gegengeschenk für

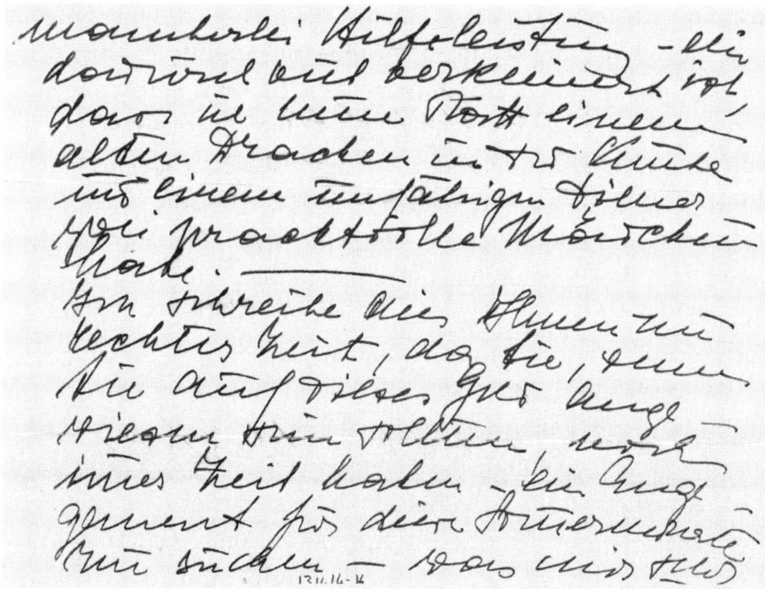

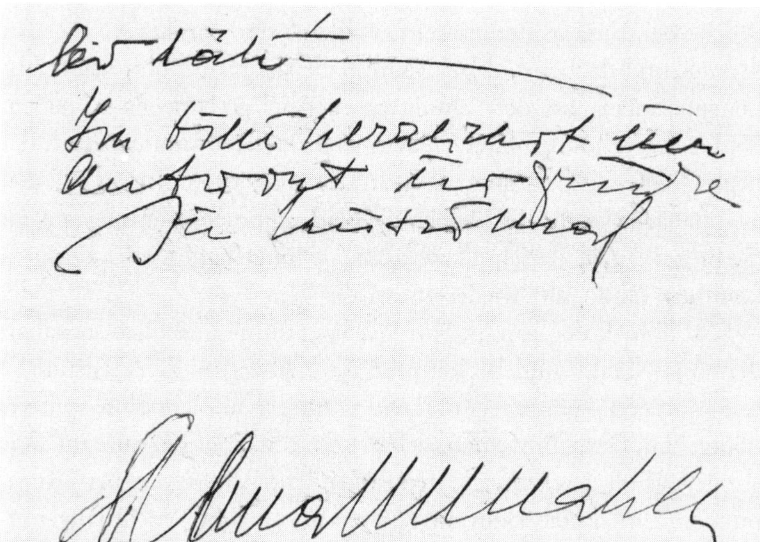

»Es fällt mir schwer Ihnen zu schreiben.« – Alma Mahler-Werfels Brief an Ida Gebauer, 20. Juni 1932

stand das zu meiner Plage in keiner Relation. Wenn ich auf ihre Gaben angewiesen wäre und von ihren Spenden leben müsste, dann wäre ich bereits verhungert. Ich habe in Breitenstein freiwillig immer das Nötige gemacht, was die Anwesenden geflissentlich übersahen. Alles, was ich hier und in Breitenstein gemacht habe, das habe ich für Sie und für Mutzi kostenlos und gern gemacht und nie etwas dafür verlangt! Jetzt habe ich genug! Ich komme niemals mehr auf die Hohe Warte und nie mehr nach Breitenstein!« Sie drehte sich um und ging. Frau Moll rief Schulli nach: »Aber zu uns können Sie jederzeit kommen!« Sie hörte das nicht mehr, sie war eiligst verschwunden.

Zwischen Alma und Schulli gab es nie Honorarabmachungen. Je nach Gunst und Laune steckte Alma ihr ein paar Schillinge zu. Dabei arbeitete Schulli, wenn sie in Breitenstein war, wie eine Dienstmagd. Deshalb empfand ihn Schulli auch als reine Provokation und hatte den ganzen Sommer lang keinen Kontakt zu Alma. Zu Manons großem Kummer bekam auch sie keine Post von Schulli. Manon berichtete Frau Moll, dass die zwei prachtvollen Mädchen nicht einmal eine Woche bei Alma in Breitenstein geblieben sind. Im Haus gehe alles drunter und drüber und bei Mami habe sie das Gefühl, dass es ihr ungemein leid täte, der Schulli diesen Brief geschrieben zu haben. Und sie sei schon ganz verzweifelt, weil sie nicht komme. Auch der Legler Willy sei ebenfalls ganz bedrückt, weil er niemanden hat, den er »pflanzen« könne. Das haben die beiden immer so lustig gemacht. Sie bitte Frau Moll, Schulli zu sagen, sie möge bald wieder zu ihnen kommen, damit alles wieder gut wird.

Schulli hielt den ganzen Sommer lang durch und blieb standhaft der Villa Mahler und Breitenstein fern. Aber am 31. August 1932 war Almas 53. Geburtstag und den konnte man nicht ohne weiteres übergehen. Deshalb meldete sich Schulli mit einer Gratulation. Wie aus der Pistole geschossen kam postwendend Almas Antwort: »Kommen Sie zurück, ich kann die Spannung mit Ihnen nicht länger ertragen!« Manon war mit ihrer Mutter froh, dass der alte Zustand wieder hergestellt wurde. Jetzt schrieb Alma Schulli Briefe der überschwänglichsten Form:

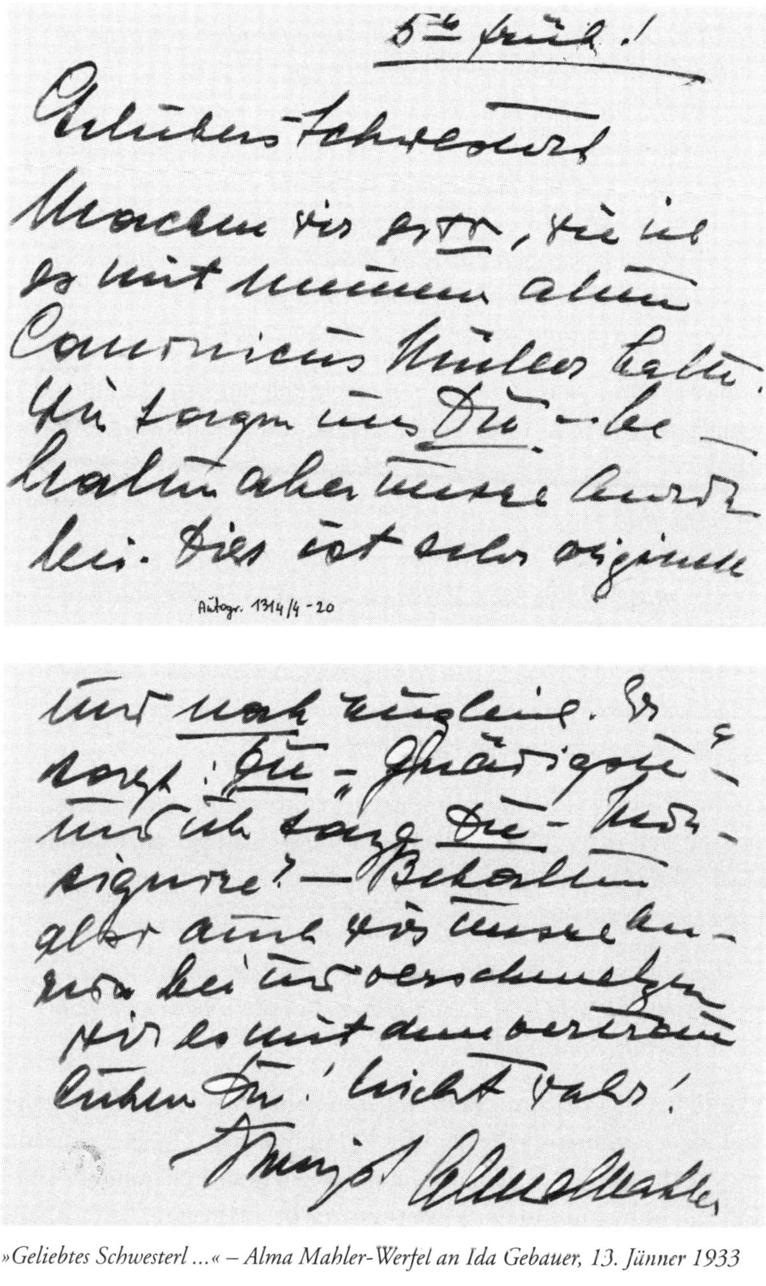

5h früh!

Geliebtes Schwesterl!
Machen Sie es so, wie ich
es mit meinem alten
Canonicus Müller halte.
Wir sagen uns Du – be-
halten aber unsere Anrede
bei. Dies ist sehr originell
und [illegible]. Er
sagt: Du – Gnädigste! –
und ich sag Du – Mon-
signore! – Behalten
aber auch Sie unsere An-
rede bei und verschmelzen
Sie es mit dem vertrauten
lieben Du! Nicht wahr!
Innigst AlmaMahler

»Geliebtes Schwesterl …« – Alma Mahler-Werfel an Ida Gebauer, 13. Jänner 1933

Liebes Schwesterl, ich danke Ihnen innigst für Ihren lieben, lieben Brief. Unser Zusammenleben ist wolkenlos, sodass ich mir immer vorstelle, wir könnten einmal im Leben, ganz miteinander leben? Maria ist nun auch fort und wir sind ganz allein. Allerdings nicht für lange. Samstag und Sonntag kommt die Familie Rose – Also Arbeit genug! Auf die Dauer auch kein Vergnügen. Würden Sie so süß sein und mir zwei Flakons Inkretahn besorgen und schicken? Ich verspreche, sehr vorsichtig damit umzugehen.
Seien Sie 1000mal umarmt von Alma Mahler

In dieser Form richtet Alma mehrere Briefe an Schulli. Aber den bemerkenswertesten Brief schrieb Alma am 13. Jänner 1933 an Schulli:

5 Uhr früh
Geliebtes Schwesterl, machen wir es so, wie ich es mit meinem alten Canonikus Müller halte: Wir sagen uns Du – behalten aber unsere Anrede bei. Dies ist sehr originell und ›nah‹ zugleich. Er sagt ›Du Gnädige‹ und ich sage ›Du Monsignore‹. Behalten also auch wir unsere Anrede bei und verschmelzen wir es mit dem vertraulichen Du! Nicht wahr, innigst Alma Mahler

Zu dieser Zeit war Schullis Respekt gegenüber Alma viel zu groß, als dass sie sich getraut hätte, Alma mit »Du Gnädige« anzusprechen. Doch Alma überschüttete Schulli mit Zärtlichkeiten. Am 20. Jänner 1933 schrieb sie ihr:

Geliebtes süßes Schwesterl, nein – du musst ›du‹ zu mir sagen! So wie ich es gedacht habe. Dein heutiger Brief ist so schön und so nah!
Sei gegrüßt Alma Mahler

Schulli hat den Brief mit dem Angebot zum »Du« Frau Moll gezeigt und sagte: »Immer dieses Du und Du und wieder Du, ja geht denn das überhaupt? Sie – Alma – die gnädige Frau, die Grande Dame, und ich, immer nur in der Schwesterntracht! Das kann doch niemals gut gehen.

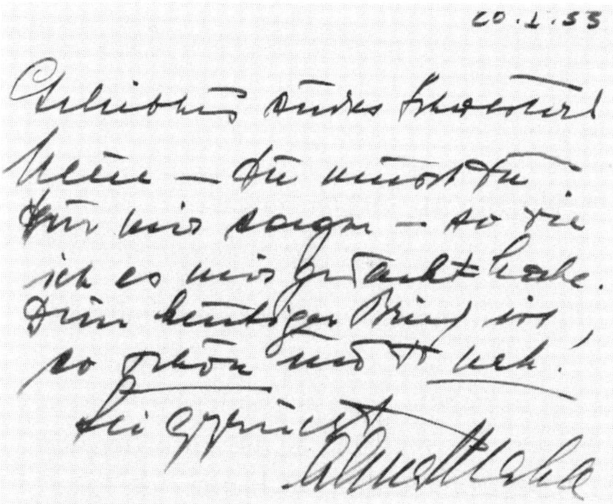
20.1.33
– du musst du zu mir sagen – so wie ich es mir gedacht habe.
Sei gegrüsst Alma Mahler

»… du musst ›du‹ zu mir sagen!« – Alma Mahler-Werfel an Ida Gebauer, 20. Januar 1933

Moll lächelte und sagte: »Schauen Sie, Schwesterl. Die Alma weiß sich keinen Rat mehr, sie hat Angst, dass Sie nimmer kommen. Denn dann wäre sie mit Ausnahme vom Franzi von lauter falschem Gesindel umgeben. Und das weiß sie ganz genau. Darum machen Sie sich keine Sorge, lassen Sie die Alma sprechen mit Ihnen, wie sie will, und bleiben Sie bei Ihrer ›Gnädigen‹!« So blieb es auch. Nur für Mutzi blieb das »Schwesterl« immer nur »meine liebe Schulli«.

Obwohl Alma bei Schulli immer versuchte, das vertraute Du-Wort im Umgang mit ihr innigst einzuführen, hatte sie beim »Geliebten Schwesterl« kein Glück. Schulli kannte Alma nach zehnjährigem Zusammensein sehr gut. Sie wusste, welch vulgäre Ausdrücke Alma verwendete, wenn man sie wütend machte. Alma wütend zu machen, das konnte sehr leicht geschehen und dann blieb kein Auge trocken. Da war es besser, beim distanzierten »Sie« zu bleiben. Immerhin – Alma wusste genau, was dieser grundehrliche, treue Mensch Agnes Ida Gebauer für sie war – der einzige Mensch, der ihr bis zu ihrem Tode immer treu ergeben sein würde.

Manon und Ida Gebauer, 1932

Das Haus Mahler in Breitenstein

Im Sommer 1932 waren die Familien Mahler-Werfel und Moll stark beschäftigt. Franz Werfel bemühte sich, seinen Roman »Die vierzig Tage des Musa Dagh« fertig zu stellen, denn er plante, Vorträge in Nürnberg, Frankfurt, Dresden, Weimar und Berlin zu halten. Er schrieb am Roman in St. Margaritha und im Mahlerhaus in Venedig. Seine Frau Alma war die ganze Zeit bei ihm.

Carl Moll wiederum wollte seine grantigen Malerkollegen, die er bei der großen Ausstellung in Venedig nicht berücksichtigen konnte, mit einer Herbstausstellung in der Secession wieder zufrieden stellen. Moll selbst war bei dieser Ausstellung, die von Dezember 1932 bis Jänner 1933 lief, mit sieben Ölbildern vertreten, die von allen Bildern mit Preisen zwischen 1000 und 2000 Schilling am höchsten veranschlagt waren.

Die politische Lage war damals alles andere als ruhig. Ich erinnere mich noch genau an die Unruhe, als der ehemalige Bundeskanzler Prälat Ignaz Seipel am 2. August 1932 starb. Auf ihn war bereits am 2. Juni 1924 am Südbahnhof ein Attentat verübt worden, und viele vermuteten, dass er an den Spätfolgen dieses Attentates gestorben war. Sogar ich mit meinen acht Jahren spürte die Angst, die die Menschen immer mehr ergriff. Trotzdem war ich glücklich, weil Frau Moll mir Christus-Sandalen gekauft hatte. Die trug ich mit Begeisterung den ganzen Sommer. Dadurch konnte ich meine Lederschuhe, die mir immer noch eine Nummer zu groß waren, schonen.

Als ich in meinen Schulferien Frau Moll besuchte, sagte sie zu mir: »Burschi, wenn du willst, kann ich dir eine Freude machen. Wir übersiedeln für drei Wochen nach Breitenstein. Deshalb musst du aber nicht traurig sein. Am kommenden Sonntag fährt die Oberschwester

Das Sommerhaus in Breitenstein, 1932

mit der Bahn zu uns und bringt uns einige Sachen. Am Abend fährt sie wieder nach Wien zurück. Wenn du willst, holt sie dich Sonntag früh ab und bringt dich am Abend wieder heim. Willst du?« Ich wurde vor Freude ganz rot im Gesicht und stotterte: »Ich will schon, aber ob meine Mama das will?« »Da mach dir keine Sorgen. Ich schreib ihr ein Brieferl. Wenn sie will, kann sie mitkommen!« Gesagt, getan – Frau Moll schrieb an meine Mutter einen Brief. Ich nahm ihn, steckte ihn ein und sagte halblaut zu mir: »Wenn meine Mama wirklich mitfährt, dann fress ich einen Besen.« Frau Moll hörte meine Äußerung und lachte herzlich. »Wir werden sehen«, sagte sie, »vielleicht kaust du nächsten Montag schon am Besenstiel.« Doch Mama ließ mich gehen und blieb zu Hause. Ihr Standpunkt war: »Bei diesen feinen Leuten habe ich als arme Frau nichts verloren!«

Am Sonntag, den 10. Juli 1932, holte mich Schulli um 7 Uhr früh von zu Hause ab. Obwohl sie kein Wort sagte, merkte ich, dass sie der Anblick unserer Wohnung bedrückte. Wir fuhren mit der Straßenbahn zum Südbahnhof und von dort mit dem Eilzug Richtung Semmering. Am Bahnhof Payerbach-Reichenau holte uns Willy Legler mit dem Auto ab und brachte uns auf den Kreuzberg zur Alma-Villa. Willy Legler, Almas Neffe, hatte 1932 sein Studium beendet und war geprüfter Architekt, leider ohne Auftrag.

Mit großem Hallo wurden Schulli und ich von den Anwesenden begrüßt. Voller Freude stellte ich fest, dass außer der lieben Frau Moll auch Mutzi da war. Sie nahm mich gleich bei der Hand: »Komm, Burschi, jetzt zeig ich dir unser Haus!« Mutzi führte mich ins Haus und wir kamen zuerst in das berühmte Kaminzimmer. Der Fußboden und die Wand des Zimmers waren schwarz-weiß getäfelt. Die

Kokoschkas Wandbild, 1932 von Erich Rietenauer fotografiert

Möbel waren ebenfalls schwarz. In der Mitte befand sich der offene, große Kamin. Rundherum befanden sich gepolsterte Sitzgelegenheiten und davor lag ein Fell mit einem Leopardenkopf. Über dem Kamin sah ich ein unheimliches Bild. Ich hatte keine Ahnung, wer dieses Fresko gemalt hatte. Schelmisch fragte mich Mutzi: »Sag, Burschi, wie gefällt dir denn das Bild?«
Ich sah mir das Bild näher an. »Furchtbar, bei dem Bild kann ich mich nur fürchten. Da sieht man ja die ganze Hölle. Diese grauslichen Viecher und der arme Mann, der kann sich ja vor lauter Angst gar nicht mehr rühren. Die Schlangen sind doch giftig! Seine alte Frau, die ist natürlich erschrocken. Solche Teufelsviecher heimbringen, das tut man nicht. Wenn ich das machen würde, dann kriegert ich von meiner Mama Hieb mit dem Kochlöffel, weil der mehr wehtut als der Pracker.« Daraufhin hörte ich hinter mir ein stürmisches Gelächter. Alle Anwesenden, darunter auch Stadtrat Julius Tandler, hatten meinen Kommentar gehört. Ich wurde feuerrot und hatte das bestimmte Gefühl, einen großen Blödsinn gesagt zu haben. Frau Moll sagte: »Warum lacht ihr? Unser Burschi hat doch von all dem keine Ahnung!« Dann nahm sie mich bei der Hand: »So, Burschi, jetzt gibt es Essen. Du hast sicher einen großen Hunger, gelt?« Ich nickte und meine Verlegenheit war wie weggeblasen.

Bei passender Gelegenheit fragte ich Mutzi: »Sag, lebt der Mann in dem Feuer wirklich?« »Der Oskar Kokoschka – natürlich, er hat doch das Bild selbst gemalt.« Für mich war klar, dass dieser Maler die Hölle gesehen haben musste. Ich holte meine Box hervor und knipste das Bild. Mein Onkel Otto, der Fotograf, entwickelte später den Film. Zu meinem Foto des Freskos meinte er: »Scharf ist es nicht, eine Erinnerung halt.«

Ich war in den Jahren 1936, 1937 und 1938 in den Ferien in Breitenstein zu Gast und war von dem Wandbild jedes Mal sehr beeindruckt.

Frau Moll erzählt mir von Kokoschkas Wandbild und dem Ende der Beziehung

1909 suchte Alma für Gustav Mahler ein Haus in einer ruhigen Gegend. Da Alma mit Gustav Mahler nach New York fuhr, hatte sie dafür wenig Zeit und bat ihren Stiefvater Carl Moll, ein geeignetes Haus zu erwerben. Durch Zufall fand er in Breitenstein am Semmering ein altes Bauerngut mit einer Landwirtschaft und dazugehörigen Feldern, Wäldern und einem großen, alten Baumbestand. Alma war von diesem alten Haus begeistert und beschloss es umzubauen. Im Mai 1911 kam sie mit dem schwer herzkranken Komponisten aus den USA zurück. Als Gustav Mahler noch im selben Monat starb, wurde ihre finanzielle Lage schwierig. Alma, in jeder Lage souverän, ließ sich von ihrem Bauvorhaben nicht abhalten. Indem sie ihre Felder und den Wald verkaufte, beschaffte sie sich das benötigte Geld für den Umbau. Als Alma zu Ostern 1913 in ihr Haus einzog, war aus dem alten Bauernhaus eine prächtige Villa geworden. Hundertjährige Linden und duftende Almwiesen umgrenzten das Anwesen, von dem man einen freien Blick auf die Rax und den Schneeberg hatte. Bei der Inneneinrichtung des

Hauses konnte man erkennen, welchen erlesenen Geschmack Alma besaß.

Trotz allem war Alma nicht zufrieden. Im Salon über dem Kamin fehlte etwas. Da kam ihr ein Gedanke: Unlängst hatte sie Oskar Kokoschka in Marienbad nach einem Streit zornig verlassen. In Wien bat er Alma fortlaufend um Verzeihung. Dieses Schuldgefühl wollte Alma für sich ausnützen. Kokoschka sollte ihr über dem Kamin ein Bild malen. In einem Rohrpostbrief schrieb Alma an Kokoschka: »Wenn Du ernst willst, dass ich Dir verzeihe, komm mit Deinem Malwerkzeug nach Breitenstein zu mir.«

Alma Mahler-Werfel, gezeichnet von Oskar Kokoschka

Bereits am nächsten Tag war Kokoschka in Breitenstein zur Stelle. Alma ging mit Kokoschka in das Kaminzimmer und zeigte ihm, dass über dem Kamin etwas fehlte. Er dachte an ein Bild, sie jedoch an ein Fresko. Doch Kokoschka lehnte ab: »Ich kann kein Fresko, ich habe noch nie ein Fresko gemalt.« Das akzeptierte Alma nicht und sie begannen zu streiten. Gegen Alma einen Streit zu gewinnen, war aussichtslos.

Als Alma ihn allein in Breitenstein gelassen hatte und ohne ihn nach Wien zurückgekehrt war, rief Kokoschka Carl Moll in Wien auf der Hohen Warte an. Nach fast achtzig Jahren weiß ich heute noch die Telefonnummer: B11127. Das Ergebnis des Gesprächs war: »Mal die Alma himmelblau als Lichterfee und dein Ebenbild im Dunkeln.

Das gefällt ihr sicher.« Fast den ganzen Juli 1914 malte Kokoschka wie ein Besessener an diesem Fresko.

Ende Juli 1914 hatte Kokoschka das Fresko beendet. Ohne auf Alma zu warten, fuhr er mit dem nächsten Zug nach Wien zurück. Frau Moll erzählte mir, dass sie ein Telefonat zwischen Alma und Kokoschka mitangehört hatte. Alma fragte ihn: »Hast du etwas Interessantes gemalt?« Kokoschkas Antwort war kurz: »Schau selber. Es ist vier Meter lang und ich geh jetzt ins Bett.« Alma legte den Hörer auf und triumphierte: »Siehst du, Mama, ich hab ihn doch so weit gebracht! Sonntag fahren wir nach Breitenstein und werden sehen, was er gemalt hat!«

Inzwischen hatte Österreich-Ungarn Serbien den Krieg erklärt. Kokoschka war 28 Jahre alt und musste sich zum Kriegsdienst melden. Adolf Loos wollte verhindern, dass er zur Infanterie einrücken musste, und meldete ihn zur Kavallerie, beim vornehmsten Reiterregiment der Monarchie, an. Doch Kokoschka konnte nicht reiten und außerdem musste er sein eigenes Pferd mitbringen. Bei der Kunstausstellung in Hamburg wurde unter großem Beifall des Publikums Kokoschkas »Die Windsbraut« ausgestellt. Kokoschkas Mutter verkaufte das Bild in der Folge an einen Apotheker in Hamburg. Diese Summe reichte aus, um ihrem Sohn ein Pferd zu kaufen. Mit diesem Halbblut »Minden Lo« rückte er zur Ausbildung nach Wiener Neustadt ein. Seit diesem Zeitpunkt sah Kokoschka Alma Mahler nie mehr wieder.

Als Alma das Fresko das erste Mal sah, stieß sie einen Freudenschrei aus: »Endlich hat er es begriffen! Ich bin seine Lichtgestalt, ich zeige ihm den Weg zum Erfolg. Ohne mich wird er kein gutes Bild mehr malen können.« Carl Moll schaute seine Frau an und fragte sie: »Glaubst du das auch?« Frau Moll schüttelte den Kopf: »Nein, Carl, hier zeigt er uns seinen Abschied. Den Oskar sehen wir nie mehr!« So war es auch. Als Kokoschka im Krieg 1915 schwer verwundet wurde und mit dem Tod rang, hatte Alma nichts Eiligeres zu tun, als Kokoschkas Atelier in der Hardtgasse total zu räumen. Dieses Fresko war somit das Ende der Liebesgeschichte zwischen Alma und Kokoschka.

Nach dem Krieg ließ die russische Kommandantur das Fresko mit Gips übermalen. Nach dem Abzug der sowjetischen Armee wurde die Alma-Villa eine Erholungsstätte für die Belegschaft der Korneuburger Schiffswerft. Danach stand die Villa lange Zeit leer. Später hörte ich, dass ein akademischer Maler das Haus erworben hatte. Er entdeckte, was sich oberhalb des Kamins unter der weißen Farbe verbarg.

Anfang 2008 waren im Unteren Belvedere in Wien die frühen Werke Oskar Kokoschkas zu sehen. Zum ersten Mal wurde das abgelöste Fresko aus der Alma-Villa der Öffentlichkeit gezeigt. Ich war dort und konnte mir das Bild ganz genau ansehen. Von 1932 bis 1938 hatte ich das Fresko mehrmals in seinen Originalfarben gesehen. Der Anblick des Freskos machte mich traurig, weil die brutale Übermalung die Farben des Freskos sehr stark verändert hatte. Das Flammenmeer der Hölle, in der der gepeinigte Kokoschka sitzt, ist durch die Ablösung verschwunden. Der Kalk hatte die hellroten Flammen der Hölle, die Kokoschkas Qualen symbolisierten, völlig aufgelöst. Heute bekommt man von dem abgelösten Fresko einen gänzlich anderen Eindruck.

Eines zeigt das aufgelöste Fresko allerdings deutlich: Alma ist hier nicht die Lichtgestalt, die Kokoschka seinen Weg weist. Sie wirkt förmlich erschrocken, dass Kokoschka noch immer da ist. Wenn Alma ihm den Weg aus seiner Qual zeigen sollte, dann hätte er sich selbst anders gemalt, keinesfalls mit verschränkten Armen, seinen Blick zu Boden gesenkt, um sich im Höllenfeuer den Kreaturen der Hölle ergeben anzubieten. Hätte er Alma tatsächlich als seine Lichtgestalt gesehen, dann hätte er sie mit stolzem Haupt gemalt und wäre ihr mit seinen erhobenen Händen gefolgt. Von einer Liebesgeschichte ist hier keine Rede mehr. Kokoschka wusste das. Er hatte das Ende der Liebesgeschichte gemalt. Zu dieser Zeit kämpfte Alma schon um ihren nächsten Mann, Walter Gropius, und Kokoschka blieb einsam in seinen Höllenqualen zurück.

Besuche im Hause Mahler-Werfel

Im Sommer 1932 tat sich nicht viel auf der Hohen Warte. Franz Werfel hielt sich mit seiner Madame in Breitenstein auf, um zu arbeiten. Frau Moll war in Bad Hofgastein auf Kur und Carl Moll bekam wichtigen Besuch: Der bedeutende Kunstkritiker Julius Meier-Graefe und seine Frau waren gekommen. Herr Moll hatte sein ganzes Atelier ausgeräumt und zum Wohnzimmer für seine Gäste umgestaltet. Ich war dabei, als die Gäste mit ihrem Auto ankamen. Herr Meier-Graefe war ein eleganter Mann und seine Frau sehr schön. Als die Herrschaften ihr Gepäck aus dem Auto ausräumten, hörte ich, wie Herr Meier-Graefe »Burschi« rief. Ich dachte, dass er mich gerufen hätte, und ging zu ihm. Als er mich bemerkte, schupste er mich weg: »Ach, Jungchen, der Koffer ist doch viel zu schwer für dich!« Nach einigem Hin und Her hörte ich wieder, wie er »Burschi« rief. Der Herr sprach mit Herrn Moll und ich glaubte erneut, dass ich gerufen wurde.

Als Meier-Graefe mich erblickte, drehte er sich um und rief laut: »Warum bedrängt mich der Knabe, was will er?« Herr Moll sah mich und sagte im Wiener Dialekt: »Geh, Julius, das ist doch der Burschi, der gehört schon fast zum Haus, der bedrängt dich net!« Da verstand Herr Moll plötzlich: »Jetzt begreif ich! Du rufst deine Frau Annemarie immer ›Buschi‹ und der Klane versteht immer ›Burschi‹, darum kommt er immer.« Ich stand ganz eingeschüchtert vor den beiden Herren, die lachten. Die schöne Frau sagte: »Aber Julius, den armen Jungen so zu erschrecken! Jetzt stehst du tief in seiner Schuld.« Mit den Worten »Sind wir wieder gut?« griff er in seine Tasche und gab mir einen Schilling. Ich war fassungslos, einen Schilling fürs Nichtstun, das hab ich noch nie erlebt!

Annemarie und Julius Meier-Graefe, 1932

Ich wollte mich revanchieren und bot ihm an: »Werter Herr, darf ich Ihnen vielleicht die Fenster Ihres Autos putzen? Die sind ganz schmutzig, da sehen Sie ja nicht mehr durch!« Meier-Graefe drehte sich um: »Was sagst du dazu, Carl! ›Werter Herr‹ hat er zu mir gesagt und die Fenster meines Automobils will er mir reinigen?« »Unser Burschi ist ein höflicher Bua, lass ihn machen, er kann das schon.« Mit Feuereifer machte ich mich ans Werk. Ich ging in die Küche, holte warmes Wasser, tat das Spülmittel »Imi« hinein, verrührte gut und begann mit dem Schwamm zu arbeiten. Dann kam der Lappen dran und schließlich verwendete ich noch einen Trick, den ich meiner Mutter abgeschaut hatte: Ich rieb Zeitungspapier, bis es ganz weich war, und damit polierte ich alle sechs Scheiben, bis sie strahlend glänzten. Als Carl Moll sowie Herr und Frau Meier-Graefe meine Arbeit sahen, waren sie begeistert und ich bekam für meine Leistung einen »Schubert Doppelschilling«, eine Zweischillingmünze. Jetzt war ich im höchsten Glück. Was wird meine Mutter dazu sagen? Müde, doch wie von Flügeln getragen, ging ich nach Hause.

Als ich im Oktober 1932 wieder einmal auf der Hohen Warte war, berichtete mir Mutzi ganz aufgeregt: »Weißt du, Burschi, wer am Samstag kommt? Da wirst du deine Freude haben. Unser lieber Stadtrat Julius Tandler!« Als ich meiner Mutter davon erzählte, bekam ich gleich einen ganzen Sack voll von Ermahnungen, die vom gewaschenen Hals, sauberen Fingernägeln über geputzte Schuhe bis hin zu den Löchern in den Strümpfen reichten.

Am frühen Nachmittag des 15. Oktober 1932 hielt ich ganz aufgeregt Ausschau nach dem Stadtrat. Endlich kam ein Taxi angefahren und das Erste, das ich sah, war ein riesengroßer Hut. Da wusste ich sofort, das ist er! Freudestrahlend lief ich zu ihm hin, erwischte seine Hand und hielt sie fest. Er sah mich an und war verblüfft: »Ja, Bua, die kenn ich ja, bist du net der arme Bub mit den viel zu großen Schuhen?« Ganz glücklich, dass er sich noch an mich erinnerte, sprudelte ich förmlich die Worte heraus: »Aber die hab ich doch nimmer, jetzt hab ich doch die Schuh von Ihnen an und schön geputzt hab ich sie auch!« Er lächelte freundlich und befreite sich sanft von meinem festen Händedruck: »Lass aus, ich muss doch den Taxler bezahlen, net!« Dann nahm er mich bei der Schulter und fragte mich: »Geht es gut mit deinen Schuhen? Du wirst doch bald wieder größere Schuhe brauchen? – Weißt du was, jetzt ist es Oktober, das ist Zeit genug, dass ich dich zeitgerecht zur Weihnachtsfeier anmelde. Diesmal sind mehr Kinder dabei, wahrscheinlich machen wir das im Sofiensaal. Sag deiner Mutter, sie soll zu mir ins Rathaus kommen, damit wir das besprechen können, denn so, wie du letztes Mal mit den riesigen Schuhen gekommen bist, kommst du mir nimmer! Versprichst du mir das?« Ich wurde vor Freude feuerrot im Gesicht und rief laut: »Jawohl, Herr Sozialdemokrat!« Beim Haustor wurde er bereits ungeduldig von Alma erwartet.

Ganz glücklich ging ich ins Nachbarhaus zu Frau Moll. Dort hörte ich Herrn Moll sagen: »Hast du das gehört, wie der Bursche zum Tandler gesagt hat: ›Jawohl, Herr Sozialdemokrat‹?« »Wirklich, das hat er gesagt? Da kriegt er gleich von mir einen Kuchen.« Ich war ganz verdattert: »Hab ich ihn beleidigt?« »Beleidigt, Burschi? Das ist doch eine Ehre für ihn, ist er doch der größte tätige Sozialdemokrat, den ich kenne – es gibt nicht sehr viele. Der Alma wird das aber nicht sehr gefallen haben«, bemerkte Moll. »Aber, Carl, der Alma ist es vollkommen egal, welche Gesinnung ein Mensch hat, ob Jude, Christ, Sozi oder braun. So wie der Rintelen, wenn sie ihn braucht, dann verwendet sie ihn, da kommt er ihr nicht mehr aus!«

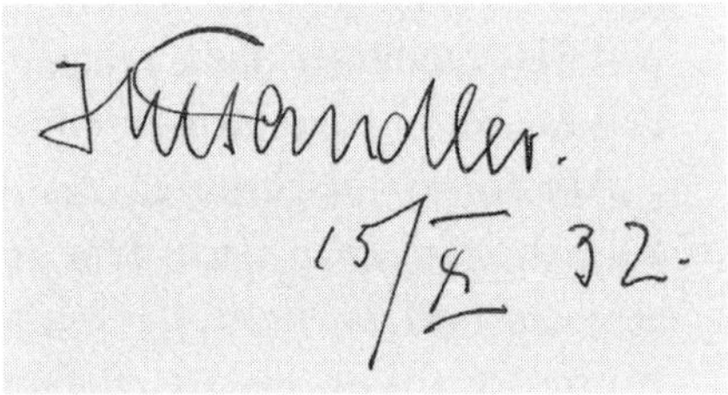

»Bua, di kenn i ja« – Julius Tandlers Autogramm

Später fiel mir ein, dass ich von Herrn Tandler kein Autogramm erbeten hatte. Herr Moll tröstete mich: »Burschi, hab keine Angst, der Tandler fährt nicht weg, ohne meine Frau begrüßt zu haben.« So war es auch. Zirka zwei Stunden später erschien Julius Tandler, begrüßte die Anwesenden und ich bekam mein Autogramm.

Thomas Mann wird erwartet und ich begrüße ihn

In den darauffolgenden Tagen gab es in der Mahler-Villa auf der Hohen Warte große Aufregung – Thomas Mann hatte seinen Besuch angesagt. Am Mittwoch, den 19. Oktober 1932, sollte er kommen. Die Madame war ganz aufgeregt und machte das ganze Haus verrückt, denn bei der Bewirtung dieses hohen Gastes durfte kein Fehler passieren. Nur wenn er sich wohl fühlte, hatte sie sich von kompetenter Stelle sagen lassen, ist er gut gelaunt und erzählt über sich und über seine Arbeit. Sonst sei er wortkarg und verschlossen. Diesen Zustand wollte Alma überhaupt nicht. So lange er in ihren Räumen weilte, wollte sie »an seiner geistigen Existenz« teilhaben und von seiner intellektuellen Produktivität profitieren. Sie erwartete sich von ihm interessante Gespräche.

Ich wusste damals gar nicht, wer Thomas Mann überhaupt war. Als ich an dem besagten Mittwoch zur Mahler-Villa kam, fuhr ein Taxi vor, blieb stehen und ein älterer Herr versuchte auszusteigen, was ihm zuerst gar nicht gelang. Eine Frau kletterte aus dem Taxi, rannte um das Auto herum und rief: »Zauberer, pass auf deine Füße auf! Du weißt ...!« Jetzt verstand ich – dieser Mann war ein Zauberer! Ich nahm meinen ganzen Mut zusammen, stellte mich vor ihn hin und sagte: »Herr Zauberer, bitte ein Autogramm, aber bittschön mit Datum!« Ganz erschrocken hielt mich der Mann fest und rief: »Mielein, schau doch! Dieser Knabe schaut aus wie unser ›Tadzio‹, nicht?« Die Frau musterte mich und sagte: »Tatsächlich, er könnte Moes' Bruder sein!« Mir wurde unheimlich zumute, denn ich verstand statt Tadzio »Tarzan«. Das war der Mann aus dem Dschungel, der sich wie ein Affe laut schreiend von Baum zu Baum schwang. Wie konnte der Mann mich mit meinen 1 Meter 20 für den riesigen Tarzan halten? Das war mir nicht geheuer!

Kaum hatte er mir ein Autogramm geschrieben, sagte ich »Danke« und rannte davon, hin zu Frau Moll. Als ich in das Zimmer eintrat, kam von der anderen Seite Mutzi angelaufen und rief: »Großmami, weißt du, wie der Burschi den Thomas Mann begrüßt hat? ›Herr Zauberer, bitte ein Autogramm! Aber bittschön mit Datum!‹ Ist das nicht lustig!« Herr und Frau Moll, Willy Legler und Manon amüsierten sich köstlich. Frau Moll fragte mich: »Hast du tatsächlich ein Autogramm von ihm bekommen?« »Aber für den Tarzan hat mich der Herr gehalten!« »Na, na, na«, sagte Frau Moll, »du wirst ihn falsch verstanden haben, er hat sicher ›Tadzio‹ gesagt. Der Herr Thomas Mann ist ein großer Schriftsteller, ein Dichter. Er hat unter anderen einen Roman geschrieben: ›Der Tod in Venedig‹. In diesem Roman ist die Hauptfigur ein wunderschöner Knabe mit Namen Tadzio – Burschi, wenn ich dich so anschau, dann hat er schon ein bisserl recht. Da kannst du stolz sein darauf.« Carl Moll bemerkte dazu: »Aber bittschön mit Datum!« Und alle lachten.

Thomas Mann wurde von allen Mitgliedern seiner Familie seit 1924 »Zauberer« gerufen und seine Frau Katia war das »Mielein«. Oberschwester Ida, die bei diesem Gespräch dabei war, las mir Jahrzehnte später aus ihrem Tagebuch Folgendes vor: Madame Alma war nach dem Besuch sehr enttäuscht, weil Thomas Mann nicht über seine Arbeit gesprochen hatte, sondern über seinen Vortrag, den er vor den Arbeitern in Ottakring gehalten hatte. Er vertrat darin in aller Deutlichkeit die Auffassung, dass die Völker Europas nicht mehr einzeln und geschlossen für sich leben könnten, sondern dass sie aufeinander angewiesen eine Schicksalsgemeinschaft bilden müssten, die es anzuerkennen und zu verwirklichen galt. Alma hatte den Eindruck, dass Thomas Mann mit seiner Rede nicht viel Zustimmung bekam.

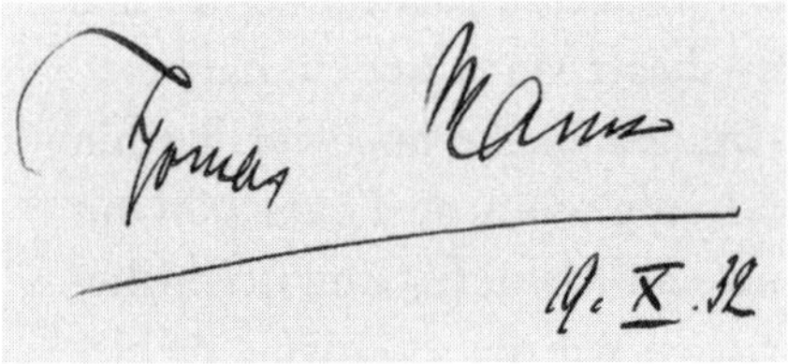

»Dieser Knabe schaut aus wie unser ›Tadzio‹« – Thomas Manns Autogramm

Als Schulli nach dem Essen in der Bibliothek einen erlesenen Wein einschenkte, fragte Werfel, was Thomas Mann von der Inspiration des Schriftstellers durch den Alkohol halte. Thomas Mann meinte, dass für ihn Alkohol absolut keine Inspiration sei. Für ihn käme alles, das er schrieb, aus dem »Trotzdem« – trotz Kummer, Depression, Verlassenheit und gesundheitlichen Beschwerden komme etwas zustande, mit dem er halbwegs zufrieden sei. Er persönlich kenne den Rausch des Alkohols nicht.

Er zündete sich seine Pfeife an, machte andächtig einen Schluck von dem vorzüglichen Wein und meinte: »Können Sie sich Richard Wagner weinselig vorstellen, als er sein seligstes Werk, den Tristan, komponierte? Oder dass Henrik Ibsen durch Weingenuss illuminiert über seinen ›Peer Gynt‹ nachdenkt? Um nicht missverstanden zu werden, möchte ich hier gestehen, dass ich einen hervorragenden Wein, wie diesen hier, mit all meinen Sinnen genieße und dafür der Hausfrau von ganzem Herzen dankbar bin. Bei der Arbeit rauche ich allerdings nicht sehr viel und zwischendurch esse ich auch eine Kleinigkeit.« Während Thomas Mann bedächtig seine Pfeife rauchte, qualmte Werfel eine Zigarette nach der anderen. Alma wurde nervös und sagte: »Herr Doktor, jetzt können Sie miterleben, wie der hoffnungsvolle Dichter, der neben Ihnen sitzt, Selbstmord auf Raten betreibt! Herr Werfel raucht 3 bis 4 Päckchen Zigaretten täglich.« Werfel verteidigte seinen großen Zigarettenverbrauch. Ohne den ausgiebigen Tabakqualm würde er nichts fertig bringen.

Man sprach über den Roman »Der Zauberberg«. »Wie erklären Sie sich diesen Bucherfolg?«, wollte Alma wissen. Thomas Mann erzählte, dass ihm dieser Roman unendlich viele Schwierigkeiten verursacht hatte. Statt der vorgesehenen sieben Jahre hatte ihn der Roman alles in allem ganze zwölf Jahre in seinem Bann gehalten. Über den Bucherfolg der 1200 gedruckten Seiten war er überrascht. Während der Arbeit hatte er oft an ein Zitat von Goethe gedacht: »Dass du nicht enden kannst – das macht dich groß!« Alma war bei der Lektüre dieses Buches ein anderer Vers von Goethe eingefallen, nämlich der Tasso-Vers: »Vergleiche dich! Erkenne, was du bist!« »Die Probleme, die Sie im ›Zauberberg‹ schildern, sind keineswegs massengerecht, doch wie ich meine, sollte sich der deutsche Leser in der schlichten Figur des Hans Castorp allemal wiedererkennen.« Nach einer längeren Gedankenpause erwiderte Thomas Mann: »Zu Ihrem zitierten Tasso-Vers, Madame, möchte ich einen dritten Satz als Mahnung hinzufügen: ›Niemand bleibt ganz der, der er ist – wenn er sich erkennt!‹«

Alma fragte Thomas Mann, ob er noch einen Wunsch hätte. »Es wäre eine Großtat im künstlerischen Bereich, einer guten und klugen Musik zu lauschen.« Sofort setzte sich Alma ans Klavier spielte und improvisierte wie schon lange nicht. Es zeigte sich wieder, welch großartige Pianistin sie war.

Hochzufrieden über den gelungenen Abend verabschiedete sich Thomas Mann mit den Worten: »Gustav Mahler hatte einmal gesagt, sein Andantetto aus seiner fünften Symphonie, worüber Sie gerade so herrlich improvisiert haben, sei ein Stück eingefangener

Sonnenschein. Ich möchte Sie, Madame, an diesem regnerischen Herbsttag in dieses treffende Zitat einbeziehen. Heute habe ich durch Ihre Gastfreundschaft und durch Ihr Klavierspiel ein großes Stück Sonnenschein eingefangen und von Herzen genossen. Ich hoffe, wir sehen uns bald wieder!«

Als ich mit Frau Moll über Thomas Mann sprach, kam ich zu dem Schluss: »Jetzt weiß ich es: Weil der Herr zwölf Jahre an dem Buch ›Zauberberg‹ gearbeitet und endlich damit fertig geworden ist, drum sagt seine Frau zu ihm ›Zauberer‹!« Frau Moll lächelte über meine Auslegung und sagte: »Noch etwas, Burschi, den Nobelpreis und damit sehr viel Geld, den hat er auch bekommen.« »Wie viel hat er denn dafür kriegt?« Als Antwort bekam ich: »Ich glaube, eine Million Reichsmark.« Bei der Zahl wurde mir ganz schwindlig. Ich dachte nach und kam zu dem Schluss: »Bei einer Million – da muss er wirklich ein Zauberer sein.«

Rot ist nicht immer die Farbe der Sozialdemokratie

In der darauffolgenden Woche sagte Frau Moll zu mir: »Burschi, Dienstag kommt wieder ein Nobelpreisträger zu uns. Den wirst du, wenn er spricht, nicht verstehen, denn er ist Amerikaner und spricht nur Englisch. Er kommt mit seiner Frau, doch da musst du vorsichtig sein, sie spricht hervorragend Deutsch. Der Mann heißt Sinclair Lewis und seine Frau Dorothy Thompson.«

Da kam Franz Werfel bei der Türe herein und rief mich zu sich: »Burschi, jetzt höre mir gut zu! Als du letztes Mal den berühmten Dichter Thomas Mann um ein Autogramm gebeten und ihn mit ›Herr Zauberer‹ angeredet hast, hat das die Frau Alma auch gehört. Meine Frau wollte sich wegen deiner unflätigen Anrede ›Herr Zauberer, bitte ein Autogramm, aber mit Datum‹ bei ihm entschuldigen.

Zu deinem Glück hatten Thomas Mann und seine Frau sich nur darüber gewundert, dass du dem Tadzio aus dem ›Tod in Venedig‹ so ähnlich schaust. Über deine Anrede, ›Herr Zauberer‹, hatte er sich amüsiert. Er sagte: ›Warum soll ich mich darüber ärgern? Seit Jahrzehnten nennt mich meine ganze Familie so. Von einem Knaben in zitternder Ehrfurcht so genannt zu werden, kann mich nur freuen, denn die echte Ehrfurcht, im Sinne Goethes, wird in unserer Gesellschaft leider immer weniger!‹

Diese Aussage vom Thomas Mann war dein Glück. Das hat die Frau Alma gnädig gestimmt. Hätte er sich über dich beschwert, dann wäre der Teufel los gewesen, dann hättest du sicher Hausverbot bekommen.« Ich: »Bittschön, was ist das?« Werfel erklärte mir, dass ich dann niemals mehr kommen dürfte. Da schaltete sich Frau Moll ein: »Also, so streng darf man mit dem Burschi nicht sein! Woher soll er denn wissen, wer derjenige ist, wenn es ihm niemand sagt!« Mir kamen die Tränen. Werfel sah mich an und sagte: »So – und jetzt vergiss das Ganze und höre mir gut zu: Da kommt am Dienstag, den 25. Oktober, Sinclair Lewis und seine Frau Dorothy Thompson zu uns.« Ich unterbrach ihn: »Aber warum hat die Frau einen anderen Namen, wenn sie verheiratet sind?« Werfel sah mich verwundert an: »Auf ihrem Heiratsschein hatte sie sicher mit Dorothy Lewis unterschrieben. Mit diesem Namen gibt es in Amerika eine ganze Menge, aber unter ihrem Mädchennamen Dorothy Thompson ist sie eine berühmte Journalistin und so kennt sie ganz Amerika und fast die ganze Welt. Mister Sinclair Lewis ruft seine Frau ›Doro‹, das geht. Aber seine Frau, die Lady, ruft ihren Mann ›Red‹. Das ist englisch und heißt auf Deutsch ›Roter‹«. Ich: »Ist der Herr auch ein Sozialdemokrat?« Werfel fuhr in die Höhe: »Nein, Burschi, er ist kein Sozialdemokrat. Seine Frau ruft ihn ›Red‹ wegen seiner roten Haare!« Ich: »Mit roten Haaren hat man es schon schwer! In meiner Klasse gibt es einen Cermak, der hat feuerrote Haare. Er wird aber auch gehänselt: ›roter, roter Ginginging, Feuer brennt in Ottakring ...‹« Werfel stoppte mich: »Der Bub macht mich noch wahnsinnig, der ist im Stande und singt dem

Lewis das Lied vor! – Pass auf, du nimmst einen Zettel und deinen Stift, gehst zu ihm hin, sagst ›Please, Mister‹ und hältst ihm den Zettel hin. Er weiß dann schon, was du willst. Aber Burschi, du sagst nicht ein Wort mehr. Verstehst?« Da konterte Herr Moll: »Ob das dem Burschi freuen wird, so ohne ›Bittschön mit Datum‹!« Alle lachten.

Sinclair Lewis und seine Frau Dorothy Thompson, von Erich Rietenauer in der Villa Mahler fotografiert

Als ich Anfang der 70er Jahre mit Ida Gebauer ihre Tagebücher durchging und sie beabsichtigte mit mir eine Biografie über Alma Mahler-Werfel und ihr Umfeld herauszugeben, fanden wir ihre sehr interessanten Notizen über diesen besagten Abend, an dem Sinclair Lewis mit rotem Gesicht eifrig dem Whisky zusprach. Dorothy Thompson mit ihrem hochgetragenen Haupt und ihrer stolzen Miene hatte eine große Ähnlichkeit mit Alma, allerdings war sie jünger.

Dorothy Thompson hatte ein paar Tage zuvor Hitler in Deutschland interviewt. Der Mann missfiel ihr, besonders seine Nase. »Dieser Mann ist so unappetitlich. Er schafft es nicht, niemals kann so eine Niete ein Diktator werden.« Trotz allem war sie sich der Gefährlichkeit der Nationalsozialisten bewusst. Keiner in der damaligen Runde widersprach ihr, alle hörten ihr bewegt zu.

An diesem Tag, an dem der berühmte Besuch erwartet wurde, kam Mutzi zu mir und meinte, dass sie gemeinsam mit mir Sinclair Lewis um ein Autogramm bitten wollte. Alma und Werfel standen bei der Haustür, als das Taxi kam. Dorothy Thompson stieg aus und ging mit eiligen Schritten auf Alma und Werfel zu. Während sich der Herr bemühte, halbwegs stilvoll aus dem Taxi herauszusteigen, war seine Frau mit Alma und Werfel bereits im Hauseingang verschwunden. Nachdem das Taxi fort war, stand er etwas hilflos vor dem Haustor. Wir gingen zu ihm hin und Mutzi begann sofort, mit ihm englisch zu sprechen. Ich verstand, dass sie mich vorstellte. Dann nahm er mir den Zettel aus der Hand, drehte mich um und schrieb auf meinem Rücken seinen Namen. Als er mir sein Autogramm gab, sah ich ihm ins Gesicht. Er war hager und sportlich, nur sein Gesicht war voller Falten. Er gab Mutzi die Hand, gab mir lächelnd ein Kopfstück und ging zur Haustür, wo er bereits von Herrn Moll erwartet wurde.

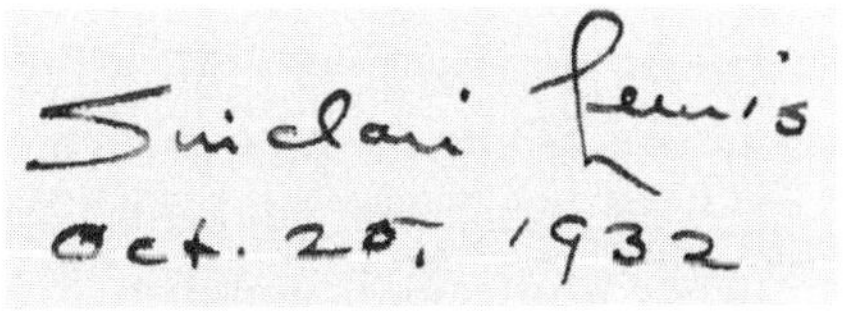

Sinclair Lewis' Autogramm

Nachher sagte Mutzi zu mir: »Weißt du, was der Mister Lewis zu mir gesagt hat? ›Wenn der Burschi mein Freund sein will, dann muss er schneller wachsen, sonst ist er mein Zwerg‹«! Mutzi war mit ihren 16 Jahren schon sehr groß.

»Burschi, hast du seine Frau gesehen, wie wunderschön die war?« Da wurde ich feuerrot im Gesicht und sagte zu ihr: »Mutzi, wenn ich bei dir bin, dann schaue ich keine andere Dame an.« Mutzi sah mich lieb an und gab mir einen Klaps: »Du bist aber ein Schmeichler!«

Der November 1932 war ein Monat mit trostlosem Wetter und mit einer noch trostloseren Wirtschaftslage. Man konnte wahrheitsgemäß sagen: Der Hunger war der größte Feind aller Armen von Wien. Ich wartete in der letzten Unterrichtsstunde zwischen 11 und 12 Uhr sehnlichst darauf, dass die Stunde aus war. Beim ersten Glockenton lief ich los in Richtung Kloster Herz Maria, die Schultasche auf dem Rücken und die beiden Kochgeschirre in der Hand, eines für meine Mutter und das andere für mich. Dort in der Lacknergasse wurde zu Mittag an Arme und bedürftige Menschen eine kräftige Suppe mit einem Stück Brot ausgegeben. Der Herr Katechet musste für mich intervenieren, damit ich zwei Portionen Suppe bekam, sonst hätte ich keine Chance gehabt, auch einen Teller für meine Mutter zu bekommen.

Da es um diese Jahreszeit sehr früh dunkel wurde, ließ mich meine Mutter nur sehr zeitbegrenzt aus dem Haus. Am 27. November besuchte ich wieder die »alte Dame«. Frau Moll saß allein in ihrer Küche und hatte ganz verweinte Augen. Voll kindlichem Mitgefühl nahm ich ihre Hand und fragte: »Gnä' Frau, tut Ihnen was weh, haben Sie Schmerzen?« Frau Moll drückte meine Hand und sagte: »Burschi, ich kränk mich so! Die Madame hat die Mutzi in ein Internat gebracht. Da ist sie nun die ganze Woche. Nur von Samstag auf Sonntag darf sie daheim schlafen. Vor eine Stunde ist sie wieder ins Internat zurück. Aber Burschi, das ist nicht das Schlimmste, die Alma hatte ihrer Tochter hoch und heilig versprochen, dass sie mit dem Franzl am Heiligen Abend und zu den Weihnachtsfeiertagen in Wien bleibt. Heute Vormittag hatte sie der Mutzi erklärt, dass das nicht geht. Werfel hat seinen Roman ›Die vierzig Tage des Musa Dagh‹ beendet. Er muss in Deutschland Lesungen halten, damit dieses Buch in Deutschland rasch bekannt wird. Sie will im Dezember und Jänner die Zeit nützen. Werfel soll in Berlin, Weimar, Dresden, Frankfurt und in Nürnberg aus seinem Buch Lesungen halten. Sie ist ganz verrückt und besessen von der Idee: ›Werfel muss sein Buch in den wichtigsten Städten Deutschlands präsentieren. Er muss mit wichtigen Persönlichkeiten, Verlegern und Buchhändlern sprechen.

Da muss jeder Tag ausgenützt werden. Das Buch ist hochinteressant und muss unter die Leute. Geld muss herein, sonst nagen wir am Hungertuch!‹«

Mit meinem kindlichen Verstand begriff ich nur den Ausdruck »Hungertuch«, den ich sehr oft von meiner Mutter hörte. Da ich ein mitfühlendes Herz hatte und die Hohe Warte als mein zweites Zuhause sah, sagte ich zu Frau Moll: »Ich habe 5 Schilling gespart, da ist ein Doppelschilling dabei, ein Schubert, wenn's die Madame brauchen kann – ich geb's ihr!« Da drückte mich Frau Moll an sich und mit feuchten Augen sagte sie zu mir: »Burschi, Burschi, du bist ein Dummerl, aber ein liebes.«

Ich erzählte Frau Moll, dass Stadtrat Julius Tandler mich am 8. Dezember 1932 wieder zu einer Weihnachtsfeier eingeladen hatte. Diesmal fand die Feier im dritten Wiener Gemeindebezirk im Sophiensaal statt. »Hoffentlich bekommst du neue Schuhe.« »Ich glaub schon. Der Herr Stadtrat hat mit der Mama gesprochen und er hat ›ja‹ gesagt!« Diese Weihnachtsfeier verlief ganz anders als ein Jahr zuvor beim Zögernitz. Den Ehrenschutz übernahm dieses Mal der Schauspieler Otto Tressler. Wir sangen viele Weihnachtslieder und es gab eine Herbergsuche. »Wer klopfet an« wurde aufgeführt. Die Weihnachtspakete waren größer, in meiner war eine Hose drinnen – um eine Nummer zu groß. Meine Mama sagte: »Des ist gut, da kannst du schmerzfrei einewachsen.« Aber noch etwas Feines fand ich im Packerl: 4 Stück Bensdorp-Schokoladen, aber nicht die dünnen um 5 Groschen, sondern die dicken um 25 Groschen. Was hatte ich für eine Freude!

Am 18. Dezember 1932 war es so weit – Alma Mahler und Herr Werfel waren reisefertig. Trotz Dorothy Thompsons Erzählungen über die Zustände in Deutschland ließen sich beide von ihrer Reise nicht abbringen. Als Alma bei der Türe hereinkam, um sich zu verabschieden, stürzte sie auf ihre Mutter zu, umarmte sie, weinte und schluchzte. Was ich damals gesehen habe, werde ich mein Leben lang nicht vergessen. Ich sah Almas Gesicht vor mir. Sie hatte ihre Augen zu und weinte. In wenigen Augenblicken war das

Gesicht ihrer Mutter triefend nass, als ob sie es gerade in ein Waschbecken getaucht wäre. Endlich ließ Alma von ihrer Mutter ab. Während sich Frau Moll ihr Gesicht abtrocknete, ging Alma auf Schulli zu. Hier das Gleiche: Umarmung, Küsse und Tränen, die wie Bächlein flossen. Aber nicht lange. Bei der Türe stand Frau Moll mit einem Handtuch, gab es Alma und sagte zu ihr: »Komm, wie du jetzt ausschaust, wisch dich ab!« Alma trocknete sich kurz ab, gab energisch das Handtuch zurück und pfauchte: »Ach was …!«, und lief zum wartenden Taxi. Dort wurde sie ungeduldig von Werfel und Manon erwartet.

Kaum war das Taxi abgefahren, ging Frau Moll zum Telefon und bestellte ebenfalls ein Taxi. »Jetzt fahren wir drei auch zum Nordbahnhof. Die Mutzi wird uns nach Almas Abschiedsszene sicher brauchen.« »Darf ich auch mitfahren?«, fragte ich. »Natürlich«, sagte Frau Moll, »wir zwei schutzlosen Frauen brauchen doch einen Kavalier.« Im Taxi fragte ich Frau Moll: »Woher kommen bei Madame die vielen Tränen? Das war ja direkt ein Bacherl, das sie geweint hat.« Frau Moll lachte: »Jetzt hat der kleine Burschi das größte Geheimnis der großen Alma Mahler-Werfel entdeckt. Wenn sie das wüsste! Weißt du, die Madame setzt alle ihre Wünsche durch. Geht es aber wirklich nicht, dann setzt sie ihre wirkungsvollste Waffe ein, so wie du sagst: ihr Tränenbacherl. Und diesen Tränen, glaub's mir, Burschi, kann kein Mann der Welt widerstehen. Nicht einmal der ehrliche, anständige Walter Gropius hat das können. Obwohl er bei der Scheidung zu 100 Prozent im Recht war, hat Alma ihn so weit gebracht, dass er die alleinige Schuld auf sich nahm und schuldig geschieden wurde – obwohl sie monatelang mit dem Franzl in Breitenstein herumgetunkert hat!« Was die gnädige Frau mit »herumgetunkert« meinte, verstand ich damals nicht, dass sie aber zum Schluss böse war, das sah ich.

Nach einer Zeit meinte Schulli: »Aber eines glaube ich: Es gibt auf der ganzen Welt keinen Menschen, der so große Tränen hat und so lang weinen kann wie die Madame!« »Schulli, da hast du recht. Schon als Kind, wenn ihr etwas nicht gepasst hat, weinte sie still vor sich hin, so lange, bis ihr Vater kam und sie in sein Bett trug. Da hörte sie schlagartig zu weinen auf. Nur ihr Bett war nass, als ob sie Fieber gehabt hätte. Ja, so war sie – eine richtige Göre!«

Als wir am Nordbahnhof ankamen, sahen wir schon die theatralische Abschiedsszene zwischen Alma und Manon. Es gab Küsse, Umarmungen und viele Tränen flossen und zwischendurch die Beteuerungen: »Lerne schnell, damit du bald mit der Schule fertig bist. Dann nehmen wir dich auf unseren Reisen immer mit.« Endlich stieg Alma mit Werfel in ihr Coupé. Noch ein herzzerreißendes Winken – und schließlich fuhr der Zug ab. Traumverloren stand Manon am Bahnsteig. Die beiden Damen, Schulli und Frau Moll, gingen zu ihr, hängten sich bei ihr ein und wir fuhren alle mit dem Taxi heim. Es wurde auf der Fahrt kein Wort mehr gesprochen.

Die Tage bis zum Weihnachtsfest verliefen für Frau Moll, Manon und Schulli in großer Angst um Alma und Franz Werfel. Es gab Telefonanrufe aus Berlin, in denen Alma mit tränenerstickter Stimme berichtete, dass man Werfel in Berlin ausgepfiffen hatte. Es gäbe keinen Polizeischutz, im Saal sah man nur die Braunhemden der SA, die Werfel während seiner Lesung mit Drillerpfeifen störten, sodass er schließlich abbrechen musste. Nur mit Mühe kam er unverletzt aus dem Vortragssaal. Werfel wollte die anderen Städte auslassen und nur noch in Nürnberg eine Lesung machen. Danach kämen sie sofort nach Hause.

Frau Moll erinnerte Alma daran, was Dorothy Thompson gesagt hatte, dass es zum jetzigen Zeitpunkt für einen jüdischen Schriftsteller äußerst gefährlich sei, öffentliche Vorlesungen zu halten. Frau Moll schrie in die Telefonmuschel: »Almschi, ich bitte dich, komm heim, komm heim, komm heim!« Alma sagte nur: »Nur Nürnberg noch, dann kommen wir.«

Wenn man weiß, welche Stelle Werfel aus seinem »Musa Dagh« vorlas und wie er sich mit seiner tragenden Stimme in seine Geschichte hineinsteigerte, dann wird klar, dass der Skandal schon vorprogrammiert war. Werfel wählte für die Lesung das fünfte Kapitel »Zwischenspiel der Götter« aus seinem »Musa Dagh« aus. In diesem

Kapitel kann der aufmerksame Zuhörer gewisse Parallelen zum aufkommenden Nationalsozialismus in Österreich finden: Enver Pascha ist der Kriegsgott des großen osmanischen Reiches. Er ist einer der sieben Männer, die über Leben und Tod der Welt herrschen. Sein Gegenüber heißt Johannes Lepsius, ein für Enver Pascha unbedeutender Feind. Werfel hatte an dieser Stelle seines Romans Zukunftsvisionen. Lepsius wirft Enver vor, dass er 100 000 Armenier, weil sie ihm im Weg sind, aus seinem Lande ausweisen und in der Wüste ansiedeln wolle, in einer ozeanweiten Einöde, die sogar von den einheimischen Beduinenstämmen gemieden wird. Die türkischen Behörden sprechen vom »Umsiedeln«. Lepsius protestiert gegen diesen Wortmissbrauch, denn in Wahrheit wird ein Kulturvolk mit einem Federstrich vernichtet. Auf diesen Tagesmärschen sterben tausende Kinder, Frauen und alte Menschen an Hunger, Durst und Krankheiten. Viele Menschen werden aus Angst und Verzweiflung wahnsinnig, bevor sie ihren zugeteilten Bestimmungsort erreichen. Als Enver keine menschlichen Regungen zeigt und eiskalt den Völkermord befiehlt, schreit Lepsius ihm ins Gesicht: »Sie wollen ein ›Neues Reich‹ gründen? Der Leichnam des armenischen Volkes wird unter seinen Grundmauern liegen! Kann das Segen bringen?«

Man kann sich vorstellen, wie Franz Werfel sich an dieser Stelle rhetorisch mit seiner ganzen Kraft ins Zeug legte und so auf die wüsten Ausschreitungen der Nazis anspielte. Gerade dort, wo Alma gemeint hatte, es würde friedlicher zugehen, genau dort gab es die wüstesten Ausschreitungen. Werfel, unter ungenügenden Polizeischutz gestellt, musste vor den tätlichen Angriffen der SA die Flucht ergreifen. Die Lesetournee wurde sofort abgebrochen.

Alma bekam von diesen Aufregungen fürchterliche Herzbeschwerden. Als ich kurz vor Silvester Frau Moll meine Neujahrswünsche überbringen wollte, beobachtete ich, wie ein Sanitäter den von Schlägen schwer gezeichneten, einbandagierten Franz Werfel auf einer Tragbahre ins Haus trug.

Das Jahr 1933 begann in der Mahler-Werfel-Villa mit großen gesellschaftlichen Ereignissen. Kaum war die Madame von ihrer

Herzattacke genesen und Werfels Beulen abgeheilt, begann in ihrer Villa ein geselliges Treiben von großem Ausmaß. Da auch Manon wieder daheim war, lud sie ihre Freundinnen und Freunde ebenfalls zum Tee ein. Weil viele prominente Gäste zu Alma kamen, die nicht gestört werden durften, erweiterte Manon das Territorium für ihren Besuch auf das Moll-Haus aus. Schulli wurde laufend im Mahlerhaus gebraucht, deshalb lag die ganze Aufwartung von Manons Gesellschaft bei der damals 75-jährigen Frau Moll.

In Amerika ging es mit der Wirtschaft wieder bergauf und die Madame hatte einen Freudentag: Endlich wurden die sehnsüchtig erwarteten Tantiemen für die Gustav-Mahler-Konzerte in den USA ausbezahlt. Das war ganz nach Almas Geschmack: Während in der Stadt Wien ein großer Teil der Bevölkerung mit den härtesten Lebensbedingungen kämpfte, konnte Alma Mahler-Werfel zeigen, dass sie über alle Sorgen und Nöte triumphierte. Wen die Madame einlud, der nahm diese Einladung auch an. Neben den geistigen Größen wie Schriftstellern, Komponisten, Musikern und Dirigenten kamen auch Vertreter der Finanz, des Hochadels und der Politik dazu. Während die Madame staunte, wie schnell der reichlich gedeckte Tisch leer war, seufzte Werfel. Einmal hörte ich, wie Franz Werfel Carl Moll zurief: »Carl, deine Malerfreunde sind wieder da, die fressen uns gerade den Tisch leer!« Darauf Carl Moll: »Wer eingeladen wird, der isst!«

Am 12. Jänner 1933 ging es besonders hoch her. So viele Gäste hatte ich noch nie auf der Hohen Warte gesehen. Frau Moll sagte zu ihrem Mann: »Carl, das solltest du gesehen haben, wie unsere Alma diese große Anzahl ihrer Gäste im Griff hat. Wie sie von einem zum anderen geht, mit ihnen spricht, wie sie zuhören kann, bei dieser Menge von Gästen. Wie sie alles organisiert hat, das grenzt schon ans Wunderbare. Heute ist sicherlich Almas Jugendtraum in Erfüllung gegangen.«

Daraufhin meinte ich: »Dass die Madame so gescheit träumt und der Traum sogar in Erfüllung geht, das ist ein Wunder! Ich träume auch oft, aber meine Mama sagt, meine Träume sind so blöd, die stehen in keinem Traumbüchel drin!« »Burschi, höre auf zu philosophieren. Ich mache uns drei eine Jause und nachher erzähle ich euch den Jugendtraum der Madame!«

Der Jugendtraum von Alma Schindler

Frau Moll erzählte: »Alma war schon mit neun Jahren ein blitzgescheites Mädchen, das ganz genau wusste, was es wollte. Eines Tages kam ihre Schwester Grete mit einem schönen Stammbuch zu ihr und jammerte Alma an: ›Alma, bitte hilf mir. Ich soll der Plener Marie einen Vers in ihr schönes Stammbuch schreiben und ich weiß keinen.‹«

Ich unterbrach: »Darf ich etwas fragen?« »Nun, Burschi?« »Wo ist denn jetzt die Schwester Grete, die kenne ich nicht!« »Also, die Schwester Grete ist Willy Leglers Mutter. Die kannst du nicht gesehen haben. Sie ist schon viele Jahre schwer krank. Sie liegt in einer Heilanstalt in Deutschland. Sie ist geistig verwirrt und erkennt keinen mehr.«

Dann erzählte sie weiter: »Also, die Grete wollte, dass Alma ihr hilft, einen passenden Vers für das Stammbuch der Plener Marie zu finden. Alma lehnte zuerst ab. Für diese Kindereien hätte sie, als Schindlers Tochter, nichts übrig. Grete ließ nicht locker: ›Alma, du kannst mich jetzt nicht im Stich lassen, bitte, bitte, suche mir ein Verserl aus!‹ Schließlich ließ Alma sich dazu bewegen und schrieb ihr einen Vers. Dieser Vers, Burschi, der war so gescheit, dass ich ihn noch als alte Frau auswendig weiß: ›Wer vor Eifer brennt, der kann schwer gelöscht werden!‹ Dann erklärte Alma ihrer Schwester: ›Damit du es weißt, dieser Vers ist nicht von Goethe, Schiller oder von einem anderen berühmten Dichter, nein, der Spruch ist von mir: von Alma Schindler.‹ Weißt du, Burschi, als ich damals dem Gespräch zwischen meinen beiden Mädchen zuhörte, war ich auf Alma richtig stolz. Dass ein Kind mit neun Jahren so denken kann, das war schon wunderbar. Bei diesem Gespräch kam schließlich heraus, dass Alma überhaupt kein Stammbuch hat. Die anderen Mädchen hatten alle ein Stammbuch und hüteten es wie einen Goldschatz. Dann tuschelten beide und Alma ging ins Schlafzimmer und kam mit einem Rohlingsfächer zurück. Sie hielt Grete den Fächer hin und sagte stolz: ›Das ist mein Stammbuch!‹ Grete bemerkte erstaunt: ›Da stehen doch nur Namen drauf, keine Verserln und Zeichnungen!‹ ›Ja, aber Namen von sehr berühmten Leuten. Alle, die beim Papa zu Besuch waren, haben mir auf den Fächer ihren Namen geschrieben, sogar der Onkel Johannes Brahms steht drauf und viele andere auch.‹ Grete sah sich den Fächer lange an, dann sagte sie ganz ehrfürchtig: ›Almschi, dass du das alles lesen kannst?‹ Alma wurde ganz fuchtig und schrie Grete an: ›Sag ja nicht mehr Almschi zu mir! Das hat nur mein Papa zu mir sagen dürfen – sonst niemand!‹ Sie nahm den Fächer und fort war sie.«

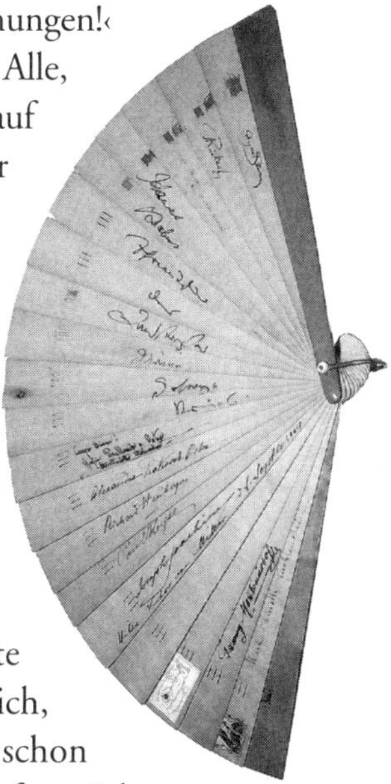

Nach einer ehrfurchtsvollen Pause fragte ich: »Hat die Madame, als sie so alt war wie ich, mit dem Fächer gespielt?« »Alma hatte sich, schon von klein auf, niemals mit einem Spielzeug befasst. Ich kann mich nicht erinnern, dass sie sich jemals ein Spielzeug gewünscht hat. Dafür spielt sie als Erwachsene mit Männern und Frauen. Burschi, da musst du noch eine Menge Knödeln essen, bis du das verstehst. Ich glaube, nicht einmal dann wirst du aus dieser Frau klug!«

Diese Wortspielereien verstand ich nicht. Frau Moll sah aus dem Fenster und sprach mehr zu sich selbst: »Eines Abends hatte sich Alma zu mir gesetzt und mir Verschiedenes aus ihrem jungen Leben erzählt. Da fragte ich sie: ›Willst du einmal eine große Pianistin werden?‹ ›Das weiß ich nicht‹, sagte sie, ›aber eines weiß ich, ich werde so wie die Menschen auf meinem Fächer reich und berühmt sein! Dann kaufe ich mir eine Villa mit einem wunderschönen Salon.

Dann werde ich die berühmtesten und gescheitesten Leute zu mir einladen und werde teilnehmen an ihren Werken!‹ Heute hat sie das Gewünschte erreicht, sie hat sich ihren Jugendtraum erfüllt!«

Anfang des Jahres 1933 entschlossen sich Carl und Anna Moll, die Einladung ihres Freundes Julius Meier-Graefe nach Südfrankreich anzunehmen. Daher gab es für mich zu diesem Zeitpunkt keinen Anlass, die Hohe Warte zu besuchen. Außerdem bekam ich damals eine schwere Halsentzündung, Schafblattern und Mumps.

Zufällig traf ich Ende Februar Almas Neffen Willy Legler wieder. Er erzählte mir, dass Herr und Frau Moll früher als geplant aus Südfrankreich zurückgekehrt waren. Es hatte eine Auseinandersetzung zwischen Carl Moll und Julius Meier-Graefe gegeben. Carl Moll war ganz begeistert von Hitlers Machtübernahme in Deutschland und Meier-Graefe, der eine Jüdin zur Frau hatte, war über den Machtwechsel in Deutschland entsetzt. Willy meinte: »Du hast ihn auch schon gehört, wie er schreit, der Moll.« »Ich weiß es, er hat mir einmal den Wolfi-Hund aufgehetzt. Nur, der Hund hat mir nix gemacht. – Wie geht es der Frau Moll? Ist sie traurig?« »Burschi, wenn du mit so einem Brüllaffen verheiratet bist, dann hast es nicht leicht!« Nach der Verabschiedung von Willy beschloss ich, die liebe Frau Moll, so bald es ging, zu besuchen.

Am 5. März 1933 fuhr ich zu Frau Moll. Dort waren alle Anwesenden in großer Aufregung. Ein weltberühmter Dirigent, Wilhelm Furtwängler, kam zu Alma Mahler-Werfel auf Besuch. Frau Moll erzählte, dass Alma bei diesem Besuch nur wenige Menschen um sich haben wollte: Franz Werfel, den Dirigenten Bruno Walter und ihren Ehrengast. Oberschwester Ida war ganz aufgeregt: »Jetzt hätte ich so ein Glück, meinen großen Musikschwarm Furtwängler persönlich zu erleben, und jetzt darf ich nicht dabei sein!« Frau Moll beruhigte sie: »Schulli, wer wird die Speisen servieren, den Wein kredenzen, dem Werfel seinen Aschenbecher ausleeren? Glaubst du, die Alma macht das? Mach dir keine unnützen Sorgen!«

Auch ich ließ mich von der kursierenden Aufregung anstecken. Ich dachte an ein Autogramm und es ließ mir keine Ruhe – irgendwie musste der Dirigent mir eines schreiben! So fragte ich die Frau Moll: »Was macht denn ein Dirigent?« »Burschi, das ist gescheit von dir, dass du mich fragst! Also, kennst du einen Komponisten?« »Ich kenn zwei: den Beethoven und den Schubert. Beide waren in Währing im Schubertpark begraben. Vor ein paar Jahren hat man sie ausgegraben. Jetzt liegen sie nicht mehr dort, jetzt sind sie am Zentralfriedhof. Dort ist mein Papa auch begraben.« »Sehr gut, also der Beethoven hat neun wunderschöne Symphonien komponiert. Merk dir: Symphonien sind lange Musikstücke, in denen der Komponist mit Noten all das ausdrückt, was er gerade erlebt oder was ihn bedrückt. Der Dirigent muss durch sein Orchester musikalisch das alles wiedergeben, was der Komponist mit seinen Noten aufgeschrieben hat. Verstehst du mich?« »Jetzt weiß ich – das ist der Mann, der vor seinen Musikern steht und mit seinem Staberl in der Hand furchtbar herumfuchtelt! Dann klopft er auf sein Pult und dann fuchtelt er wieder herum.« »Burschi, der Dirigent fuchtelt nicht, sondern er gibt den einzelnen Musikern den richtigen Einsatz. Sonst würden alle Instrumente falsch einsetzen, das wäre dann die reinste Katzenmusik!«

Die Erwachsenen waren so von dem erwarteten Besuch eingenommen, dass niemand in der Folge von mir mehr Notiz nahm. Darum beschloss ich zum Hohen-Warte-Sportplatz zu gehen und mir das Meisterschaftsspiel Vienna gegen Libertas anzuschauen. Ich grüßte und ging.

Furtwängler hat große Probleme

Als ich auf die Straße trat, sah ich, wie ein Taxi beim Nachbarhaus anhielt, ein großer älterer Herr ausstieg und sich ratlos umsah. Ich dachte mir, das muss jetzt der große Dirigent sein. Ich ging auf ihn zu, nahm meine Mütze ab und sagte zu ihm: »Bitte, gnädiger Herr, wenn Sie zur Frau Mahler wollen, dann müssen Sie um die Ecke gehen. Dort ist das richtige Haus! Darf ich es Ihnen zeigen?« Er sah mich groß an: »Was, um die Ecke bringst du mich?« Ich: »Jawohl, wir sind gleich dort!« »Also, dann gehen wir.« Ich nützte die Gelegenheit und sagte zu ihm: »Herr Furtwängler, kann ich bittschön von Ihnen ein Autogramm haben?« Furtwängler sah mich an: »Woher kennst du meinen Namen?« Ich, ganz verlegen: »Bittschön, alle Damen in dem Haus sind schon ganz narrisch nach Ihnen. Dort habe ich Ihren Namen gehört.« Er nahm mir den Bleistift aus meiner Hand und schrieb seinen Namen auf den Zettel, den ich ihm reichte. Beim Haustor läutete ich stürmisch an und lief dann, so schnell ich konnte, weg. Ich hörte noch die Madame Alma laut rufen: »Oh, der Herr Professor ist schon da!«

Jahrzehnte später, als Oberschwester Ida Gebauer-Wagner mit mir ihre Tagebücher durchging, stieß sie auf eine Menge Notizen über den Furtwängler-Besuch vom 5. März 1933. Sie hatte ihre Notizen in Gabelsberger Kurzschrift notiert, die 1933 schon nicht mehr gebräuchlich war und die ich daher nicht lesen konnte.

An diesem Sonntag war nur ein kleiner Kreis anwesend, das Ehepaar Werfel, der Gustav-Mahler-Kenner und Dirigent Bruno Walter und der Gast. Zu ihrer großen Freude wurde Ida Gebauer schließlich doch von Alma beauftragt, Speisen und Getränke aufzutragen. Danach durfte sie im Zimmer bleiben und zuhören. Alma führte Furtwängler herum und zeigte ihm ihre Schätze. Vor der Originalpartitur von Bruckners dritter Symphonie blieb er nachdenklich stehen. Furtwängler fragte, was Gustav Mahler als Dirigent vor der Aufführung einer großen Symphonie von Beethoven oder Brahms gefühlt hatte. Das zu wissen, wäre ihm ungemein wertvoll. Alma konnte nichts dazu sagen, weil Mahler sich vor jedem Konzert von seinem gesamten Umfeld zurückzog. Nicht einmal sie durfte ihn da stören.

Bruno Walter konnte allerdings mehr dazu sagen. Einmal, vor einer Beethoven-Symphonie – es war die »Eroica« – wirkte Gustav Mahler sehr nervös und niedergeschlagen. Bruno Walter wollte ihn beruhigen und fragte ihn, warum er denn so nervös sei. Er kenne doch diese Symphonie in- und auswendig. Es sei ihm doch nie etwas dabei passiert.

Mahler meinte, die Frage, ob er mit seinem Taktstock dem Komponisten die Interpretation seines Werkes recht mache, bewege ihn sehr. Es sei die Ehrfurcht vor dem Genius, die ihn so bedrücke. Furtwängler erwiderte daraufhin, dass er in der Ehrfurcht nicht nur eine Haltung sehe, sie sei ein wesentlicher Garant der Kultur. Wenn man heutzutage eine ehrfurchtslose Zeit bemängelte, so sei das sicherlich eine der Ursachen der allgemeinen Krise. Die Menschen ließen sich treiben und mit dieser fatalistischen Einstellung würden sie schließlich ein Opfer der Diktatur. »Wir sind gerade auf dem Weg, unsere Freiheit komplett zu verlieren und zugleich auch uns selbst.« Werfel entgegnete, dass man den Ehrfurchtsgedanken nur vor der Wissenschaft kenne. »Ihr allein glauben wir und opfern ihr unsere ehrfürchtigen Gedanken.«

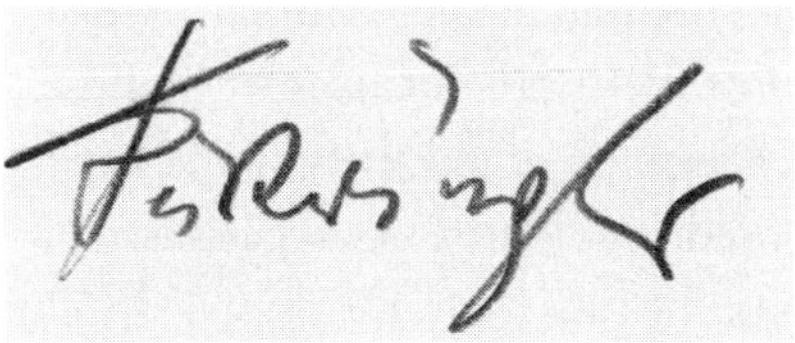

Wilhelm Furtwänglers Unterschrift

Jetzt wurde Furtwängler erregt. Das sei doch nicht die Ehrfurcht, die Goethe meinte, und was alle anderen denken, die der heutigen Zeit Mangel an Ehrfurcht vorwerfen. Er meinte, dass der Mangel an Ehrfurcht in der heutigen Zeit zu einem Generationsproblem geworden sei, besonders die Haltung der Jugend zu ihren Vätern und Großvätern. Er hatte die Jugend ein Marschlied singen hören, in dem es heißt: »Zerschlagt, was uns noch hemmen mag und nach dem Gestern weist, die neue Zeit steigt in den Tag und will den Neuen Geist!« Solche Parolen würden ihm Angst machen. Er fragte sich, was denn die neue Zeit von uns wolle. »Befiehlt man uns, unter Bestrafung, dass wir die herrliche Musik von Gustav Mahler oder Mendelssohn-Bartholdy nicht mehr hören dürfen, weil beide Juden waren? Das neue Regime von Deutschland verlangt von uns, dass wir nur Adolf Hitler lieben, seine Reden annehmen und bedingungslos an sie glauben sollen. Doch für die alten kulturellen Bindungen gäbe es keinen Platz mehr. Mit diesen Parolen könnte uns wirklich niemand widerstehen. Man braucht nur der aufmarschierenden SA zuzuhören, wenn sie singt: ›Heute gehört uns Deutschland und morgen die ganze Welt!‹«

Nach kurzem Schweigen erklärte Furtwängler, dass für ihn der Eingriff der Diktatur in das menschliche Denken mit der Abschaffung alter Kulturen die restlose Verhinderung jeglicher weiterer geistiger Entwicklung in der Kultur sei. Nur das dauernde Rufen nach Freiheit sollte man sein lassen. Furtwängler war sichtlich mitgenommen. Man sah ihm an, dass er sich um die Zukunft Deutschlands sorgte. Stand er doch selber vor der entscheidenden Frage, ob er in Deutschland bei diesen Herren, deren Parolen er entschieden ablehnte, als schaffender Künstler bleiben oder auswandern sollte.

Alma entgegnete, dass jedes Land froh wäre, einen Künstler seiner Qualität zu besitzen. Sie habe um seine Zukunft keine Angst. Furtwängler schüttelte den Kopf und meinte, dass man es leicht sagt: »Geh einfach fort!« Würden alle maßgebenden Künstler und Personen aus Protest gegen die politischen Machthaber Deutschland verlassen, würde sich an der politischen Lage nichts ändern, nur um die deutsche Kunst, da wäre ihm angst und bang.

Furtwängler erzählte, dass es ihm beim Dirigieren eines Bruckner-Konzertes oft passierte, dass er Bruckner nicht nur als Komponist, sondern auch als Mystiker sah, als einen Wahlverwandten vom Meister Ekkehart oder von Jakob Böhme.

Doch Furtwängler sollte sich in der Folge dafür entscheiden, im Reich zu bleiben. Elf Jahre später hielt ich mich am 7. Oktober 1944 als Soldat kurz in Berlin auf. An diesem Tag dirigierte Wilhelm Furtwängler mit den Berliner Philharmonikern die neunte Symphonie von Anton Bruckner. Ich hatte damals das unverschämte Glück, als Soldat eine Eintrittskarte zu bekommen. Wegen der andauernden alliierten Luftangriffe auf Berlin begann das Konzert schon um ein Uhr mittags. Das Konzert wurde so früh angesetzt, weil mit der hereinbrechenden Dämmerung weitere Luftangriffe zu erwarten waren. Die Stimmung der Konzertbesucher war sichtlich gedrückt und die Menschen waren verzweifelt. Alle hatten Angst, weil keiner wusste, ob er den morgigen Tag erleben würde. Diese neunte Symphonie war für Anton Bruckner ein »Abschied vom Leben«. Er hatte sie »dem lieben Gott« gewidmet.

Als Furtwängler mit dem feierlichen Misterioso das Konzert begann, hatte ich plötzlich das Empfinden, dass der Komponist Bruckner den Dirigenten Furtwängler vom Schicksal beauftragen ließ, das Übernatürliche dieser Sphärenklänge wirksam werden zu lassen, damit der göttliche Funke diese zerstörte Welt noch einmal erstrahlen konnte. Kaum war das Konzert beendet, heulten die Sirenen. Ohne Panik und Angst gingen die sichtbar ergriffenen Konzertbesucher zu den Ausgängen und von da zu den Luftschutzräumen.

Furtwänglers Entscheidung, trotz vieler Schwierigkeiten in Deutschland zu bleiben, bereitete ihm nach Kriegsende große Probleme. Eine Gruppe weltberühmter Geiger schloss sich zusammen und protestierte gegen ihn. Sie wollten damit erreichen, dass Furtwängler als angeblicher Nationalsozialist ein fünfjähriges Auftrittsverbot bekam. Diese Gruppe lud den weltberühmten Geiger Yehudi Menuhin ein, sich an der Diskriminierung Furtwänglers zu beteiligen. Menuhin lehnte dieses Ansinnen nicht nur ab, sondern er musizierte in der Folge demonstrativ öffentlich mit Furtwängler. Das verzieh ihm diese Gruppe nie.

Kurz vor seinem Tode sah ich Yehudi Menuhin in einem Fernsehinterview. Darin wurde er über die damalige Intrige gegen Furtwängler befragt. Menuhin zeigte seinen integeren Charakter. Seine Antwort war nur ein einziger Satz. Er dachte an ein französisches Sprichwort: »Wenn eine Kröte spuckt, kann sie keine weiße Möwe beschmutzen!«

Ein Priester kommt sehr oft auf Besuch

Der 1. März 1933 war Aschermittwoch, der Beginn der Fastenzeit. In der Schule erzählte uns der Herr Katechet viel über den Leidensweg Christi. Dass der Herr Jesus so leiden musste, dass er gegeißelt wurde, man ihm einc Dornenkrone aufsetzte, den armen Herrn

Jesus schließlich ans Kreuz schlug, wo er dann starb. Durch die Erbsünde haben alle Menschen dadurch Schuld auf sich geladen. Zur Buße sollten wir Kinder in der Fastenzeit etwas Gutes tun, etwas, das wir bisher noch nie gemacht hatten. Ich dachte lange darüber nach, was ich machen konnte. Endlich hatte ich eine Idee. Obwohl ich kein Ministrant war, lernte ich den gesamten lateinischen Text der täglich gleich bleibenden Messordnung, der »Ordo Missae«, auswendig. Mit dieser Kenntnis war ich in meiner Klasse gegenüber meinen Schulkameraden die Nummer eins! Es hatte mir immer ein Vergnügen bereitet, die profilierten Ministranten ihre lateinischen Texte sprechen zu hören. Das erste Wort des lateinischen Gebetes sprachen sie immer laut, dann wurde nur gemurmelt, bis zum Ende des Gebetes, »… ecclesiae suae sanctae«. Diese drei Wörter wurden laut gesprochen, damit der Priester wusste, dass er »Amen« zu sagen hatte.

Fast jeden Tag kam ein Priester zu Madame Alma auf Besuch. Wie ich erfuhr, hieß dieser Priester DDr. Johannes Hollnsteiner. Seine Besuche dauerten sehr lange. Damit war Frau Moll gar nicht einverstanden. Sie keppelte laufend vor sich hin, sodass ich mich in meiner kindlichen Einfalt verpflichtet fühlte, etwas zu sagen: »Gnä' Frau, vielleicht gibt der Priester der Madame die letzte Ölung!« Frau Moll sah mich groß an: »Burschi, was ist denn das für ein Blödsinn! Wie kommst du denn darauf?« Ich: »Bei uns im Haus ist sehr oft zu einer Frau ein Priester gekommen. Er ist auch immer lange bei ihr geblieben. Meine Mama hat gesagt: ›Die Frau muss aber viele Sünden gehabt haben.‹ Endlich ist er wieder gegangen. Einmal ist er wieder bei ihr gewesen, sehr lang. Aber am nächsten Tag ist die Frau gestorben. Ich habe mir gedacht, weil die Frau so viele Sünden gehabt hat, hat ihr der Priester die letzte Ölung gegeben.«

In diesem Moment kam Oberschwester Ida zur Türe herein. Frau Moll begrüßte sie mit den Worten: »Schulli, was sagst du zu Burschis Logik: Hollnsteiner ist deshalb so lange bei der Alma, weil er ihr die letzte Ölung gibt!« Schulli lachte: »Also, so sagt man jetzt dazu.

Werfel erklärt das ganz anders. Er spricht von den letzten Freuden einer alternden Frau – welche er ihr vom Herzen vergönnt! Aber von letzter Ölung kann sicherlich nicht die Rede sein!«

Jahrzehnte später, als Oberschwester Ida Gebauer-Wagner mir ausführlich über Almas Leben und ihr interessantes Umfeld erzählte, kam sie natürlich auch auf Hollnsteiner zu sprechen. Er war ihr ebenfalls sehr gut bekannt. Über ihn hatte sie in ihrem Tagebuch einige Seiten Wissenswertes zu berichten. Leider sind ihre Tagebücher nach ihrem Tod und nach der Auflösung ihrer Wohnung spurlos verschwunden. Daher bleiben nur meine Notizen übrig.

Wie die Geschichte mit Alma und Hollnsteiner begann

Im April 1932 starb der Wiener Kardinal Friedrich Gustav Piffl. Am 30. November 1932 wurde sein Nachfolger Dr. Theodor Innitzer feierlich in sein Amt eingeführt. Das war ein großes Ereignis. Zu dem anschließenden Empfang wurden Alma und Werfel eingeladen. Bei Tisch kam man auf die Liturgie des katholischen Messopfers zu sprechen. Alma erklärte, dass ihr als Protestantin die Liturgie des katholischen Messopfers vollkommen unverständlich sei. Es würde sie sehr interessieren, mehr darüber zu wissen. Kardinal Innitzer war sofort bereit, ihr das nötige Wissen zu vermitteln. Es gäbe in Wien einen außergewöhnlichen Priester, der durch sein Wissen und seinen religiösen Eifer sehr bald ein höheres Kirchenamt erreichen würde. Der Mann hieße DDr. Johannes Hollnsteiner. Aufgrund seines Wissens wäre er jederzeit in der Lage, alle Fragen die Liturgie betreffend ausreichend zu beantworten.

Beim geselligen Beisammensein nach Tisch wurde Hollnsteiner Alma und Werfel vorgestellt und anschließend von beiden auf die

Hohe Warte eingeladen. Im Dezember 1932 kam er gelegentlich. Ab Jänner 1933 wurden seine Besuche häufiger und in der Fastenzeit sogar sehr häufig. Auch Almas Tochter Mutzi wurde zu den Gesprächen mit Hollnsteiner herangezogen. Anfangs, als Hollnsteiner immer häufiger zu Besuch kam, glaubte Schulli ebenfalls an eine bedenkliche Situation zwischen Alma und dem Priester. Doch Mutzi erklärte ihr später, dass sowohl ihre Mami als auch sie vom Protestantismus in die römisch-katholische Kirche übertreten würden. Am 13. April 1933 sollte diese Zeremonie in der Augustinerkirche bei der Hofburg stattfinden. Der Taufakt wurde absolut geheim gehalten. Niemand durfte davon erfahren, auch Mutzis Großeltern nicht.

Im Frühjahr 1933 erlebte Oberschwester Ida eine interessante Debatte zwischen Alma und Hollnsteiner mit. Sie spielte sich in der großen Küche der Alma-Villa bei einem Kaffeeplausch ab. Man sprach über die langatmigen Zeremonien des Ostergottesdienstes. Schulli saß bescheiden auf einer Bank, hörte zu und schrieb mit. Alma konnte sich überhaupt nicht vorstellen, wie einfache Menschen diese langatmigen Lesungen verstehen könnten, noch dazu in lateinischer Sprache. So würden die Menschen nur zu Unachtsamkeit erzogen. Am meisten ärgerte sie sich über die Sätze, die dauernd vorkamen: »Lasset uns beten«, »sei uns gnädig«, »erbarme dich unser«, »bitte für uns«, »erlöse uns« und so weiter. Alma meinte, dass dieses Gefasel zu einer widerlichen Bettelei ausartete, und dazu die Vorstellung, dass der liebe Gott auf einer Wolke sitze, alles höre und sähe, was Menschen gerade anstellen würden. Es wäre auch unerklärbar, dass der Allmächtige alles hören könnte, wo doch dauernd Engeln um seinen Thron herumfliegen und immerzu »Heilig, heilig, heilig« singen. Sie könne nicht glauben, dass solche Glaubensvorstellungen für den modernen Menschen des 20. Jahrhunderts der Sinn der Sache wären.

Hollnsteiner lächelte über Almas Eifer. Dann erklärte er ihr, dass diese Vorstellungen von Gott aus dem Mittelalter stammten. Viele Menschen konnten damals weder lesen noch schreiben. Man musste ihnen eine geistige Vorstellung von Gott geben, damit ihr Glaube einen Halt bekam. Sich Gott geistig vorzustellen, wäre den Menschen jener Zeit unmöglich gewesen. Alma erklärte, dass es in vielen Religionen ein Sakrileg sei, Gott bildlich darzustellen. Das stimmt, doch dürfe man nicht vergessen, dass die katholische Kirche eine uralte Tradition besitzt, auf die sie niemals verzichten kann und auch nicht will. Als Priester wünsche er sich, dass der Mensch des 20. Jahrhunderts sich mehr auf das Wort konzentrierte, das von Gott kommt und nicht von bildlichen Vorstellungen. Bilder und Musik mögen dazu beitragen, sich geistig auf das Glaubensprinzip einzustellen. Da wäre er damit einverstanden, doch der echte Glaube könne nur von innen kommen, niemals von außen. Sonst wäre er nur ein fades Lippenbekenntnis. Mit dem Glauben müsse man zu leben versuchen, damit man ihn innerlich erleben könne. Hollnsteiner sprach weiter: »Wir müssen einmal das göttliche Meisterwerk Mensch betrachten: ›Welche Wunder und Möglichkeiten wurden uns hier anvertraut?‹« Er meinte, dass es in unserer Zeit wenige Menschen gäbe, die einen tiefen Glauben hätten. Er zitierte mit der folgenden Feststellung den Propheten Isaias: »Dieses Volk ehrt mich mit den Lippen, aber ihr Herz ist weit von mir! (Kapitel 29, Absatz 13)« Von ganzen Herzen glauben können, sei harte und schwere Arbeit. Hollnsteiner warnte vor den verschiedenen Ablenkungen, denen der moderne Mensch ausgeliefert sei. Ablenkungen wären in der Regel die Feinde gediegener Arbeit. Ein Gebet, das man nur mit dem Mund spricht, während einem dutzende andere Gedanken durch den Kopf gehen, bezeichnete Hollnsteiner als halbherzigen Unsinn.

Almas Messbuch, das sie mit Hollnsteiner durchgearbeitet hatte, existiert heute noch. Die unterstrichenen Stellen und ihre Randbemerkungen darauf zeigen, mit welchem Fleiß sich Madame mit den täglichen Messtexten befasst hatte. Auch in der Emigration hatte Alma das Gebetbuch immer in Gebrauch. Die starken Gebrauchsspuren beweisen es. Als sich Alma und Werfel am 13. März 1938 entschieden hatten, in die Emigration zu gehen, bangten sie beide vor der ungewissen Zukunft und Alma betete sehr viel. Zum Abschied gab ihnen Hollnsteiner einen Spruch mit auf dem Weg: »Du bist niemals verloren, denn du bist meiner Lehre gefolgt, meinem Vorsatz, meinem Glauben, meiner Geduld, meiner Verfolgung und meinen Leiden, die mich trafen. Du wirst niemals untergehen.«

Alma Mahler-Werfels Gebetbuch

Zu Ostern 1933 hatte ich persönlich eine Begegnung mit dem Priester Hollnsteiner. Am Ostersonntag spielte ich in der Knabenfußballmannschaft aus Währing gegen die Vienna mit. Es war ein Osterturnier, bei dem die Sieger gegen Sieger spielten, bis eben nur einer übrig blieb. Unsere Knabenmannschaft von Viktoria Währing hatte kein Glück. Schon im Eröffnungsspiel gegen die Vienna-Knaben hatten wir 8 : 0 verloren und waren aus dem Turnier ausgeschieden. Als Tormann hatte ich am meisten darunter zu leiden, denn ich hatte die acht Tore zu verantworten. Ich beschloss, Frau Moll zu besuchen, um bei ihrem Kuchen Trost für mein sportliches Ungemach zu finden. Als ich beim Hause Moll ankam, sah ich Hollnsteiner und Mutzi im regen Gespräch. Ich hörte, wie Manon öfter den Namen »Burschi« erwähnte. Beide sprachen über mich. Als sie mich kommen sah, winkte sie mir und rief: »Ach, da kommt er gerade!« Fröhlich fragte sie mich: »Hast du heute gut gespielt?« »Nein, wir haben verloren, 8 : 0. Ein gesunder Schraufen!« Und ganz kleinlaut fügte ich hinzu: »Bittschön, Mutzi, verspotte mich nicht, des kann doch kein Mensch aushalten.«

Zu meinem Schrecken sah ich Herrn Moll an uns vorbeigehen. So schlecht konnte Herr Moll gar nicht hören, dass er meine Erzählung nicht hörte. Jetzt würde er mich sicher wieder pflanzen! Tatsächlich: »Aber bittschön, mit Datum«, sagte der zynische Teufel. Da nahm mich Mutzi an der Hand und ging mit mir zu Hollnsteiner. »So, Holli, da bring ich dir deinen Ministranten!« Der Priester sah mich groß an und fragte mich: »Kannst du ministrieren?« Ich: »Ja, aber nur lateinisch.« Ich war immer noch ganz aufgebracht über das 8 : 0. Hollnsteiner sah mich fragend an: »Den Dienst am Altar kannst du auch?« Ich: »Der ist ja leicht, den können schon ganz kleine Kinder!« »Aber groß bist du auch noch nicht!«

Trotzdem lud er mich ein, ihm zu ministrieren. Bei der Messe in der Heiligenstädter Pfarrkirche saßen Alma Mahler-Werfel, Manon Gropius, Ida Gebauer und Frau Anna Moll andächtig in der vorderen Kirchenbank. Frau Mahler und Mutzi gingen zur Kommunion. Beide Damen waren erst drei Tage vorher zum katholischen Glauben übergetreten. Nach der Messe sagte Dr. Hollnsteiner zu mir: »Also, mein Bub, für einen ›Nichtministranten‹ war dein Dienst vorzüglich und deine ›lateinischen Gebete‹ ausgezeichnet, da könnten sich viele Klosterbrüder ein Beispiel nehmen. Wann hast du denn das alles gelernt?« »Unser Katechet hat zu uns am Aschermittwoch gesagt: ›Ihr Schüler, ihr werdet zur Fastenzeit etwas Gutes tun, eine Arbeit, die ihr bisher noch nie versucht oder gemacht habt.‹ Da habe ich einfach die lateinischen Gebete gelernt. Alle Schüler in der Klasse haben geschaut, als mich der Herr Katechet geprüft hat! Jedes Gebet war richtig. Als der Herr Katechet meiner Mama erzählt hat, wie gut ich die lateinischen Gebete kann, war meine Mama sehr gerührt und ich war sehr stolz.«

Hollnsteiner sah mich ernst an und fragte mich: »Wo wohnst du?«

»Im 18. Bezirk!«

»Welcher Pfarre gehörst du an?«

»Der Pfarre Weinhaus!«

»Dann heißt dein Religionslehrer sicher Rudolf Masopust? Den kenne ich gut. Sag ihm einen schönen Gruß von mir, du bist sein neuer Ministrant.«

Ich tat, wie mir befohlen wurde, und stellte mich in der Pfarre als neuer Ministrant vor. Da auch hier meine »lateinischen Gebetskenntnisse« anerkannt wurden, teilte man mich sofort zur Messordnung ein. Und somit wurde ich Ministrant.

Am 14. Mai 1933 erlebte die Pfarre Weinhaus einen großen Ehrentag: Kardinal Dr. Theodor Innitzer kam zur Visite. Beim anschließenden Pontifikalamt wurde ich dazu eingeteilt, mich um den Bischofsstab zu kümmern. Während des Amtes musste ich den Stab halten und immer, wenn der Kardinal ihn benötigte, hatte ich zur Stelle zu sein.

Nach dem Tod meines Vaters konnte sich meine Mama nur so nach und nach wieder seelisch erholen. Sie bekam immer mehr Kunden, denen sie als Weißnäherin Hemden und Wäsche ausbesserte. Ich war der Lieferant und war mit dem Trinkgeld, das ich bekam, zufrieden. Wenn ich mich zurückerinnere, muss ich sagen, dass das Jahr 1933 für uns ein gutes Jahr war.

Mutzis Schauspieleridol ist Raoul Aslan

Manon »Mutzi« Gropius liebte das Theater und wollte Schauspielerin werden. Als ich, wie schon so oft, bei Kakao und Butterbrot in Anna Molls Küche saß, kam Mutzi ganz aufgeregt hereingestürmt und rief: »Stellt euch vor, Mami hat den großen Schauspieler und Regisseur Max Reinhardt zum Tee eingeladen und er hat zugesagt, er kommt!« Frau Moll kannte Mutzis geheimen Wunsch. Als man über Schauspieler im Allgemeinen sprach, wurde Mutzi gefragt, wer denn ihr Lieblingsschauspieler sei. Mutzi antwortete, dass es für sie nur einen Schauspieler gäbe: »Raoul Aslan vom Burgtheater!« Daraufhin wurde sie von den Anwesenden bestürmt: »Warum gerade Aslan? Es gibt doch jüngere und schönere Schauspieler – warum gerade er?« Mutzi erklärte, für sie lebe das Theater hauptsächlich von einer klaren, verständlichen Sprache und die habe Aslan. Wenn er auf der Bühne sprach, sei das für sie wie schwingende Musik mit einem eigentümlichen Wohlklang. Man verstehe jedes Wort. Ganz gleich, welche Rolle er spielte, für sie war er der Fürst unter den Schauspielern. Doch Carl Moll erklärte ihr, dass Aslan nur Männer liebte. Bei ihm habe eine noch so schöne Frau keine Chancen. Jetzt wurde Mutzi aufgebracht. Sie erklärte, wen oder was Aslan in seinem Privatleben liebte, wäre für sie unbedeutend. Wichtig sei für sie, dass er seine Rolle auf der Bühne liebt – »und das tut er!«

Als 17-jähriges Mädchen schickte Mutzi an Aslan folgendes Gedicht:

Meinem verehrten Schauspieler Raoul Aslan
Sie sind für mich ein großer, ein Gottbegnadeter, ein Herr!
Sie sind am Theater begnadet, wie ein gütiger Fürst.
Sie sind auch gütig – deshalb verehre ich Sie.
Ich liebe Ihre Sprache, die Ihrer Seele
den ergreifenden Wohlklang schwingender Musik verleiht.
Mich berührt das Lächeln Ihres Mundes.
Ihre Augen sind anders, als die Augen anderer Menschen.
Auch ich möchte am Theater Großes vollbringen – so wie Sie!
Um einmal vor Sie hintreten zu können, um Ihnen zu sagen,
daß alles nur um Ihretwegen geschah.
So rein und groß möchte ich werden, wie es Ihre Augen
von meiner Seele fordern. – Die Ihre Seele ahnt –
aber nach meinem Wege sucht!

Ihre Manon Gropius

In einem rührenden Brief antwortete ihr Raoul Aslan. Obwohl der Originalbrief, wie vieles andere, im Laufe der Zeit verloren ging, kann er durch Mutzis Abschrift komplett wiedergegeben werden.

Der Schauspielerin in spe Manon Gropius
Aus Ihrer Ode an mich entnehme ich, dass es Ihr ernsthafter Wunsch ist, eine gute Schauspielerin zu werden. Wenn ich ehrlich bin, dann weiß ich nicht, ob ich Sie zu diesem Wunsche beglückwünschen soll, denn unser Beruf verlangt von uns bedeutend mehr, viel mehr, als wir jemals vom Publikum zurückbekommen. Welche Probleme der Schauspieler mit seinem Beruf hat, davon haben Sie, als gescheites Mädchen, sicher schon gehört. Ich will Sie aber keineswegs mutlos machen, denn jeder Mensch, der nach Großem strebt, tut recht daran. Zu allen Freuden und Leiden im Leben »Ja« zu sagen, damit das »Nein« aus der Welt vertrieben wird, das ist die richtige Lebenseinstellung. Denn das ewige »Nein« macht unser Leben sinn- und wertlos! In Ihrer Ode an mich (Erlauben Sie mir, dass ich Ihre Verse so nenne) schreiben Sie mir, dass Sie nach erreichtem Ziele voll Freude vor mich hintreten wollen, um mir zu sagen: »Daß alles nur meinetwegen geschah.« Das können Sie nicht machen, denn meine Wenigkeit kann das Wenigste zur Erfüllung Ihres Wunsches beitragen. Ich kann Sie höchstens dazu inspirieren. Ob sich Ihr Wunsch erfüllt, hängt einzig und allein von Ihnen ab. Mir bereiten Sie einen großen Kummer. Sie dürfen doch nicht von mir erwarten, dass ich Ihnen als Gegengabe Ihrer reizenden Zuneigung das Bild eines älteren Schauspielers schicke mit der Widmung: Alles Gute für Ihre Zukunft!

Raoul Aslan

Um Ihrer Freundlichkeit halbwegs gerecht zu werden, musste ich mir etwas anderes ausdenken! Vor mir liegt mein erster Reisepass. Auf dem Bild bin ich 18 Jahre alt. Ungefähr im gleichen Alter, wie ich das Ihre vermute. Damals, zu dieser Zeit, hatte ich auch den festen Wunsch, ein guter Schauspieler zu werden. Das war für mich wahrlich nicht leicht. Doch ich nahm alle Widrigkeiten auf mich und bin, wie Sie es sagen, ein guter Schauspieler geworden. Ich werde dieses alte Foto aus meinem alten Reisepass lösen, um es Ihnen zu schicken. Wenn Sie verzagt oder mutlos sind, dann sehen

Sie sich dieses Foto an. Zu dieser Zeit hatte der junge Mann, als Eleve, die gleichen Probleme wie Sie. Doch er hat auch nach Ihrer Meinung als Schauspieler sein Ziel erreicht. »Ich glaube an Sie! Halte meine Hände segnend über Sie und bleibe

Ihr gütiger Fürst Raoul Aslan«

Am 3. Juni 1933 war Pfingstsamstag. So wie es damals zu Ostern üblich war, gab es auch zu Pfingsten ein Knabenfußballturnier. Unser Gegner war die Knabenmannschaft des S. K. Wacker aus Meidling. Wir gaben das erste Spiel auf dem Lehrersportplatz in Hernals. Unser Team war wieder die Verlierermannschaft. Der S. K. Wacker trat uns wacker in den Hintern. Mit 0 : 5 gingen wir vom Platz. Darüber war ich so wie damals zu Ostern nicht nur schwer erschüttert, sondern ich hatte mich auch ziemlich verletzt. Mein Ellenbogen war aufgeschunden und als ich mich einmal aus purer Verzweiflung einem Wackerstürmer in den Schuss warf, konnte ich den Ball zwar abwehren, doch der Schuh des gegnerischen Stürmers traf mein rechtes Auge – und das schmerzte. Als ich mich in der Kabine in den Spiegel sah, erschrak ich sehr. Das Auge war schon stark blau. Außerdem gab es Anzeichen einer schönen Beule. Plötzlich hatte ich einen schrecklichen Gedanken: Wenn ich so missgestaltet heimkam, würde meine Mama wild und ich dürfte sicher nie mehr im Leben Fußball spielen.

Raoul Aslans Passfoto

In meiner Verzweiflung fuhr ich ohne Fahrschein mit dem G2 auf die Hohe Warte. Die Familie Moll saß gerade im Garten beim

Frühstück. Tochter Marianne und ihr Mann, Herr Eberstaller, waren auch dabei. Alle haben sofort meine – hoffentlich vorübergehende – Missgestaltung bemerkt. Während Frau Moll die Initiative ergriff und mit den mitfühlenden Worten »Jessas na, der Burschi bekommt eine Beule! Da gehört ein Eis darauf!« zur Küche ging, gab sich Herr Moll seinen philosophischen Betrachtungen hin. »Wenn der Kopf vom Burschi noch ein paarmal so ausschaut, dann gibt's nur zwei Möglichkeiten: Entweder wird er deppert, oder er hat einen Schädel so hart wie ein Auerochs.« Daraufhin fing ich zu weinen an. Da kam Frau Moll mit dem Eis, einer Waschschüssel und mit einem Waschlappen. Mit den Worten »Höre doch nicht hin, was der alte Lapp sagt!« beugte sie mich über die Waschschüssel, nahm mit dem Waschlappen ein Stück Eis und legte es mir auf mein Auge. »So – das machst du jetzt dauernd. Wenn das Stück Eis zerronnen ist, dann holen wir neues! Burschi, du wirst sehen, in einer Stunde ist die Beule weg.« »Na hoffentlich!« Nachdem das ganze Eis zerronnen war, erlebte ich ein Pfingstwunder: Die Beule war weg. Frau Moll reinigte mein Gesicht und sagte zu mir: »So, Burschi, schön bist wieder.« Inzwischen war es halb 12 Uhr geworden. Komischerweise kam von Herrn Moll,

Manon »Mutzi« Gropius als Leonore di Vargas, 1926

der mich nie solches fragte: »Na, Burschi, hast du schon etwas gegessen?« Darauf belehrte ich die Anwesenden: »Wenn ein Match ist, dann darf der Tormann nix essen, sonst spielt er schlecht. Mit einem vollen Magen, sagt unser Trainer, darf man keinen Sport machen.«

Frau Moll schaute zufällig aus dem Fenster und rief mir zu: »Burschi, da draußen geht ein weltberühmter Dirigent, der Bruno Walter, der gibt dir bestimmt ein Autogramm!« Ich: »Ich hab mein Autogrammbücherl zu Hause vergessen!« Frau Moll gab mir Papier und Bleistift und ich stürmte hinaus, direkt in Herrn Walter hinein.

»Hoppla, hast es du aber eilig. Wo läufst du hin?«

»Zu Ihnen, gnädiger Herr. Damit Sie mir ein Autogramm geben, gnädiger Herr.«

Bruno Walter schaute mich überrascht an: »Weißt du überhaupt, wer ich bin?« »Jawohl, ein Dirigent, ein berühmter hat die Frau Moll gesagt!«

Bruno Walter wollte sich noch weiter mit mir unterhalten, doch er wurde von der Madame zu Tisch gerufen. Rasch gab er mir seine Unterschrift und ging ins Haus. Mit großer Freude zeigte ich Bruno Walters Autogramm her. Frau Moll setzte sich zu mir und sagte: »Burschi, jetzt werde ich dir von diesem Mann erzählen: Du hast doch sicher schon bemerkt, dass deine Madame zwei Namen hat. Sie schreibt sich Alma Mahler-Werfel. Das kommt daher, dass sie in ihrer ersten Ehe mit den weltberühmten Komponisten und Dirigenten der Wiener Hofoper, Gustav Mahler, verheiratet war. Der Mann ist leider verstorben. Zum Andenken an ihn hat sie den Namen Mahler beibehalten. Später, als sie den Dichter Franz Werfel geheiratet hat, nahm sie den Namen Werfel dazu.

Der Herr Bruno Walter, der dir heute sein Autogramm gegeben hat, war der beste Freund von Gustav Mahler. Deshalb hat ihn die Frau Alma so gern. Immer wenn er in Wien ein Konzert gibt, kann er in der Villa wohnen.«

Bruno Walters Autogramm

Ich: »In der Villa sind ja genug Zimmer. Ich hab einmal der Schulli zugehört, wie sie zum Legler Willy gesagt hat: ›28 Zimmer, die kann man nicht immer zusperren, nur weil momentan niemand darin wohnt. Man muss sie lüften und auskehren, Herr Willy. Also mach dich ans Werk!‹« Mein Gott, wenn meine Mama, statt unserer kleinen Rumpelkammer, einmal so ein schönes Zimmer haben könnte, das wäre schön. Da wäre meine Mama sicher lustiger und net immer so traurig! Gnädige Frau, jetzt muss ich heimgehen, meine Mama wartet mit dem Essen auf mich!« Ich grüßte und ging.

Auch die Rehe lieben Mutzi

Als ich vor die Türe trat, riss ich Augen und Mund auf. Ein Rehpärchen, Bock und Geiß, kamen einträchtig nebeneinander den kleinen Weg zur Villa hinauf. Vor dem Gartentor blieben beide stehen. Man hatte das Gefühl, sie warteten. Gerade kam Manon von der Straßenbahn. Als die Rehe Mutzi erblickten, liefen sie an mir vorbei und ihr entgegen. Sie streckte ihnen ihre Hand entgegen und beide Rehe beschnupperten sie. Mutzi streichelte beide und sie folgten ihr wie Hunde in den Garten. Mutzi hielt beide Rehe links und rechts um den Hals und zärtlich angeschmiegt an sie gingen alle drei im Garten spazieren.

Plötzlich ertönte Almas aufgeregte Stimme: »Um Gottes Willen, Mutzi! Woher kommen diese Rehe? Sie werden mir noch alle Blumen abfressen. Sperr sie in den Geräteschuppen und verständige den Tierschutzverein, sie sollen sich um die Tiere kümmern!« Mutzi blieb stehen und während sie weiterhin die Tiere locker um den Hals hielt, antwortete sie: »Aber Mami, mach dir doch bitte keine Sorgen. Das hier ist ein anständiger Besuch, die fressen unsere Blumen nicht!«

Auf, der Terrasse hatten sich inzwischen alle Bewohner und Besu-

Mutzi und eines der beiden Rehe im Garten auf der Hohen Warte, 1933

cher der Villa eingefunden. Das Erstaunen war groß. Kein Mensch hatte so etwas Vergleichbares jemals gesehen. Alma rief: »Wie willst du die Tiere wieder wegschaffen?«

»Ach, Mami, mach dir darüber keine Sorgen: Die Rehlein werden einen Tag bei mir bleiben. Ich werde sie füttern, ihnen zu trinken geben und mit ihnen spielen. Am Abend werden sie wieder gehen. In ihren Wald finden sie alleine. Aber bitte lasst uns allein!«

Wie kamen diese Tiere auf die Hohe Warte und wieso waren sie so zutraulich? Vor achtzig Jahren waren die Hohe Warte und ihre Umgebung weitgehendst unverbautes Gebiet. Die ganze Umgebung war voll von Wiesen, Feldern und Weingärten. Die Hausberge der Wiener, Kahlenberg, Leopoldsberg und Hermannskogel, waren zum Greifen nahe und der Wienerwald kam an die Hohe Warte ganz nahe heran.

Rehe sind doch scheue Tiere, sie flüchten vor den Menschen und lassen sich auf keinen Fall angreifen. Jeder der Anwesenden war erstaunt. Einige waren Jäger und meinten, dass das Wild vor dem Futtertrog noch so hungrig sein konnte, aber wenn ein Mensch nur in die Nähe kam, wich das Wild gestört zurück. So ein Bild mit Rehen, die einem Menschen wie Hunde folgten und sich noch dazu um den Hals nehmen ließen, sei unmöglich. Wenn sie es nicht mit eigenen Augen gesehen hätten, sie würden es keinem Menschen glauben.

Auch mir, der ich als Achtjähriger noch an Märchen glaubte, erschien diese Bild von Mutzi mit den beiden Rehen unwirklich. »Wenn ich das meiner Mama erzähl, das glaubt die mir nie!« Ich presste mein Gesicht an das Gartengitter und konnte mich nicht sattsehen. So lange Mutzi im Garten mit den Rehen spielte, sah ich zu. Sie tollte mit den Rehen herum, dass es für mich eine Freude war, sie zu beobachten. Plötzlich hatte ich einen unwiederbringlichen Gedanken: Ich musste Mutzi mit den Rehen fotografieren! Leise ging ich zurück ins Moll-Haus. Das Zimmer war leer, denn auch Herr und Frau Moll sahen dem einmaligen Schauspiel zu. An der Wand hing ein Fotoapparat. Ich hatte keine Ahnung, wem der Apparat gehörte. Ich ging damit in den Garten zurück und sah gerade, wie Mutzi die Tiere fütterte. Geistesgegenwärtig drückte ich auf den Auslöser. Zwei Aufnahmen machte ich, dann war der Film voll. Ich ging wieder ins Haus und hängte den Fotoapparat behutsam an den Haken. Beinah war es zu spät, denn Willy Legler stürmte herein, nahm die Kamera vom Haken und lief damit in den Garten.

Willy Legler, 1932 von Erich Rietenauer fotografiert

Als Willy fotografieren wollte, stürmte ihm der Rehbock mit gesenktem Kopfe entgegen und er musste die Flucht ergreifen. Willy schimpfte wie ein Rohrspatz und Mutzi amüsierte sich. »Ich habe euch doch gesagt, ihr sollt mich mit den Tieren allein lassen. Das hast du jetzt davon.« Willy ärgerte sich. Er konnte auch nicht verstehen, warum der Film in der Kamera leer war. Ich aber freute mich und hoffte nur, dass meine Aufnahmen etwas geworden waren. Jetzt musste ich nur zu dem Film kommen. Vorsichtig fragte ich Frau Moll: »Mein Onkel lässt fragen, ob ihr nicht einen Film zum Entwickeln habt. Er macht euch die Bilder gratis und rasch!« Gerade kam Willy wütend bei der Türe herein und fluchte über sein Pech, nicht fotografieren zu können. »Fix Laudon«, tobte er, »gerade jetzt, wo ich ein unwiederbringliches Foto hätte machen können, habe ich keinen Film mehr. So ein Foto hätte mir sicher ›Das interessante Blatt‹ abgekauft.« Mir war »Das interessante Blatt« vollkommen gleich. Herr Moll, immer zu Späßen aufgelegt, sagte: »Gelt, Willy, wie 'st vorm Rehbock am Arsch gesessen bist und der Bock dich nicht aufstehen ließ, das wäre auch ein Bild für Götter gewesen!«, und lachte dabei. Willy reichte mir griesgrämig den Film. Frau Moll gab mir 7 Groschen für einen Kinderfahrschein für den G2. Mit den Worten »Jetzt krieg ich bestimmt danach meine Watschen!« stürmte ich los. Mit der Straßenbahn fuhr ich zum Währinger Gürtel und mit dem 41 zum Währinger Rathaus. Die Rathausuhr schlug halb fünf. Mir schwante Böses. Vor dem Geschäft stand weinend meine Mama mit der ganzen restlichen Verwandtschaft, Tante Poldi, Onkel Max, Tante

Otti, Tante Grete, Frau Friedl, der Hantsch-Tante und Herrn Worschitz, dem Hausmeister, und der Haustratschen, die Stodola Anna. Kaum war ich am Gehsteig, hatte ich schon zwei Watschen. Ich weiß bis heute nicht, wer mir die Watschen gegeben hat. Meine Mama schimpfte: »Du, Fratz, du, ich hab schon geglaubt, du kommst nicht und jetzt bist verletzt. Den ganzen Tag fort sein, das ist zu viel! Ich hab schon auf die Polizei gehen wollen. So was tust du mir an!« Auf einmal ging es lautstark zu. Onkel Max brüllte: »Der Mistbua gehört in ein Heim!« Darauf meine Mutter: »Na, so mistig ist der Erich doch net!« Jetzt fing meine Mama mit Onkel Max zu streiten an. Die Obertratschen, die Stodola Anna, musste natürlich auch ihren Senf draufgeben: »Vielleicht war der Bua bei die Mentscher!« Daraufhin nahm mich Tante Grete in Schutz: »Anni, du bösartige Tratschen, halt doch dein böses Maul!«

Die liebe Tante Poldi war jetzt plötzlich ganz auf meiner Seite. Ihr Wortschatz war wesentlich deutlicher: »Du, mistiger Schlampen, immer wenn du deine Goschen aufmachst, kommt eine Gemeinheit ausse. Dir soll man deine Pappen zunähen!« Jetzt war der Wirbel vollständig. Es kamen noch weitere Hausbewohner dazu und nun war Herr Worschitz, der Hausmeister, an der Reihe. Jetzt wurden zu meiner Entlastung Herrn Worschitz längst vergessene und vergangene Geschichten an den Kopf geworfen, die dieser nicht auf sich sitzen ließ. Es war wie ein Aufstand. Man schrie und brüllte sich gegenseitig an. Meine Mama bekam einen Weinkrampf, bis schließlich der Herr Wachmann einschritt und dem Geschrei ein Ende bereitete.

Zu meiner Erleichterung sah ich Onkel Otto aus seinem Atelier kommen. Er nahm mich bei der Hand und sagte zu meiner Mutter: »Mina, geh jetzt ham, der Bua bleibt bei mir!« Beide gingen wir in sein Atelier. Er fragte: »Erich, hast a Arbeit für mich?«

»Onkel, lieber Onkel, bitte, bitte, entwickle mir den Film und mach mir davon Bilder.«

»Bist narrisch, glaubst, ich bin ein Zauberer? Der Film muss doch erst trocknen! Morgen kannst du die Bilder haben.«

»Morgen erst?« Ich war verzweifelt: »Onkel, ich kann heut Nacht net schlafen!«

Onkel Otto nahm mir den Film aus der Hand und mit den Worten »Du gehst mir ganz schön auf die Nerven!« ging er in die Dunkelkammer. Während ich mir die Nase putzte, erzählte ich Onkel Otto und meiner Mama meine Geschichte von meinem 0 : 5-Schraufen.

»Was«, schreit der Onkel aus der Dunkelkammer: »die Meidlinger Wacker hat gewonnen?«

»Ja – 5 : 0 haben wir verloren!«

Mein Onkel schluckte, denn er hat die Wacker nie leiden können. Ich dachte allerdings nur daran, ob mein Onkel den Film gut entwickelte. Dann erzählte ich meine Geschichte von der Beule und dass ich mich geschämt habe, so verletzt mit einer Beule heimzukommen. »Du hast dich gekränkt, Mama! Das hab ich net wollen!«

Meine Mama zerdrückte aus Mitleid eine Träne: »Des macht doch nichts, Bua, ganz gleich, wie du ausschaust, ich bin immer nur froh, wenn du daheim bist!« Jetzt berichtete ich, wie mir Frau Moll mit blankem Eis die Beule wegretouchiert hatte.

»Schau, Mama, es ist nichts mehr davon zu sehen!«

Meine Mama untersuchte mich und stellte fest: »Oh ja, da bist du noch blau und da bist aufgeschunden!«

Während des Erzählens merkte ich nicht, dass der Onkel aus der Dunkelkammer herauskam. Ich bestürme ihn: »Ist der Film was geworden?« Mein Onkel: »Der Film muss jetzt wässern. Halte dich zurück! Erzähl deine Geschichte weiter!«

Jetzt war ich in meinem Element. Ich schilderte mit Inbrunst mein Erlebnis mit Mutzi und dem Rehpärchen. Plötzlich unterbrach mich meine Mama: »Jetzt wird der Bua neun Jahr und ist schon so ein ekelhafter Lügner. Wo der Bua sich das alles ausdenkt, versteh ich nicht!« Ich war wie vor den Kopf geschlagen: »Mama, des stimmt alles was ich dir erzählt hab: Glaub's mir!«

Inzwischen hängte mein Onkel den Film zum Trocknen auf. »Mina, was dei Bua sagt, des stimmt. Auf den zwei letzten Bildern füttert ein Mädchen zwei Rehe, einen Bock und eine Geiß. Da schau her! Wart, ich trockne den Film und mach dir eine Kopie. Inzwischen geht uns der Erich zum Fleischhauer und holt uns drei Semmel und 20 dkg heißen Leberkäse.«

Na ich bin zum Fleischhauer geflogen! Als ich zurückkam, hörte ich meinen Onkel sagen: »Schau, Mina, dei Bua lügt nicht! Da hast du das Mädchen und da hier die beiden Rehe. Was sagst du dazu?« Ich sah mir die Bilder an. Oh, war ich glücklich und froh! Aber stolz auf mich war ich auch, denn die Aufnahme war mir besonders gut geglückt.

»Wie sind denn die anderen Bilder geworden?«

»Die sind alle verwackelt und unscharf. Der hat keinen guten Stand, der Herr. Sag ihm das!«

»Des trau ich mir net, der Herr ist zweiunddreißig Jahr, der haut mich doch!«

Die Glasgow Rangers Mannschaft und ich

Der Pfingstsonntag wurde für mich wieder zu einem aufregenden Tag – aber nicht nur für mich, sondern für das ganze fußballbegeisterte Publikum in Wien. Zum ersten Mal spielte ein schottischer Verein, der schottische Meister Glasgow Rangers, in Wien gegen Rapid. Vor einigen Monaten war Rapid zu einem Gastspiel nach Schottland eingeladen worden. Die Grünweißen machten auf der Insel besonders in der Begegnung zwischen Rapid und Glasgow Rangers, das nach einem spannenden Spiel 3 : 3 ausging, großen Eindruck. Besonders die beiden Rapidspieler Binder und Bican – beide spielten in Hochform – wurden von der englischen und schottischen Presse lobend hervorgehoben. Die Glasgow Rangers wurden daraufhin zu einem Rückspiel nach Wien eingeladen.

An diesem 4. Juni 1933 war es so weit. Für mich war es klar, dass ich bei diesem Sportereignis unbedingt dabei sein musste. Nach meinen Eskapaden vom Vortag war es gar nicht so sicher, ob mir meine

Mutter den Spielbesuch erlauben würde. Mein zartes Anfragen wurde sofort im Keime erstickt: »Erinnere dich nur an gestern!« war Mamas kurze Antwort. Doch da klopfte unser Nachbar, Herr Axmann, an unsere Türe und fragte meine Mutter, ob es ihr recht wäre, wenn ich mit ihm und seinen Töchtern Hilde und Traudl zum Fußballspiel ins Wiener Stadion ginge. Er hatte vom Verein zusätzlich drei Kinderkarten bekommen. »Es kostet nix, daher könnte der Erich mitgehen.« Da auch seine beiden Töchter meine Mutter stürmisch um die Erlaubnis baten, sagte meine Mutter zu. Ich war überglücklich!

Wir hatten ausgezeichnete Plätze in der dritten Reihe in der Mitte vom Spielfeld. Vor uns nahm der Herr Bundespräsident mit einigen Mitgliedern der Bundesregierung Platz. Auch der kleingewachsene Bundeskanzler Engelbert Dollfuß saß dabei. Als Herr Axmann mein Staunen bemerkte, verriet er mir, dass er seit 1918 Mitglied des Sportklubs Rapid sei. Das waren auf den Tag genau 25 Jahre. Aus diesem Grunde hätte er vom Verein Karten für diese Ehrenplätze bekommen. Mein Glück dauerte an, denn am Ende der Spielzeit hatte Rapid gegen die Glasgow Rangers 4 : 3 gewonnen. War das ein Jubel!

Plötzlich stand der Sektionsleiter von Rapid, Herr Hierath, vor uns. Er gratulierte Herrn Axmann herzlich zu seinem Jubiläum. Beide Männer strahlten über den Sieg. Ich kannte Herrn Hierath vom Sehen. Er hatte öfter Oberschwester Ida Gebauer abgeholt. Frau Moll meinte, er müsse ein hartnäckiger Verehrer der Schulli sein. Sie zweifelte aber daran, dass Schulli ihn jemals erhören würde. Während ich noch darüber nachdachte, sagte Herr Hierath zu mir: »Ja hallo, bist du nicht der Burschi von der Hohen Warte? Der Autogrammsammler? Die Oberschwester hat mir einiges von dir erzählt!«

»Ja schon, ich bin der Burschi, aber heute will ich nix, ich bin so glücklich, dass wir gewonnen haben.«

»Von der Rapidmannschaft könntest du keinen Spieler zum Autogrammschreiben überreden. Die sind jetzt alle über ihren Sieg im

Freudentaumel. Außerdem müssen sie zeitig ins Bett, weil sie morgen in Budapest ein Spiel haben. Vielleicht die Schotten? Das könnten wir versuchen. Um 9 Uhr sind die meisten in Stimmung. Du müsstest halt um diese Zeit im Grand Hotel sein.«

»Oje, meine Mama. Des wird kaum gehen. Sie erschlagt mich!« Jetzt schaltete sich Herr Axmann ein: »Erich, das machen wir!« Er schrieb an meine Mutter ein paar Zeilen und sagte zu seinen Töchtern: »Ihr fahrt heim und gebt meine Nachricht Frau Rietenauer. Sie soll sich keine Sorgen machen, der Erich ist bei mir! Aber vorher gehen wir alle in den Prater!«

Auf dem Heimweg durch den Prater war Hilde Axmann besonders lieb zu mir. Sie strahlte mich an und wollte nur mit mir in der Geisterbahn fahren. Sie drückte sich an mich und ich musste an die Verse meines Freundes Stefan Feil denken, die er bei jeder unpassenden Gelegenheit von sich gab: »Ja, der Erich ist im Bilde, seine Braut heißt Axmann Hilde, von ihr kriegt er – oh wie fein – viele kleine Kinderlein!«

Die beiden Axmann-Mädchen fuhren mit der Straßenbahn nach Hause und Herr Axmann ging mit mir zu Fuß zum Grand Hotel. Als wir ankamen, ging es bereits hoch her. Den Schotten hatte die Niederlage gegen Rapid überhaupt nichts ausgemacht. Sie sangen, brüllten, lachten, tranken und waren in einer tollen Stimmung. Wir fragten nach Herrn Hierath. Der Page kam mit einer großen Tafel, worauf Herr Axmann »Herr Hierath, bitte zum Ausgang kommen« schrieb. »Ob das etwas nützt? Ich glaube es nicht!«, kommentierte Herr Axmann. Aber oh Wunder! Nach kurzer Zeit kam Herr Hierath, nahm mich bei der Hand und den ersten schottischen Spieler, der uns entgegen kam, hielt er auf, deutete auf mich und sagte ihm etwas. Der Schotte brüllte los und sofort war alles still. Dann kamen zwei Schotten mit einem rot gepolsterten Sessel, setzten mich darauf und trugen mich zu der Tafel. Dort wurden die Teller und Gläser zur Seite geschoben und man hob mich samt dem Sessel auf den Tisch. Mir war unheimlich. Ich saß da, hatte einen roten Kopf und wusste vor Verlegenheit nicht, was ich mit meinen Händen machen sollte.

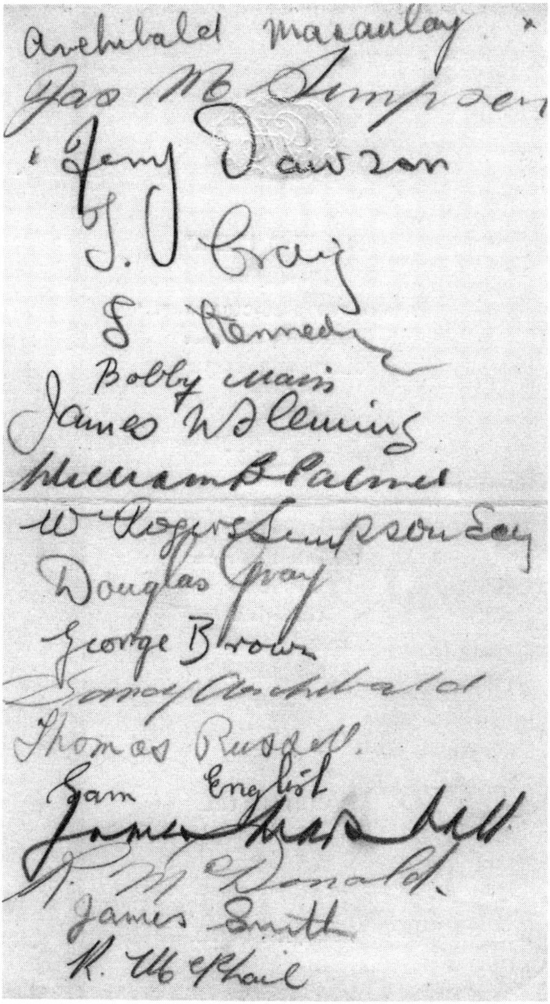

Die Unterschriften der schottischen Fußballer, 1933

Inzwischen hatte sich die gesamte Mannschaft in einer Reihe aufgestellt. Sie brüllten ihre Klubhymne und einer nach dem anderen kam zum Tisch, verbeugte sich vor mir und schrieb auf eine umgedrehte Speisekarte seinen Namen. Es war zum Heulen schön!

Als alle Schotten unterschrieben hatten, hoben sie mich vom Tisch und mit einem dreifachen »Hurra« wurde ich verabschiedet. Mit butterweichen Knien ging ich zum Ausgang. Herr Hierath sagte: »Wenn die Schotten b'soffen san, werden sie freundlich und nett. Am Spielfeld sind sie hart und brutal. Wenn ich unseren Spielern vom heutigen Abend erzähle, werden sie mir nichts glauben. Denn jeder Spieler von Rapid pflegt heute Abend seine Verletzungen, die sie durch die überharte Spielweise der Schotten bekommen haben. Der Binder Franz ist sogar von einem Schotten in den

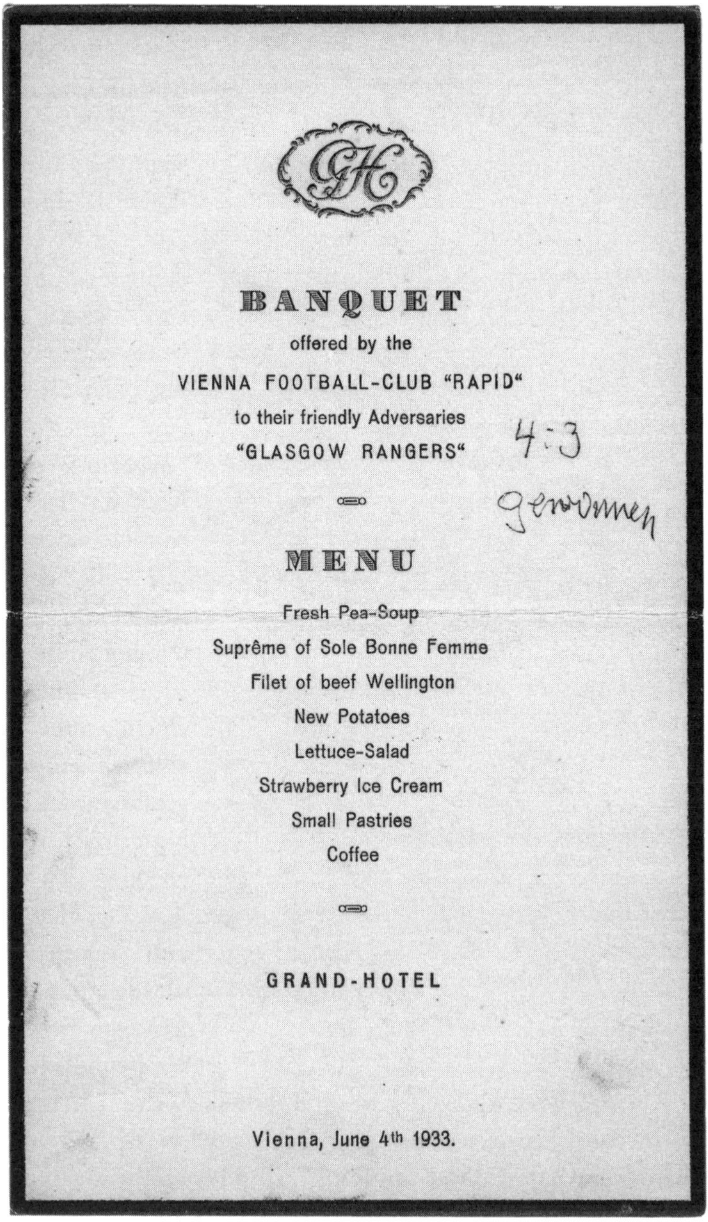

BANQUET

offered by the

VIENNA FOOTBALL-CLUB "RAPID"

to their friendly Adversaries

"GLASGOW RANGERS"

4:3

gewonnen

MENU

Fresh Pea-Soup

Suprême of Sole Bonne Femme

Filet of beef Wellington

New Potatoes

Lettuce-Salad

Strawberry Ice Cream

Small Pastries

Coffee

GRAND-HOTEL

Vienna, June 4th 1933.

Die Menükarte bei der Feier der Glasgow Rangers und Rapid, 1933

Oberarm gebissen worden.« Als ich heim kam, sagte meine Mutter kein böses Wort.

Am Pfingstmontag holte ich mir meine Fotos. Mein Onkel vergrößerte die Bilder. Noch heute, nach fast 80 Jahren, besitze ich die Negative in meinem Archiv. Wenn ich mir nach dieser langen Zeit meine Fotos und Autogramme anschaue, werden alle diese Ereignisse wieder so lebendig für mich, als ob sie erst gestern passiert wären. Doch dass mir dieses Erinnern an meine Kindheit nicht immer Freude bereitet, liegt auf der Hand. Dass mich all diese Erlebnisse auch für mein späteres Leben prägten, kann ich nicht abstreiten. Etwas Gutes hat diese sehr schwere Zeit aber doch für mich gehabt.

Als ich mit großen Erwartungen wieder auf die Hohe Warte kam, sah ich sofort im Garten nach, ob die Rehe noch da waren. Nein, kein Reh war zu sehen. Da kam mir eine fröhliche Mutzi entgegen, küsste mich auf die Wange und sagte: »Oh, Burschi, war das nicht ein lieber Besuch?« Ich war von Mutzis Kuss ganz verstört: »Oh ja, die ganze Familie war durcheinander!« »Ich weiß«, sagte sie. »Die Mami konnte sich gar nicht beruhigen. Immer wieder stellte sie Überlegungen an, wo man die Tiere unterbringen kann! Ich habe ihr immer wieder gesagt, dass sie sich keine Sorgen machen soll. Am anderen Tag sind die Tiere wieder verschwunden. Sie sind jetzt dort, wo sie hingehören: im Wald.«

Ganz verlegen griff ich in meine Tasche und zeigte Mutzi meine Bilder. »Jö, Burschi, das sind aber gelungene Aufnahmen. Du bist ein kleiner Künstler.« Über dieses Lob wurde ich feuerrot – ich habe dieses Mädchen verehrt, mit meiner ganzen kindlichen Leidenschaft.

»Aber, bittschön, Mutzi, erzähle niemanden von den Bildern. Ich hab mir doch vom Herrn Willy seinen Fotoapparat ausgeborgt – ohne dass er es gewusst hat.«

»Jetzt versteh ich erst, warum er so fuchsteuflisch wild war. Ich habe geglaubt, weil ihn der Rehbock umgeworfen hat. Er hat geglaubt, dass er noch zwei Aufnahmen machen kann, von der Mami und der Anni und von mir – hier im Garten.«

»Jetzt hat er nix mehr, ich hab ihm die letzten Aufnahmen weg-fotografiert.« Ich wollte Mutzi die zwei Bilder schenken, doch sie nahm sie nicht. »Du warst so ein armer Bub. Zuerst verlierst du mit deinem Verein 0 : 5, dann bekommst du eine Beule, dann muss dir die Großmami eine Stunde lang Eis auflegen, dann wunderst du dich über mein Rehpärchen, dann bist du sehr spät heimgekommen und da hast du sicher deine Schläge bekommen. Weißt was, ich schenke dir diese Aufnahmen von mir, damit du dich immer an mich erinnerst.«

Jetzt war ich platt. »Du hast recht, Mutzi, mein Heimkommen war schaurig. Aber ich lebe noch!« Mutzi gab mir einen Klaps und ich ging zu Frau Moll. Als ich bei der Türe läuten wollte, kam hinter mir Herr Moll, machte die Türe auf und führte mich in die Küche: »So, Burschi, da hast ein Kracherl und bist ganz stad. Im Zimmer sind genug Leute, die sprechen. Und ich nehme mir einen Schnaps, der ist gut für mich.«

Im Zimmer waren die Gespräche sehr laut, sodass ich jedes Wort verstehen konnte. Man sprach wieder – oder immer noch – von dem großen Erlebnis mit Mutzi und den Rehen. Madame Alma konnte sich noch immer nicht über das mysteriöse Erlebnis beruhigen: »Ich begreife das nicht! Da kommen zwei Rehe aus dem Wald, gehen friedlich zur Gartentür, bleiben dort wartend stehen, sehen die Mutzi kommen, gehen auf sie zu und belecken ihre Hände und gehen mit ihr Seite an Seite in den Garten. Mutzi spricht mit ihnen, die Tiere warten, bis sich das Mädchen umgezogen hat, dann tollen die drei wie kleine Kinder im Garten herum, lassen sich füttern, und als es Abend wird, legen sie sich, beide gemeinsam, unter die Tanne. Mutzi streichelt sie zum Abschied, öffnet die Gartentüre, lässt sie offen und geht ins Haus. Als ich um 4 Uhr früh in den Garten ging, war kein Reh mehr zu sehen. Am Morgen habe ich Mutzi gefragt, was das zu bedeuten hätte. Wisst ihr, was sie zu mir gesagt hat? ›Tiere sind doch vernünftig. Wenn man lieb an sie denkt, lassen sie sich etwas sagen!‹ Ich habe das Mädchen blöd angeschaut, ich wusste nicht, was ich darauf sagen sollte. ›Woran hast du denn gedacht?‹ ›Ich dachte mir, dass sie vor den Jägern noch keine Angst haben müssen. Zum Schießen sind sie viel zu jung. Doch wenn sie weiter ins Tal kommen, da jagen sie die Hunde. Sie sollen tiefer in den Wald gehen. Das haben sie verstanden!‹ Zur Schulli, die bei diesem Spaziergang dabei war, sagte sie nur: ›Schulli, wetten, die kommen sich bei mir bedanken. Du wirst es sehen.‹ – Das will alles nicht in meinen Kopf hinein. Ich habe doch kein mystisches Kind. Das ist mir noch nie aufgefallen.«

Frau Moll gab ihr eine Antwort darauf: »Ja, Alma, all die Jahre warst du nicht allzu oft bei deiner Tochter. Wie kannst du sie dann verstehen?«

»Ach, lass es gut sein, Mutter, ich war immer für meine Tochter da.« Sie fragte Bruno Walter, was er von diesem Erlebnis hielt. »Alma, das war für mich ein Erlebnis, das ich bis zu meinem Lebensende niemals vergessen werde. Es war wie eine mystische Erscheinung, unwirklich und doch wunderbar und wunderschön. Was muss doch deine Tochter Manon für ein einmaliger Mensch sein, dass ihr diese Tiere auf so wunderbare Weise gehorchen! Mir war es, als ob ich als ungebetener Zuschauer in einem Feenreich anwesend war, um die Elfenkönigin bei ihrem Umgang mit den Tieren des Waldes zu belauschen. Alma, da pflichte ich dir bei, dieses Erlebnis war für mich eine Gratwanderung meines Verstandes und unerklärbar. Ich bin dankbar, dieses Ereignis bei euch erlebt zu haben.« Bruno Walter hat in seinen Erinnerungen von diesem wunderbaren Erlebnis berichtet.

Franz Werfel fügte hinzu: »Ich habe bei Mutzi, beim Umgang mit ihren Tieren, immer das Gefühl gehabt, dass sie irgendwie mit Franziskus von Assisi verwandt sein muss. Es wird nicht allzu lange dauern und sie spricht auch mit Vögeln und Fischen. Und zum Schluss wird sie, wie Franziskus, ›die Fürbitterin der Tiere sein‹.«

Mal oki, mal oki – und weitere Attacken

Am Tag vor Fronleichnam 1933 erlebte ich auf der Hohen Warte vor der Alma-Villa ein schauriges Geschehen. Als ich beim Nachbarhaus des Moll-Hauses an einem Baum gelehnt stand und eine hässliche, zerlumpte alte Frau bemerkte, sah ich mir diese Gestalt genauer an und dachte mir: »So muss die Hexe aus dem Märchen ›Hänsel und Gretl‹ aussehen.« Da öffnete sich die Gartentüre und Frau Alma kam heraus. Sie schien es sehr eilig zu haben, denn sie sah weder nach links noch nach rechts, sondern wollte zielstrebig zu ihrem Auto gehen. Sie hatte damals einen Steyr 100. Im Auto wartete die Oberschwester Ida als Chauffeur auf sie. Da löste sich aus dem Schatten des Baumes die Gestalt der zerlumpten Frau. Laut schreiend bedrängte sie Frau Alma und bettelte sie an. Frau Alma wehrte sich und schrie: »Sind Sie verrückt, lassen Sie mich in Ruh!« Dann drehte sie sich um und lief zurück ins Haus. Die hässliche Frau blieb stehen, schüttelte ihre Fäuste und stieß fürchterliche Verwünschungen aus. Dieses »Mal oki, mal oki« ist mir bis heute noch in grauslicher Erinnerung geblieben.

Almas Schreie hatten die Bewohner der Nachbarhäuser alarmiert. Alle sahen aus dem Fenster. Doch so plötzlich, wie die zerlumpte Frau gekommen war, verschwand sie auch wieder. Als ich das Haus der Frau Moll betrat, kam sie mir aus ihrem Garten entgegen.

»Servus, Burschi, was war denn da für eine Schreierei?«

»Eine Hexe war da, sie hat unsere Madame mitnehmen wollen! Frau Alma hat sich gewehrt, sie hat net mitgehen wollen.«

Da öffnete sich die Türe und völlig aufgelöst kam Frau Alma herein, setzte sich zum Tisch und weinte. Wieder war ich Zeuge, als Alma Mahler-Werfel weinte. Ihre riesengroßen Tränen hatten in kürzester Zeit die auf dem Tisch liegende »Kronenzeitung« vollkommen durchnässt. Dabei dachte ich mir, dass Herr Moll jetzt seine Zeitung zum Trocknen in die Sonne legen musste, sonst könnte er sie nicht mehr lesen. Das Gejammer der Frau Alma nahm kein Ende. Frau Moll gab mir einen Einkaufzettel in die Hand: «Burschi hole mir das von Grinzing oder fürchtest du dich?« »Jetzt nimmer, gnä' Frau. Aber für mich war es heute aufregend. Ich hab zum ersten Mal im Leben eine wirkliche Hexe gesehen!«

Daheim erzählte ich meiner Mama die Geschichte mit der Hexe und der Madame. Auch von den fürchterlichen Flüchen »Mal oki, mal oki« berichtete ich. Meine Mutter schlug die Hände über dem Kopf zusammen und rief: »Jessas Maria, die Hexe war eine Zigeunerin! Sie hat deine Madame mit dem bösen Blick verflucht!« Wir waren beide entsetzt. Dann meinte meine Mama: »Des muss ich sofort in der Lotterie setzen! Wart einmal, die große Angst ist 90, und die Zigeunerin hat ...« Und schon blätterte sie im ägyptischen Traumbuch und schrieb fünf Nummern auf. Mit 20 Groschen ging ich zur Lotterie »Ambo Terno« setzen.

Ich erinnere mich genau: Meine Mutter hat bei der Freitagziehung einen Terno gemacht. Für den Einsatz von 20 Groschen hatte sie 20 Schilling gewonnen. War das eine Freude! Mit dem Zwanziger haben wir fast ein Monat lang keine Sorgen gehabt. Meine Mutter sagte: »Erich, sag des niemand auf der Hohen Warte. Wenn ein Mensch ein Pech hat und der andere Mensch macht daraus sein Glück, so ist das eigentlich unanständig. Daraus kann bei den Menschen leicht Hass und Neid entstehen. Die 20 Groschen für das Los, des war mein letztes Geld. Ich hätte dir nicht eine Semmel mehr kaufen können. Da hat uns der Herrgott geholfen. Darum erzähl diese Geschichte keinen Menschen. Das wäre nicht gut.« Ich habe das auch befolgt.

Als ich tags darauf wieder die liebe Frau Moll besuchte, herrschte Chaos im Haus und die anwesenden Familienmitglieder konnten sich nicht beruhigen. Mutzi kam gerade bei der Türe herein und erzählte, dass ihre Mami Herzschmerzen habe. Sie fühle sich miserabel und nehme andauernd irgendein Medikament ein. Sie sage immer, sie müsse sich beruhigen. »Gerade heute kommt ein so wichtiger Besuch ins Haus und sie schaut so verheult aus.« Frau Moll fragte, ob sie Alma nicht helfen könne. Mutzi verneinte: »Das hat alles schon die Schulli getan. Jause zubereitet, Tisch gedeckt und alles auf Glanz hergerichtet. Du weißt doch, Schulli ist eine Perle!«

»Wer kommt denn?«, fragte Frau Moll.

»Ich weiß nur, dass Max Reinhardt kommt. Wen er mitbringt, das weiß ich nicht.«

»Wenn Max Reinhardt kommt, dann freue ich mich«, sagte Frau Moll, »den kenne ich schon einige Jahre. Er wird mich sicher auch besuchen.«

Da rief Willy Legler bei der Türe herein: »Eben ist ein Taxi gekommen. Ich glaube, sie sind da.« Wir gingen alle ins Freie und sahen, wie zwei Herren und eine Dame herzlich von Alma und Franz Werfel empfangen wurden. Da der Tisch im Garten nur für fünf Personen gedeckt wurde, waren weder Frau Moll noch Mutzi zur Jause eingeladen. Das schmerzte Mutzi besonders. Sie ging in ihr Zimmer und Frau Moll blieb mit mir allein.

Jetzt erlaubte ich mir zu fragen: »Gnä' Frau, war heute die Hexe wieder da?«

»Warum fragst du?«

»Weil alle herum so traurig sind. Hat die Hexe wieder die Madame verwünscht? Meine Mama sagt, man muss hinter dem Rücken die Finger überkreuzen, dann wirkt der Fluch nicht.«

»Aber Burschi, heute war es viel ärger. In der Früh war plötzlich eine ganze Gruppe von Männern vor der Villa. Das waren lauter verwegene Gestalten, zum Fürchten, sag ich dir. Sie standen herum und man hatte den Eindruck, dass sie jemand erwarteten. Da kam Alma mit der Mutzi von der Kirche herauf. Kaum dass sie wussten, was hier eigentlich los ist, wurden sie von den grölenden Männern umringt. Sie bedrängten die beiden Frauen. Ich hörte, wie sie ihnen Ausdrücke zuriefen, die ich noch nie gehört hatte. Einige von ihnen wurden handgreiflich. Jetzt schrie Alma wie von Sinnen: ›Hilfe,

Polizei!‹ und hatte Glück. Von der Straßenbahnseite kamen zwei Polizisten zu Pferd. Als die Männer die berittene Polizei sahen, ließen sie die Damen los und stürmten den kleinen Waldweg zur Grinzinger Straße hinunter. Dort wurden sie von einem Überfallkommando der Polizei erwartet und alle wurden verhaftet. Später stellte sich heraus, dass diese Männer von der Polizei gesuchte Gewaltverbrecher waren. Dass die ganze Gruppe gemeinsam der Polizei ins Netz gegangen ist, war für die Polizei ein Erfolg, für Alma ein Skandal.

Im Laufe des Vormittags kamen dann der Minister und der Polizeipräsident persönlich mit einem großen Blumenstrauß zu Alma, um sich herzzerreißend bei ihr zu entschuldigen. Es war ein Riesenpech, man hatte nicht bemerkt, dass die beiden Damen im Waldweg auf dem Weg nach oben waren. Somit sind sie ungewollt in die Polizeiaktion hineingeraten. Diese Gewaltverbrecher waren betrunken und zu allem fähig. Gott sei Dank war unsere berittene Polizei rechtzeitig zur Stelle. Was sich die beiden Minister von Alma und Franz anhören mussten, das war kein Labsal für die beiden.«

Ich hatte gespannt bei dieser Geschichte zugehört und konnte meine Frage nicht zurückhalten: »Haben die Banditen der Mutzi auch wehgetan?« »Gott sei Dank nicht. Sie war kreidebleich und hat sich vor lauter Schreck nicht gerührt.« Ich war beruhigt, denn um Mutzi machte ich mir immer die größten Sorgen. Erleichtert sagte ich: »Das war ja wie beim ›Rolf Torring‹, eine gezielte Aktion. Nur der schwarze Pongo hat gefehlt. Der hätte mit seiner starken Kraft die ganze Verbrecherpartie zermörschert!« Mein jugendlicher Kommentar rief bei Frau Moll einen fragenden Blick und ein stummes Kopfschütteln hervor. Ich dachte mir im Stillen: »Das ist ja klar, was weiß die liebe Frau von ›Rolf Torring‹. Sie hat ihn sicher nie gelesen.«

Max Reinhardt wird erwartet

Eben war Carl Moll aus seinem Atelier gekommen und sah sehr verärgert aus. Ihm passte der ganze Rummel, der sich hier täglich abspielte, nicht.

»Anna, wer ist den heute wieder gekommen?«

»Heute, lieber Carl, kannst du an dem Besuch nichts aussetzen! Gerade ist der Max Reinhardt mit der Helene Thimig bei der Alma auf Besuch. Ein dritter Herr ist auch dabei. Den kenne ich nicht. Wehe, du sagst vor dem Kind ein böses Wort!«

Carl Moll murmelte etwas in sich hinein und ging wieder in sein Atelier. Ich habe Herrn Moll oft schimpfen und fluchen gehört. Besonders auf Juden war er schlecht zu sprechen. Oft dachte ich mir: »Dass ein alter Mann so fluchen kann, das hätte ich nie geglaubt.«

Frau Moll sagte niemals Böses über Juden. Öfters belehrte sie mich: »Sei niemals böse und gemein zu anderen Menschen, weil sie eine andere Religion haben, eine andere Hautfarbe, oder weil sie Juden sind. Kein Mensch kann es sich aussuchen, wer seine Eltern sind, oder wo er geboren wurde. Wir sind Menschen und müssen uns gegenseitig achten, sonst gibt es nur Streit, Hass und Unfrieden.« Immer wieder ermahnte sie mich, nicht auf Herrn Moll zu hören, wenn er brüllte. Sein Schwiegersohn Dr. Eberstaller habe den Carl ganz nazi-deppert gemacht. »Sonst ist mein Mann kein böser Mensch, aber manches Mal möchte ich ihm am liebsten ein Reindel aufsetzen, wenn er zu brüllen anfängt. Er glaubt immer nur das, was ihm sein Schwiegersohn einredet: alles Unglück kommt von den Juden, nur die Nazi sind die Guten. Glaube mir, einer alten Frau, alles Neue, das mit Menschenhass, Terror und Diktatur beginnt, kann niemals gut ausgehen. Schau doch, der Herr Werfel ist zu dir immer lustig und gut. Er ist auch ein Jude! Würdest du ihm etwas Böses antun wollen?«

Ich wurde vor Eifer rot im Gesicht: »Dem Herrn Dichter? Nie im Leben, den mag ich doch! Auch sonst möchte ich sagen: Wenn meine Mama nicht die Frau Weitzenstein oder die Frau Hess hätte, die ihr immer Näharbeiten geben und bezahlen, dann wären Mama und ich schon längst verhungert. Und beide sind Juden. Meine Mama sagt nie etwas Böses gegen andere Menschen, nicht einmal über unsere Haustratschen, die Frau Schuster. Alle schimpfen und keppeln über sie, nur meine Mama net. Wissen S', gnä' Frau, die Mama ist unheimlich christlich. Da reißt sogar der echte Teufel aus, schon wenn sie in seine Nähe kommt!« Darüber haben wir beide gelacht.

Da nahm Frau Moll, wie so oft in Gesprächen mit mir, die Gelegenheit wahr, meinen geistigen Horizont zu erweitern. Frau Moll kannte Max Reinhardt gut und freute sich auf ihn. »Burschi, wirst sehen, bevor er heimfährt, schaut er sicher noch bei mir herein. Dann lernst du einen großen Mann, einen berühmten Schauspieler und Regisseur kennen. Warst du überhaupt schon einmal im Theater?«

»Ich war noch nie im Theater! Meine Mama sagt immer: ›Ein Theater können wir uns nicht leisten. Das ist teuer und wir haben keinen ›Geldscheißer‹ daheim.‹«

»Burschi, was sage ich dir immer: schön sprechen!«

Ich erklärte: »Gnädige Frau, weil ich ›Geldscheißer‹ gesagt habe? Das ist net ordinär. Das sagen die armen Leut immer, wenn sie etwas sehen, was sie gerne kaufen möchten, dafür aber kein Geld haben. Dann sagen sie immer: Dafür haben wir kein Geld, denn wir haben kan Geldscheißer daheim!«

»Also gut, lassen wir das! Der berühmte Herr, der mich besuchen wird, ist ein weltberühmter Regisseur. Er trägt mit seiner Regie wesentlich dazu bei, ob ein Theaterstück ein Erfolg wird oder nicht.«

Von dieser Schilderung der Frau Moll war ich mächtig eingeschüchtert. Zaghaft fragte ich: »Glauben Sie, Gnä' Frau, gibt mir der weltberühmte Herr ein Autogramm?«

»Das kann ich dir nicht versprechen, er gibt selten Autogramme. Aber wenn er hier bei uns ist, werde ich ihn für dich darum bitten.«

Manon Gropius, im Juni 1933 von Erich Rietenauer fotografiert

Ich war darüber froh, nahm den Hund Harro und ging mit ihm Gassi. Wir tollten beide herum, doch das Hundegebell störte. Ich bekam von Herrn Moll wegen des Lärms eine Schelle, doch von Frau Moll eine heiße Schokolade mit Kuchen. Der Besuch im Hause Alma dauerte noch an. Manchmal hörte man Werfels sonore Stimme, dann wieder herrliches Klavierspiel, sicher die Madame. Mir wurde schön langsam fad. Es dauerte mir alles zu lange. Da fiel mir ein, dass mir die Frau Moll einen einfachen Fotoapparat, eine »Box Tengor«, zur Verfügung gestellt hatte.

Wenn ich glaubte, ein schönes Motiv gefunden zu haben, dann durfte ich sie benützen. Dieser Apparat war ein Dankeschön für die guten Bilder, die ich von der Familie gemacht hatte, besonders die

Bilder von Mutzi mit den Rehpärchen. »Damit du nicht mehr dem Legler Willy seine Kamera stehlen musst!«, sagte die Frau Moll. Ich nahm den Fotoapparat und ging damit hinters Haus in den Garten. Da sah ich die Mutzi auf der Steinbank sitzen. Ich sah in ihr Gesicht und blieb entsetzt stehen. Das war nicht Mutzis liebenswertes, fröhliches Antlitz. Dieses Gesicht war unglaublich traurig, als ob ihr eben etwas unsagbar Trauriges passiert wäre. Mutzi sah und hörte nichts. Sie saß nur da, regungslos, mit ihrem tieftraurigen Gesicht. Ich machte von ihr ein Foto, um sie später zu fragen, warum sie so traurig war.

Bedrückt ging ich ins Moll-Haus zurück. Als Frau Moll mich sah, fragte sie den Meister: »Schau, Maxl, das ist unser Burschi, ein großer Autogrammsammler. Bitte schreib ihm eines! Der Knabe, der spielt einmal den Puck im Sommernachtstraum!«

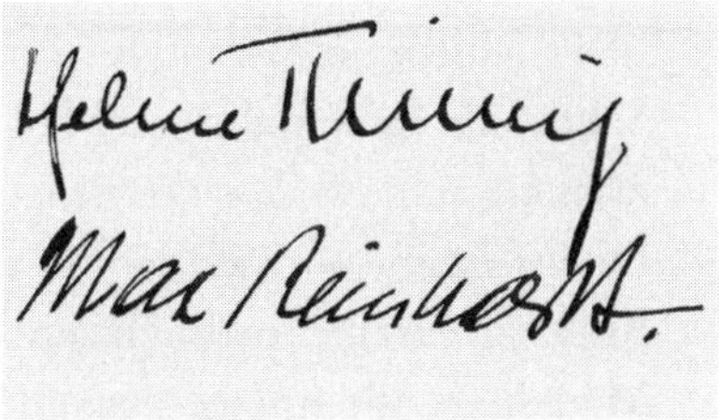

Die Autogramme von Helene Thimig und Max Reinhardt

»Ich spiel gar nix, sagt meine Mama, weil ich bin manchmal ein depperter Bua.«

»Also, da muss ich widersprechen«, sagte die Frau Moll, »der Burschi ist für seine neun Jahre ganz schön gescheit!« Feuerrot im Gesicht bedankte ich mich für die Autogramme. Max Reinhardt gab mir zum Abschied die Hand und sagte: »Höre mir zu! Einmal sagen die Frauen zu dir: du bist gut! Dann sagen sie wieder: du bist schlecht. Streite dich deswegen mit ihnen nicht herum. Glaube ihnen beides!«

Max Reinhardt will Mutzi engagieren, doch Werfel verhindert das

In der nächsten Zeit bekam man im Moll-Haus Mutzi nicht zu Gesicht. Nach einigen Tagen hatte ich mein Foto von der traurigen Mutzi in meiner Hand und zeigte es Frau Moll. »Warum schaut denn die Mutzi auf diesem Foto so entsetzlich traurig aus? Was ist denn da passiert?« Dieselbe Frage stellte Frau Moll Oberschwester Ida. »Das ist leicht zu verstehen, wenn man die Fakten kennt. Wie wir wissen, ist es Mutzis leidenschaftlicher Wunsch Schauspielerin zu werden. Schon als siebenjähriges Mädchen, als Franz Werfel den ›Spiegelmensch‹ schrieb, konnte sie jede Rolle in diesem Drama auswendig. Dieses Talent hat sich bei ihr stark entwickelt. Sie braucht nur eine Rolle in einem Textbuch lesen und sie kann's. Sie ist ein schönes Mädchen. Alle Anlagen zu einer begabten Schauspielerin wären also vorhanden. Da passierte gestern Folgendes: Mutzi kam in den Salon und begrüßte alle Anwesenden. Max Reinhardt sagte zu ihr: ›Ich inszeniere demnächst in Salzburg ›Das Große Welttheater‹ von Hofmannsthal. Fräulein Manon, ich möchte, dass Sie die Rolle des ›Ersten Engels‹ spielen!‹

Da sprang Werfel von seinem Sitz auf und ereiferte sich: ›Max, das geht doch nicht. Der erste Engel in diesem Stück ist eine bedeutende Rolle. Das ist doch ein Theaterstück, das bisher immer die Schauspieler und das Publikum überfordert hat.‹ Max Reinhardt entgegnete, dass er gerade deswegen, weil dieses Stück eine unerhörte Herausforderung für Regie und Schauspieler sei, dieses Stück neu inszenieren wolle. Weiters glaube er daran, dass Manon diese unerklärbare Ausstrahlung hätte, die man braucht, um die Rolle des ersten Engels spielen zu können. Alma wollte schon Max Reinhardt zustimmen. Doch Werfel unterbrach sie: ›Almschi, Mutzi hat doch keine Ausbildung und außerdem ist sie für diese Rolle zu unerfahren.‹ Daraufhin verließ Mutzi den Salon.«

Carl Moll hatte diesem Gespräch zugehört. »Jetzt hat der Franz mit seiner blöden Goschen dem armen Madel seine Karriere verpfuscht. So etwas Blödes, wann gibt es das schon, dass eine Elevin unter einem Weltregisseur eine Hauptrolle bei den Salzburger Festspielen spielen kann!« Frau Moll hatte nur einen kurzen Kommentar dazu übrig: »Carl, da hast du ausnahmsweise recht!«

Im Juni 1933 waren die schönen Tage sehr selten. Alma und Werfel fuhren nach Italien. Mutzi machte wieder einen fröhlichen Eindruck. Da Alma fort war, konnte Mutzi einladen, wen sie wollte. Der 26. Juni war ein Feiertag und schulfrei. Am Vormittag hatten wir auf dem Lehrerplatz in Hernals ein Fußballspiel gegen Helfort. Unsere Schülermannschaft siegte 2 : 0. Ich als Tormann bekam kein Tor, was mich besonders freute. Beschwingt fuhr ich auf die Hohe Warte. Frau Moll saß vor dem Haus. Sie winkte mir zu und rief: »Heute hat Mutzi den Dichter Carl Zuckmayer eingeladen. Das wird für uns sicher ein Spaß und ein lustiger Nachmittag werden.

Zuckmayer hatte uns oft erzählt, dass einer seiner Vorfahren sich als Söldner nach Amerika verpflichtet hatte. Der Vorfahre nahm sich in Amerika eine rassige Indianerin zur Frau und kehrte mit ihr nach Deutschland zurück. Wenn unser heutiger Besucher, der Herr Zuckmayer, uns beweisen will, dass er ebenfalls von den Indianern abstammt, dann gibt es einen Heidenspaß. Zuerst zieht er sich sein Hemd aus. Da kannst du sehen, was der Mann für Muskeln hat. Er trägt um seinen Hals eine Kette mit zwei Zähnen und der Kralle eines Pumas. Schaut das schon ganz schaurig aus! Wenn er dann sein Gesicht anmalt, seine schwarzen Haare in der Mitte scheitelt, sich ein Band um die Stirne bindet und drei Federn in sein Haar steckt, dann glaubst du, ›Winnetou‹ steht vor dir. Dazu kann er noch einige Sätze in der Uthasprache. Die spricht er immer mit der Mutzi zur Freude der Zuhörer.«

Es dauerte nicht lange, da kam ein sportlicher Mann mit seinem Fahrrad an. Es war Carl Zuckmayer, braun gebrannt, in jeder Faser seines Körpers ein Sportler. Bei der Begrüßung wirbelte er Manon im Kreis herum, küsste Oberschwester Ida wie verrückt, sodass sie einen Hilfeschrei ausstieß, kniete sich vor Frau Moll nieder und huldigte ihr, als ob sie eine Königin wäre, deutete auf mich und fragte sie: »Hoheit, ist das dein Page?« Dann zupfte er Carl Moll an seinem Bart mit der Bemerkung: »Kürz ihn dir, der ist zu lang.« Er verbreitete eine Fröhlichkeit, wie sie schon lange nicht auf der Hohen Warte zu spüren war. Ich dachte mir: »Ja – des ist ein Indianer!«

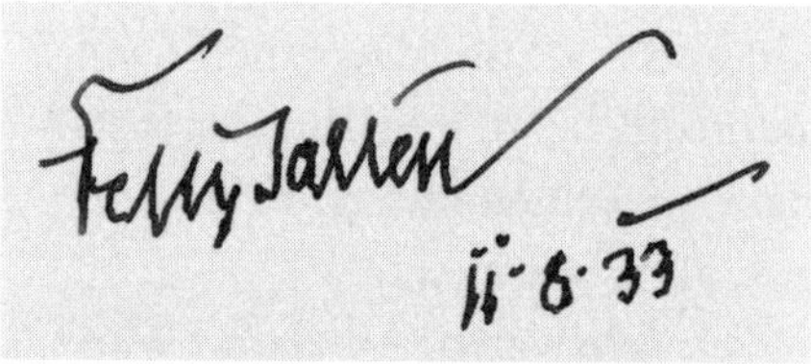

Die Unterschrift von Felix Salten …

… und von Carl Zuckmayer

Zuckmayer erzählte Witze. Die meisten verstand ich nicht, doch an einen kann ich mich noch erinnern:

Grün und Blau sind in Jerusalem. Da fragt der Grün den Blau: »Sag mir einmal, wie spät hast du's?«

Blau: »Mich fragst du, wo ich ka Uhr hab?«

Grün: »Na so was, er hat ka Uhr. Rasch geh dir eine kaufen!«

Blau: »Na wo? Wo soll ich ma da eine Uhr kaufen?«

Grün: »Bist du blind? Dort ist a Geschäft, die haben a Uhr in der Auslage. Rasch geh dir eine kaufen!«

Blau geht in das Geschäft, grüßt und will sich eine neue Uhr kaufen. Der Geschäftsmann sagt ganz aufgebracht: »Sind Sie meschugge, bei uns a Uhr kaufen!« Er schreit: »Wir sind eine Beschneidungsanstalt!«

Blau fragt: »Warum haben Sie dann eine Uhr in der Auslage hängen?«

Jetzt schreit der Geschäftsmann noch lauter: »Was meinen Sie, was sollen wir denn hinaushängen?«

Inzwischen war ein weiterer Gast eingetroffen. Der Mann war ein bekannter Schriftsteller und Freund von Alma Mahler-Werfel. Er hieß Felix Salten. Der Mann muss sehr krank gewesen sein, weil er stark zitterte. Als er mein aufgeschlagenes Autogramm-Heft sah, nahm er seinen Schreiber und schrieb seinen Namen hinein. Jetzt erwischte Frau Moll Carl Zuckmayer beim Rockzipfel und sagte: »So, gib dem Burschi auch eines!« Was er dann auch tat.

Mutzi, Willy Legler und Marta Feuchtwanger am Teich, 1933 von Erich Rietenauer fotografiert

Nach dem lustigen Zuckmayer-Besuch kam eine feine Dame zu der Madame auf Besuch. Sie war sehr elegant, hieß Marta Feuchtwanger und war die Frau des Dichters Lion Feuchtwanger. Sie hatte sich in der Besuchszeit um eine Stunde geirrt und kam zu früh. Diese Gelegenheit nutzte Manon, um die Lady im Hause herumzuführen und ihr ihre Wasserschildkröte zu zeigen. Willy Legler musste sie aus dem Teich herausfischen. Wegen eines Autogramms kam ich an diese feine Dame nicht heran, aber die Szene, als Willy die Wasserschildkröte aus dem Teich fischte, um sie Frau Marta Feuchtwanger zu zeigen, habe ich fotografiert. Das Foto ist gut gelungen.

Der Juni 1933 ging zu Ende und die Schulferien begannen. Ende Juni stürzte Frau Moll und zog sich dabei eine unangenehme Sehnenzerrung zu. Um sie auf andere Gedanken zu bringen, fuhren Herr und Frau Moll nach Nizza. Das Haus hütete jetzt die Tochter Molls, Marianne Moll-Eberstaller mit ihrem Mann Dr. Richard Eberstaller. Da mich die beiden immer übersehen hatten, war meine Lust, das Moll-Haus zu besuchen, nicht sehr groß. Die Mahler-Villa war ebenfalls leer. Franz Werfel war in Rapallo, um einen neuen Roman zu schreiben. Alma und Mutzi hielten sich vorerst mit der Oberschwester Ida in Breitenstein auf, um dann später in ihr »Hausi« nach Venedig zu übersiedeln.

Mutzi und ihr Hund Harro

Auch mich schickte die Kinderbetreuung der Stadt Wien zur Erholung nach Schmirn am Brenner. Als ich nach drei Wochen zurückkam, gab es für mich nur schlechte Nachrichten. Harro, den großen Hund, hatte man vergiftet.

Ich war traurig darüber, denn ich hatte einen guten Freund verloren. Herr und Frau Moll hatten Nizza verlassen müssen, denn Herr Moll hatte ebenfalls eine Vergiftung. Blitzartig hat er sie bekommen, sagte er. Dann schimpfte er über die »französische Zivilisation«. Ich glaube, er hatte etwas Verdorbenes gegessen. Denn ich sah oft, wie er bei den abgestellten Tellern in der Küche die letzten Resteln verputzte.

Im Sommer 1933 fuhr Frau Moll mit ihrem Mann zur Kur nach Baden. Obwohl Carl Moll nicht wollte, musste er mit. Ständig sagte er, dass er den Schwefelgeruch nicht ausstehen könne. Das veranlasste Willy Legler zu dem geistreichen Bonmot: »Carl, dastunken ist noch keiner, aber erfroren schon viele!«

Die meiste Zeit verbrachte ich im Schafbergbad. Schwimmen, ballspielen und sonnenbaden – das hatte auch seinen Reiz. War das Wetter nicht gut, ging ich zu meinem Onkel ins Atelier und sah ihm bei seiner Arbeit zu. Da mein Onkel merkte, mit welchem Eifer ich stets bei der Sache war, ließ er mich oft verschiedene Tätigkeiten alleine durchführen. Zum Beispiel durfte ich von der retouchierten Fotoplatte mit Gaslichtkopierpapier Kopien machen. Man nahm einen Kopierrahmen in A4, brachte die Fotoplatte mit dem Gaslichtpapier in Kontakt. Dann ging man damit aus der Dunkelkammer ins Tageslicht. Mein Onkel hatte im Hof vor seinem Atelier einen kleinen Garten. Wenn die Sonne schien, verwendete er das Sonnenlicht als Belichtungsquelle. Da hatte er seine eigenen Belichtungszeiten. Am Vormittag zählte er bei der Belichtung bis sechs, zu Mittag bis vier und am Nachmittag bis acht. Dann ging Onkel Otto in seine Dunkelkammer, und während er ein Lied pfiff, entwickelte er seine Bilder.

Wenn die Sonne nicht schien, dann wurde es dramatisch. Onkel Otto musste für die Belichtung die Quecksilberdampflampe einschalten. Diese Lampe stammte sicher aus dem 19. Jahrhundert. Man musste eine Viertelstunde warten, bis die richtige Lichtstärke erreicht war. Wenn die Lampe ihre volle Lichtstärke erreicht hatte, schaltete sich das Kühlaggregat ein und das erzeugte einen Höllenlärm. Für mich bedeutete es immer einen Mordsspaß, wenn Onkel Otto diese Quecksilberdampflampe einschaltete und die Tante Poldi, die Leopoldin, war im Atelier. Ganz ruhig schaltete der Onkel seine Lampe ein. Nach fünfzehn Minuten ging der ohrenbetäubende Lärm los, die Tante sprang erschrocken von ihrem Sessel hoch und schrie: »Niederträchtig, du Mistkerl, du Fallot, mich immer ohne Vorwarnung so zu erschrecken!« Sie rollte mit ihren Augen und klopfte mit ihren Fäusten wütend auf Onkel Ottos Rücken ein. Er nahm gelassen seinen belichteten Kontaktrahmen unter den Arm und ging in seine Dunkelkammer. Auf den Weg dorthin murmelte er leise seinen Lieblingsatz: »Beim Arsch ist's finster, beim Arsch ist's finster.« Dann schloss er die Dunkelkammertüre zu und kam erst heraus, als die Tante Poldi verschwunden war. Die beiden waren einander nie lange böse, denn bald hörte ich die Tante aus dem Hoffenster rufen: »Otto, komm essen!«

Zu Hause erwartete mich entweder eine eingetropfte Suppe mit einer Rosswurst, irgendwelche Fruchtknödeln, Spinat mit Ei oder Paradeissoß. Das war so ungefähr unser Standardspeisezettel.

Walter Gropius wird 50 Jahre und Mutzi weint

An ein Ereignis, das mich sehr berührte, erinnerte ich mich erst viel später. Vielleicht lag es daran, dass dieses Mal kein Autogramm im Spiel war. Wenn ich nach über siebzig Jahren die einzelnen Unterschriften wieder betrachte, kommen mir alle Ereignisse, die dazu geführt hatten, wieder in den Sinn. Dieses eine Mal waren es jedoch die Gegebenheiten, an die ich mich besonders erinnere.

Es war der 18. Mai 1933, mein Namenstag. An diesem Tag schenkte mir meine Mama eine Schokolade. Auf dem Heimweg von meiner Schule bemerkte ich plötzlich bei der Straßenbahnhaltestelle Mutzi, die auf die Straßenbahn wartete. Sie sagte zu mir: »Burschi, bist du in Eile oder hast du Zeit für mich?« Manon wirkte sehr bedrückt und mit meinem kindlichen Gemüt spürte ich das. »Weißt du, Burschi, bei uns zu Hause ist heute der Teufel los! Die Mami lässt es nicht zu, dass irgendwer von unserem Telefon oder von dem der Großmami telefoniert. Ich habe ja gleich gewusst, warum sie das ganze Theater macht, weil heute mein lieber Vater fünfzig Jahre alt wird. Es soll den Anschein haben, dass ich auf Papas Geburtstag vergessen habe. Das stimmt nicht. Wenn ich ihn nicht sehen kann, so will ich wenigstens mit ihm telefonieren!«

Als die Straßenbahn kam, zog sie mich mit sich in den Wagen. Sie bezahlte meinen Kinderfahrschein und sagte: »Burschi, heute brauche ich einen Menschen, der mir zuhört!« Ich: »Ich bin doch noch kein Mensch, ich bin ein Schüler!« Mutzi lächelte mich an: »Du bist ein Afferl. Sogar ein Wickelkind ist schon ein Mensch und du bist ein Guter.« Das hat noch niemand zu mir gesagt. Fratz, Depp, Mistbua oder Schandemacher, das schon, aber dass ich ein Guter bin, hatte ich noch nie gehört. Das beflügelte mich, Mutzi etwas Liebes zu sagen: »Weißt du, Mutzi, ich habe heute meinen Namenstag. Ich hab doch nicht ›Burschi‹ im Taufschein stehen, sondern Erich. Aber ich sag dir was: Ich hab heute von meiner Mama eine feine Schokolade deswegen bekommen. Aber noch mehr freu ich mich darüber, dass ich jetzt mit dir in der Straßenbahn sitze.« Mutzi hatte einen ungemein ausdrucksvollen Blick. Ihre Augen konnten lachen, aber auch tieftraurig sein. Sie sah mich jetzt strahlend an und sagte: »Danke, Erich, das habe ich jetzt gebraucht!«

Still fuhren wir zur Hauptpost auf den Fleischmarkt. Dort ging Mutzi in eine Telefonhütte und telefonierte. Nach geraumer Zeit kam sie ganz verweint aus der Zelle heraus und putzte sich die Nase: »Ich habe den Papa leider nicht erreicht!« Als Mutzi die Telefonrechnung bezahlte, spielte ich den Gentleman: »Hast du genug Geld mit, ich hab einen Schilling, den kannst du haben.« Da lächelte sie mich an. »Jetzt gehen wir auf ein großes Gefrorenes!« War das ein Festtag für mich!

Aber Mutzi war noch immer traurig. Wir gingen zum Donaukanal und setzten uns auf eine Bank. Mutzi begann so vor sich hin zu sprechen: »Weißt, Burschi, ich hab einen so wunderbaren Vater. Er ist tüchtig in seinem Beruf, er ist ein seelensguter Mensch und ein hübscher Mann ist er auch. Nur, er ist in Berlin und bekommt durch die neue Regierung keine Aufträge mehr. Es geht ihm finanziell gar nicht gut. Was das Schlimmste ist, ich kann nicht zu ihm nach Berlin kommen und er nicht zu mir nach Wien. Ich habe meinen Vater in meinen siebzehn Jahren vielleicht insgesamt gerechnet vier Wochen gesehen. Kannst du dir das vorstellen?« Ich: »Ich hab meinen Papa auch nicht lange gesehen. Weil er sehr früh gestorben ist. Aber ein paar Jahre schon.« Mutzi drückte meine Hand. »Heute habe ich mich so bemüht, meinen Papa telefonisch zu erreichen. Hat er doch heute seinen 50. Geburtstag. Wenn ich ihm nicht gratuliere, denkt er, ich habe ihn vergessen. Ich habe ihn am Telefon nicht sprechen können. Vielleicht hat er in Berlin keinen Telefonanschluss mehr? Jetzt habe ich ihm ein Telegramm geschickt, das muss er bekommen!«

Walter Gropius, um 1934

Nach einer Weile fragte ich sie: »Du hast deinen Papa sehr lieb?« »Ich habe meinen Papa über alles lieb! Ich verstehe meine Mami nicht, sie will auf keinen Fall, dass ich von ihm spreche. Wenn sie es könnte, würde sie mir sogar das Denken an ihn verbieten. Ich habe Mami in Verdacht, dass sie mir manchen Brief, den Papa mir schreibt, unterschlägt! Mami macht noch immer meine Post auf. Wenn Papa mir etwas schreibt, das ich nicht wissen soll, dann gibt sie mir einfach meine Post nicht und behält den Brief bei sich. Jetzt habe ich mir mit Papa etwas ausgedacht: Papa schickt mir oft seine Fachzeitschriften zum Lesen. Die schaut Mami nicht an. So kann Papa insgeheim einige Zeilen an mich in die Zeitschrift reinstecken. Vor 14 Tagen hatte er mir heimlich diese Zeilen geschickt. Ich lese sie immer wieder: ›meine sagenhafte tochter, die ich nur noch ahne; ich telepathisiere dich zu mir, aber du wirst nicht fleisch und blut! wie schaust du nur? wie trägst du die haare? Wie kleidest du dich.‹ Darum ist mein Papa so traurig. Weil er mich nicht sehen kann! Alles ist ganz schrecklich – auch für mich!«

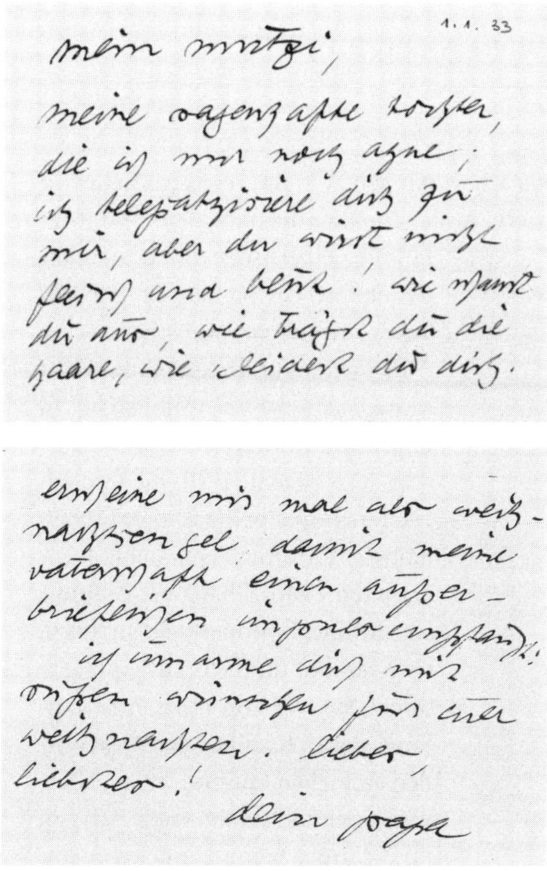
1.1.33

mein mutzi,

meine sagenhafte tochter, die ich nur noch ahne; ich telepathisiere dich zu mir, aber du wirst nicht fleisch und blut! wie schaust du nur, wie trägst du die haare, wie kleidest du dich.

erscheine mir mal als weihnachtsengel damit meine vaterschaft einen außerbrieflichen impuls empfängt! ich umarme dich mit vielen wünschen für eure weihnachten. lieber liebster!

dein papa

»meine sagenhafte tochter …« – Walter Gropius an Manon

Dann sagte ich zu Mutzi: »Weißt, da bin ich eigentlich viel glücklicher als dein armer Papa. Ich kann dich viel öfter sehen als er.«

Der goldene September 1933

Ab diesem Zeitpunkt war ich durch Mutzi in das rege Geschehen in der Mahler-Villa involviert. Alma schenkte ihr nach dem Tod ihres Hundes einen wertvollen Siamkater, den sie Pascha nannte, ein sehr liebes zutrauliches Kätzchen.

Manon Gropius mit ihrem Siamkätzchen Pascha

An einem wunderschönen Nachmittag kam Mutzi mit Pascha zu Frau Moll und sagte zu mir: »Burschi, jetzt brauchen Pascha und ich wieder einmal deine fotografischen Künste. Du musst uns beide fotografieren!« Mutzi hatte ein geblümtes, duftiges Sommerkleid an. Dazu trug sie ihre dunkelbraunen Haare offen. Sie war von einer Ausstrahlung, der sich keiner der Anwesenden entziehen konnte, ich am allerwenigsten. Darum sagte ich zu ihr: »Mutzi, heute kann ich nicht, ich zittere.« »Aber papperlapapp, nimm deinen Zauberkasten (Mein Box-Tengor-Fotokastel lag immer griffbereit bei Frau Moll in der Lade), geh und knips uns.« Zögernd tat ich Mutzi den Gefallen.

Da erschien Alma im gleichen langen Kleid, das sie am 8. Dezember 1931 bei der Weihnachtsfeier beim »Zögernitz« getragen hatte, bei der sie mich unvergessenerweise an ihre Brust gedrückt hatte. Ich war ganz weg. Ich bat Mutzi um Hilfe: »Ich muss deine

Mami in diesem Kleid knipsen!« Frau Moll meinte, dass Alma das niemals machen würde: »Die stellt sich doch nicht hin vor einen Knirps und lässt sich aufnehmen!« Da hatte Mutzis Freundin Susan Kertesz eine wunderbare Idee: »Mutzi, schau, wir beide nehmen deine Mami in die Mitte und machen sie gezielt auf das herrliche Rosenpanorama im Garten aufmerksam. Da stehen wir drei still da und ohne dass die Mami den Fotografen wahrnimmt, kann der Burschi knipsen. Wird das Bild was, ist es gut, wird es nix, kann man auch nichts machen.«

Alma Mahler-Werfel mit ihrer Tochter Mutzi und Susan Kertesz

Zu meinem Glück sind beide Bilder gut geworden, vielleicht nicht ganz scharf, aber durchaus erkennbar. Vor allem sieht man deutlich Mutzis wunderschöne, lange Haare. Als ich später die Fotos herzeigte, war Mutzi ganz begeistert: «Die Bilder zeige ich jetzt der Mami, vielleicht erlaubt sie dir, dass du von Mami und mir ein Foto machst.«

Eine Woche später war Madame gnädig gestimmt und setzte sich mit Mutzi in Position. Dabei sagte sie: »Hoffentlich macht das Kind aus mir keine alte Hexe!« Als Onkel Otto meinen Film entwickelt

Manon Gropius und Alma Mahler-Werfel, 1933

hatte, sagte er zu mir: »Diese Aufnahme ist so gut, davon kopiere ich dir jetzt Postkarten.« Wie so oft meinte er zu mir: »Erich, geh auf die Grafische. Wennst die Prüfungen bestehst, vermache ich dir mein Geschäft!«

Mit zwölf Postkarten ging ich auf die Hohe Warte. Dort war man mehr als begeistert. Mutzi stürmte mit den Aufnahmen zu ihrer Mami. Nach einer Weile kam sie zurück. Freudestrahlend hielt sie einen Zwanzigschillingschein in der Hand. »Burschi«, rief sie, »der Mami haben die Bilder sehr gut gefallen. Sie meint, wenn du fleißig bist, kann aus dir noch was werden. Das Geld sollst du deinem Onkel geben, die Postkarten kosten doch auch Geld. Mami meint, dein Onkel wird dir sicher davon etwas abtreten. Siehst du, jetzt haben wir bei meiner Mami gewonnen.« Mein Onkel war froh, als ich ihm das Geld gab. »Erich, jetzt haben wir endlich wieder was Warmes zum Essen!«

Mutzi gibt Empfänge

In der zweiten Hälfte des Jahres 1933 war Mutzi sehr oft mit ihresgleichen zusammen. Da Franz Werfel meistens in Santa Margarita arbeitete, traf sich die Madame häufig mit Hollnsteiner. Alma kam nur zum Schlafen, spät in der Nacht, heim.

Deshalb konnte Mutzi mit ihren Mädels, die gegenüber den Burschen immer in der Überzahl waren, lustig sein. Ich kannte ja einige von ihnen sogar dem Namen nach. Oft war ich als Randfigur bescheidener Zeuge dieser Einladung zum Tee. Die meisten der sich sehr erwachsen fühlenden Mädchen und Burschen nahmen mich nur peripher wahr, was mir eigentlich sehr recht war. So konnte ich die Anwesenden ausgiebig betrachten und mich über manche von ihnen amüsieren. Ein junger Mann war von allen Besuchern eine Ausnahme: Dr. Hans Willfort war nicht nur ein schöner und gescheiter Mann, er war auch offenkundig in Mutzi verliebt. Wenn er zu Besuch kam, brachte er ihr immer wunderschöne Rosen mit. Den hätte ich Mutzi aus meinem ganzen kindlichen Gemüt heraus sehr zum Ehemann gewünscht.

Auch zu mir war Willfort immer freundlich und lieb. Jedes Mal, wenn er kam, brachte er mir ein Sackerl voller Frit-Zuckerl mit. Wenn er mir die Frit gab, vollzog er mit mir eine feierliche Zeremonie. Ich musste mich stramm vor ihm hinstellen und er kommandierte: »Burschi, aufgepasst, jetzt hörst du von mir den Spruch deines Lebens: ›Kein Schritt ohne Frit!‹ Dann griff er in die Tasche und holte das Sackerl heraus und gab es mir. Und ich war vor Freude ganz gerührt. Man konnte mir damals mit ganz kleinen Dingen eine große Freude machen. Dr. Willfort hatte jedoch einen Rivalen. Er hieß Walter Jaksch. Dieser Mann wurde in Mutzis Freundkreis der Herr »Gut« genannt. Er wusste alles besser und gab zu jedem Gespräch seinen Senf ab. Ich konnte mir nicht erklären, was Mutzi an diesem Mann toll fand.

Komischerweise waren mir die Burschen viel mehr zugetan als die Mädchen, die sich mir gegenüber sehr reserviert verhielten, mit zwei Ausnahmen: Agathe Lothar, die Tochter des Theaterregisseurs Ernst Lothar, und die junge, ungarische Schauspielerin Susan Kertesz. Die beiden waren die besten Freundinnen von Mutzi. Alle drei Freundinnen erlitten das gleiche Schicksal – sie starben sehr jung. Agnes Lothar litt an einer schweren Krankheit, die die Ärzte nicht erkannten. Mutzi besuchte sie täglich. Nach zwei Wochen fand man heraus, dass Agnes an spinaler Kinderlähmung erkrankt war. Sie war zum Zeitpunkt des Ausbruches, besonders für junge Menschen, sehr ansteckend. Kurze Zeit darauf erkrankte Mutzi ebenfalls und starb nach einem langen Leidensweg. Susan Kertesz kam Jahre später in der Schweiz mit dem Auto bei einem offenen Bahnübergang ums Leben.

Im Herbst 1933 war bei der jungen Gesellschaft von den kommenden Katastrophen nichts zu spüren. Es wurde getanzt und sehr viel gelacht. Mutzi besaß immer die neuesten Tanzplatten. Ich durfte manchmal das Grammofon aufziehen und vorsichtig die Schallplatten auflegen. Damals galt der »Shimmy« als aktueller Modetanz. Diese rhythmischen Bewegungen sahen bei machen ungelenken, nicht schlanken Tanzpartnern sehr komisch aus. Vor allem Lorli Spinnlers Solotänze mit ihrem ungeschickten Partner waren lustig anzusehen.

Ich begegne Alban Berg

Wenn ich in den Herbsttagen 1933 die leidende Frau Moll besuchte – sie hatte nach ihrem Sturz immer noch Gehbeschwerden –, erzählte sie oft von den Schwierigkeiten, denen Werfel im neuen Deutschland ausgesetzt war. Weil er Jude war, durfte man seine Bücher in Deutschland nicht mehr verkaufen. Dadurch hatte er jetzt weniger Geld. Carl Moll, der gerade bei der Türe hereinkam, hörte die letzten Worte seiner Frau: »Ja, ja, sag's nur: Des Geld, was er noch übrig hat, des versauft deine Tochter mit dem bleichsüchtigen Pfarrer.« Ida erzählte mir, dass die Madame in der Nähe der Stephanskirche eine kleine Wohnung gemietet hatte, in der sie den Priester Hollnsteiner immer zur »Bibelstunde« empfing.

Nachdem Ida Gebauer im Krankenhaus zur Oberschwester ernannt worden war, hatte sie mehr Arbeit und konnte Frau Moll nicht mehr so oft besuchen. Mutzi hatte ein amerikanisches Mädchen zu Besuch, das auch in der Mahler-Villa wohnte, Miss Katharina Sherman, mit der sich Mutzi hervorragend auf Englisch unterhielt. Die beiden Mädchen besichtigten alle Wiener Sehenswürdigkeiten und hatten zusammen viel Spaß.

Nach einer längeren Pause beschloss ich, Frau Moll wieder einmal zu besuchen. In der Straßenbahn fiel mir ein Herr durch seine Körpergröße auf. Als wir beide nur noch die einzigen Fahrgäste zur Hohen Warte waren, fasste ich mir ein Herz und sprach den Herrn an: »Gnä' Herr, fahren Sie vielleicht auch zu Frau Moll?« Der große Mann sah auf mich herab und fragte mich: »Bua, bist du auch von da?« Ich nickte. »Na, ich geh zur Frau Mahler. Kennst du sie?« »Ja, vom Sehen halt, hoffentlich ist sie zu Hause.« Als ich mir den Herrn näher ansah, bemerkte ich seinen schäbigen Anzug und seine alten

Schuhe. Als er sich zu mir herunterbeugte, roch ich aus seinem Mund, dass er großen Hunger haben musste. In meiner damaligen Gesellschaftsschicht merkte man sofort, wenn jemand Hunger litt. Bei der Endstation stiegen wir beide aus. Der Mann sagte: »Ich heiße Berg, lass die Molls schön von mir grüßen, am Retourweg komme ich vorbei.« Als ich Frau Moll von dem großen Mann erzählte, der »Berg« hieß und zur Madame gegangen war, meinte sie: »Da wird er kein Glück haben. Im Mahler-Haus ist niemand zu Hause.« »Gnä' Frau, hoffentlich haben Sie etwas zu essen für den Herrn, der hat einen riesigen Hunger!«

Wie auf Stichwort stand plötzlich Herr Berg vor der Türe. Frau Moll begrüßte ihn sehr herzlich. «Wo hast du deine Helene gelassen?« »Die Helene lässt schön grüßen, sie ist zu Hause. Sie hat schreckliche Zahnschmerzen. Darum isst sie nur Hirsebrei. Den kann ich nicht ausstehen!« Frau Moll nickte beifällig: »Alban, von Mittag hätte ich noch ein großes Reindl Reisfleisch übrig. Willst du es? Der Carl isst keinen Reis. Er behauptet, auf Reis bekommt er Verstopfung.« Herr Berg nahm begeistert an. Er aß nicht, er schaufelte den Reis in sich hinein. Danach nahm er aus einer halbvollen Packung eine bereits angerauchte Zigarette und rauchte sie. Ich dachte mir: »Arm muss der Herr Berg sein, er spart schon bei den ›Tschick‹.« Bei der Zigarettenmarke »Korso« war in jeder Zigarettenpackung das Bild eines berühmten österreichischen Fußballers als Werbung beigefügt. Ich bat Herrn Berg um das Bild und ich bekam Herzklopfen, denn der abgebildete Fußballer war der Fußballer meiner Träume – Pepi Bican! Ich war so glücklich, dass ich beinahe vergessen hätte, Herrn Berg um ein Autogramm zu bitten.

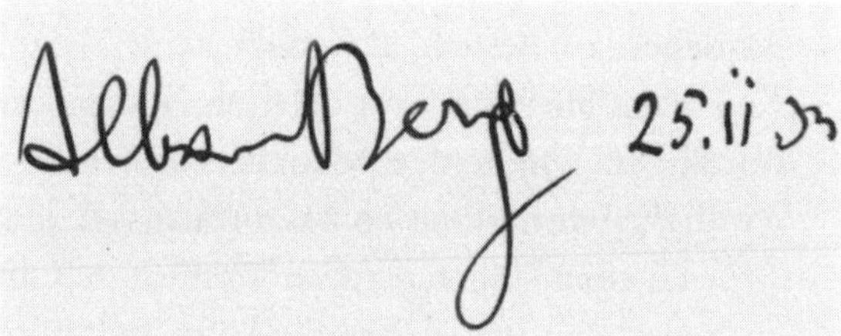

Die Unterschrift von Alban Berg, 1933

Vier Jahre später, als Frau Moll körperlich stark behindert, aber geistig bewundernswert frisch, ihre Lebensgeschichte erzählte, kam sie auch auf den Besuch von Alban Berg zu sprechen. In Deutschland waren damals seine Werke, obwohl er kein Jude war, als »entartete Kunst« bezeichnet und verboten worden. Er hatte kein Geld und wusste nicht mehr weiter. Franz Werfel half Berg mit einer größeren Summe aus. Alban Berg war am Ende seiner Kräfte und starb 1935 mit erst fünfzig Jahren.

Der »alte« Anton Rintelen

In der letzten Oktoberwoche 1933 ging es in der Mahler-Villa hoch her. Die Madame Alma war den ganzen Tag über beschäftigt, eine große Party zu organisieren, bei der an Köstlichkeiten nichts fehlen durfte. Mutzi erzählte Frau Moll, dass sie einen bedeutenden, österreichischen Politiker kennen gelernt hatte, der den damaligen Bundeskanzler Dr. Engelbert Dollfuß beinahe um sein Amt gebracht hätte. Kanzler Dollfuß hatte die Gefahr bemerkt und schickte ihn als Botschafter nach Rom. Mutzi war wie ihre Mutter ganz verrückt nach diesem Mann. Aber auch Anton Rintelen war sofort Feuer und Flamme für Mutzi, als er sie das erste Mal traf. Seine 57 Jahre sah man ihm gar nicht an und er war bärenstark. Jede Frau müsste sich bei ihm geborgen fühlen, meinte Mutzi.

Rintelen rief sie nicht Mutzi, sondern mit dem Kosenamen »Sissy« nach der Kaiserin Elisabeth. Rintelen behauptete, sie sehe ihr aufs Haar ähnlich, und Manon, die jedem Menschen, den sie liebte, einen von ihr erfundenen Kosenamen gab, nannte Rintelen nicht bei seinem richtigen Namen Anton, sondern Armin, den kräftigen, bärenstarken, den gediegenen Hort.

An diesem Oktobertag kam ich nicht von der Straßenbahnstation, sondern von Grinzing herauf. Dabei musste ich ein Stück durch einen schattigen Wald gehen. Auf dem halben Weg hinauf, ließen mich zwei Gestalten stutzig werden. Sie standen Gesicht an Gesicht aneinandergedrückt. Ich wurde neugierig und sah genauer hin. Da entdeckte ich, dass der ältere Herr ein Mädchen vor sich stehen hatte, sie mit seinem Regenmantel eingeschlossen hatte und dauernd auf sie einredete. Das Mädchen war Mutzi. Die beiden hatten mich nicht bemerkt, also machte ich mich leise aus dem Staub.

Frau Moll erzählte ich: »Jetzt habe ich auf der Stiege die Mutzi gesehen. Die hat ein alter Mann in seinen Sack g'steckt!« Frau Moll war ganz verwundert. Ich ging zur Türe und rief: »Schaun S', gnä' Frau, da gehen sie ja, der alte Mann und die Mutzi! Der Mann trägt einen Koffer.« Frau Moll sah die beiden jetzt ebenfalls: »Burschi, um Gottes Willen, schrei net so, das ist der Anton Rintelen, das ist Almas heutiger Ehrengast!« Sie zog mich rasch ins Haus: »Du darfst Manon nicht mehr Mutzi rufen, jetzt will sie nur noch ›Sissy‹ gerufen werden. Diesen Kosenamen hat ihr Herr Rintelen gegeben.«

Plötzlich kam ein aufgeregter Carl Moll auf mich zu, packte mich und schrie mich an: »Bua, wennst du noch einmal von dem Mann so etwas sagst, hau ich dir links und rechts eine saftige Watschen eine! Der Mann ist einer von uns. Wenn die Nazis zu uns kommen, wird der Herr Bundeskanzler von Österreich.« Jetzt verstand ich überhaupt nichts mehr und kämpfte mit den Tränen. Ich schaute Frau Moll an: »Gnä' Frau, wenn ich stör, dann kumm ich halt nimmer!« Jetzt wurde Frau Moll ganz energisch. »Carl, du mit deiner damischen Politik, lass mir den Buben in Ruh!« Zu mir gewendet sagte sie: »Aber Burschi, das hat mit dir nichts zu tun. Du wirst doch mich alte Frau nicht alleine lassen und vergessen!« Sie drückte mich an sich. Jetzt war ich ganz gerührt: «Aber net amal im Leben lass ich Sie allein! Des wissen Sie doch, gnä' Frau!« Nun war mein Seelenfrieden wieder hergestellt.

Doch Frau Moll musste zugeben, dass zu dieser Zeit beide Häuser in Aufruhr waren. Almas Dauerfreund Hollnsteiner war durch die Anwesenheit Rintelens schockiert und stellte seine Besuche ein. Die alte Frau Moll wurde von ihren Töchtern und von ihren Enkelinnen Manon und Anna nicht besucht. Während sie darüber sehr traurig war, lief Carl Moll zu einer Hochform auf und steckte sooft als möglich mit dem Rintelen-Clan zusammen, was Frau Moll zu der Bemerkung veranlasste: »Sogar auf sein Malen vergisst er, der alte Depp! Wenn das nur alles gut gehen wird!« Die alte Frau hatte mit ihrer Sorge recht, denn bereits ein halbes Jahr später kam es zu einer Katastrophe, an der – wie sich später herausstellte – der feine Herr Rintelen nicht ganz unschuldig war. Der jüdische Schriftsteller Shalom Asch, der unangemeldet zu Besuch kam, wurde in der Mahler-Villa nicht mehr vorgelassen. Asch reagierte darauf mit der Bemerkung: »Was hat se, is sie meschugge geworden?« Auch Julius Tandler, der Frau Moll einen Höflichkeitsbesuch abstattete, zeigte mit dem Daumen in Richtung Alma-Villa und sagte: »Wenn der Dunkelbraune da ist, habe ich hier nichts verloren!«

Julius Tandler war immer ein Lichtblick. Ich habe seine Güte und Hilfsbereitschaft mein Leben lang nicht vergessen. Er strahlte unter einem breiten Hut, den er immer aufbehielt, eine große Wärme und menschliche Güte aus, wie sie sehr selten zu finden ist. Oft sagte er: »Gib nie auf, Bua!« Doch sogar von ihm wollte Mutzi zu diesem Zeitpunkt nichts wissen. Rintelens Besuch dauerte fast eine Woche. Als er endlich nach Rom abreiste, kehrte wieder Ruhe ein.

Später fragte ich Manon: »Sag mir, wer bist du jetzt eigentlich, bist du noch die Mutzi oder heißt du jetzt anders?« Da nahm sie mich bei der Hand und sagte: »Für dich, Burschi, werde ich immer nur die Mutzi sein!« Da war ich zufrieden!

Im Dezember 1933 hatte ich für die Hohe Warte keine Zeit, denn ich musste fleißig lernen. Außerdem wurde ich durch Hollnsteiners Vermittlung in der Weinhauser Kirche in Währing aufgrund meines fehlerlos gesprochenen lateinischen Gebets Ministrant. Ein paar Tage vor Weihnachten kam Oberschwester Ida zu uns, brachte Orangen und Süßigkeiten mit. Sie erzählte, dass Alma Werfel nach Italien nachgereist war, damit er fleißig arbeitete. Beide würden wahrscheinlich zu Weihnachten nicht in Wien sein. »Deshalb, glaube ich, dass es gut wäre, wenn du die liebe Frau Moll besuchen würdest. Sie vermisst dich sehr! Sie ist sehr allein. Der alte Herr Moll hat jetzt wieder, wie er sagt, eine künstlerische Periode. Die Mutzi ist schön langsam wieder die alte. Sie lädt jetzt wieder ihre Freundinnen ein und ist sehr lustig. Aber für ihre Großmutter hat sie auch keine Zeit. Also, Burschi, komm. Sie wird sich freuen!«

Am 23. Dezember 1933 fuhr ich mit Blumen auf die Hohe Warte zu Frau Moll. Als ich sie ihr überreichte, drückte sie mich an sich und hatte Tränen in den Augen. Jetzt musste ich ihr alles erzählen, was ich in der Zwischenzeit so gemacht hatte. »Fußballspielen tun wir jetzt nimmer. Des ist fad. Aber sunst ist alles klass!« Mit meiner sprachlichen Ausdrucksweise kam Frau Moll nicht immer zurecht. Dennoch sagte sie zu mir: »Heute, Burschi, ist deine Ausdrucksweise wieder herzerfrischend!« Ich war dieser lieben, alten Frau mit all meinen kindlichen Gefühlen sehr zugetan und ich sah in ihr meine einzige Großmutter.

Mutzi hatte wieder Besuch. Herr Chillar und Herr Trentini, der sich als Matrose auf einem Schiff hatte anheuern lassen, waren eingeladen. Herr Trentini war sehr lieb zu mir. Auf meine Fragen erzählte er sehr interessant von seiner Reise nach Südamerika und von den Abenteuern, die er da erlebt hatte. Das war wieder ein sehr gelungener Tag für mich.

Am Stefanitag lud Frau Moll mich mit meiner Mama zu einer Jause ein. Meine Mutter ging aber nicht mit. »Bei so feinen Leuten hab ich arme Frau nichts verloren.« Frau Moll bedauerte das sehr. Bei dieser Jause waren Willy Legler und Mutzi dabei, die mir zwei Tafeln Schokolade schenkte und mir auf die Wangen je einen Kuss gab. Jahrzehnte später sah ich den Disneyfilm »Schneewittchen und die sieben Zwerge«. Da gab es den siebenten Zwerg, den Klopfer. Immer wenn Schneewittchen ihn berührte oder lobte, wurde er feuerrot im Gesicht. So erging es mir, wenn Mutzi freundlich und lieb zu mir war.

Da ging die Türe auf, Frau Alma kam herein und sagte zu Mutzi: »Schnell, komm rüber, der Rintelen ist zu Besuch gekommen.« Mutzi ging gleich mit. Ich erinnere mich an Herrn Molls Bemerkung: »Jetzt müssen wir die Mutzi wieder umtaufen, jetzt haßt's wieder

›Sissy‹.« Als ich mich von Frau Moll verabschiedete, sagte sie, dass sie mit Carl zur Erholung nach Nizza fahren würde. »Wahrscheinlich werden wir einen Monat dort bleiben. Wenn wir im Februar zurück sind, dann kommst du uns wieder besuchen. Bis dahin bleib schön brav, dass mir keine Klagen kommen.« Sie gab mir einen Klaps. Mit Kuchen und anderen Süßigkeiten beschenkt, ging ich nach Hause. Als ich im Februar 1934 die Hohe Warte wieder besuchte, war unsere Welt eine gefährlich Welt geworden.

Das Unglücksjahr 1934

Der Februar 1934 war schrecklich. Man hatte in der ganzen Stadt das unheimliche Gefühl, dass in Kürze etwas Schreckliches passieren würde. Am 14. Februar 1934 kam der Schuldirektor zu uns in die Klasse und erzählte, dass es in der nächsten Zeit in Wien sehr gefährlich werden könnte. Es sei bis auf Widerruf schulfrei. Wir sollten aber unsere Wohnung nicht verlassen. Wir würden zeitgerecht Nachricht bekommen, wenn der Unterricht wieder begann. Ich erinnere mich, dass sich kein Schüler freute, dass wir schulfrei bekamen. Meiner Mama erzählte ich nichts davon. Wie sonst ging ich um drei viertel acht aus dem Haus und bestieg die Straßenbahn auf die Hohe Warte. Als ich dort ankam, rief mir Mutzi entgegen: »Burschi, du traust dich zu uns rauf? Beim Karl-Marx-Hof wird schon scharf geschossen. Im Radio hört man, dass die Polizei nicht mehr in der Lage ist, Ordnung zu schaffen. Man hat die Soldaten zu Hilfe gerufen. Da aus den Fenstern der Häuser noch immer auf die Polizisten geschossen wird, gehen jetzt die Soldaten mit ihren Kanonen in Stellung. Wenn das Schießen nicht aufhört, wird mit Kanonen zurückgeschossen. Die ganze Hohe Warte ist Sperrgebiet. Wie bist du überhaupt hier heraufgekommen? Hat man dich nicht aufgehalten?« Ich verneinte: »Ich bin keine Gefahr!«

Der Karl-Marx-Hof oder Goethehof nach der Februarrevolution 1934

Im gleichen Moment hörte man Kanonenschüsse. Mutzi bekam einen großen Schreck, wurde bleich und musste sich an der Mauer anhalten. Sie zitterte und hielt mich fest: »Burschi, du musst jetzt hier bleiben! Es wird viel zu gefährlich für dich. Alle, die hier wohnen, müssen eine amtliche Legitimation haben. Schau, so wie ich.« Sie zeigte mir ihren Ausweis. Als Oberschwester Ida 1938 in mühsamer Kleinarbeit den gesamten Besitz der Familie Mahler-Werfel in Blechkisten verpackte, bat ich Frau Moll, ob ich von Mutzi kleine Alltäglichkeiten behalten dürfte. Somit kam ich in den Besitz ihres Ausweises. Er ist mir auch ein Andenken an diese schreckliche Zeit.

Trotz Mutzis heftigen Protests machte ich mich auf den Weg nach Hause. Da keine Straßenbahn mehr fuhr, musste ich zu Fuß gehen und stand plötzlich auf der Heiligenstädter Straße vor dem Karl-Marx-Hof hinter den Kanonen der Soldaten. Sie und die Polizisten liefen laut schreiend durcheinander. Mich Kind beachtete niemand. Die Soldaten schossen eine Granate ab. Der Lärm und der Rückschlag der Kanone waren so stark, dass ich plötzlich auf der Erde saß. Als ich mich aufrappelte, bemerkte ich einen Fotografen, der bemüht war, etwas zu fotografieren. Als ich mich aufrichtete, sah ich, dass sein Objektiv auf zwei tote Männer gerichtet war. Einer der Erschossenen war ein Soldat, der Andere war vom Schutzbund. Mir wurde fürchterlich schlecht und ich erbrach. Jetzt wurden die Soldaten auf mich aufmerksam. Ein Offizier brüllte los: »Wie kommt der Bua daher?« Als er meinen schrecklichen Zustand sah, nahm er mich beim Kragen und steckte mich in einen Krankenwagen, in dem einige verwundete Soldaten auf ihren Abtransport warteten. Er gab dem Fahrer den Befehl, mich zuerst ins Spital und dann nach Hause zu bringen. Im Krankenwagen stank es nach Blut und Schweiß, sodass ich mich nochmals übergeben musste. Der Sanitäter sagte zu mir: »Hast schon recht, Bua, speib nur, die Angst muss ausse!« Wir fuhren in das Evangelische Krankenhaus in die Hans-Sachs-Gasse. Dort wurden die verwundeten Soldaten von den Ärzten schon erwartet. Mich nahm eine Krankenschwester in ihre Obhut. Dann kam der Arzt zu mir, gab mir eine weiße Flüssigkeit zu trinken und sagte zu mir: »Vielleicht brichst du jetzt noch einmal. Das macht nix, die Angst muss aus dir

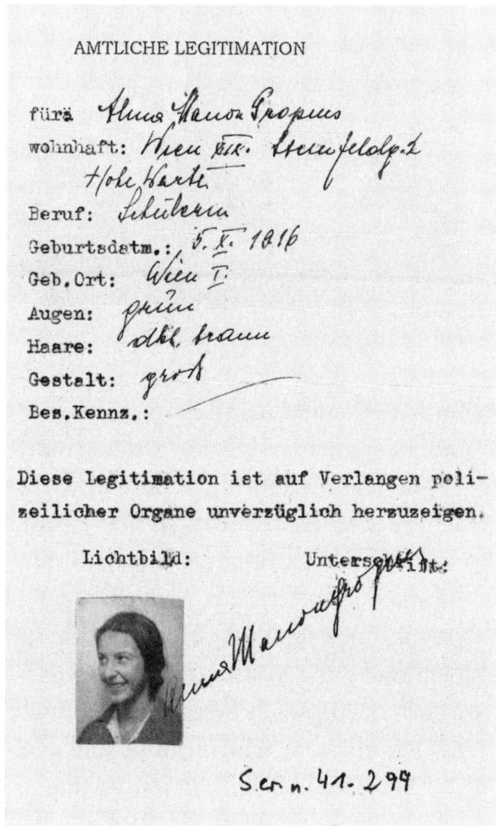
AMTLICHE LEGITIMATION

für: Anna Manon Gropius
wohnhaft: Wien XIX. Steinfeldgasse 2 Hohe Warte
Beruf: Schülerin
Geburtsdatm.: 5. X. 1916
Geb. Ort: Wien I.
Augen: grün
Haare: dkl. braun
Gestalt: groß
Bes. Kennz.:

Diese Legitimation ist auf Verlangen polizeilicher Organe unverzüglich herzuzeigen.

Lichtbild: Unterschrift:

Anna Manon Gropius

Ser. n. 41.299

Manon Gropius' Ausweis

Ein Offizier (rechts im Bild) entdeckt den zehnjährigen Erich bei den Gefallenen

hinaus. Wennst heimkommst, wirst du Hunger kriegen, dann iss und vergiss, was du heute gesehen hast!«

Die Hans-Sachs-Gasse ist nicht weit weg von der Währingerstraße 158. Der Krankenwagen brachte mich zum Haustor. Ich bat den Soldaten: »Bittschön, gehen S' mit mir, ich fürcht mich vor meiner Mama.« Als wir zum Stiegenaufgang kamen, waren alle Hausparteien in Aufregung: »Der Fratz hat sich schon wieder herumtrieben, und seine Mutter stirbt noch vor lauter Angst«, sagte der Hausdrachen. Ängstlich besorgt nahm mich meine Mama in die Arme, kochte mir eine Schleimsuppe und alles war wieder gut.

Eine Woche später sah ich zufällig in einer Illustrierten die Fotos von jenem Fotografen. Um 40 Groschen kaufte ich mir die Zeitung. Man sah den zerschossenen Gemeindebau und die beiden toten Männer. Auch der Offizier war zu sehen, als er mich gerade entdeckte.

Anfang März, als der gefährliche Wirbel halbwegs vorbei war, fuhr ich wieder auf die Hohe Warte. Frau Moll war von Nizza zurück, doch sie sah schlecht aus. Auch Herr Moll war gar nicht gut beisammen. Beiden tat es sehr leid, dass sie die Erholung im warmen Nizza abbrechen mussten, um ins kalte Wien zurückzukehren. Ich freute mich allerdings sehr darüber, nahm gleich Papier und Bleistift zur Hand und fragte: »Was soll ich einkaufen?« Darauf meinte Herr Moll: »Jetzt sind wir wieder im alten Verein.«

Am Tag, bevor Mutzi mit ihrer Mami und Franz Werfel nach Venedig fuhr, kam sie zu meinem Onkel fotografieren. Sie war so schön! Meinem Onkel gefiel Mutzi auch sehr. Er bemühte sich sehr, gute Aufnahmen zu machen, und erklärte Mutzi, dass er zuerst Probeabzüge machen würde, um zu sehen, ob ihr die Bilder gefallen. »Wenn net, mach ma gleich eine neue Aufnahme.« Mutzi wollte sich die Probebilder ansehen, sobald sie aus Venedig zurück war. Nachdem Mutzi weg war, entwickelte und trocknete mein Onkel die Platte und wir machten einen Abzug. Das Bild zeigt, wie wunderschön dieses Fräulein war. Mutzi hat dieses Foto niemals gesehen.

Manon Gropius, kurz vor ihrer Erkrankung, von Otto Wegrath fotografiert

Schwarze Wolken brauen sich zusammen

Die beste Freundin von Manon Gropius war Agathe Lothar. Sie wohnte in der Barichgasse im dritten Bezirk und war die Tochter des bekannten Regisseurs und Buchautors Ernst Lothar. Er und seine zweite Frau Adrienne Gessner waren mit dem Ehepaar Alma und Franz Werfel eng befreundet und in der Mahler-Villa gern gesehene Gäste. Aus der Freundschaft der Eltern entstand auch eine Freundschaft zwischen den Töchtern Agathe und Manon. Beide hatten die gleichen Interessen.

Schauspielerei, Musik und Fremdsprachen. Sooft es ging, saßen beide zusammen, sagten Theaterrollen auf und unterhielten sich in einer Fremdsprache. Besonders die italienische Sprache gefiel den zweien sehr, da sowohl Manon als auch Agathe schon in ihren Kinderjahren oft in Italien gewesen waren. Wenn die beiden ihren Spaß haben wollten, schlüpfte jede in eine typisch italienische Alltagsfigur und verhielt sich so, wie sie es in Italien gesehen hatten. Ich erlebte einmal eine solche Aufführung von Mutzi und Agathe, in der Mutzi eine typische italienische Obstverkäuferin und Agathe eine affektierte Kundin spielten. Sie sprachen nur italienisch, aber sie spielten die beiden Typen so gut, dass die Anwesenden begeistert lachten. Als Draufgabe gab Mutzi Eleonora Duse und zitierte einen Brief an ihren Geliebten, der sie verschmäht hat. Frau Moll sagte damals: «Mutzi, das war herzzerreißend schön!« Mutzi hatte zwei Gesichter: Wenn ihre Mutter anwesend war, blieb sie ernst und still. War ihre Mami fort, konnte sie heiter und lebendig sein.

Eines Tages kam Agathe Lothar in einem beklagenswerten Zustand nach Hause in die Barichgasse. Sie hatte hohes Fieber, klagte über Übelkeit und zitterte am ganzen Körper. Der herbeigeholte Arzt vermutete eine schwere Grippe, verschrieb die herkömmlichen Medikamente und verordnete absolute Bettruhe. Doch der Zustand der Patientin wurde nicht besser. Um ihre kranke Freundin aufzuheitern, besuchte Mutzi sie jeden Tag. Nach vierzehn Tagen stellte ein anderer Arzt schließlich fest, dass Agathe eine schwere Form von Kinderlähmung hatte. Sie wurde sofort isoliert, denn es bestand höchste Ansteckungsgefahr – und Mutzi war täglich bei ihr gewesen!

Auf der Hohen Warte beschwor Manon die Oberschwester Ida, über ihre täglichen Besuche bei Agathe zu schweigen. Besonders ihrer Mami sollte sie ja nichts davon erzählen. Doch Schulli befürchtete das Schlimmste. Nach ein paar Tagen bekam Mutzi Kopf- und Gliederschmerzen, die sie jedoch verheimlichte. Denn bald war Ostern, und wenn Alma erfuhr, dass sie krank war, dann würde sie die Mami nicht nach Venedig mitnehmen. Mutzi sagte immer: »Ich muss dieses Mal unbedingt nach Venedig.« Dann fügte sie in einem so ernsten Ton, dass man direkt Angst bekam, hinzu: »Wenn ich zu Ostern nicht in Venedig bin, dann sterbe ich.«

In der Karwoche fuhren Alma, Mutzi und ihre französische Erzieherin Nadde nach Venedig. Auch Franz Werfel kam dort hin. Wie Alma ihrer Mutter telefonisch berichtete, hatten sie ein friedliches, frohes Osterfest. Ernst Lothar, der mit seiner Frau ebenfalls Venedig besuchte, reiste allerdings plötzlich ab, als seine geliebte Tochter Agathe an Kinderlähmung starb. Frau Moll und Oberschwester Ida ahnten ein Unheil. Doch Carl Moll beruhigte sie: »Ihr seht's alle nur schwarz. Ich muss zuallererst an meine Frau denken, die braucht dringend Erholung. Sie hat auch ein schwaches Herz. Wenn wir in einem Monat wieder hier sind, ihr werdet sehen, da ist wieder alles gut!«

Am Ostermontag fuhren sie nach Frankreich. Vierzehn Tage später kam Oberschwester Ida zu meiner Mama und mir in die Währingerstraße 158, setzte sich auf unsere Kohlenkiste und begann fürchterlich zu weinen. »Mutzi ist in Italien an Kinderlähmung erkrankt! Als die Madame die entsetzliche Nachricht gehört hat, war ihr einziger Gedanke, auf dem schnellsten Wege zurück nach Venedig zu kommen, um bei ihrer Mutzi zu sein. Bundesminister Kurt von Schuschnigg hat uns eine fünfsitzige Privatmaschine aufgetrieben. Alma, Anna, Dr. Friedmann und ich sind mit bösen Ahnungen nach Venedig geflogen. Dort haben wir Mutzi in einem furchtbaren Zustand vorgefunden. Sie hatte den Mund weit geöffnet und rang verzweifelt nach Luft. Der anwesende italienische Arzt war ratlos. Dr. Friedmann, ein berühmter Wiener Arzt, gab der armen Mutzi einundzwanzig Rückeninjektionen, doch die Erstickungsanfälle hörten nicht auf. Erst als Anna in Venedig einen Sauerstoffapparat aufgetrieben hatte, konnte man das Ärgste verhindern. Mutzi bekam wieder Luft und die Erstickungsanfälle hörten auf.

Beide Ärzte wussten sich keinen Rat mehr. Als Mutzi klagte: ›Mami, ich kann meine Beine nicht mehr bewegen!‹, schrie Alma verzweifelt auf: ›Mein Gott, das ist Kinderlähmung!‹ Mutzi bekam wieder Erstickungsanfälle. Die ganze Nacht haben wir alle bei ihr gewacht. Inzwischen hat Alma Minister Schuschnigg telefonisch über Mutzis furchtbaren Zustand verständigt. Und wieder half er. Der Minister ließ den ehemaligen Krankenwaggon von Kaiser Franz Joseph von Villach nach Venedig bringen. In der Früh stand er bereits in Mestre. Doch das größte Problem war: Wie bringen wir Mutzi auf ihrer Bahre über die Kanäle zum wartenden Eisenbahnzug? Oft konnten wir nur im letzten Augenblick verhindern, dass Mutzi mit ihrer Bahre in den Kanal fiel. Am Montag waren wir mit der armen Mutzi endlich in Wien. Sie konnte kaum sprechen und schlucken. Mit großer Mühe ernährten wir sie flüssig. Mutzi hat in den Beinen fürchterliche Schmerzen und ist vom Hals bis zu den Zehen gelähmt. Es ist so furchtbar, ich könnte über diesen furchtbaren Schmerz tagelang weinen und es würde mir trotzdem nicht leichter sein.«

Ich wollte Mutzi unbedingt besuchen. Da wurde die Oberschwester ganz aufgeregt: »Um Gottes Willen, Burschi, einstweilen geht das nicht! Du darfst jetzt überhaupt nicht kommen. Kinderlähmung ist eine ansteckende Krankheit. Was macht denn dann deine Mama ohne dich, wenn du am Ende gar nimmer gehn kannst?« Als die Oberschwester gegangen war, rief meine Mama: »Da kann mir aner sagen, was er will. Am Freitag, den 13., passiert meistens ein Unglück!« An diesem Tag hatte sie recht.

Mutzis väterlicher Freund Julius Tandler

Nach dem Besuch der Oberschwester Ida war ich sehr traurig und bedrückt. Meine Mama tat alles Mögliche, um mich auf andere Gedanken zu bringen. Zuerst musste ich ihr hoch und heilig versprechen, die Hohe Warte zu meiden, was mir sehr schwer fiel.

Wenn ich mich bei einem Fußballspiel als Tormann dem anstürmenden Stürmer vor die Füße warf und so einen sicheren Torschuss verhinderte, hatte ich danach meistens körperliche Schmerzen. Einerseits war es ein gutes Gefühl, ein sicheres Tor des Gegners verhindert zu haben, andererseits sah ich nach Spielschluss aus, als ob man mich durch den Fleischwolf gedreht hätte. Ich erinnere mich gut an ein Match, bei dem es nicht nur um die Ehre ging, sondern unser Verein kämpfte beim Pfingstturnier im Endspiel um den Pokal, den wir mit 2 : 1 gewannen. Als ich einmal nach dieser hitzigen Fußballschlacht mit einer Beule und geschlossenem blauem Auge heimkam, schrie die Hausbesorgerin mit ihrem gewaltigen Kropf laut im Stiegenhaus: »Frau Rietenauer, Erich Bub schaut heite sehr scheen aus, wie Fleischlaberl faschiertes!«

Früher hätte meine Mama beim Anblick meines Zustandes ein herzzerreißendes Gezeter angestimmt, jetzt betrachtete sie in aller Ruhe meine Kopfverletzungen, schüttelte ihren Kopf und murmelte so etwas wie: »Wenn das dem depperten Buam sei Schädel nur aushalten tät!« Dann ging sie energisch daran, meine Wunden mit Jodtinktur und Pflaster zu verarzten. Unsere Nachbarin, die Frau Weisz, sagte zu meiner Mutter: »Sie haben sich sehr verändert, Frau Rietenauer. Wenn der Bua früher so heimgekommen wäre, wie heute, no – den Wirbel von Ihna, den hätt er sich net hinter die Ohren gsteckt!« Darauf sagte meine Mama: »Schaun S', Frau Weisz, mei Bua hat in seinem Leben schon viel mitg'macht. Jetzt hat er wieder an großen Schmerz. Den bringt er von allein nicht weg. Darum bin ich froh darüber, dass er Fußball spielt. Wenn man ihm zuschaut, wie fanatisch er Fußball spielt, wie er sich selbstlos ins Getümmel schmeißt, damit man ihm ja ka Tor schiaßt. Wenn er da manchmal den Fußballschuh der Gegner spürt, tut ihm das sicher sehr weh. Aber der körperliche Schmerz ist sicherlich besser für ihn als der innere Schmerz und der muss weg, sonst hab ich einmal einen Nervinger daheim sitzen!« Sprachs und machte die Türe zu.

Anfang Juni 1934 hielt ich es doch nicht mehr aus. Ich musste wissen, was mit Mutzi los war. Als ich auf der Hohen Warte ankam, war alles ruhig. Das Moll-Haus war zugesperrt und in der Mahler-Villa rührte sich überhaupt nichts. Ich wartete, ob jemand kam. Da sah ich von fern eine Männergestalt mit breitem Hut sich nähern. Zu meiner großen Freude erkannte ich Professor Julius Tandler. Freudestrahlend lief ich ihm entgegen. »Ach, Bua, die arme Mutzi, so etwas Trauriges, gelt?« Ich nickte und fragte ihn: »Herr Professor, geh'n Sie vielleicht zur Mutzi?« »Willst du vielleicht mit mir mitgehen?« »Oh ja, schon! Nur sagen mir die Leute, ich darf net zur Mutzi, sonst werde ich von ihr angesteckt!« Tandler dachte nach: »Nach zwei Monaten hat die Kinderlähmung das Meiste an Mutzi kaputt gemacht. Außerdem ist ihr Schlafzimmer hygienisch gereinigt worden. Da ist die Ansteckungsgefahr gering. Bleib aber von ihrem Bett weg und komm ihr nicht zu nahe.«

Mit großer Angst, was ich zu sehen bekommen würde, ging ich mit. Außer den beiden Krankenschwestern war niemand anderer im Haus. Als wir in Mutzis Krankenzimmer traten, wurden wir von der Krankenschwester ermahnt, nicht zu lange bei der Kranken zu bleiben. Mutzi konnte nicht zusammenhängend sprechen. Als sie uns in der offenen Türe ihres Zimmers stehen sah, bekam sie ganz große Augen, weinte vor Freude und deutlich hörten wir sie sagen: »So schön ist das!« Doch sie machte mir sofort ein Zeichen, ihr nicht zu nahe zu kommen.

Tandler setzte sich an ihr Bett, nahm ihre Hand und begann mit Mutzi zu sprechen. Er erzählte ihr, dass die österreichische Regierung ihm bei der Durchführung seiner sozialen Pläne Schwierigkeiten machte. Deshalb habe er seinerseits die Regierung ebenfalls geärgert. Daraufhin erhoben sie ihn ganz einfach seines Amtes und sperrten ihn auf der Elisabethpromenade ein. Er war vorübergehend in Haft, bis die chinesische Regierung ihn aus der Haft erlöste, indem sie ihn einfach verpflichtete, in China, in der Provinz Hunan, ein Gesundheitszentrum nach Wiener Muster einzurichten. Er würde jetzt einige Zeit fort sein. Das sollte aber nicht heißen, dass er deshalb nicht mehr an sie dachte. Deshalb vereinbarte Tandler mit Mutzi einen Plan: Egal wie spät es am Abend oder wie spät es in China am Morgen sei, wenn es in Wien drei Uhr am Nachmittag wäre, würde er an Mutzi denken und ihr einen Brief schreiben.

Tandler hielt sein Versprechen. Mit großer Sehnsucht wartete Mutzi auf einen Brief. Jeden Tag, Punkt 15 Uhr, war »Tandlerzeit«. Da durfte sie niemand stören, wenn sie seine Briefe las. Tandler schrieb nicht täglich, sondern wartete erst eine Antwort ab. Da Mutzi nur ganz langsam ihre Hände zum Schreiben gebrauchen konnte, wartete sie immer, bis ihre Schwester Anna ihr die Briefe schrieb. Das kam meistens nur in größeren Zeitintervallen vor.

Alle diese Briefe von Tandler an Mutzi bekam ich Jahrzehnte später mit verschiedenen anderen Erinnerungsstücken an Mutzi von Oberschwester Ida Gebauer-Wagner geschenkt. Ich habe die Briefe von Tandler abgeschrieben und sie danach der Nationalbibliothek übergeben.

Es war ganz reizend, wie Tandler an Mutzi schrieb. Da liest man in einem Brief Folgendes:

> *Nanking, 3. Oktober 1934. 23 Uhr Ortszeit, das ist 15 Uhr Nachmittag in Wien. Ich habe Lackschuhe und Smoking an und warte in Fulldress, bis es in Wien 15 Uhr ist, um Dir zu schreiben. Ich habe gehört, Du kannst schon stehen! Man lernt eben, sich über Selbstverständliches zu freuen. Ich baue in Hunan ein neues Spital und eine medizinische Schule. Ich werde Dir genau darüber berichten. Bleibe, wie Du bist, ein prächtiger, lieber Mensch, den ich mit meinen besten Wünschen täglich grüsse!*
>
> *Dein alter »Nichtonkel« Tandler*

Mutzi wollte von ihm wissen, wo genau in der Provinz Hunan Changsha liegt. Als Antwort schrieb er ihr:

> *Der Herr lasse Dir Dein Antlitz leuchten! Ich bin besorgt! Du weißt nicht, wo Changsha in der Provinz Hunan liegt?*
> *So wisse: zuerst machst Du eine fünftägige Fahrt nach Hankow. Dort steigst du um und reist mit der Bahn in die Provinz Hunan. Die Hauptstadt erreichst Du nach 20-stündiger Bahnfahrt. Bist Du dort angekommen, fragst Du den nächstbesten Chinesen in der Dir geläufigen Landessprache, wo das Hunan Yalespital ist. Dort lebe ich in einem kleinen Haus, im Garten des Spitals.*

Nie bekam Mutzi einen Brief von Tandler, indem er sie nicht aufforderte, sich mit ihrer ganzen Kraft gegen ihre Behinderung zu wehren. Als Arzt wusste Tandler über die Kinderlähmung und ihren Verlauf Bescheid. Manchmal wurde er ungehalten, wenn er allzu lange auf eine Antwort warten musste:

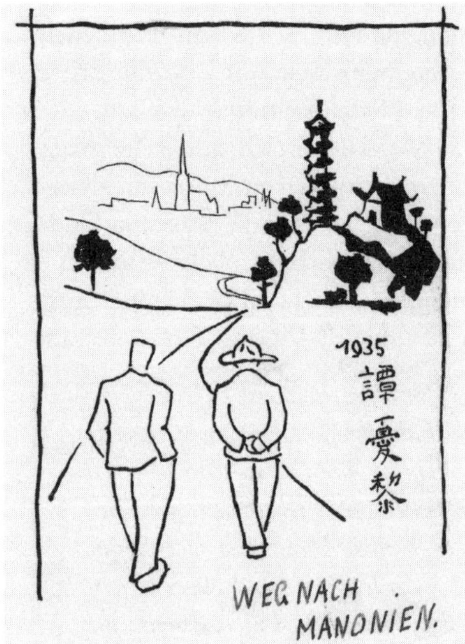

Julius Tandlers Skizze »Weg nach Manonien«, 1935

Sag doch Deiner ›faulen‹ Stiefschwester, sie soll mit mir ein Erbarmen haben und in einem Brief öfter über Dich berichten. Ich verschmachte sonst!!n – zrum winke ich Dir, lachend, als Dein alter Julius Tandler zu.

Mutzi hatte sich ein eigenes Schreibeprogramm zurechtgelegt, nach dem sie fleißig übte. Die Gefühllosigkeit in ihren Händen verschwand langsam und sie konnte ihre Briefe selbst schreiben.

Als Neujahrsgruß 1935 schickte Tandler Mutzi eine Zeichnung. Dazu schrieb er:

Ich bin am Weg, Dir meine Wünsche persönlich zu überbringen! Mein Weg führt vorbei an Tempeln und Pagoden nach Manonien! (…) Hier muss ich täglich erkennen, dass Ost und West einander nie verstehen werden. Viele Gemeinheiten habe ich gesehen und alle im Namen Gottes.
Wir wollen nicht rechten. Will mit keinem Hauch eine glaubensempfindsame Seele kränken. Vielleicht bist Du eine. Wir haben nie

darüber gesprochen. Mir bist Du recht, mit all Deinen Fehlern und Vorzügen. Bessere Dich nicht!

Beim Lesen von Tandlers letztem Brief an Mutzi vom 12. Februar 1935 aus Shanghai bekommt man den Eindruck, als ob er ihr einen Abschiedsbrief schrieb. Er endete mit den Worten:

Leb wohl, Mutzi, ich denke oft an Dich und möchte Dir meine Hände segnend auf Dein Haupt legen und wünschen, dass es Dir wohlergehe auf Erden. So wird es sein – drum winke ich Dir, lachend, als Dein alter Julius Tandler zu.

Auf der Heimreise nach Wien starb Julius Tandler am 26. August 1936 in Moskau an Herzversagen. Er wurde 74 Jahre alt.

Stefan Zweig hört mit

Einen Höhepunkt in meinem Autogrammsammeln erlebte ich am 20. August 1934. Stefan Zweig kam zu Mutzi auf Besuch. Sie hatte mich auf den Besuch dieses bedeutenden Schriftstellers vorbereitet. »Burschi, du wirst sehen, was Stefan Zweig für ein liebenswerter Mann ist. Er hat für jeden ein gutes Wort übrig, er ist sehr gescheit und kann sich in jeden Menschen hineindenken.« Als er kam, sprach er mich an und ich erzählte ihm meine Geschichte. Er hörte mir zu und sagte dann: »Es ist fürwahr erstaunlich, was du mit deinen zehn Lebensjahren schon erlebt hast. Du solltest später darüber einen Roman schreiben, einen hoffnungsvollen Roman, damit die Leser mit dir erleben können, dass auch ein Knabe in deinen Jahren

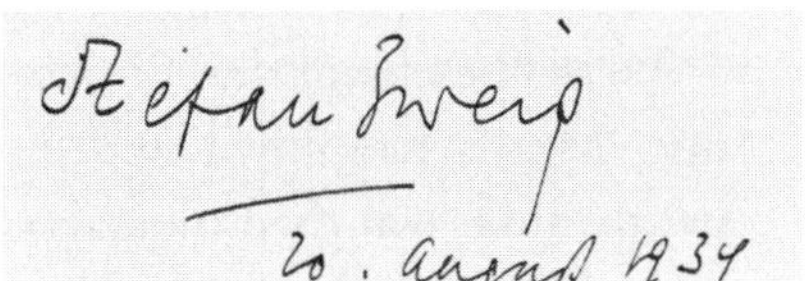

»Niemals der gleiche, immer derselbe« – Stefan Zweigs Widmung

im Stande ist, sich wie Münchhausen am eigenen Zopf aus dem Schlamm zu ziehen.« Dann gab er mir sein Autogramm mit den Worten: »Jetzt schreibe ich dir etwas auf. Immer wenn du es liest, denke darüber nach. Es soll dein Lebenslosungswort werden!« Auf dem Papier stand: »Niemals der gleiche, immer derselbe.«

Das Mädchen mit dem Stundenglas

Ende Mai 1934 hatte sich Mutzis Zustand stabilisiert. Zu Beginn ihrer schweren Krankheit konnte sie nur mühsam sprechen und schlucken und musste flüssig ernährt werden. Sie hatte in den Beinen fürchterliche Schmerzen und war vom Hals an bis zu ihren Zehen gelähmt. Franz Werfel verlangte vom zuständigen Arzt Prof. Dr. Pölzl über Mutzis Krankheitsverlauf eine ehrliche Auskunft. »Bei dieser Krankheit gibt es keine Heilung. So lange die Patientin in ihren Beinen Schmerzen verspürt, ist das ein Zeichen, dass ihre Nerven noch arbeiten. Lassen die Schmerzen nach, schrumpfen die Muskeln, und die Beine magern bis zu den Knochen ab. Sie werden völlig gefühllos und sie wird niemals wieder gehen können. Wir müssen froh sein, wenn Manon wieder normal sprechen und denken kann. Seien Sie darauf gefasst, dass die Patientin ein Leben lang ein Pflegefall bleibt.«

Werfel beschwor den Professor, seiner Frau niemals die Wahrheit über Mutzis Krankheit und ihre Auswirkungen mitzuteilen. Alma würde diese Wahrheit niemals ertragen können. Zu Frau Moll sagte Werfel, dass er durch sein Wissen über Mutzis Krankheitsverlauf unsagbar traurig wäre. Er arbeitete jetzt die meiste Zeit in Baden bei Wien. Frau Moll erzählte mir, dass Franzl sehr geweint hätte.

Alma verständigte Manons Vater Walter Gropius davon, dass Mutzi unter einer mysteriösen Erkrankung ihrer Atemwege leide. Der Arzt hätte Mutzi verboten zu sprechen und sie müsste sich sehr

Manon Gropius, 1933 von Erich Rietenauer fotografiert

schonen. Gropius gelang es bis zu seinem Wienbesuch nie, mit Mutzi nur einige Worte zu sprechen. Die beiden Krankenschwestern hatten den bindenden Auftrag, wenn Gropius oder irgendjemand anderer anrief, nichts Weiteres zu sagen, als dass man von einer leichten Besserung sprechen könne. Doch es sei ausdrücklich auf die absolute Schonung der Patientin hinzuweisen.

Ich hörte einmal ein Gespräch zwischen Oberschwester Ida und Frau Moll mit an: »Sag, Schulli, wie geht es eigentlich dem armen Kind? Du weißt ja, dass Alma mir und dem Carl jeden Besuch bei Mutzi verboten hat. Eigentlich ist das schrecklich, die Großmutter darf ihr krankes Enkelkind nicht besuchen.«

»Ach, Anna, sei doch froh, dass du dieses arme Kind nicht siehst. Ihr Gesicht und die Hände sind bei Mutzi so, wie sie immer ausgesehen haben. Aber ihr Körper und ihre Beine – das reinste Skelett! Anna, es ist zum Heulen – dieses schöne Mädchen wird niemals mehr gehen können.«

»Kommt die Alma öfters zu ihr?«

»Oja«, sagte Schulli. »Meistens in der Früh, aber nur einmal am Tag. Dabei sieht sie von Mutzi nur ihr Gesicht und ihre Hände! Alma spricht Mutzi Mut zu, spricht von Besserung und ist optimistisch.

Küsst Mutzi und geht. Im Laufe der Zeit muss man sich fragen, ob Alma den wahren Sachverhalt kennt oder ob sie davon nichts wissen will.«

»Ach, Schulli, ich kenne Alma gut. Krankheit ist etwas Böses, damit sollen sich die Anderen herumschlagen, doch nicht sie. Wo bliebe denn da die Gerechtigkeit des Himmels?«

Da Werfel jetzt sehr häufig nicht da war, suchte Alma Trost bei ihrem Freund Hollnsteiner. Täglich fuhr sie in die Stadt und besuchte im Stephansdom die heilige Messe. Holli, wie Hollnsteiner im Hause Mahler genannt wurde, war über Mutzis Krankheit schwer erschüttert. Er selber hatte Mutzi im April 1933 in der Wiener Augustinerkirche getauft. Ein Jahr später, genau am gleichen Tag, bekam Mutzi diese schreckliche Krankheit. Diese Katastrophe schmiedete Holli und Alma eng aneinander. Anna Mahler sprach einmal den Verdacht aus: »Franzl, ich glaube, Mami treibt's mit dem Holli!« Daraufhin antwortete er: »Alma ist jetzt 55 Jahre. Der Wechsel hat sie eingeholt. Lasse ihr doch die kleine Freude!«

Die kranke Mutzi war am Nachmittag oft allein. Ich nutzte die Gelegenheit, um mich in Mutzis Zimmer zu schleichen und sie in meiner kindlichen Art zu unterhalten. Ich musste den Sessel in einem gehörigen Abstand von Mutzis Bett hinstellen und ihr aus der Ferne von meiner Schule, von meinem Fußballspiel oder davon erzählen, ob ich schon wieder einmal ein blaues Auge bekommen hatte. Meistens brachte ich Mutzi ein Sackerl voll Frit-Zuckerl mit. Die musste ich auswickeln und das verräterische Wickelpapier in meinem Hosensack verstecken. Mutzi sagte zu mir: »Weißt du, Burschi, die Schwestern sind richtige Neidhammeln, die geben mir nichts Süßes. Da muss ich vorsichtig sein, damit sie mich nicht beim Lutschen erwischen!« Daraufhin zitierte ich Doktor Willfort: »Merk dir, Burschi, kein Schritt ohne Frit! Also kann des, wenn's der Herr Doktor sagt, sicher nichts Schlechtes sein. Da kannst du es ruhig essen, des Frit ist sicher gut fürs Leben!«

Als ich den Namen Dr. Willfort erwähnte, wurde Mutzi ganz ernst: »So viele Freunde und Freundinnen waren bei mir und jetzt kommt niemand mehr.« Ich tröstete sie: »Schau, Mutzi, ich bin doch bei dir und ich bin noch im Wachsen. Da hast du dann länger eine Freud mit mir!« Mutzi erwiderte, dass mir für das Schöne, das ich zu ihr gesagt hatte, ein Busserl gehörte. Doch das durfte sie mir nicht geben!

Einmal fragte Mutzi mich: »Sag, Burschi, kannst du gut lesen?« Ich war ein bisserl empört: »Na freilich, da möchte ich bei meiner Mama schön schaun, wenn ich in der dritten Volksschule nicht lesen könnte!« »Na gut, dort am Tisch liegt ein neues Buch, das ich heute von Mami bekommen habe. Es heißt ›Der Rückfall‹ und ist von Leo Slezak. Lies mir daraus bitte vor! Aber schön sprechen dabei, gelt!« Es war ein lustiges Buch. Manche Stellen im Text verlangten direkt danach, dass man beim Lesen »böhmakelt«. Das konnte ich. Das hatte ich von unserer Haustratschen, der Stodol Anna, gelernt. Also habe ich mich böhmisch ins Zeug gelegt und Mutzi hat gelacht.

Einmal sah ich zufällig Mutzis nacktes Bein. Da war kein Fleisch, kein Muskel mehr zu sehen, nur der pure Knochen. Als ich Frau Moll davon erzählte, traten der alte Frau Tränen in die Augen und sie seufzte: »Wie soll das einmal werden? Ich bin alt, auf mich kann man nicht mehr zählen und die Madame, die weiß nichts oder will nicht wissen, welche schweren Probleme Mutzis Zukunft bringen wird! Sie wird in einem Pflegeheim, allein gelassen, dahinvegetieren und kein Hahn kräht mehr nach ihr.« Auch ich weinte, dann riss ich mich zusammen und sagte: »Gnä' Frau, ich lass die Mutzi net allein, ich werde sie immer besuchen!« Darauf sagte sie: »Ach, Burschi, was weißt du, was noch alles passieren kann? Warte es ab!«

Gropius besucht Mutzi in Wien

Inzwischen bemühte sich Mutzis Papa, der Architekt Walter Gropius, hartnäckig, mehr über den Krankheitsverlauf seiner Tochter zu erfahren. Er verlangte Mutzis Arzt zu sprechen, was Alma aber verhinderte. Die Frage nach einem Arzt verwunderte mich damals. Es kam doch keiner mehr zur Mutzi. Ein Priester, der Dompfarrer Drechsler, besuchte sie alle paar Wochen und gab ihr die heilige Kommunion.

Gropius hatte seit dem Machtwechsel in Deutschland große Existenzsorgen. Obwohl er kein Jude war, wurde verhindert, dass er Aufträge bekam. In seinen Briefen an Mutzi klagte er oft, dass es für ihn zurzeit unmöglich wäre, nach Wien zu kommen. Er konnte die 1000 Reichsmark, die man zu bezahlen hatte, wenn man nach Österreich reisen wollte, nicht aufbringen. Im Juni 1934 lieh er sich das Geld von einem Freund sowie ein Auto aus und kündigte in einem Brief seine Ankunft an:

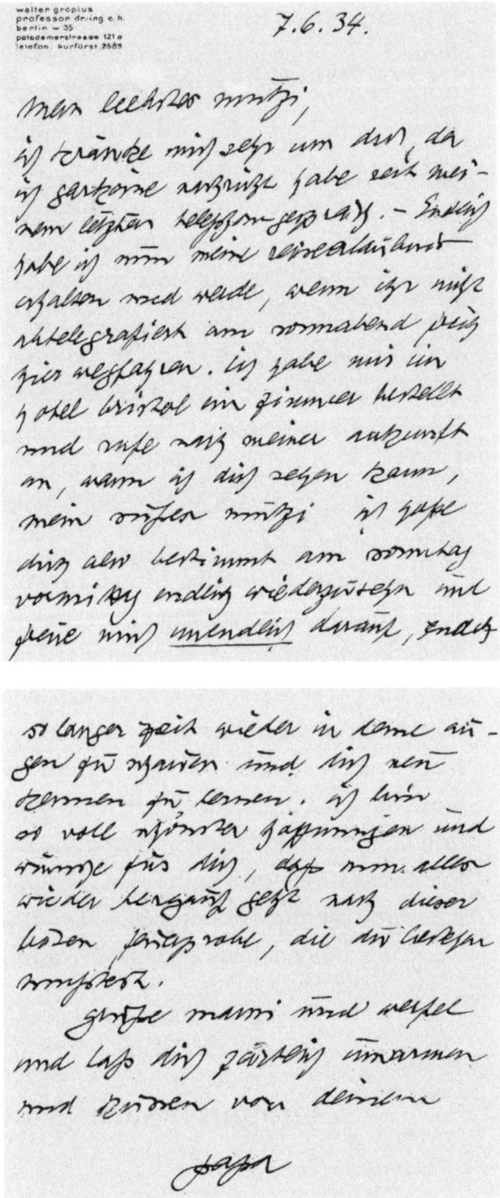

walter gropius
professor dr.-ing. e. h.
berlin w 35
potsdamerstrasse 121 a
telefon: kurfürst 2583

7.6.34.

mein liebstes mutzi,
ich kränke mich sehr um dich, da ich garkeine nachricht habe seit meinem letzten telephongespräch. – endlich habe ich nun meine einreiseerlaubnis erhalten und werde, wenn ihr nicht abtelegrafiert am sonnabend früh hier wegfahren. ich habe mir im hotel bristol ein zimmer bestellt und rufe nach meiner ankunft an, wann ich dich sehen kann, mein süsses mutzi. ich habe dich also bestimmt am sonntag vormittag endlich wiedergesehn und freue mich unendlich darauf, endlich so langer zeit wieder in deine augen zu schauen und dich neu kennen zu lernen. ich bin so voll stürmischer hoffnungen und wünsche für dich, dass nun alles wieder bergauf geht mit dieser bösen [illegible], die du liebstes [illegible].
grüsse mami und [illegible] und lass dich zärtlich umarmen und küssen von deinem
papa

»ich kränke mich sehr um dich …« – Walter Gropius an Manon, Juni 1934

7.6.1934
mein liebster mutzi,
ich kränke mich sehr um dich, da ich gar keine nachricht habe seit meinem letzten telefongespräch. – endlich habe ich nun meine reiseerlaubnis erhalten und werde, wenn ihr nicht abtelegrafiert, am sonnabend früh hier wegfahren. ich habe mir im hotel bristol ein zimmer bestellt und rufe nach meiner ankunft an, wann ich dich sehen kann, mein süßer mutzi. ich hoffe dich also bestimmt am sonntag vormittag endlich wiederzusehen und freue mich unendlich darauf, nach so langer zeit wieder in deine augen zu schauen und dich neu kennen zu lernen. ich bin so voll schönster hoffnungen und wünsche für dich, dass nun alles wieder bergauf geht, nach dieser bösen drangsal, die du leiden musstest.
grüsse mami und werfel und laß dich zärtlich umarmen und küssen von deinem papa.

Als die Nachricht von seinem Besuch eintraf, wurde Alma regelrecht hysterisch. Sie ließ Mutzis Bett in Werfels Arbeitszimmer bringen und die schönsten Bilder aufhängen. Mutzi lag schließlich wie aufgebahrt in einem Blumenmeer.

Oberschwester Ida zeigte Frau Moll Mutzis Krankenzimmer. Die alte Frau war überwältigt. »Carl, ich sage dir, auf der ganzen Welt findest du nirgends ein solch prachtvolles Krankenzimmer, wie es die Mutzi jetzt hat!« Sie bekam zur Antwort: »Das hat Alma nur deswegen gemacht, dass es den Gropius voller Staunen aus den Socken haut!«

Am 8. Juni 1934 war Walter Gropius in Wien. Alma blieb nichts anderes übrig, als ihn zum Abendessen auf die Hohe Warte einzuladen. Als Mutzis Vater zu ihr ins Zimmer trat, so erzählte Oberschwester Ida später, wusste er vor lauter Staunen nicht, was er sagen sollte. Es hatte ihn tatsächlich, wie Carl Moll es vorhergesagt hatte, bildlich aus seinen Socken gehauen. Mutzi saß wie eine Königin, entzückend hergerichtet, in einem prachtvollen Fauteuil. Mit Almas Schmuck beladen, war sie von einem Blumenmeer umgeben. Neben ihr, ebenfalls fürstlich hergerichtet, saß Mami Alma und hielt Mutzis Hand.

Doch Gropius' Besuchszeit wurde sehr verkürzt. Schon nach einer halben Stunde bat Alma ihn, sich zu verabschieden. Mit ihrem Versprechen, dass er morgen wieder kommen dürfte, fuhr er mit seinem DKW wieder ins Hotel zurück. Nach einer Woche, in der Gropius seine Tochter jeden Tag höchstens eine Stunde sehen durfte, verabschiedete er sich beim Ehepaar Moll und sprach davon, dass er neue Hoffnung geschöpft hatte und zuversichtlich sei, dass Mutzi diese Krankheit besiegen würde. Als Gropius gegangen war, schüttelte Frau Moll den Kopf: »Jetzt verstehe ich überhaupt nichts mehr, der Herr Papa ist glücklich und zuversichtlich und sein Kind ist jetzt schon ein unheilbarer Krüppel!« Darauf erwiderte Carl Moll: »Da kannst du der Alma nur gratulieren, das Schauspiel ist gelungen. Der gutgläubige Mann hat sich wieder von ihr blenden lassen.« Eines war Alma absolut geglückt: Walter Gropius war grandios über die Pflege und den Gesundheitszustand seiner Tochter getäuscht worden.

Gropius schrieb Alma nach seinem Besuch:

liebe alma
mutzis brief eben hat mich so grenzenlos gefreut, daß ich dir sagen möchte, wie glücklich ich bin, daß sie dank deiner beispiellosen pflege so gute fortschritte gemacht hat. es war mir sehr schmerzlich zu sehen, wie beladen du warst, als ich in wien war. Ich hoffe inständig, es wird weiter gut aufwärts gehen mit unserem mutzi. küsse sie.
ich grüße dich sehr

walter

Nachdem ihr Vater sie verlassen hatte, konnte sich Mutzi lange Zeit nicht beruhigen. Mir kam vor, als ob Mutzi spürte, dass sie ihren Vater nie mehr wieder sehen würde. Wenn ich Alma begegnete und sie höflich grüßte, nickte sie und ging, ohne mich eines Wortes zu würdigen, schnell weiter. Doch sie duldete meine Anwesenheit im Hause bei ihrer kranken Tochter.

Nach Gropius' Besuch kam Alma auf die Idee, Mutzi in ihrem herrlich geschmückten Krankenzimmer in das Besuchsprogramm ihrer

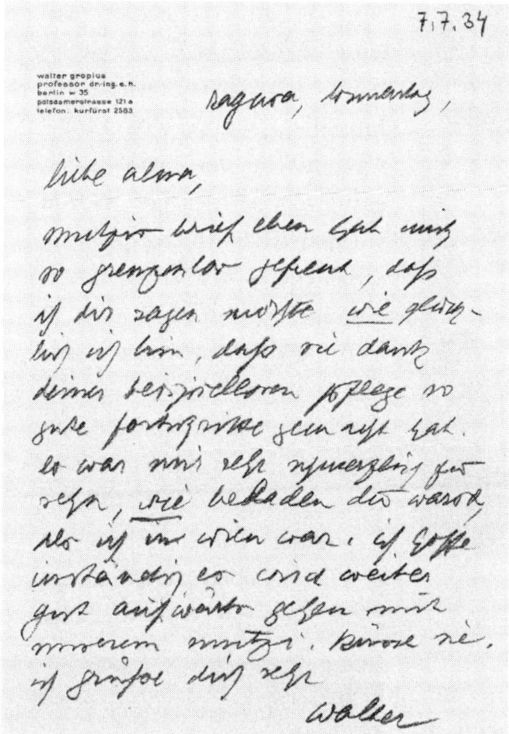

7.7.34

walter gropius
professor dr.-ing. e. h.
berlin w 35
potsdamerstrasse 121 a
telefon: kurfürst 2583

sagaro, donnerstag,

liebe alma,

mutzis brief eben hat mich so grenzenlos gefreut, dass ich dir sagen möchte wie glücklich ich bin, dass sie dank deiner beispiellosen pflege so gute fortschritte gemacht hat. es war mir sehr schmerzlich zu sehen, wie beladen du warst als ich in wien war. ich hoffe inständig es wird weiter gut aufwärts gehen mit unserem mutzi. küsse sie. ich grüsse dich sehr

walter

»...es wird weiter gut aufwärts gehen mit unserem mutzi.« – Walter Gropius an Alma Mahler-Werfel, Juli 1934

geladenen Gäste einzubeziehen. Schon die Nachmittagsbesucher mussten in Mutzis Krankenzimmer gehen, wo sie betroffen die Kranke anstarrten, was Mutzi zu der Bemerkung veranlasste: »Was starrt ihr mich so an? Ich bin doch kein Tier in Schönbrunn!« Ihr war das absolut nicht recht. Einmal sagte sie zu mir: »Burschi, schnell verschwinde, die Zirkusbesucher kommen und begaffen mich wie ihren ergebenen Clown!«

Als ihre Mutter sie mit einem Sekretär des Innenministers verlobte, hatte ich keine Gelegenheit mehr zu meinen kurzen Besuchen. Der Herr Sekretär stand am Nachmittag, immer adrett gekleidet wie ein Wachhund, an ihrem Bett, küsste den eintretenden Damen galant die Hand und spielte den idealen Bräutigam. Mutzi saß, königlich gekleidet, in ihrem goldenen Prunkstuhl, der aus dem kaiserlichen Fundus aus Schönbrunn stammte und auf dem der Überlieferung nach der französische Staatsmann Charles de Talleyrand-Périgord beim Wiener Kongress gesessen hatte, und setzte ihr freundliches Gesicht auf. Sie war zum Küssen!

Einmal hatte ich besonderes Glück. Ich hatte die Gelegenheit, Mutzi allein auf ihrem Krankenbett zu fotografieren. Es gelang mir, ihren

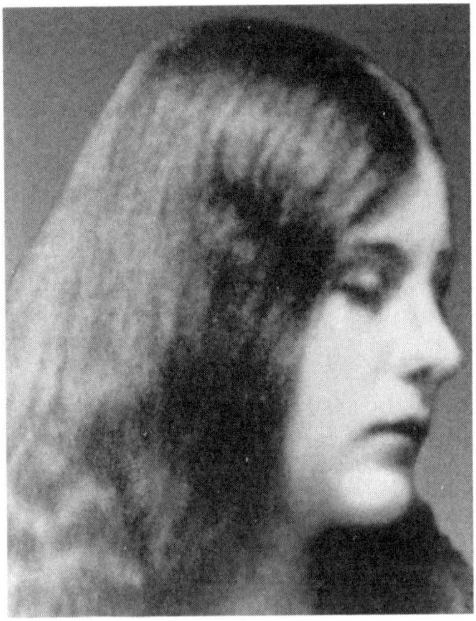

Eines der letzten Fotos von Manon Gropius

Kopf in ihrer typischen Haltung aufzunehmen, so wie sie häufig zu sehen war. Mutzi war hinreißend schön. Mein Onkel Otto machte von meinem Negativ schöne Abzüge. Davon wurden nach Mutzis Tod verschiedene Vergrößerungen hergestellt.

An jedem Wochentag wurde Mutzi vormittags von der Ambulanz abgeholt und zur Behandlung in die Rudolfstiftung gebracht. Trotz Mutzis Krankheit führte Alma ihr geselliges Leben weiter. Einige Male sah ich Mutzis Halbschwester, die Bildhauerin Anna Mahler. War das eine schöne Frau! Einmal kam sie überraschend in Mutzis Krankenzimmer und sah mich beim Krankenbett sitzen. Unwirsch sagte sie: »Was will das Kind da? Es soll rasch verschwinden!« Mutzi protestierte: »Lass ihn doch hier, das ist unser Burschi, den mag ich. Er unterhält mich! Außerdem kann er so schön vorlesen, weißt du!«

Respektvoll ging ich aus dem Zimmer – allerdings mit erhobenem Haupte.

Anna Mahler

Mutzi spricht Theater – zum ersten und zum letzten Mal

Mitte August 1934 war die Hohe Warte nach wie vor ausgestorben, denn die meisten Bewohner der umstehenden Häuser weilten noch auf Sommerfrische. Die Madame fuhr jetzt oft nach Breitenstein, wo sich Franz Werfel aufhielt, um zu arbeiten. Herr und Frau Moll waren auf Kur in Dorf Gastein. Ihr krankes Herz machte der lieben Frau Moll wieder zu schaffen. Somit war die kranke Mutzi mit ihren beiden Krankenschwestern weiterhin allein. Das soll aber nicht heißen, dass Mutzi einsam war. Jetzt konnten die Besucher zu ihr kommen, die Alma nicht so gerne gesehen hatte. Ich nutzte die Gelegenheit, besonders während der Sommerferien, die kranke Mutzi zu besuchen.

Als ich einmal zu meiner gewohnten Zeit kam, hatte Mutzi schon hohen Besuch. Als sie mich bemerkte, stellte sie mir die beiden Männer vor: »Diese beiden Herrn sind große Schauspieler. Das ist der Herr Werner Krauss und das ist der Prof. Horch. Beide sind vom Burgtheater. Wir besprechen eine Rolle, setz dich auf dein Stockerl und gib eine Ruhe!«

Zu dieser Zeit probte Werner Krauss die Rolle des »Beethoven« in dem gleichnamigen Stück von Hermann Heinz Ortner. Um Mutzi auf andere Gedanken zu bringen, trug er ihr eine Szene vor, in der es um Beethovens zunehmende Taubheit ging. Er verzweifelt am Leben und schimpft auf die Quacksalberei seines Arztes Malfatti. Krauss blätterte in einem Gedichtband von Christian Fürchtegott Gellert und las die folgende Stelle: »Die Himmel rühmen des Ewigen Ehre! Ihr Schall pflanzt seinen Namen fort.« Beethoven brüllt daraufhin seine innere Qual heraus: »Verflucht sei dein Name – mein Leben ist aus!« Werner Krauss legte an dieser

Stelle kräftig los. Doch Mutzi bezeichnete das eben Dargebotene als »Theaterdonner«.

»Was meinst du mit Theaterdonner? War diese Stelle nicht gut?«

Mutzi schüttelte den Kopf: »Bist du mir böse, wenn ich es dir vorspreche, wie ich es empfinde?«

Werner Krauss

»Jetzt hast du dazu die beste Gelegenheit. Der Horch Franzl kann da gleich mithören.«

Mutzi nahm die Hand des großen Schauspielers in ihre Hände: »Stell dir vor – da steht ein begnadeter Musiker vor dem größten Dilemma seines Lebens. Er weiß, er wird bald vollkommen taub sein. Er bekommt fürchterliche Angst, dass er seine eigene Musik nicht mehr hören kann. Kann er dann noch komponieren? Es bricht förmlich aus ihm heraus: ›Warum gerade ich? Weshalb gab mir Gott meine Begabung, wenn er sie mir gleich wieder wegnimmt?‹ Im Augenblick seiner größten Verzweiflung hört er als Antwort auf seine Anklage seine eigene Musik!«

Als Mutzi die Rolle des Beethoven sprach, wurde es im Zimmer ganz still. Sie begann: »Oh – dass mich dein Gesang aus einer Gruft zu neuem Leben weckte! – Dass du mein müdes Ohr – an deinem Herzschlag hältst! Ich weiß, der Menschen ganzes Leid leg du in meine Hände! – Aus meinem Schmerz erbaust du den Altar. (Verzückt:) Ich lobe deine Stimme! – Dein Echo – Herr – auf deiner Welt! Ich weiß: Nichts ist der Mensch – und alles, alles – bist nur du.«

Ich sah Werner Krauss und Franz Horch, dem Chefdramaturgen des Burgtheaters, an, wie sehr ihnen beim Zuhören bewusst wurde, welch große schauspielerische Begabung für alle Zeiten der Allgemeinheit verborgen bleiben musste. Nach geraumer Zeit fragte Werner Krauss Mutzi, ob die Worte des Dichters auch ihren eigenen Seelenkampf berührt hätten. Zuerst blieb Mutzi still, doch nach einer Weile antwortete sie: »Werner, du hast recht! Es war viel Wahres dran!«

Unmittelbar nach diesem Besuch hatte Werner Krauss in Döbling einen schweren Autounfall und musste die Rolle des Beethoven an Ewald Balser abgeben. Auf Anregung von Franz Horch sprach Balser bei seinen Besuchen im Hause Mahler-Werfel intensiv mit Mutzi über die Rolle des Beethoven. Publikum und Kritiker waren sich nach der Uraufführung im April 1935 einig: Ewald Balser war in der Szene, wo Beethoven gegen seine zunehmende Taubheit rebelliert, der Höhepunkt des Abends.

Carl Zuckmayer

Als Carl Zuckmayer telefonisch wieder seinen Besuch ankündigte, freute sich die kranke Mutzi auf einen lustigen Nachmittag. Wieder erzählte Zuckmayer von seinem Vorfahren, der sich beim amerikanischen Bürgerkrieg als Söldner verpflichtet und eine Indianerin geheiratet hatte. Deshalb behauptete Zuckmayer, dass er von den Indianern abstamme. Zuck, wie er genannt wurde, nannte Mutzi »Kapin«, Feuerherz. Sie rief ihn: »Nanap Varrenton«, »alter Donner«. Mit seinem Indianer-Kauderwelsch, das kein Mensch verstand, führte er mit jedem Anwesenden Gespräche. Dazu tanzte er leidenschaftlich indianische Liebestänze. Damit brachte er die Anwesenden zum Lachen und Mutzi war selig. Zuckmayers Besuch machte Mutzi glücklich und ließ sie alle ihre Leiden vergessen.

Zuckmayers Begeisterung für Indianer ging so weit, dass er seine Tochter Winnetou nannte. Als der Standesbeamte den Namen von Maria Winnetou Zuckmayer in das Taufregister eintragen wollte, stutzte er. »Herr Zuckmayer, was soll der Name Winnetou, den hat sich bisher niemand gewünscht! Ich habe ihn auch noch nie gehört!« Zuckmayer tat überrascht. »Aber das gibt es doch nicht! Sie haben von dem schottischen Heiligen St. Winnetou nichts gehört? Er ist doch der Heilige, der für das Reifen des Whiskys zuständig ist!« Darauf antwortete der Standesbeamte: »Ich kenne keine Heiligen. Ich bin Protestant. Aber trinken mag ich ihn schon, den Whisky.«

Zuckmayer unterschrieb alle Briefe an Mutzi immer mit »Dein älterer Bruder, der immer an Dich denkt!« Da Mutzi Schlangen liebte, schickte ihr Zuck als Totem die Haut einer Klapperschlange. Sie hatte die Haut, so behauptete er, vor seinen Augen abgestreift, die dann einige Jahre in seinem »Wigwam« hing. Leider hatte ein bleichgesichtiges Hausmädchen beim Abstauben die Schlangenhaut in zwei Teile geteilt. Kopf und Schwanzende seien aber noch gut erhalten, schrieb er ihr.

Inzwischen hatte sich Mutzis Krankheit stabilisiert. Jedes Mal, wenn sie mit dem Krankenwagen zur Behandlung in das Rudolfinerkrankenhaus fuhr, war ihr Gesicht vollkommen weiß geschminkt. Sie sah wie ein Clown aus. Warum man das mit Mutzi machte, war mir ein Rätsel. Wenn sie dann wieder nach Hause kam, wurde diese weiße Farbe mit Mühe wieder abgewaschen. Doch alle Behandlungen nützten nichts, das schöne Mädchen blieb von der Brust abwärts gelähmt.

Gegen Ende des Jahres 1934 bekam Mutzi interessante Besuche sehr prominenter Gäste. Da durfte ich mich nicht in Szene setzen und hielt mich meistens bei der kranken Frau Moll auf, die körperlich immer schwächer wurde. Auch Mutzi hatte sich stark verändert. Sie lag in ihrem Bett und war zauberhaft anzusehen. Wer sie jedoch besser kannte, bemerkte an ihr eine Veränderung. Ich möchte sagen, sie war in sich verschlossen, wirkte auf mich fast verklärt.

Alma war in ihrem Element und ganz die fürsorgliche Mutter. Sie erzählte jedem, dass sie eine riesige Freude hatte, weil Mutzi ihre große Zehe bewegen konnte. Jeder ihrer Gäste gab seiner Hoffnung Ausdruck, dass es zu diesem Zeitpunkt mit Mutzis Genesung aufwärts gehen würde. Ich konnte diesen Optimismus nicht teilen.

Mit meiner Autogrammsammlung sah es jetzt nicht gut aus. Ich ging auch der Madame aus dem Weg, nachdem sie einmal nach meinem Besuch bei Mutzi sehr unfreundlich zu mir gewesen war. Dadurch kam ich an ihre prominenten Besucher nicht mehr so leicht heran. Manchmal hatte ich Glück und sie besuchten auch Frau Moll. Einmal kam der holländische Dirigent Willem Mengelberg, ein großer Bewunderer von Gustav Mahler, der mir ein Autogramm schenkte.

Unter den Besuchern waren 1935 auch viele politische Gäste. Ein besonderer Gast war Bundeskanzler Kurt von Schuschnigg. Wenn er zu Alma auf Besuch kam, gab es rund um ihre Villa eine Polizeisperre. Kein Besucher durfte ohne Einladung das Haus betreten. Ich hatte mir damals im Stillen dennoch vorgenommen, vom Herrn Bundeskanzler trotz strenger Bewachung ein Autogramm zu bekommen.

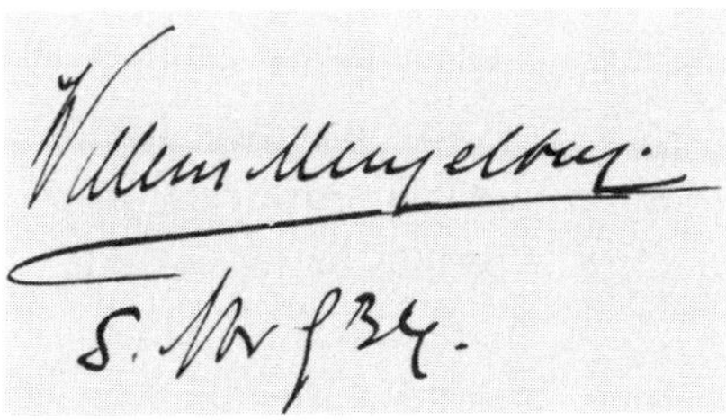
Willem Mengelbergs Autogramm

Einmal gab es vor der Villa einen großen Menschenauflauf. Die Polizisten waren äußerst nervös. Plötzlich stand Schuschnigg direkt neben mir und ich bat ihn schnell um ein Autogramm. Er wollte schon schreiben, als mich zwei seiner Bewacher packten und mit den Worten »Schleich dich, Spule!« mit Schwung in das nächste Gebüsch beförderten. Notizblock und Papier warfen sie mir nach. Ich hörte noch, wie der Bundeskanzler sagte: »War das notwendig?«

Mittlerweile ordnete Alma an, dass mich Mutzis zwei Krankenschwestern nicht mehr zu ihr vorlassen durften. Mutzi saß nur mehr in einem Rollstuhl. Wenn Gesellschaft anwesend war, wurde sie von einer Krankenschwester feierlich vorgeführt, man wechselte einige Worte mit ihr, wünschte ihr baldige Genesung und auf Almas Zeichen wurde sie wieder hinausgeführt. Oliver Hilmes beschrieb diese Szene in seinem Buch »Witwe im Wahn« äußerst realistisch: »Manons Leiden wurden zelebriert und die Kranke wie eine Monstranz zur Schau gestellt!«

Einmal hatte ich noch Gelegenheit, mit Mutzi zu sprechen. An einem Märztag 1935 saß Mutzi in ihrem Rollstuhl mit Frau Moll im Garten in der Sonne. Als beide mich erblickten, winkten sie mir zu, zu ihnen zu kommen. Mutzi rief: »Burschi, kannst ruhig kommen. Heute sind alle ausgeflogen. Nur die Großmami passt auf mich auf!« Hocherfreut setzte ich mich auf einem kleinen Hocker zu ihr und Mutzi begann, mit mir zu plaudern. »Du gehst mir ab, denn keiner kann den Wilhelm Busch so schön vorlesen wie du!« Früher hätten mir Mutzis Worte Freude bereitet, doch dieses Mal wurde mir ganz schwer ums Herz. Wo war ihr Lächeln, das ihrem schönen Gesicht einen fröhlichen Ausdruck gegeben hatte? Sie sah unglücklich und sehr traurig aus. Da sagte sie zu mir: »Du, Burschi, ich will dir schon lange etwas geben. Ein kleines Andenken, das nur uns beide etwas sagt. Voriges Jahr hat mich Franz Lehár besucht und mir seine Plakette geschenkt. Ich habe kein anderes Geschenk für dich. Wenn dir diese Plakette später einmal in die Hände fällt, wirst du vielleicht darüber lächeln, aber ich bin sicher, du wirst dabei auch an mich denken!«

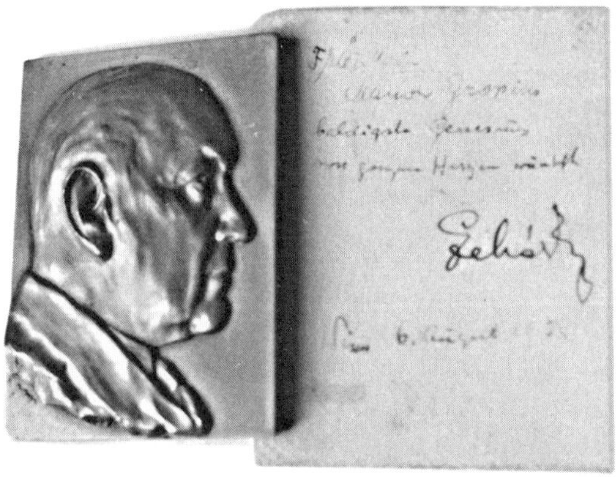

Die Lehár-Plakette, ein Geschenk von Mutzi

Damals lächelte ich nicht, ich heulte nur mehr. Aber auch Großmutter und Enkelin hatten Tränen in den Augen. Daraufhin habe ich mich rasch verabschiedet. Das war mein letzter Besuch bei Mutzi. Ich habe sie nie mehr lebend gesehen. In all den langen Jahren meines Lebens ist so manches verschwunden und verschollen, doch Mutzis Geschenk, die Lehár-Plakette, besitze ich immer noch.

Mutzi stirbt und ich erlebe ihr Begräbnis

Zu Ostern 1935 war das Wetter alles andere als schön und es gab wenig Sonne. In der Karwoche kam Almas Neffe Willy Legler zu meiner Mutter und fragte sie, ob ich die Frau Moll besuchen könnte. Die alte Frau sei durch die Pflege ihres grippekranken Mannes total erschöpft. Es würde sie freuen, wenn der Burschi sie besuchen käme.

Als Carl Moll im Jahr davor schon an Grippe erkrankt war, hatte ich, um Frau Moll etwas aufzuheitern, ihr laut einen Vers von Wilhelm Busch aufgesagt:

Viel lieber möcht' ich Möbelwagen laden,
als einen grippekranken Mann zu pflegen!
Nein, eher möcht ich einen alten Jagdhund baden
und ihn zum Trocknen in die Betten legen,
als einen grippekranken Mann zu pflegen.

Herr Moll hatte mir damals seine Hausschuhe nachgeworfen.

Am Karfreitag Nachmittag besuchte ich Frau Moll. Schon vor der Haustüre konnte man das Gezeter des kranken Malers hören. Beim Eintreten sah ich ihn im Wohnzimmer auf dem Sofa liegen, Kopf und Hals eingebunden, am Tischchen Medikamente, auf der Decke lagen Zeitungen und Bücher und er selbst nörgelte herum. Frau Moll saß völlig erschöpft bei Tisch. Ich begrüßte den Kranken: »Herr Moll, soll ich Ihnen vielleicht das lustige Gedicht vom Wilhelm Busch über den grippekranken Mann aufsagen?« Während Frau Moll darüber lachte, grantelte der Kranke: »Bua – sag's ja net auf, sonst schmeiß ich dich raus!« Doch er lächelte dabei. Nach den üblichen Besorgungen in Grinzing plauderte ich mit Frau Moll. Plötzlich wurde die Türe aufgerissen und eine weinende Oberschwester Schulli stürzte herein: »Die arme Mutzi ist schon wieder schwerkrank. Sie bekommt keine Luft und dauernd erbricht sie. Es ist furchtbar! Die Madame ist dem Wahnsinn nahe. Eben ist der Professor Hermann Pölzl bei ihr und versucht zu helfen. Wir wissen uns keinen Rat mehr!«

Nachdem ich am Karsamstag in der Weinhauser Kirche meinen Dienst am heiligen Grab geleistet hatte, bat ich meine Mama um Erlaubnis, wieder auf die Hohe Warte fahren zu dürfen, weil ich mir wegen Mutzi große Sorgen machte. Als ich beim Moll-Haus ankam, sah ich bereits weinende Menschen. Schulli erzählte unter Tränen, dass das arme Mädchen am Morgen nicht mehr sprechen und schlucken konnte. Dazu kam wieder heftiges Erbrechen. Sie habe deshalb neuerlich Prof. Pölzl geholt, der Mutzi ein herzstärkendes Mittel gegeben hatte. Während wir alle voller Hoffen und Bangen da saßen, kam Franz Werfel herein und berichtete uns, dass Mutzis Sprech- und Schluckbeschwerden langsam, aber doch verschwunden seien. Zuversichtlich fuhr ich mit der Straßenbahn nach Hause.

Am nächsten Tag, Ostersonntag, ministrierte ich beim feierlichen Hochamt in der Weinhauser Kirche. Das Hochamt war um 11 Uhr aus. Ohne Mittagessen machte ich mich aus Sorge um Mutzi zu ihr auf den Weg.

Frau Moll empfing mich mit den Worten: »Burschi, Mutzis Zustand hat sich wieder verschlechtert! Sie hat jetzt hohes Fieber und hat von sich aus nach dem Priester Hollnsteiner verlangt. Der ist zurzeit im Stift Sankt Florian. Er ist von dort mit dem Auto hergefahren. Vor einer Stunde ist er angekommen und weißt du, was Mutzi zu ihm gesagt hat: ›Wie schön, dass du gekommen bist, Holli. Jetzt kann mir nichts mehr geschehen.‹« Das klang alles nicht optimistisch. Von Schulli erfuhren wir, dass Professor Pölzl noch sechs weitere Spezialisten an Mutzis Krankenbett gerufen hatte. Mit verschiedenen ärztlichen Möglichkeiten versuchte man vergeblich Mutzis hohes Fieber zu senken.

Franz Werfel war mit Alma im Nebenzimmer, beide völlig verzweifelt. Ich machte mich nützlich und holte die Medikamente für den stark fiebernden Moll und nervenberuhigende Medikamente für alle Anwesenden. Da die Apotheke in Grinzing wegen der Feiertage geschlossen war, musste ich die Medikamente aus der Marienapotheke in der Währingerstraße holen. Mit dem Taxi – zum ersten Mal in meinem Leben – fuhr ich mit damit auf die Hohe Warte. Es war nach 8 Uhr abends. Als ich ankam, hatten die Ärzte Mutzi bereits aufgegeben.

Als ich am Ostermontag wiederkam, herrschte tiefste Traurigkeit. Mutzi hatte Vergiftungserscheinungen bekommen, die zu einer Darmlähmung geführt hatten. Schulli erzählte uns, Hollnsteiner hätte ihr bereits die letzte Ölung gegeben. Langsam schwanden ihre Kräfte. Gegen halb ein Uhr kam Dr. Hollnsteiner zu Frau Moll und holte mich ab. Wir gingen hinunter zur Heiligenstädter Pfarrkirche, wo er an einem Seitenaltar die heilige Messe las und ich dabei ministrierte. Als wir um 14 Uhr von der Messe zurückkamen, erwartete man jeden Augenblick Mutzis Ende. Ich blieb bei Frau Moll. Mutzi ist am Ostermontag 1935 um halb 3 Uhr gestorben.

Nach einer Weile kam Hollnsteiner wieder. Er wollte als Priester neben der Toten das Tumbagebet sprechen und ersuchte mich um Unterstützung. Das seien Wechselgebete, die ich aus der Liturgie sicherlich kenne. Ob ich mir das zutraue? Ich entgegnete: »Wenn mich die gnädige Frau sieht, wirft sie mich raus!« »Komm nur«, sagte Hollnsteiner, »zurzeit ist Mutzi ganz allein. Außerdem müssen wir schnell sein, weil Anna Mahler die Totenmaske abnehmen will!«

Als wir ins Sterbezimmer kamen, deutete mir Hollnsteiner, ganz leise zu sein. Wir waren allein. Nur die tote Mutzi lag friedlich in ihrem Bett. Wir zündeten zwei Kerzen an und Hollnsteiner begann zu beten. Weil er öfter heftig weinte, musste er häufig das Gebet unterbrechen. Als er die Tote segnete, weinten wir beide. Mit »Herr, gib ihr die ewige Ruhe« beendete er die Zeremonie.

Draußen wartete ungeduldig Anna Mahler, um den friedlichen Gesichtsausdruck der toten Mutzi in Gips festzuhalten. Bei dieser

Tätigkeit war ich nicht dabei. Anna erzählte später, wie schwer ihr diese Arbeit gefallen war. Später hörte ich jemanden sagen, dass Mutzis Totenmaske schöner sei als die Totenmaske der »Unbekannten aus der Seine«.

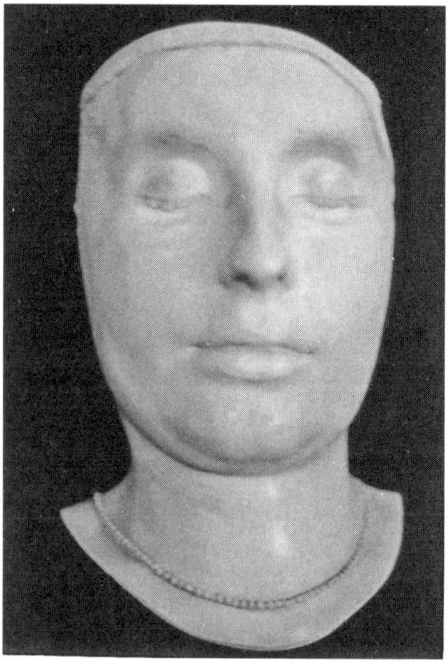

Manon Gropius' Totenmaske, angefertigt von Anna Mahler

Zwei Jahre später beschloss Alma mit ihren ganzen Habseligkeiten aus diesem »Totenhaus«, wie sie es nannte, ausziehen. Monate lang packten Schulli und Willy Legler Almas kostbare Autografen, Briefe und Antiquitäten in Blechkisten, die dann bei verschiedenen Spediteuren eingelagert wurden.

Ende 1937 waren sie damit fertig. Wie sich dann im März 1938 herausstellte, war das gerade noch zur rechten Zeit. Damals besuchte ich immer noch Frau Moll. Sie war inzwischen linksseitig gelähmt und ich versuchte, sie durch meine Gesellschaft aufzuheitern. Eines Tages fand ich im Gartenhaus, versteckt in einer Schachtel, Mutzis Totenmaske. Ich zeigte meinen Fund Frau Moll. »Nimm sie zu dir, sonst wirft man sie noch weg!« 1993 übergab ich die Maske der Nationalbibliothek, wo sie sich heute befindet.

In der Pfarre Weinhaus war es üblich, wenn ein Bürger dieser Pfarre starb, dass er vom Priester, dem Mesner und einem Ministranten zu Grabe begleitet wurde, ganz gleich, auf welchen Friedhof das Begräbnis stattfand. Am 24. April 1935 begrub man ein Mitglied der Weinhauser Pfarrgemeinde am Grinzinger Friedhof. Man hatte mich dazu eingeteilt, den Verstorbenen mit unserem Mesner, den

Priester Masopust, nach der feierlichen Einsegnung zum Grab zu begleiten. Das Begräbnis begann um 15 Uhr.

Ich war im weißen Rochett und trug das Kreuz. Im Nu war ich von Menschenmassen eingeschlossen und konnte weder vor noch zurück. Da bemerkte ich, dass der Kirchendiener der Heiligenstädter Pfarre versuchte, mir mit dem Kreuz Platz zu verschaffen. Das Grab lag ungefähr in gleicher Höhe wie das von Gustav Mahler. Der Kirchendiener und ich fürchteten, dass uns die drängenden Menschenmassen in das offene Grab stoßen würden. Inzwischen war die Zahl der Menschen enorm gewachsen. Wo man hinsah, überall drängten sich Menschen. Von der Aufbahrungshalle bis zum Grab waren es höchstens 70 Meter, eine Strecke, die man bequem in fünf Minuten gehen konnte. Doch der Leichenzug kam nur mühsam vorwärts und hatte nach einer halben Stunde erst die Hälfte des Weges zum Grab erreicht. Plötzlich sah ich den Priester im weißen Talar – es war Hollnsteiner. Da wusste ich, dass es Mutzis Begräbnis war.

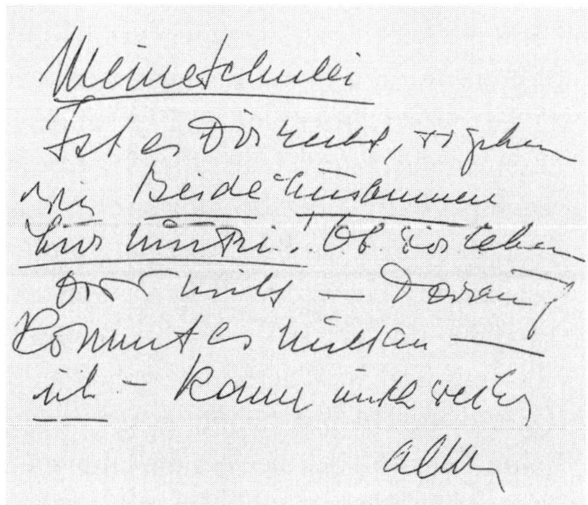
Meine Schulli
Ist es Dir recht, so gehen wir Beide zusammen hinunter! Ob ich leben will – darauf kommt es nicht an – ich – kann nicht weiter –
Alma

»ich – kann nicht weiter« – Alma Mahler-Werfel an Ida Gebauer

Als der Sarg auf dem Grabgestell stand, formierte sich die Trauergemeinde. Am offenen Grab stand Hollnsteiner und hinter ihm sah ich Anna Mahler, Franz Werfel und Ida Gebauer. Von Alma Mahler-Werfel war keine Spur zu sehen. Für sie war mit Mutzis Tod eine Welt zusammengebrochen und in ihrer Verzweiflung schickte Alma Schulli einen Zettel:

Meine Schulli
Ist es Dir recht, so gehen wir Beide zusammen zur Mutzi! Ob wir leben oder nicht – Darauf kommt es nicht an – ich – kann nicht weiter

Alma

Dr. Hollnsteiner hielt an Mutzis offenem Grab mit sehr bewegter Stimme seine Abschiedsrede: »Liebe Mutzi, wie eine wunderschöne Blume bist du erblüht. Rein wie ein Engel gingst du durch die Welt. Vielen warst du Freude und Liebe, denen du am nächsten warst, Sonnenschein und Lebensfreude. Ein Jahr schweren Leidens hat dich zur Reife gebracht, sodass von dir, wie von kaum einem anderen Menschen, das Bibelwort galt: ›Früh vollendet, hat sie viele Jahre erreicht.‹ Du warst reif! So hat dich der Herr, an den du glaubtest und den du liebtest, der dir Stütze und Hilfe war, in dem Jahr des Leidens und Reifens hinübergeholt in sein Reich. Du bist nicht gestorben. Du bist heimgegangen, mit offenem Blick, das Auge ohne Leid und Schmerzen, die Lippen umspielt von deinem dir eigenen Lächeln, das uns allen so bekannt war.

Am Fest der Liebe und der Auferstehung hat dich der göttliche Bezwinger von Not und Tod heimgeholt in sein Reich, von dem es heißt: ›Kein Auge hat es gesehen und kein Ohr hat es gehört, was Gott denen bereitet, die ihn lieben.‹ Zum Zeichen der Verbundenheit mit dir wollen wir gemeinsam beten.«

Als ich am folgenden Wochenende die alte Frau Moll besuchte, begegnete ich ganz kurz Alma und Franz Werfel. Ich erschrak darüber, wie sehr die beiden gealtert waren. Carl Moll fuhr danach mit seiner Frau zur dringend nötigen Erholung nach Bad Gastein. Ich kam danach erst wieder zu Besuch, als Frau Moll Ende Juni 1935 zurückgekehrt war.

Da gab es wieder eine Todesnachricht. Der langjährige Freund der Molls, Julius Meier-Graefe, war am 6. Juni 1935 in Saint Cyr sur Mer an Tuberkulose gestorben. Für ihn hatte Carl Moll immer sein Atelier geräumt, um ihm einen schönen Schlafplatz herzurichten.

Dadurch wurden ihre Gespräche und Zusammenkünfte nicht wegen einer Unterkunft in einem entfernt liegenden Hotel unterbrochen. Außerdem kam es vor, dass beiden der Genuss von Rotwein während ihrer stundenlangen Unterhaltungen etwas stärker zusetzte. Frau Moll hielt sich zu diesem Zeitpunkt meistens auf Kur auf.

Noch ein weiterer Freund der Familie Moll starb 1935. Alfred Roller hatte für Gustav Mahler und die Wiener Hofoper viele bedeutende Bühnenbilder hergestellt. Seine Bühnenbilder von »Tristan und Isolde« und »Fidelio« schrieben Kunstgeschichte. Ihn betrauerte Frau Moll sehr.

Unmittelbar nach Mutzis Tod verließ Alma gemeinsam mit Werfel fluchtartig die Hohe Warte und beide reisten nach Florenz. Es sah aus, als ob sie vor sich selber flüchten wollten. Werfel litt unter schweren Herzstörungen und Alma hatte in ihren Knien eine beginnende Arthritis.

Anfang Juli 1935 begannen meine Sommerferien und ich machte mich bei Frau Moll nützlich. Eines Tages kam ich mit Besorgungen aus Grinzing zurück. Als ich die Lebensmittel in der Küche abstellte, hörte ich aus dem Zimmer nebenan mehrere Stimmen. Eine Stimme kam mir sofort bekannt vor – Alma war wieder hier.

Ich sah ins Zimmer und sah Alma, Werfel, Hollnsteiner, Schulli und Frau Moll. Alma ging wie ein Raubtier im Zimmer auf und ab. Sie sagte: »Es ist zu dumm, aber das Haus muss weg – um jeden Preis!« Zu Schulli meinte sie: »Sobald als möglich gehst du zur Frau Dr. Merstinger und sagst ihr, sie soll uns eine neue Wohnung suchen. Möglichst am Ring.« Hollnsteiner beruhigte: »Die Zeit ist gütig, sie lindert alle Schmerzen. Warte ab und übereile nichts!«

Jetzt folgte ein Stimmengewirr und alle redeten durcheinander. Diese Gelegenheit nützte ich, um das Haus zu verlassen und von außen durch das offene Fenster zu schauen. Es ging nach außen auf und hatte einen kleinen Vorhang. Dadurch konnte man mich von innen nicht sehen. Plötzlich kam Alma zum Fenster, sah hinaus und blieb eine geraume Zeit so stehen. Ich konnte sie jetzt genau beobachten und erschrak. Am Fenster stand eine verhärmte, alte Frau. Als sie wieder ins Zimmer zurücktrat, sah ich auch Franz Werfels aufgeblähtes Gesicht, wie immer rauchte er. Alma schimpfte mit ihm wegen seiner Herzstörungen: »Aber er raucht wieder wie ein Schlot.« Er gab ihr zur Antwort: »Ein Schlot ist nur etwas wert, wenn er raucht!« Ich mochte Werfels pointierte Antworten sehr, baute sie umgehend in meine jugendliche Umgangssprache ein und brillierte damit vor meinen Schulkameraden.

Ende Juni 1935 war ich als Ministrant wieder bei einem Begräbnis am Grinzinger Friedhof. Bei dieser Gelegenheit wollte ich Mutzis Grab besuchen. Ihr Grab lag im alten Friedhofstrakt. Von Weitem schon sah ich den riesigen Stoß verwelkter Kränze und beim Näherkommen den völlig verwahrlosten Zustand dieses Grabes. Nach Mutzis Begräbnis hatte ich in den Zeitungen gelesen, dass die Kränze am Grab übereinandergeschichtet drei Meter hoch waren. Als ich jetzt vor diesem verwelkten Kränzeturm stand, hatte ich Angst, dass alles auf mich herunterfallen könnte, denn die Erde über dem Grab war stark eingefallen. Allerhand Unrat hatte man da hineingeworfen.

Da hörte ich, wie zwei Frauen miteinander sprachen: »Da schaun S' her, so san die Reichen! Wie eine Königin hab's des Madl begraben, jetzt schaut des Grab wie a Mistg'stätten aus. Nicht einmal am Friedhof der Namenlosen find ma so ein Grab – da kann ma nur sagen: ›Pfui Teufel‹!« Ich hatte daraufhin nur einen Gedanken: »Ich muss das ändern! Aber wie? Wenn ich nur wüsst, was ich machen soll?« Auf der Hohen Warte war zurzeit niemand. Alma und Werfel weilten in Italien, Herr und Frau Moll irgendwo in Deutschland.

Gleich beim Friedhofseingang war die Kanzlei. Als ich dort stand und angestrengt nachdachte, sah ich einen Polizist die Langen Lüssen heraufkommen. Der Herr Wachmann musste mir helfen! Ich lief ihm entgegen und erzählte ihm von meinem Plan. Der Polizist war bei Mutzis Begräbnis in der unfassbaren Menschenmenge dabei gewesen. Er erklärte sich sofort bereit zu helfen. Darauf ich: »Herr Inspektor, wir machen des amtlich. Gehen Sie mit mir in die Kanzlei!« So war es dann auch. Nach vierzehn Tagen war Mutzis Grab von den verwelkten Kränzen befreit, man hatte die Erde aufgeschüttet und Gras gesät. Nun gab es einen Grabhügel, doch weiterhin wusste niemand, wer in diesem Grab lag.

Ida erzählte Frau Moll, dass sie Alma in Breitenstein berichtet hatte, wie Mutzis Grab am Grinzinger Friedhof nun aussah. Daraufhin wurde Alma ungehalten und keifte: »Was soll ich mit Mutzis Grab, wo sie doch gar nicht mehr drin ist? Sie ist ganz woanders!« Dann wechselte Alma sofort das Thema. Es ging um Mutzis Katze, die Alma Schulli geschenkt hatte. Alma beklagte sich darüber, dass Schulli der Katze Zärtlichkeiten gab, die eigentlich ihr, Alma, zustünden. Auf Schullis Ratlosigkeit hin sagte Alma, dass es auch Mutzi wichtiger wäre, dass sie mit ihr, Alma, lieb wäre, anstatt mit diesem Tier.

Manons Grab, um 1960

Schulli flüchtete nach Almas Gefühlsausbruch aus Breitenstein. Am nächsten Tag bekam Schulli von Alma einen Eilbrief: »Sei wieder unser alles geliebtes Schwesterl und komme zu uns. Nicht weil ich Hilfe brauche – Nein – weil ich dich liebe, Deine Alma.« Fünfundzwanzig Jahre lang gehörte Mutzis Grab zu den verwahrlosesten Gräbern des Grinzinger Friedhofes. Erst 1960, als Schulli Gropius in einem Brief schilderte, wie armselig Mutzis Grab aussah, ließ er es mit Steinen einfassen. Außerdem bestellte er in Wien einen Dreifaltigkeitsstein mit Mutzis Lebensdaten, womit sie endlich eine würdige Grabstätte erhielt. Wenn Schulli in der Folge die Pflege von Mutzis Grab nicht von sich aus übernommen und bezahlt hätte, wäre dort alles verwachsen. Als im Februar 1965 Almas Leichnam in Manons Grab beigesetzt wurde, fertigte Anna Mahler eine fast zwei Meter große Gedenkplatte an. Erst 1977 ist es mir gelungen, die Stadt Wien auf Almas Grab aufmerksam zu machen. Seitdem übernimmt sie die Grabpflege.

Der Tod Alban Bergs

Ende 1935 reisten Alma und Franz Werfel nach New York. Schulli berichtete häufig von Almas verzweifelten Briefen aus Amerika. Sie konnte Mutzis Tod nicht verkraften. Werfels Theaterstück »Der Weg der Verheißung« machte ihm große Sorgen, denn eine schlechte Kalkulation der Kosten und Geldknappheit verzögerten die New Yorker Aufführung. Schließlich unterbrach Werfel die nutzlose Wartezeit und fuhr mit Alma zurück nach Wien.

Das Jahr 1935 endete mit einem weiteren Verlust in Almas engstem Freundeskreis. Am 24. Dezember 1935 starb Alban Berg im Rudolfsspital in Wien.

Frau Moll erzählte, dass ihn Mutzis Tod besonders schwer getroffen hatte. In einem Beileidsschreiben hatte er Alma um ihr Einverständnis gebeten, sein Violinkonzert mit dem Untertitel »Im Gedenken an einen Engel« Mutzi widmen zu dürfen, worüber Alma sehr glücklich war. In seinem letzten Lebensjahr litt Alban Berg unter großer finanzieller Not und seinem schlechten Gesundheitszustand. Nach seinem Tod nahm Anna Mahler ihm in der Totenkammer des Spitals die Totenmaske ab.

Als Alma noch in New York vom Tod Alban Bergs erfuhr, schrieb sie an Schulli: »Wenn ich schon erstaunt bin, dass ich nach Mutzis Tod weiterleben kann, so muss ich 1000 Mal mehr darüber staunen, dass Helene Berg weiterleben kann. Was soll aus ihr werden? Sie hat nichts mehr auf der Welt.« In ihrem langen Leben – Helene wurde 92 Jahre alt – opferte sie sich vollständig für das Lebenswerk ihres Mannes auf und lebte sehr bescheiden. Schulli war mit Helene Berg bis zu deren Tod eng befreundet. Es war immer sehr unterhaltsam, wenn Schulli während ihrer Besuche bei Frau Moll von ihrer Furcht erzählte, bei Helene Berg zum Essen eingeladen zu werden, denn sie kochte nach einem elenden Sparprogramm. Die Gerichte waren undefinierbar. Man musste dieser Frau sehr gewogen sein, um ihren »Schmorbraten« auch nur anzurühren. Wenn Schulli sie fragte: »Was kochst du heute?«, lautete ihre Antwort immer: »Schmorbraten.« »Aber den hast du doch erst gestern gehabt!« »Ich weiß, aber seit ich für Alban nicht mehr kochen muss, esse ich nur noch Schmorbraten. Wieso? – hat er dir nicht geschmeckt?« Helene war in ihrer Redensart entwaffnend. Sie war eine wunderliche, in sich versponnene Frau, wog höchstens 40 Kilogramm und trug immer nur schwarze Kleider.

Einmal sah ich diese winzige kleine Frau im Konzerthaus. Ein Mann ging auf sie zu, stellte sich als Dr. Glück vor und erzählte, er hätte ihren Mann Alban Berg sehr gut gekannt. Frau Berg sah ihn länger an und sagte dann: »Ja, richtig, Alban hat mir erst gestern von Ihnen erzählt!« Dann gab sie ihm die Hand und verschwand. In der Nazizeit setzte das Regime Helene Berg sehr zu. Als Schulli von der Gestapo mit Nachdruck über den Verbleib von Almas Besitz befragt wurde, war sie oft sehr verzweifelt. Doch sie fand bei Helene Berg immer Zuspruch und Trost. Ihr Lieblingssatz war: »Schulli, die Nazis werfen uns zwei nicht um. Wir halten die Stellung für die nächste Generation.« Am 30. August 1976 starb sie und wurde am Hietzinger Friedhof neben ihrem Mann begraben.

Auf der Hohen Warte geht langsam alles zu Ende

Das ganze Jahr 1936 waren Werfel und Alma nicht mehr auf der Hohen Warte zu sehen. Ihr Aufenthalt in Amerika war mehr oder weniger erfolgreich gewesen. Auf der einen Seite machte Werfels Roman »Die vierzig Tage des Musa Dagh« ihn in New York ungemein berühmt. Das von Geoffrey Dunlop in nur vier Monaten ins Englische übersetzte Buch wurde mit 125 000 verkauften Büchern ein großer Erfolg. Es wurde zum »Buch des Monats« gewählt und war in kürzester Zeit vergriffen. Werfel wurde enthusiastisch gefeiert und von der armenischen Gemeinde in New York als Ehrengast zum Weihnachtsgottesdienst eingeladen. Bei der Predigt sprach der armenische Geistliche die berühmten Worte: »Wir waren eine Nation, doch Franz Werfel hat uns eine Seele gegeben.«

Alma schrieb damals an Schulli: »Werfel lebt hier in einer Wolke voller Liebe. Ich sollte ihm dabei eine Kameradin sein und bin nichts weiter als eine ungeweinte Träne!«

Frau Moll litt an den Folgen ihres Oberschenkelhalsbruchs. Nur äußerst mühevoll konnte sie sich fortbewegen. In dieser Zeit besuchte ich die alte Frau, sooft ich konnte. Frau Moll erzählte mir viel über all die bedeutenden Persönlichkeiten, die sie aus nächster Nähe erlebt hatte: Über ihren ersten Ehemann Emil Jakob Schindler, einen »griechischen« Schöngeist und einen wunderbareren Vater und Maler; über Johannes Brahms; über Gustav Mahler, der mit all seinen Problemen nicht zu seiner Frau Alma, sondern zu ihr gekommen war und für den sie immer das Mammele war; über Walter Gropius, den Frau Moll in den höchsten Tönen lobte; über den liebestollen Oskar Kokoschka und seine öffentlichen Schauspiele sowie über Franz Werfel, den »brennenden Selbstmörder«, wie sie ihn immer nannte.

Ich hörte gespannt zu, wenn mir diese liebenswerte alte Frau ihre Erlebnisse erzählte, und zu Hause wartete meine Mama schon darauf, diese Erlebnisse von mir nacherzählt zu bekommen. Dann holte sie ein Heft und meinte: »So, und jetzt schreibst du all das, was du heute von der Frau Moll gehört hast, auf. Das ist eine gute Übung für dein Gedächtnis.« Auf diese Weise entstanden viele Schreibhefte, vollgeschrieben mit all dem Erlebten.

Oberschwester Ida wiederum erzählte mir alles, das sie über Alma und Werfel wusste. Schulli berichtete von einem Brief, in dem ihr Alma kürzlich klagte, dass nach diesem schrecklichen Jahr der Prüfung alles an ihr kaputt sei. Sie und Werfel würden im Juni 1936 zurückkommen, aber außer Hollnsteiner sollte das niemand wissen. Vor ihm hätte sie kein Geheimnis, er sei ihr Halt, sowie Mutzi es am Ostersonntag so schön gesagt hatte. »Wie er der Ihre war, ist er der Unsrige.«

Ida Gebauer, Carl und Anna Moll, 1937 von Erich Rietenauer fotografiert

Schulli berichtete auch, dass Werfel sehr gealtert sei und ihm sein Herz immer mehr zu schaffen machte. Außerdem kam er mit seiner Arbeit nicht weiter. Er wollte seiner Stieftochter ein literarisches Denkmal setzen und hatte sich dafür zwei Titel überlegt, »Fürbitterin der Menschen« oder »Fürbitterin der Tiere«, doch er hatte zu diesem Thema keine Beziehung. Schulli meinte, das wäre kein Wunder, denn was Mutzi gedacht, gefühlt und gewollt hatte, davon hätten beide wenig Ahnung.

Auch Carl Moll war alt geworden und hörte immer schlechter. Der Krankenpflege seiner Frau stand er hilflos gegenüber. Wenn es

Schullis Dienste als Oberschwester im Kinderspital erlaubten, kam sie zu Frau Moll, um ihr zu helfen. Auch Marianne Eberstaller, die Tochter des Ehepaares, besuchte ihre Eltern gelegentlich. Ihren Mann, Richard Eberstaller, bekam ich damals jedoch selten zu sehen.

Anna Moll, 1936 von Erich Rietenauer fotografiert

An einem wunderschönen Herbst im Oktober 1936 besuchte ich wieder einmal Frau Moll. Dieses Mal wollte ich sie mit meiner Box Tengor fotografieren. Als ich kam, sah ich die liebe Frau Moll im Garten in der Herbstsonne sitzen. Sie hatte ihren Pelzmantel an, trank Kaffee und alle Anzeichen sprachen dafür, dass es ihr heute besser ging. Als sie mich sah, winkte sie mir fröhlich zu und rief: »Burschi, schön, dass du gekommen bist! Setz dich gleich her zu mir. Kriegst einen Kakao!« Ich rief: »Schön, aber zuerst will ich Sie knipsen. So schön wie heute sind S' schon lang nicht mehr gewesen!« Sie tat entrüstet: »Burschi, ich seh schon, du wirst von mir gleich eine fangen!«

Unbekümmert fuchtelte ich mit meiner Box so lange herum, bis ich Frau Moll ganz im Bild hatte. Dann rief ich: »Jetzt aber still sitzen, gleich kommt's Vogerl geflogen!« Das sagte mein Onkel Otto immer, wenn er Kinder fotografierte. »Sie werden sehen, das wird ein

Bilderl!« Ich kann mich heute noch an diesen fröhlichen Herbsttag erinnern. Frau Moll lachte und scherzte mit mir und ich war froh, dass die liebe Frau das Lachen nicht verlernt hatte. Angelockt von unserer Fröhlichkeit kam Herr Carl Moll aus seinem Atelier, war über unsere Späße überrascht und sagte: »Siehst, Anna, Kinder müssen kommen, dann wird alles wieder gut!«

Das ganze Jahr 1936 war es Alma nicht möglich, ihre kranke Mutter zu besuchen. Überhaupt hatte sich Alma nach Mutzis Tod sehr verändert, nicht nur in ihrem Aussehen, auch in ihrem Wesen.

In der Wiener Oper gab es damals einen großen Skandal, als man die Oper »Walküre« von Richard Wagner aufführte. Die musikalische Leitung hatte Clemens Kraus. Der Bayreuther Bariton, Friedrich Schorr, ein Jude, sang den Wotan. Da warfen Nazis Stinkbomben auf die Bühne. Clemens Kraus ließ das Opernhaus lüften, bat das Publikum um Geduld und eine Stunde später setzte er die Aufführung mit Friedrich Schorr als Wotan fort.

1936 wurde Bruno Walter Direktor der Wiener Staatsoper und übernahm die künstlerische Leitung des Orchesters. Schulli erzählte, dass Alma darüber sehr glücklich war. Wenn sie mit Bruno Walter sprach, fühlte sie sich in die Zeit versetzt, als Gustav Mahler noch lebte. Sie meinte, er sprach und fühlte so wie Gustav. Doch was ihr noch wichtiger war – er lebte in der Musik Gustav Mahlers auf wie kein anderer Dirigent der Gegenwart. Besonders wenn sie »Das Lied von der Erde« von Bruno Walter dirigiert hörte, erinnerte sie sich an Walters Worte, die er ihr nach Gustavs Tod zu ihrem Trost geschrieben hatte: »Das ewige Licht, nachdem Gustav Mahler so lange strebte, leuchtet im hellen Glanz und Du, ein Strahl seines Feuers, wirst wieder aufleben, aufleben in seinen Flammen!«

1936 spürten die Menschen in Österreich immer deutlicher, dass politisch stürmische Zeiten im Anzug waren. Die Massen von Ausgesteuerten und Arbeitslosen lebten von der Hand im Mund und wussten weder ein noch aus. Diese verzweifelten Menschen waren es, auf die Hitler mit seiner Propaganda Eindruck machte. Dazu kam die ratlose politische Führung in Österreich.

Ich kann mich noch gut an die Empörung meiner Mutter erinnern, als der ehemalige Vizekanzler Fey den Führer der Vaterländischen Front Fürst Starhemberg zum Duell herausforderte, das zum Glück nicht stattfand. Manch einer bildete sich wie Franz Werfel ein, dass Mussolini mit dem faschistischen Italien die österreichischen Grenzen gegen Hitler schützen würde, was Carl Moll lautstark in Abrede stellte.

Die österreichischen Universitäten wurden immer mehr zu Brutstätten des Nationalsozialismus. Schlägereien zwischen Studenten, bei denen meistens die Rechten die Oberhand behielten, standen auf der Tagesordnung. Die Nazis hielten Aufmärsche und Kundgebungen ab, schlugen Juden und Katholiken zusammen und schmierten in der Nacht ihre Parolen auf die Auslagen jüdischer Geschäfte. Die Polizei, teilweise schon von Nazi-Sympathisanten infiltriert, war machtlos.

Einmal kam Herr Unterrichtsminister Perntner zu Frau Moll auf Besuch. Frau Moll war keineswegs mit dem Nationalsozialismus einverstanden. Besorgt fragte sie den Herrn Minister, wie das werden würde, wenn das mit den Nazis so weiter ginge. Die Antwort des Ministers war überraschend: »Wir müssen die Schwankungen des politischen Geschehens abwarten. Zu welcher Seite sie sich neigt, das wird die Macht von morgen sein!« Als Perntner gegangen war, machte die alte Frau ihrem Ärger Luft: »Hat man schon so einen Blödsinn gehört? Jeder denkende Mensch muss doch wissen, wenn man die Gewalt weiter duldet, dass nur sie die Macht von morgen sein kann!«

Alma war fest entschlossen, ihre Villa auf der Hohen Warte so rasch als möglich zu verkaufen. Schulli erzählte Frau Moll, dass sie Alma gefragt hatte, was sie mit ihren umfangreichen kulturell wertvollen Dokumenten und Gegenständen machen würde, die in den verschiedenen Zimmern aufgehoben waren. Es müsste doch alles sorgfältig für den Umzug verpackt werden, sonst entstehe eine große Unordnung. Für Alma war das alles kein Thema, sie hatte dafür keine Zeit. Nach Rede und Gegenrede sagte sie: »Schulli, wenn du glaubst, dann mach es du. Du weißt doch alles von mir, hast ja alles mit mir miterlebt. Ich verlasse mich auf dich!« Sprach's und rauschte nach Italien ab.

Eineinhalb Jahre arbeitete Schulli in jeder freien Stunde daran, Almas Papiere und Dokumente zu ordnen. Niemand kann sich eine Vorstellung davon machen, was das für eine Arbeit war! Lediglich Willy Legler half ihr dabei. Frau Moll empfahl Schulli, über ihre Tätigkeit absolutes Stillschweigen zu bewahren. Besonders vor Carl Moll sollte sie sich in Acht nehmen. Er hatte mit seinem Schwiegersohn Richard Eberstaller darüber gesprochen, dass es eine schöne Geste Österreichs wäre, wenn man Adolf Hitler die Bruckner-Partitur der dritten Symphonie zum Dank für die Befreiung Österreichs übergeben würde. Beide rechneten nicht nur fix mit dem deutschen Einmarsch in Österreich, sondern auch mit Werfels und Almas Emigration. Darüber war die kranke Frau empört. »Solche Hinterhältigkeiten sind niederträchtig«, meinte sie.

Jedes Mal, wenn Schulli im Hause arbeitete, sperrte sie sich ein und war bei ihrer Arbeit vorsichtig, damit kein Außenstehender davon erfuhr. Alma ließ sich die ganze Zeit über nicht sehen.

Einmal noch wollte Alma den Wienern zeigen, wer in der Wiener Gesellschaft nach wie vor die Nummer eins war. Anlässlich ihres Auszuges aus der Villa Mahler beschloss sie, ein großes Abschiedsfest zu geben. Dazu wollte sie alles, was in Österreich Rang und Namen hatte, einladen. Als Schulli mit ihr die Gästeliste besprach, wurde ihr schwummerig: »Das sind über 160 Gäste, was tust du dir an.« Alma antwortete lapidar: »Glaubst du, eine Alma Mahler-Werfel schleicht sich wie ein geprügelter Hund aus seiner Hütte hinaus?«

Das große Fest begann am 12. Juni 1937 bereits um 15 Uhr am Nachmittag und dauerte bis zum Abend des nächsten Tages. Alma war stolz darauf, dass alle geladenen Gäste kamen. Keiner hatte abgesagt. Die Namensliste war wie ein »Who is Who« im damaligen Österreich und wurde am nächsten Tag in der Zeitung veröffentlicht. Ich habe sie vor mir liegen.

Vom Adel kamen unter anderem Fürst und Fürstin Alexander von Dittrichstein, Prinz Hohenlohe mit Gemahlin, Graf Nikolaus Coudenhove-Kalergi mit Gemahlin, Baronin Rothschild, Baronin Mittag und Vicomte de Montbas.

Von der Politik folgten die Minister Dr. Perntner und Dr. Neumeier, Staatssekretär Dr. Guido Schmidt, die Ehefrau von Guido Zernatto, Dr. Eckmann und DDr. Johannes Hollnsteiner der Einladung.

Von der Kultur waren Generalmusikmeister Bruno Walter mit Gemahlin und Tochter, der Architekt Clemens Holzmeister, der Verleger Paul von Zsolnay, Carl Zuckmayer mit Gattin Alice, Hermann Broch, Ödön von Horváth, Karl Schönherr, Wilhelm Kienzl und Egon Wellesz, außerdem die Ärzte Prof. Pölzl und Dr. Friedmann, die Schauspieler Otto Tressler, Rudolf Forster, Werner Krauss, Ewald Balser und die Damen Hilde Wagener, Ida Roland, Nora Gregor und Adrienne Gessner mit Tochter Hansi dabei.

Alma Mahler-Werfels Passfoto aus der Zeit ihrer Emigration

Das waren zu dieser Zeit wohl die bekanntesten Persönlichkeiten Österreichs. Damals schrieb die Presse, dass es seit den erlesenen Kaiserempfängen kein solches gesellschaftliches Großereignis mehr gegeben hätte. Schulli erzählte, mit welchem großen Organisationstalent Alma ihre Hilfskräfte souverän dirigierte. Wie ein Turm in der Schlacht stand sie ihre Party bis zum nächsten Tag durch. Von Franz Werfel bekam sie wenig Unterstützung: Noch vor Mitternacht hatte ihn der prickelnde Champagner besiegt.

Es war ein gelungenes Fest und fand bei den Gästen großen Anklang. Mehr als die Hälfte der Gäste hielt bis zum nächsten Tag durch und schlief nur ein paar Stunden in den 28 ausgeräumten Zimmern der Villa. Die gesamte Prominenz hatte sich bereits vor Mitternacht fröhlich und ausgelassen verabschiedet. In weiser Voraussicht hatte Alma nicht alle 170 Gäste zugleich eingeladen und ihre Gästeliste streng in Elitegäste und Gäste der gesellschaftlichen Mittelklasse aufgeteilt. Am nächsten Tag gab es natürlich mehrere Gäste, denen der Alkohol schon mächtig zusetzte. Auch einige trinkfreudige Gäste waren darunter, durch die das Fest an Jubel, Trubel und Heiterkeit gewann, sehr zum Leidwesen der kranken Frau Moll, die dadurch um Ruhe und Schlaf kam.

Anna und Carl Moll vor ihrem Haus auf der Hohen Warte, 1936

Ich erinnere mich an die Äußerung, die ein alkoholisierter Freund von Willy Legler über Alma am zweiten Tag machte: »Hörst, Willy, eure Madame ist net schwach, die hat genau so viel gesoffen wie ich. Ich hab einen Rausch so groß wie ein Eckhaus und sie steht wie ein Baum im Wald, kerzengrad!«

Der zweite Teil des Festes musste auf Anordnung der Behörden um 10 Uhr abends beendet sein. Das war Gesetz. Hatte man am Tag vorher, bedingt durch die Prominenz der Gäste, bei der Überschreitung der amtlichen Sperrstunde, beide Augen zugedrückt, so bestand man am zweiten Tag unter Androhung von Strafen auf die bedingungslose Einhaltung. So geschah es auch.

Am Tag darauf – es war der 14. Juni 1937 – verließen Alma und Werfel ihre Villa ohne Abschied. Es war eine traurige Tatsache, dass Alma ihre schwerkranke Mutter danach nur mehr ein einziges Mal lebend sehen sollte. Das war am 13. März 1938, als sie sich mit ihrer Tochter Anna vor ihrer Emigration von ihrer Mutter verabschiedete. Ihren Stiefvater Carl Moll ignorierte sie dabei.

Alma und Werfel flüchten in die Schweiz und Schulli rettet ihre Barschaft, Schmuck und Valuten

Während ich mich, sooft ich konnte, um die kranke und behinderte Frau Moll kümmerte, fuhren Alma und Werfel zum Jahreswechsel 1937/38 nach Capri – sehr zum Leidwesen von Frau Moll, denn sie hatte Angst, ihre Tochter nicht mehr wiederzusehen. Alma tröstete sie damit, Ende Februar 1938 zurückzukommen. Alma schrieb jetzt öfter Briefe an ihre Mutter, zum Beispiel, dass sie ein ungutes Gefühl habe, aber nicht, weil der österreichische Bundeskanzler wie ein Schuljunge vom »großen Führer« nach Berchtesgaden beordert wurde. Sie hatte zu Schuschnigg volles Vertrauen und war überzeugt, dass er die angesagte Volksabstimmung für die Freiheit Österreichs gewinnen würde. Ihren Briefen nach zu schließen, befürchtete sie vielmehr, dass sich Anton Rintelen zu intensiv um Anna kümmern könnte.

Für mich war Rintelen mein Feind Nr. 1, weil ich doch gesehen hatte, wie dieser ungute Mann Mutzi heftig bedrängt hatte. Almas Angst war jedoch unbegründet. Anna begann kein Verhältnis mit Rintelen und im Übrigen war der Nationalsozialismus überhaupt nicht Annas Fall und die großdeutsche Idee niemals ihr Credo. Während Alma unter strengster Geheimhaltung Ende Februar 1938 nach Wien zurückkehrte, hatte Werfel eine böse Halsentzündung und blieb deswegen in Italien.

Anfang März 1938 war klar, dass in Österreich eine politische Veränderung bevorstand. Ein großer Teil Wiens jubelte, während ein kleiner Teil der Bevölkerung mit Angst und Schrecken das Kommende erwartete. In großer Eile hob Alma ihr gesamtes Bargeld sowie sämtliche Devisen ab und raffte ihren Schmuck zusammen. Danach folgte die große Ratlosigkeit: Wie sollte dieses gesamte Vermögen zu Werfels Schwester nach Zürich kommen? Diese lebhaften Debatten spielten sich in Frau Molls Zimmer ab. Ich war anwesend, wurde aber nicht weiter beachtet.

Da Schulli immer noch deutsche Staatsbürgerin war und einen gültigen reichsdeutschen Reisepass besaß, hatte Alma eine Idee: Während sie mit Anna zu Werfels Schwester Hannah nach Prag fuhr, sollte Schulli mit dem gesamten Vermögen zur anderen Schwester Werfels, Mizzi Rieser nach Zürich reisen. Dort wollte man sich wieder treffen. Schulli sollte nach Almas Plan ihr gesamtes Vermögen auf ihrer nackten Haut versteckt nach Zürich bringen. Frau Moll wies darauf hin, dass diese Reise für Schulli sehr gefährlich werden könnte, doch Alma blieb bei ihrem Vorhaben und Schulli stimmte dem sogar zu. Man sah ihr allerdings an, dass ihr dabei nicht wohl zumute war.

Nachdem sie glücklich wieder zurückgekommen war, schilderte sie Frau Moll ihre Erlebnisse: Der Transport von Almas Vermögen war für sie, vor allem körperlich, eine fast unerträgliche Tortur. Schulli wurde von Alma auf folgende Art adjustiert: Erst musste Schulli eine Damenunterhose aus dem vorigen Jahrhundert anziehen. Diese Hose war unter dem Knie fest zusammengezogen. Darin wurden die Wertsachen und sämtliche Ringe in Schullis Büstenhalter versteckt. Um ihre Taille waren über ein Gummiband ausländische Banknoten mit hohem Wert drübergestülpt und angeklebt. Je ein Beutel mit Goldmünzen wurde unter ihre Achseln gebunden und angeklebt. Auf ihrem Bauch klebten ebenfalls Banknoten und unter ihren Schuheinlagen befanden sich weitere. Sie war, wie sie es selbst beschrieb, »ein lebendes Fort Knox«. Kleider und Wäsche hatte Alma schon als Frachtgut nach Zürich vorausgeschickt.

Noch am selben Tag, am 13. März 1938, fuhren auch Alma und Anna in Richtung Prag ab. Am nächsten Tag war in Wien die Hölle los. Über Nacht waren fast alle Häuser mit Hakenkreuzfahnen geschmückt. Die in Verzückung geratenen Massen grüßten sich mit »Heil Hitler!«. Vereinzelt trug man schon Transparente mit der Kampfparole »Ein Volk, ein Reich, ein Führer«. Mit dieser Parole schrieen sich auch die entfesselten Massen heiser. Einige fühlten sich besonders mutig, wenn sie, in der Masse versteckt, mit einem Stein die Auslagen eines jüdischen Geschäftes zertrümmerten. Manche jüdische Geschäfte wurden einfach in Beschlag genommen und zu einem NSDAP-Parteilokal erklärt. Wenn schimpfende und johlende Menschen im Kreis standen, konnte man sicher sein, dass in der Mitte des Kreises ein hilfloser Jude kniete und unter dem Hohngelächter der Umstehenden mit einem Handbürstel österreichische Wahlparolen abzuwaschen gezwungen wurde.

Um 11 Uhr fuhr Schullis Zug nach Zürich ab. Zu dieser Zeit war es für Straßenbahn und Taxi bereits unmöglich, bei diesen Menschenmassen ihr Ziel zu erreichen. Schulli musste von der Hohen Warte mit ihrer ganzen Last zu Fuß zum Westbahnhof gehen. Auf dem Weg dorthin lebte sie in der ständigen Angst, etwas von Almas Schätzen zu verlieren. Sie war froh, dass Willy Legler sie begleitete. Er konnte wenigstens ihren Koffer tragen. Kaum setzte sich der D-Zug in Bewegung, erschien bereits die erste Militärstreife. Diese Kontrolle war noch harmlos. In St. Pölten folgten die ersten reichsdeutschen Kontrollen, noch in Zivil. Inzwischen wurde auf der Fahrt nach Linz über den Zuglautsprecher verlautbart, dass Hitler bereits in Linz eingetroffen sei. Großer Jubel und »Sieg Heil«-Geschrei folgte. In Schullis Coupé saß eine Schweizerin. Hinter vorgehaltener Hand flüsterte sie Schulli zu: »Sie müssen bei diesem Geschrei, als Deutsche, mitmachen, sonst machen Sie sich verdächtig. Dann Gnade Ihnen Gott!«

Ab Linz übernahm die Waffen-SS die Kontrolle des Zuges. Die Soldaten wurden, wie Schulli sagte, »von einem richtigen Flintenweib« begleitet, die es besonders auf die weiblichen Passagiere abgesehen hatte. Ein Abteil von verdächtigen Frauen wurde für eine Leibesvisitation geräumt. Kurz vor Salzburg wäre für Schulli bald alles verloren gewesen. Während der SS-Soldat Schullis deutschen Pass eingehend kontrollierte, räumte das Flintenweib ihren Koffer aus. Dann sah sie Schulli listig an und wollte bei ihr unbedingt eine Leibesvisitation durchführen. Da rettete sie ein SS-Mann: »Mensch, lass doch die Dame, sie ist doch Deutsche und keine österreichische Jüdin!« Als Schulli bereits vor lauter Angst einer Ohnmacht nahe war, beugte sich die Schweizerin zu ihr und flüsterte ihr zu: »Weinen Sie nicht, ich verstehe Sie. Jetzt werden wir beide bis nach Zürich fest zusammenhalten. Es wäre für Sie gut, wenn Sie etwas schlafen würden, sonst brechen Sie noch zusammen. Haben Sie keine Angst, ich passe auf!« Schulli schlief auch sofort vor lauter Erschöpfung ein. In Innsbruck sowie an der Grenze kontrollierten weiterhin österreichische Beamte. Beide Kontrollen verschlief Schulli. Unmittelbar vor ihrem Ziel weckte die liebenswerte Dame Schulli: »Bald sind wir in Zürich. Dann sind Sie frei!«

Am Bahnhof erwarteten Alma und Werfel Schulli schon sehnsüchtig. »Ich kann mir vorstellen, dass sich Alma sehr gefreut hat, dich zu sehen«, sagte Frau Moll. »Aber wie ist es ihr ergangen?« »Ach, das kannst du dir gar nicht vorstellen!«, war Schullis Antwort. Sie hatte überhaupt nichts mitnehmen können. Sogar ihren Ehering hatte man ihr abgenommen. »Maßlos empört hat sie sich über die menschenunwürdige Leibesvisitation: Diese Schweine haben bei Anna und ihr sprichwörtlich jede Körperöffnung visitiert und hineingeleuchtet.«

Dann berichtete Ida Gebauer weiter: »Zuerst gingen wir zu Mizzi Rieser. Dort befreite man mich endlich von Almas Schätzen. Mein armer Körper, er war in einem Zustand, als ob man mich gefoltert hätte. So erlöst ich war, als man mir Geschmeide und Geld abgenommen hatte, so unglücklich war ich, als ich mich in meiner Blöße betrachte-

Alma und Franz Werfel, Anfang der 1940er Jahre in den USA

te. Meine Haut war wund, blau unterlaufen und aufgerieben. Viele Stellen nässten und schmerzten. Mein Aussehen glich dem armen Lazarus aus der Bibel.« »Was hat Alma dazu gesagt?«, fragte Frau Moll. »Alma sagte immer wieder: ›Schulli, du bist eine Heldin, du gehörst doch zu uns!‹ Ich konnte das Palaver schon gar nicht mehr hören, ich wollte nur nach Wien. Todmüde und keineswegs ausgeruht, fuhr ich mit dem Frühzug nach Wien zurück. Alma und Werfel haben mich zum Bahnhof begleitet. Meine Heimfahrt verlief dieses Mal ohne Aufregung. Der Schweizer D-Zug wurde nicht einmal kontrolliert.« Nachdenklich fuhr sie fort: »Ich war froh, jetzt konnte ich ohne Angst in Ruhe schlafen und meinen Gedanken nachgehen. Natürlich dachte ich über das viele Geld und das Geschmeide nach, das ich an mir herumgetragen habe. Das waren sicher Millionenwerte. Allein mit dem Bargeld hätte ich zu meiner Schwester Frida nach Brasilien flüchten und mit ihr ein sorgenfreies Leben führen können. Nur, Anna – du kennst mich – ich hätte mit dieser Schuld nicht mehr froh sein können!« Frau Moll nickte zustimmend.

Eberstaller schenkt Hitler die Bruckner-Partitur und Schulli erlebt die Gestapo

Frau Moll winkte Schulli näher zu sich heran: »Jetzt erzähle ich dir was. Was ich befürchtet habe, ist wirklich eingetreten. Richard Eberstaller als illegaler Nationalsozialist hat tatsächlich Hitler in Linz die von ihm heiß begehrte Original-Bruckner-Partitur der dritten Symphonie als Geschenk versprochen. Aus Dankbarkeit, dass er Österreich befreit hat, wie er es ausdrückte. Richard glaubte, dass noch alle Wertsachen in der Villa vorhanden wären. Kaum waren unter gewaltigen Beifallstürmen die deutschen Truppen in Wien einmarschiert, erschien Richard mit drei Offizieren der »Leibstandarte Adolf Hitler«, die die versprochene Bruckner-Partitur in Empfang nehmen wollten.

Als Willy Legler die Villa aufsperrte und die Herren in den Blauen Salon führte, war die Naziclique fassungslos: Almas blauer Salon war bereits ausgeräumt und leer. Das geplante Führergeschenk und alles Übrige war verschwunden. Die Offiziere waren ratlos und trauten sich nicht, dem Führer die Meldung über das Verschwinden seines Geschenkes zu überbringen. Carl hat mir dann erzählt, dass schließlich Horst Gneisenau dem Führer den Verlust gemeldet hat. Über diese Nachricht war Hitler maßlos verärgert: ›Da haben sich die Wiener wieder von dem jüdischen Gesindel übertölpeln lassen!‹, soll er geschrieen haben und dann: ›Ich will, dass man die Partitur herbeischafft!

Das ist ein Befehl!‹ – Hast du die Partitur, Schulli?« »Natürlich, du weißt doch, ich habe alles weggeräumt.« Daraufhin wurde Frau Moll eindringlich: »Schulli, ich kann dich nur warnen! Ich habe gehört, wie man vor den Offizieren deinen Name als Almas Vertraute genannt hat. Die Nazis werden dich sicher vorladen!« Schulli bestätigte diesen Verdacht. Man hatte sich bereits im Spital bei ihrer Dienststelle nach ihrem Einkommen, Kontostand und Lebenswandel erkundigt. »Gefragt haben sie auch, ob ich ein Vermögen besitze.« Darüber konnte sie nur lächeln.

Das Lächeln verging Schulli allerdings sehr bald. Hitlers Befehl »danach zu suchen«, wurde bedingungslos nachgegangen. Sie wurde zum Verhör vorgeladen und über den Verbleib der gesuchten Partitur sowie Almas übrigen Wertsachen eingehendst befragt.

Lange später erzählte mir Schulli von 1970 bis zu ihrem Tode im Jahr 1977 mehrmals über diese furchtbare Zeit: Gezählte 28 mal wurde sie vom April 1938 bis August 1939 von der Gestapo verhört. Man setzte sie dermaßen unter Druck, dass sie oft weder aus noch ein wusste. Ihre Wohnung wurde durchsucht und ihre gesamte Post zensuriert. Alma jedoch schrieb an Schulli weiterhin gedankenlos Postkarten mit belastenden Texten wie: »Bitte schicke mir die B. Symphonie nach Paris. Auch die Mahler und Hauptmannbriefe schicke mir! Warum schreibst du nicht? A.W.« oder »Schicke mir B.(ruckner) S.(ymphonie), und M.(ahler) B.(riefe) Ich weiß doch nicht, wo ihr alles hingegeben habt. A.M.«

Diese Postkarten bekam Schulli nicht per Post, sondern sie wurden ihr bei den Verhören der Gestapo vorgelegt. Alma hatte immer noch nicht verstanden, dass sie in Paris nicht Urlaub machte, sondern in der Emigration lebte und ihre Karten Ida sehr belasteten.

Auf die Frage der Gestapo: »Ist Ihnen schon eingefallen, wo sich die Wertsachen der Frau Werfel befinden?«, antwortete sie: »Frau Alma Werfel weiß doch selber nicht, wo ihre Sachen sind!« Der Gestapomann drohte ihr: »Wir werden die Antwort aus Ihnen herausprügeln.« Geprügelt wurde Schulli von der Gestapo allerdings nie, aber man verwendete andere Methoden.

Das grausamste Verhör erlebte Schulli am 21. Februar 1939. Sie bekam eine polizeiliche Aufforderung, an diesem Tag um 7 Uhr früh bei der Gestapo am Morzinplatz zu erscheinen. Ganz ungewohnt freundlich wurde sie dieses Mal empfangen. Man brachte ihr eine Schale Tee und führte sie dann in ein Kellergeschoss. Dort stand nur ein Schreibtisch, sonst nichts. Im barschen Ton wurde ihr versichert, dass für sie der Zug ins Konzentrationslager bereitstünde, wenn sie nicht sofort die gewünschte Auskunft, speziell über eine Wertsache, die »unserem Führer« gehörte, angab. Da Schulli erneut schwieg, wurde sie mit einer Handschelle an die kalte Zentralheizung angehängt, wo sie bis 7 Uhr abends ohne Nahrung verblieb. Mit den Worten »Raus mit der stinkigen Alten!« setzte man sie danach vor die Türe. Sie musste an diesem eiskalten Winterabend zu Fuß in den fünften Wiener Gemeindebezirk gehen.

Schulli sprach auch nach vielen Jahren nur zögernd über die furchtbare Zeit. Sie hatte erlebt, dass die Gestapo in der Lage war, jede Frau seelisch zu vernichten, ohne sie körperlich zu schlagen oder zu verletzen. Danach wollte Schulli die Partitur und Almas Briefe so schnell als möglich loswerden. Wenige Monate danach ergab sich die Gelegenheit dazu.

Im Juli 1939 fuhr die Frau des Musikkritikers Paul Stefan mit einem Diplomatenpass nach Paris. Das Ehepaar war mit Alma sehr befreundet. Schulli verpackte die Partitur und die gewünschten Briefe in eine harmlose Schachtel und bat Frau Stefan, Alma diese Schachtel in Paris zu übergeben. Die Überbringerin hatte vom Inhalt der Schachtel keine Ahnung, und Diplomatengepäck wurde vom Zoll nie untersucht. Als Alma in Paris im Beisein des Ehepaars Stefan die Schachtel öffnete, wurde Frau Stefan starr vor Schreck: »Wenn ich gewusst hätte, welche Schätze mir Schulli anvertraut hat, hätte ich mir das nicht zugetraut!« Durch eine Freundin von Alma bekam Schulli eine Postkarte zugesteckt: »B.(ruckner) S.(ymphonie) und M.(ahler) B.(riefe) vollzählig angekommen. Herzl. Dank Alma.« Zwei Wochen später befand sich Deutschland bereits mit Frankreich im Krieg.

Bei Pfarrer Kneipp in Wörishofen

Da meine Mama unbedingt von Frau Moll mehr über ihre Begegnung mit Pfarrer Kneipp wissen wollte, begann ich sie nach ihrer Kur auszufragen: »Bittschön, wie war das mit dem Pfarrer Kneipp? Meine Mama sagt, dass der geistliche Herr ein Wunderarzt war. Oder net …?« Der Pfarrer Kneipp war laut Frau Molls Beschreibung ein gutmütiger, leutseliger, bayrischer Landpfarrer. Er war überzeugt, dass reines Wasser, vom Herrgott gegeben, alles heilt, wenn man es richtig anwendet, und dass kaltes Wassertreten in der Früh nicht nur Schweißfüße, sondern auch Krampfadern lindert. An dieser Praxis war sicherlich etwas dran und einige Dorfbewohner von Wörishofen erreichten durch Wassertreten eine Erleichterung ihrer Leiden. Das sprach sich rasch herum und immer mehr Leute kamen zu Pfarrer Kneipp und machten Kräuterkuren. Es dauerte nicht lange und das kleine Dorf war überfüllt mit Patienten mit den verschiedensten Krankheiten. Dorthin schickten die Ärzte schließlich auch Emil Jakob Schindler – Almas Vater.

Frau Moll erzählte: »Zuerst musste jeder Patient sich bei einem gewissen Dr. Tacko anmelden. Der bestimmte, ob das Leiden des Patienten interessant für Pfarrer Kneipp war. Als mein Mann zu Dr. Tacko kam und ihm seine Beschwerden schilderte, sah ihm der Arzt zuerst in die Augen, betrachtete seine Zunge, hörte seinen Brustkorb ab und drückte ihm seine Faust in den Magen. Als Schindler laut aufschrie, sagte der Arzt: ›Jawohl, das wird den Herrn Pfarrer interessieren! Füllen Sie die Formulare aus und lassen Sie sich einen Termin geben!‹ Mein Mann war damals verzweifelt. Bis man zum Pfarrer Kneipp vordrang, hatte man so viel Wege zu erledigen, als ob man heiraten wollte. Schindler machte das ganz sehr nervös, denn nirgends gab es jemanden, nach dessen Anweisungen sich die Patienten richten konnten. Hatte man es endlich geschafft und wurde schließlich von Pfarrer Kneipp empfangen, so genoss man dieses Glück höchstens zwei Minuten lang.

Pfarrer Sebastian Kneipp sah Schindler mit seinem schlauen Bauerngesicht an und fragte ihn: ›Was fehlt dir denn? No, genier dich do net, sag's doch deinem Pfarrer!‹ Nachdem Schindler über seine Beschwerden berichtet hatte, sagte der Pfarrer: ›Also, Kind, pass auf: Morgen früh gehst du mir zum Bach runter und tuast wassertreten. Einen Fuß rein, den andern ausse. Das machst du mir fünf Minuten lang. Nachher gehst ind Mess und beichten gehst mir auch. Dass du net drauf vergisst, betest mir am Abend zehn Vater unser.‹

Schindler hatte das Gefühl, die Sprüche waren eingelernt. Kneipp gab jedem Patienten den gleichen Rat. Die Audienz beim Pfarrer kostete nichts, dafür waren die Preise im Kurhaus horrend und das Essen fürchterlich. Wenn man sich auf der Speisekarte die Preise ansah, glaubte man im Wiener Sacher zu sein. Schindler konnte sich den Aufenthalt im Kurhaus nicht leisten und so bestanden seine Mahlzeiten aus Keksen und frischem Wasser.«

Kneipps Idee, mit kaltem Wasserstrahl und Wassertreten zu heilen, hat sich bis heute erhalten. Doch es ist nicht möglich, jede Krankheit nach seiner Methode zu heilen. Mich hatte es als Kind erschüttert, wie man den armen Schindler gepflanzt hatte. Das empörte Frau Moll sehr: »Was redest du da für einen Blödsinn zusammen? Pfarrer Kneipp war ein herzensguter Mann. Nur von Medizin hatte er halt keine Ahnung. Er wurde von seinen sogenannten Helfern zu ihrem Vorteil als Aushängeschild benützt. Nach seinem Tode haben Fachärzte die Idee Kneipps aufgegriffen, besser organisiert und die Kuranstalt zu einem Sanatorium ausgebaut. Heute kann man sich getrost in die Hände dieser Ärzte begeben und sie werden alles tun, um die Krankheit zu heilen. Emil Jakob Schindler würde vielleicht heute noch leben, wenn ihn diese Ärzte behandelt hätten. – So, jetzt gehst du heim und erzählst deiner Mama keine Schauergeschichten, sondern nur das, was du von mir gehört hast.« Genau so habe ich es auch

Emil Jakob Schindler

erzählt. Bis heute erinnere ich mich an Frau Molls Erzählungen, als ob sie sie mir gestern erzählt hätte.

Die Kur beim Pfarrer Kneipp linderte Schindlers Leiden nicht. Im Gegenteil, es ging ihm danach gesundheitlich immer schlechter. Frau Moll erzählte, dass sie sich oft gefragt hatte, warum ihr Mann diese zwei Ärzte nicht gewechselt hatte, wahrscheinlich deshalb, weil beide Ärzte von ihm Bilder gekauft hatten. Als ihre Mixturen nichts halfen, schickten sie ihn auf die Insel Sylt zur Kur.

Als Schindler seine Reise plante, sah er auch einen Besuch bei Prinzregent Luitpold von Bayern vor, der im Jahr davor die Schindlers in Plankenberg besucht hatte. Prinzregent Luitpold von Bayern war ein großer Wasserfreund und ein begeisterter Schwimmer. Es fand gerade eines seiner Badefeste statt, als Schindler ihn besuchte. Bei diesen Festen trieb er gerne seinen Spaß mit Gästen, die nicht schwimmen konnten. Dieses Mal hatte sich der Prinzregent einen korrekt angezogenen Gentleman für seine Späße ausgesucht – zu seinem Unglück war das der kranke Schindler. Kaum hatte er den Prinzregenten begrüßt, machte er einen falschen Tritt, eine Klappe öffnete sich und der voll bekleidete Schindler lag im Wasser. Jetzt inszenierte der Prinzregent einen großen Wirbel. Unter stürmischem Gelächter der Anwesenden stürzte sich der Prinz in gespielter Hektik mit einem Hechtsprung ins Wasser, um seinen Gast zu retten. Schindler war völlig durchnässt und musste danach lange darauf warten, bis man ihm trockene Kleider aus seiner Unterkunft brachte. Das kalte Bad war sicher Gift für Schindlers Leiden.

1892 brachte der Wiener Galeriebesitzer Hugo Othmar Miethke Schindler dazu, Bilder der letzten Zeit öffentlich auszustellen. Diese Ausstellung wurde für Schindler ein großer Erfolg. Seine »Pappelallee« wurde zum Spitzenbild seiner Ausstellung gewählt. Diesen Erfolg erlebte Schindler jedoch nicht mehr.

In seinem letzten Brief an seine Frau schrieb sich Schindler auf seiner Reise nach Sylt seine ganze Verzweiflung von der Seele. Fünfunddreißig Jahre später danach »entzifferte« ich mit Hilfe von Oberschwester Ida Schindlers letzten Brief an seine Frau. Er schrieb kurrent und hatte eine schwer leserliche Handschrift. Selbst Frau Moll musste ihren Mann oft fragen, was einzelne Worte bedeuten sollten. Er schrieb:

> *Liebe, gute Anna, wie weit ich mit meiner Reise nach Sylt kommen werde, weiß ich nicht. Aber ich will an Dich schreiben bis an das Ende meiner Kräfte. Es geht mir schlechter statt besser. Ich spreche fast nichts, gehe nur kleine Strecken, trinke Marienbader Kurwasser und liege größtenteils im Wald. Ich schone mein Denkvermögen und weiche nach Möglichkeit jedem aufregenden und weiterführenden Gedanken aus. Eines ist sicher, meine Verdauung ist hin. Es ist nicht appetitlich davon zu sprechen, aber was aus mir kommt, sieht nicht so aus, wie es sein soll, sondern wie zerhacktes Dinner. Alles unverdaut, nur durch Mineralwasser hinausgetrieben. Das muss behoben werden – und zwar in Kürze. Sonst geht mein ganzer Organismus zum Teufel. Daß dies die Seeluft ändern soll?*
>
> *Das ist möglich, aber ich bin noch nicht dort. Wie diese Reise enden wird, wissen die Götter. So Gott will, ändert sich das bald. Es ist ja möglich.*
>
> *Jetzt aber schließe ich und sende an Alle, die ich auf Erden liebe, meine Grüße. Von dem hübschen Waldplätzchen aus, wo die Bank steht, die Du kennst. 1000 Küsse – Dein Emil*

In Norderney auf der Insel Sylt angekommen, wurde Schindlers Zustand immer elender. Er hatte keinen Appetit und sein Bauch schmerzte fürchterlich. Der Arzt wusste sich keinen Rat mehr und telegrafierte schließlich ins Krankenhaus nach Kiel um Hilfe. Der dortige Primar schickte seinen ersten Assistenten. Aber als der Arzt in Norderney ankam, war Schindler bereits tot. Er starb am 9. August 1892 an einem vereiterten Blinddarm. Den Toten ließ man nach Wien überführen.

Das Schindler-Denkmal von Edmund Hellmer im Stadtpark in Wien

»Alma war 13 Jahre alt, als ihr Vater, mein erster Mann, der Maler Emil Jakob Schindler, starb. Das war furchtbar für uns, ganz besonders für Alma. Sie hatte ihren Vater über alles in der Welt geliebt. In Wien musste der Tote allerdings erst identifiziert werden. Alma, Grete und ich übernahmen diese furchtbare Aufgabe. Es war grauenhaft. Als man die Bretter von der Kiste löste, schrie Alma wie ein wildes Tier laut auf. Sie sah der verkrampften Leiche ihres Vaters direkt ins Gesicht. Zudem hatte der Leichengeruch bereits eingesetzt. Wir sagten noch ›Ja‹ und mussten uns danach alle drei übergeben.«

Schindler bekam ein Ehrengrab auf dem Zentralfriedhof. Das Begräbnis fand ohne Alma statt. Sie lag teilnahmslos im Bett und war kaum ansprechbar. Dieses fürchterliche Erlebnis mit ihrem toten Vater konnte Alma niemals vergessen. Seitdem ist es ihr unmöglich, einem Begräbnis beizuwohnen oder überhaupt einen Friedhof zu besuchen. Weder bei Gustav Mahler noch beim Begräbnis ihrer heißgeliebten Mutzi war sie anwesend.

Der Bildhauer Edmund Hellmer modellierte das Schindler-Denkmal. Nach Carl Molls Intervention wurde die Statue nicht auf seinem Ehrengrab, sondern in seinem geliebten Stadtpark aufgestellt. Da die linke Hand der Statue frei im Raum hängt, haben Vandalen ihre Finger sehr oft abgeschlagen.

Frau Moll erzählt von Emil Jakob Schindler

Einmal fragte ich Frau Moll nach all den traurigen Geschichten über den armen Maler Schindler, ob es bei ihr und ihrer Familie nur traurige Geschichten gäbe. Ich stellte ihr zahlreiche Fragen: »Wie haben Sie den Herrn Schindler kennen gelernt? Auf der Bank im Wald? Können Sie mir, bittschön, net mehr vom Maler Schindler erzählen? Er kann doch net immer nur krank gewesen sein?«

Er schien nach Frau Molls Beschreibung ein sehr gescheiter Mann gewesen zu sein. Meine Mama ermutigte mich, ich sollte Frau Moll gründlich über ihn ausfragen. Ich dachte mir: »Wo ich doch keinen Vater mehr hab – vielleicht kann ich vom Herrn Schindler auch etwas lernen!« Diese Bemerkung gefiel der alten Dame. »Da hast du recht, vom Schindler kann man nur lernen. Das sind aber lange Geschichten – wirst du dir denn alles merken?« »Wenn ich meiner Mama zu Hause Ihre Geschichten erzähle, muss ich alles sofort für sie aufschreiben. Ich habe schon ein dickes Schreibheft fast ganz ausgeschrieben. Darum sind in der Schule meine Aufsätze so gut, sagt meine Mama, die werden vom Lehrer immer der ganzen Klasse vorgelesen.« »Burschi, da machst du mir eine Freude, da bist du brav!« Gönnerhaft sagte ich zu Frau Moll: »Ihre Erzählungen niederschreiben ist nicht schwer – weil Sie immer ›druckreif‹ sprechen.«

Emil Jakob Schindlers Porträt von Josef Kriehuber

Der kleine Emil, so erzählte mir Frau Moll, war Halbwaise und verbrachte seine Jugendjahre bei seinem Onkel Alexander Schindler in Salzburg auf Schloss Leopoldskron, wo später Max Reinhardt wohnen sollte. Onkel Alexander war im Salzburger Landtag und nebenbei auch Schriftsteller. Unter dem Pseudonym Julius von der Traun schrieb er einige Romane. Bekannt ist »Der Schelm von Bergen«. Der Onkel vermittelte seinem Neffen die Liebe zu kulturellen Werten, doch offensichtlich auch die Unfähigkeit mit Geld umzugehen.

Alexander Schindler machte große Schulden und musste Schloss Leopoldskron verlassen. Emil ging nach Wien, bestand das Abitur und studierte an der Wiener Universität Deutsch, Griechisch und Kulturgeschichte. Er machte das Doktorat und brachte jede Voraussetzung mit, Mittelschulprofessor zu werden. Doch er wollte Maler werden. Oft war der renommierte Portraitmaler Josef Kriehuber in Leopoldskron zu Besuch gewesen. Wenn er malte, sah Emil ihm begeistert zu und versuchte dem bekannten Maler nachzueifern. Als Kriehuber die Zeichnungen des elfjährigen Emil sah, regte er ihn an, sich akademisch ausbilden zu lassen. Zum Andenken fertigte Kriehuber ein Aquarell von Emil an. »Wenn du das nächste Mal zu mir kommst, werde ich dir zur Erinnerung an unsere Gespräche dieses kleine Aquarell vom elfjährigen Emil schenken. Damit du auch so ein gescheiter Bub wirst, so wie er einer war«, versprach mir Frau Moll. Mit großer Freude habe ich dieses gerahmte Portrait von Emil

Jakob Schindler von Frau Moll angenommen und besitze es noch heute.

Nach dem Doktorat studierte Schindler bei Professor Christian Griepenkerl an der Wiener Kunstakademie Malerei und Kunstgeschichte. »Das war ein sturer Professor, sag ich dir. Er hatte eine besondere Art, seinen Schülern die Freude an der Malerei zu nehmen. Jahraus, jahrein ließ er seine Schüler Gipsköpfe aus der griechischen Geschichte abzeichnen. Von einem Malunterricht konnte kaum die Rede sein. Ein Unterricht in dieser Form brachte Emil nicht weiter. Zu dieser Zeit stellte der berühmte Wiener Maler Hans Makart sein riesiges Bild ›Der Einzug Karl V. in Antwerpen‹ aus. Burschi, das ist ein großes Bild, es ist zirka zehn Meter lang und vier Meter hoch. Kannst du dir so ein Riesenbild vorstellen? Die Studenten vom Professor Griepenkerl waren fassungslos und sprachen darüber, wie ein Maler wie Makart eine solche Fläche bemalen konnte. Sie wollten darüber mit ihrem Professor diskutieren. Doch für Griepenkerl war dieses Bild nur ›ein Volkstheater für Naive‹. Daraufhin hatte Schindler von Griepenkerl und seinem Kunstverstand genug und verließ die Akademie.

Schindler schloss Freundschaft mit Hans Makart und bekam von ihm die Erlaubnis, in dessen kleinem Atelier zu arbeiten. Jetzt konnte er sich in der Natur die schönsten Motive aussuchen und malen. Schindlers Landschaftsbilder wurden von den Leuten immer mehr beachtet. Besonders sein Bild ›Altwasser an der Traun‹ erregte in der Akademie großes Aufsehen. Er war auf dem besten Weg, ein bedeutender Maler zu werden. Da erkrankte er mit 35 Jahren an Diphtherie – Burschi, weißt du überhaupt, was Diphtherie für eine schwere Krankheit ist?«

»Oh ja, gnä' Frau, das haben wir oft in der Schule. Die Erkrankten kommen ins Spital und ihre Wohnung und das Klassenzimmer in der Schule werden mit einem stinkigen Zeug ausgespritzt. Das Gute dabei ist, dass wir dann einen Tag schulfrei haben.«

»Burschi, das ist für Kinder eine schwere Krankheit. Doch wenn ein Erwachsener diese Krankheit bekommt, kann er daran sterben. Bei Emil dachte man nicht, dass er überleben würde. Auch meine beiden Töchter Alma und Grete bekamen gemeinsam Diphtherie und Scharlach. Bei beiden Kindern blieb ein körperlicher Schaden zurück. Alma hört seit dieser Zeit am rechten Ohr sehr schlecht und Grete hat einen leichten Sprachfehler. Um sich von dieser schweren Erkrankung zu erholen, brauchte Emil über ein Jahr. In dieser Zeit war er Mitglied der Dilettantenbühne des Wiener Künstlerhauses.«

Da kam Frau Moll schließlich auch auf sich zu sprechen: »Ich kam als Anna von Bergen aus Hamburg nach Wien und studierte bei Felix Mottl Gesang. Ich war nicht schön, doch ich hatte eine Stimme.« »Und Sie sind eine seelensgute Frau!«, fiel ich ihr ins Wort. Frau Moll lächelte: »Wenn du es sagst, du Obergescheiter. Also, ich bekam ein Probeengagement an der ›Komischen Oper‹ in Wien. Du darfst dir nicht vorstellen, dass die ›Komische Oper‹ eine Hinterhofbühne war. Auf dieser Bühne spielte man Singspiele, die ihrem Inhalt nach totaler Kitsch waren. Es waren Stücke, die manchmal vom Publikum mit dem Haustorschlüssel ausgepfiffen wurden. Gelang es den jungen Schauspielern durch ihre lustige Darstellung, das Schauspiel ohne Pfeifkonzert zu beenden, wurden sie zu höheren Aufgaben bestimmt.

Im Jahre 1877 stand die Aufführung ›Leonardo und die Schmeichlerin‹ auf dem Plan. Ich sang die ›Schmeichlerin‹ und für die Rolle des ›Leonardo‹ wählte man Emil Jakob Schindler aus. Das Eigenartige dieses Singspiels war, dass ich die Rolle der Schmeichlerin singen musste, während Emil die des Leonardo nur sprechen durfte! Aus diesem Grund gab es im ganzen Singspiel kein Duett. Doch für Emil und mich war es Liebe auf den ersten Blick. Ein Jahr später haben wir geheiratet.«

»Ist das Singspiel durchgefallen? Haben die Zuschauer euch ausgepfiffen?«, war meine neugierige Frage. »Im Gegenteil, die Leute haben gelacht. Besonders über den Emil, der vor lauter Verlegenheit nicht wusste, wie er sich auf der Bühne verhalten sollte. Ich bezirzte ihn, dass er nicht wusste, wie er sich drehen und wenden sollte. Als

Emil am Ende des Stückes, anstatt mich zu umarmen, auf der Erde herumkroch, um seinen heruntergefallenen Zwicker zu suchen, gab es ein riesengroßes Gelächter und stürmischen Beifall bei den Zuschauern. Ich bekam daraufhin ein Engagement an der Leipziger Oper. Doch ich entschied mich stattdessen, Emil Schindler zu heiraten.« Am 21. Mai 1878 gab Emil Jakob Schindler der fünfzehn Jahre jüngeren Anna Sophie von Bergen aus Hamburg in Wien das Ja-Wort.

»Eigentlich waren wir in unserem Wesen grundverschieden. Schindler liebte die griechische Literatur und war sehr belesen. Es war eine Wonne, mit diesem Mann zu sprechen und ihm zuzuhören. Seine Meinung wurde auch von prominenten Zeitgenossen hoch geschätzt. Doch mit seiner Gesundheit stand es schlecht und sein Gemüt war äußerst pessimistisch. Stand er vor einem Problem, das von ihm Mut und Tatkraft verlangte, war er ein ausgesprochener – wie sagst du immer? – ein großer ›Trau mi net‹.«

»Aber Sie, gnä' Frau, sind anders, bei Ihnen geht immer was weiter!«

»Burschi, da hast du recht. Für mich sind Schwierigkeiten da, damit man sie meistert. Das solltest du dir merken. Jede schwierige Aufgabe, die du meisterst, macht dich stärker!«

»Manchmal gelingt's mir. Manchmal net. Weil ich eben ein kleiner Affe bin.« Dann verabschiedete ich mich: »Gnä' Frau, heute waren Ihre Geschichten wieder pfundig. Kolossal druckreif.«

Ein anderes Mal sagte Anna Moll: »Ein guter Vater erzieht besser als hundert Lehrer. Heute will ich dir erzählen, wie der Emil mit der Alma gelernt hat. Schon als kleines Mädchen wollte Alma eine berühmte Pianistin werden. Wünschen kann man sich in seiner Jugend viel, bis man es allerdings erreicht, ist es oft ein dornenreicher Weg. Deshalb wurde Alma von ihrem Vater angehalten, täglich eine volle Stunde zu üben. Alma spielte als 11-jähriges Kind schon vorzüglich Klavier. Manchmal hatte sie aber auch ihre Schwierigkeiten. Da gelang es ihr nicht, so zu spielen, wie es auf dem Notenblatt stand. Da lief sie heulend zu ihrem Vater und weinte: ›Jetzt übe ich diese Stelle schon so lange und es ist immer falsch. Mir wird das ganze Üben schon fad.

Dieses dumme Klavier! Ich will jetzt aufhören!‹ Da setzte sich Schindler zu seiner Tochter und sah Alma durch seinen Zwicker ernsthaft an: ›Du musst dich entscheiden. Willst du in Zukunft auf dem Klavier nur Kinderlieder spielen, dann brauchst du nicht mehr so lange zu üben. Das kannst du schon. Nur eine bedeutende Pianistin wirst du mit diesem Können allerdings nicht. Um dieses Ziel zu erreichen, musst du üben, üben und nochmals üben!‹

›Gestern habe ich dieses Lied schon gut gespielt. Heute spiele ich alles falsch. Dieses dumme Klavier! Ich kann es gleich gar nicht mehr leiden!‹, maulte Alma. Da wurde Schindler sehr ernst: ›So, du magst dein Klavier nicht? Dann stell dir einmal vor, dein Klavier ist lebendig. Es ist dein Freund und will nichts anderes als gemeinsam mit dir schöne Musik zu machen. Gestern ist dir beim Üben alles gelungen. Du hast keinen Fehler gemacht und warst mächtig stolz auf dich. Heute hast du dich wieder ans Klavier gesetzt und hast gedacht: Jetzt können die schwersten Noten kommen. Ich fürcht mich nicht davor, ich spiel sie einfach alle. – Doch ›einfach‹ wird man keine berühmte Pianistin.

Deine heutige Einstellung spürt dein Klavier und lässt dich mit dieser überheblichen Einstellung scheitern. Doch dein Klavier hat im Register alle Töne, die du für dein Musikstück brauchst – du musst nur die richtigen Töne anschlagen. Dass das Klavier an deinem schlechten Spiel die Schuld hat, ist nicht logisch. Alma, setz dich hin, sei ruhig und spiele die schwierige Stelle, an der du immer wieder gescheitert bist, immer wieder durch. Du wirst sehen, es klappt schließlich.«

Dieses Beispiel von Schindler gab mir Frau Moll als warnende Erinnerung mit. Wenn ich etwas nicht konnte, dann sollte ich niemals den anderen die Schuld geben. Dass ich etwas nicht kann, liegt nur an mir!

In der nächsten Zeit erzählte mir Frau Moll wahre Begebenheiten von den prominenten Besuchern, die alle mit Emil Jakob Schindler befreundet waren. »Zuerst wohnten wir auf der Mariahilfer-Straße 37 im 4. Stock. Das Stiegensteigen war sehr beschwerlich, deshalb übersiedelten wir in den vierten Gemeindebezirk in die Heugasse, heute Prinz-Eugen-Straße. Hier waren die Zimmer sehr geräumig. Deshalb teilte Schindler sich ein Zimmer ab und schuf sich so sein Atelier.«

Frau Moll erzählte, dass bei ihnen dauernder Geldmangel herrschte. Trotzdem gelang es ihr, mit ihrer optimistischen Einstellung sogar die schwierigsten Probleme zu meistern, wie, wusste sie im Nachhinein auch nicht mehr. Sie konnte hervorragend kochen, was möglicherweise der Grund für ihre Beliebtheit bei den Künstlern war, die häufig zu Besuch kamen.

»Jetzt erzähle ich dir vom Komponisten Hugo Wolf«

Mit großer Begeisterung und Aufmerksamkeit lauschte ich Frau Molls Erzählungen. »Hugo Wolf war ein hervorragender Liederkomponist. Er kam oft zu uns auf Besuch. Nachdem er bei uns gut gegessen hatte, kramte er aus seiner übervollen Ledertasche sein neuestes Lied hervor. Jetzt erhielt sein Besuch einen feierlichen Charakter. Zuerst erläutete er den Text des Liedes. Hugo Wolf komponierte seine Lieder meistens nach einem Text von Goethe, Mörike und Eichendorff.

Wenn Emil Schindler den Text des Liedes feierlich vortrug, war das ein literarischer Genuss. Doch wenn Emil etwas boshaft sein wollte, bat er den Meister, selber den Text des Liedes vorzutragen. Als wir Hugo Wolf zum ersten Mal ein Gedicht aufsagen hörten, glaubten wir, die Hexe Kniesebein aus dem Märchenbuch sei lebendig geworden. Hugo Wolf war aufgestanden, hielt das Gedicht mit beiden Händen und hochrot im Gesicht mit voller Lungenstärke fistelte er die einzelnen Wörter des Gedichtes herunter. Zuerst waren wir alle fassungslos. Wir hatten so etwas noch nie gehört, doch je länger er las, umso schwerer wurde es, unser Lachbedürfnis zu unterdrücken.

Als Hugo Wolf mit seinem Vortrag zu Ende war, konnten wir unser Lachen nicht mehr zurückhalten.

Hugo Wolf blickte daraufhin völlig überrascht und verständnislos in unsere Runde. Da erfasste Schindler die Peinlichkeit der Situation, griff Hugo Wolf am Arm und sagte zu ihm: ›Meister, Sie dürfen unser Gelächter nicht falsch verstehen! Wir lachen Sie nicht aus. Als Sie uns Ihren heutigen Besuch ankündigten, erwarteten wir Sie mit großer Freude. Dazu kam, dass Sie uns versprachen, zwei frisch komponierte Lieder aus Ihrem Liederalbum mitzubringen. Mit Ihrer Feststellung, dass wir die ersten Menschen sind, die diese Lieder zu hören bekommen, machten Sie uns sehr stolz und erhöhten unsere Spannung sehr. Als Sie, werter Meister, die Grundlage des Liedes, das Gedicht des ehrenwerten Goethe, zu lesen begannen, hatte unser seelischer Druck seinen Höhepunkt erreicht. Nur mit herzlichem Lachen konnten wir uns am Ende Ihrer Lesung davon befreien.‹

Hugo Wolf war total überrascht. Er gab Schindler seine Hand und sagte: ›Lieber Schindler, Ihre tiefsinnige Erklärung, was die feierliche Erwartung eines neuen Kunstwerkes betrifft, mag stimmen. Sie haben sich ja wunderbar ausgedrückt. Dass meine Lesung des Gedichtes Ihren seelischen Druck zum Überschwang gebracht hat, erzählen Sie Ihrer Großmutter. Ich weiß es selber, dass ich beim Lesen eines Gedichtes, das ich vertont habe, zu fisteln beginne. Jedes andere Gedicht lese ich ohne Sprechprobleme vor. Als Sie mich aufgefordert haben, beide Gedichte vorzulesen, habe ich auf meine dumme Angewohnheit total vergessen. – Was war das Resultat? Ich habe schön gefistelt. Das werde ich mir nie abgewöhnen können.

Jetzt wollen wir andere Töne zum Klingen bringen. Ich möchte Ihre Frau bitten, meine beiden Lieder aus der Taufe zu heben. Ich werde Sie, Herr Schindler, auf Ihrer ›röhrenden Kommode‹ begleiten. ›Röhrende Kommode‹ – so nannte Hugo Wolf immer unser Pianino. Burschi, ich bin heute noch stolz, dass ich diese Lieder singen durfte. Hugo Wolf war der bedeutendste Tondichter unserer Zeit. Er hat fast dreihundert Lieder komponiert!«

Sie setzte fort: »Hugo Wolf war ein fanatischer ›Wagnerianer‹. Im ›Wiener Salonblatt‹ schrieb er leidenschaftliche Artikel, in denen er sich mit Nachdruck für sein Idol Richard Wagner einsetzte. Die persönliche Begegnung mit ihm anlässlich der ›Tannhäuser‹-Premiere in Wien war für Hugo Wolf der Anstoß, sein Leben der Musik zu weihen. Durch seine drei Liedersammlungen wurde sein Name rasch bekannt. Sein größter Schmerz war, dass seine Oper ›Corregidor‹ zu seinen Lebzeiten nie aufgeführt wurde. Als sein Vater starb, wurde Hugo Wolf immer verwirrter und bekam zusätzlich große finanzielle Sorgen. An seinen ›lichten‹ Tagen konnte Wolf sehr interessant über seine Lieder sprechen. Dann kam plötzlich eine schwere Nervenkrise, bis man ihn nicht mehr alleine lassen konnte und seine Freunde ihn in eine Heilanstalt brachten. Nach seiner Entlassung unternahm Wolf einen Selbstmordversuch und verlangte von sich aus, dass man ihn wieder in die Anstalt zurückbrachte. Er starb am 22. Februar 1903 in geistiger Umnachtung in der Landesirrenanstalt in Wien.«

»Weil Sie vorhin die Oper ›Tannhäuser‹ erwähnt haben: Ich habe diese Oper mit unserem Direktor Ehrenhofer und der ganzen Klasse in der Volksoper gehört. Was sagen Sie dazu?«

»Hat dir die Oper gefallen?«

»Sehr schön war es, gnä' Frau, so feierlich lang und wunderschön. Nur eines versteh ich nicht, dass Tannhäuser sich von so einer dicken Venus einfangen hat lassen. Ich hätte mir eine andere gesucht!«

Manchmal, wenn ihre Schmerzen erträglich waren, bat mich Frau Moll am nächsten Tag wiederzukommen. Oft sagte sie zu mir: »Ich bin doch eine alte Frau. Jetzt im Moment weiß ich was, da kann ich dir etwas darüber erzählen, später kann ich das Ganze vergessen haben.«

Als ich meiner Mama davon berichtete, meinte sie: »Frau Moll spürt halt, dass es nicht mehr sehr lange geht mit ihr! Darum will sie ihr langes Leben noch einmal Revue passieren lassen. Da ist sie froh, wenn ihr jemand zuhört. Sei doch froh, dass du der jenige bist!«

Johannes Brahms

An einem Samstag saß Frau Moll ganz fröhlich im Rollstuhl und rief mir schon von Weitem zu: »Servus, Burschi, heute Nacht habe ich vom Johannes Brahms geträumt. Schindler und ich, wir beide haben ihn sehr gut gekannt. Brahms war ein schrulliger, liebenswerter Mann. Wenn er uns in Mariahilf oder in der Heugasse besuchte, war immer etwas los. Durch den Umstand, dass Brahms und ich Norddeutsche sind, konnten wir uns herrlich in Plattdeutsch unterhalten. Wenn er schwitzend und keuchend zur Türe hereinkam, zog er sofort seine Schuhe aus. Das war der Moment, auf den meine beiden Töchter Alma und Grete mit Spannung gewartet haben. Jetzt hatten die beiden Gören was zu kichern, denn Meister Brahms hatte niemals Socken ohne Löcher an. Manche Löcher waren so groß, dass ich sie nicht stopfen konnte. Wenn ich ihn deshalb rügte, dann sah er mich treuherzig an und brummte: ›Meine entsetzlichen Hühneraugen haben so wenig Platz im Schuh. Das ist ein Leiden.‹ Dann ging er zu unserem Pianoforte und spielte darauf. Brahms nannte das ›Luft schöpfen‹. Dann stand er auf, murmelte etwas über unser Pianoforte wie: ›Na, zum Liederbegleiten geht es noch‹, dann begrüßte er meinen Mann und ging mit ihm in die Küche, wo Schindler für den Meister bereits einen ›zweistöckigen Klaren‹ vorbereitet hatte. Dann setzten sich Brahms und er zum Tisch und warteten auf das Essen. Wenn ich mich dazusetzte, begann ein gemütliches Schmausen. War das Mahl beendet, zündeten sich beide Männer eine Zigarre an. Denn um gemütlich plaudern zu können, brauchte Brahms seine Zigarre.

Plötzlich begann er ohne Rücksicht auf Emil plattdeutsch zu sprechen. Eine Zeit lang redete er so vor sich hin, bis ihm bewusst wurde, dass Schindler Plattdeutsch gar nicht verstand. ›Ach, Schindler, entschuldigen Sie mein Verhalten. Wir sitzen so fröhlich beisammen. Da hat mich meine Vergangenheit wieder eingeholt.‹

Dann erkundigte er sich stets, welche Fortschritte Alma am Klavier gemacht hatte. Er setzte sich zu ihr und Alma musste ihm vorspielen. Wenn sie allein übte, spielte sie oft ihren Lieblingswalzer von Brahms Opus 39. Damit wollte sie vor ihm brillieren. Der Meister hörte ihr zu. Dann stoppte er ihren Eifer: ›Ne, ne, ne, nicht so, meine Göre, neben dir sitzt der Komponist, er kennt seine Arbeit. Da kannst du nicht einfach einige Noten auslassen.‹ Alma wurde schrecklich verlegen, spielte den Walzer noch einmal, langsam, aber richtig, und jetzt war Brahms zufrieden.

Manches Mal blieb er bis zum Abend bei uns. Da spielte er auf unserem Pianoforte seine Lieder, die ich mit seiner Zustimmung singen durfte. Einmal, als Brahms wieder stöhnend die Treppe zu unserer Wohnung heraufkam, wollte er sofort und dringend Emil Jakob Schindler sprechen. Doch ich erklärte ihm, dass Schindler schon fort sei und dass auch er zu einem Galadinner im ›Roten Igel‹ erwartet würde. Brahms hatte sich bereits seinen rechten Schuh samt Socken ausgezogen und betrachtet wehmütig seine blutende Zehe. ›Was gibt es dort?‹, fragte er verbissen. ›Eugen d'Albert stellt seine sechste Frau vor.‹ Da schüttelte Brahms energisch sein Haupt: ›Ne, ne, ne, die werde ich dieses Mal überspringen.‹ ›Das glaube ich Ihnen. Mit dieser verstümmelten Zehe werden Sie sich noch eine Blutvergiftung holen‹, bemerkte ich und steckte Brahms Fuß in heißes Wasser, schmetterte sein Wehklagen: ›Das Wasser ist zu heiß!‹ mit einem energischen ›Das ist zum Aushalten!‹ ab und ging daran, mit einem scharfen Messer Brahms von seinem Quälgeist zu befreien. Meine beiden Mädchen Alma und Grete sahen sehr interessiert zu.

Nachdem Onkel Brahms herzzerreißend geseufzt und geklagt hatte und die Prozedur beendet war, fragte ich ihn, ob es ihm jetzt nicht besser ginge. Brahms zog sich seinen Schuh an und strahlte: ›Jetzt hab ich einen neuen Fuß.‹

Als Schindler am Abend heimkam, lief ihm Gretl aufgeregt entgegen und rief: ›Papa, stell dir vor, Onkel Brahms war da und Mutti hat ihn beschnitten!‹ Schindler rief ganz entsetzt: ›Was hat Mutti mit Brahms gemacht?‹ Da wurde Gretl noch aufgeregter und rief: ›Zerschnitten hat sie ihn und geblutet hat er wie beim Metzger die Viecher!‹ Ich habe meinen Mann über den wahren Sachverhalt aufgeklärt und Schindler gab sich damit zufrieden.«

Plankenberg

Einmal fragte mich Frau Moll: »Habe ich dir eigentlich schon von Plankenberg erzählt?« Ich verneinte. »Nachdem Kaiser Franz Joseph ein Landschaftsbild von Schindler für seine Galerie gekauft hatte, ging es mit unserem Lebensstandard bergauf. Der Besitzer der Galerie Miethke bot ihm einen unbefristeten Vertrag mit der Verpflichtung an, sämtliche Bilder von Schindler anzukaufen. Jetzt suchten wir nach einem Haus, in dem Schindler mehr Platz zum Malen hatte, mit einem Atelier, wo er seine Bilder auch ausstellen konnte.

Als Schindler von der Familie Liechtenstein das alte Schloss Plankenberg zur Miete angeboten wurde, griff er zu. Das Schloss liegt zwischen Tulln und Neulengbach, hatte zwölf Zimmer und einen zwölf Joch großen Park. Da Schloss und Park stark verwildert waren, verlangten die Besitzer nur eine geringe Miete. Mit Hilfe einer Haushälterin gingen wir mit Feuereifer daran, das Gebäude gründlich zu säubern und die zwölf Zimmer wohnlich zu gestalten. Die fehlende Einrichtung ersteigerten wir aus den verschiedensten Nachlässen. Ich erinnere mich an eine prachtvolle Sitzgarnitur, die wir aus dem Nachlass von Hans Makart kauften.

Im Frühjahr 1885 sanierten wir gründlich den verwilderten Park mit dem reichen Baumbestand. Durch die jahrelange Verwahrlosung des Waldes hatten sich dort verschiedene Tiere häuslich niedergelassen. Einmal kam Alma ganz aufgeregt angelaufen und erzählte, sie habe gesehen, wie ein Fuchs einen jungen Hasen in seinem Maul weggetragen hatte. Darauf meinte Schindler: ›Einen Fuchs können wir hier nicht brauchen, der muss gejagt werden.‹ Da kam mir eine wunderbare Idee: Ich lud die Mitglieder des kaiserlichen Hofes zur Jagd ein. Denn das gesamte Tullnerfeld war das Jagdgebiet von Kronprinz Rudolf.

Kronprinz Rudolf schätzte Schindler als einen mitfühlenden Menschen. Einmal waren beide Männer so in ihr Gespräch vertieft, dass es zur Rückreise nach Wien zu spät wurde. Kurz entschlossen übernachtete der Kronprinz mit seinen beiden Jägern in Plankenberg, worauf wir alle sehr stolz waren. Da Rudolf danach öfter über Nacht in Plankenberg blieb, wurde sein Zimmer abgesperrt und ich achtete sehr darauf, dass niemand anderer es betrat.

Nach einem kurzen Besuch Rudolfs erzählte mir mein Mann einmal: ›Gerade heute hat mir der Kronprinz über sein Höllenleben bei Hofe sein Herz ausgeschüttet. Es ist bedrückend, wie einsam dieser Mensch ist.‹ Kronprinz Rudolf war Emil Jakob Schindler sehr zugetan und von seinen Bildern begeistert. Einige Schindler-Bilder befanden sich auch in seinem Besitz. 1888 bekam Schindler vom Kronprinzen den Auftrag, alle großen Flüsse der Monarchie an ihren markantesten Stellen zu malen. Durch den frühen Tod von Kronprinz Rudolf kam das allerdings nicht zustande.«

Alma und ihre Musik

Immer wieder wollte meine Mama durch mich von Frau Moll erfahren, wie musikalisch Alma schon in ihrer Jugend gewesen war. Alma und die Musik – das war für Frau Moll ein unerschöpfliches Thema. »Alma war ungemein musikalisch. Sie wuchs seit ihrem dritten Lebensjahr Schritt für Schritt in ihr Klavierspiel hinein. Wenn es ihr darauf ankam, konnte sie ihre Zuhörer begeistern. Das war absolut hörenswert.«

Frau Moll saß in ihrem Fauteuil und hatte ihre Beine mit einer Wolldecke gut zugedeckt. Ihr Blick ging ins Leere und sie sprach langsam, aber deutlich. Beim Anblick der erzählenden Frau Moll hatte ich in meiner kindlichen Fantasie den Eindruck, ein Engel sitzt mit dem großen Buch ihrer lebenslangen Vergangenheit vor ihr, blättert jeweils die einzelnen Seiten um und sagte ihr ein, wenn sie nicht weiterwusste.

»Alma komponierte Lieder – schöne Lieder waren das! Die Melodien ihrer Lieder hatte sie alle selbst komponiert, nur bei der Klavierbegleitung hat ihr Alexander Zemlinsky geholfen. Ihr erstes Lied, an das ich mich sofort erinnere, schuf sie nach einem Gedicht von Richard Demel und es hieß ›Die stille Stadt‹. Das war für mich das schönste Lied. Sie konnte aus einem Gedicht in kürzester Zeit ein gefälliges Lied machen. Doch die Übereinstimmung zwischen Lied und Klavier gelang Alma selten, ihrem Musiklehrer Alexander Zemlinsky hingegen jedoch virtuos. Einmal versuchte Alma für ein eigenes Lied einen Klavierauszug zu machen. Sie gab ihre Arbeit ihrem Lehrer Zemlinsky mit der Bitte, er möge sich ihr Werk ansehen und verbessern. Am nächsten Tag bekam sie ihre Arbeit mit dem Kommentar ›Da gibt es nichts zu verbessern, das ist alles schlecht!‹ zurück.

In ihrer Jugend war Alma ungemein überheblich. Alles, was sie machte, war das Beste. Sie hatte ja schließlich den besten Lehrer, den es gibt – ihren Vater.

Einmal kam Alma in eine Situation, die für sie sehr peinlich hätte ausgehen können. Nur durch ihr hervorragendes Klavierspiel konnte sie die Situation zu ihrem Vorteil ausnützen. Der Erbauer der Wiener Secession Josef Maria Olbrich wollte die damals neunzehn Jahre alte Alma unbedingt heiraten. Sein Lieblingssatz, den er bei jeder Gelegenheit kundtat, war: ›Ach, die Alma, ein Bild von einer schönen Frau, das gibt es auf der ganzen Welt nicht.‹ Sooft er Alma sah, bestürmte er sie: ›Alma, du musst mich heiraten, ich liebe dich abgöttisch.‹ Für Alma waren diese Liebeserklärungen allerdings nur ein Spaß.«

Kurz danach entdeckte Frau Moll auf Almas Wandkalender lauter Striche. Auf die Frage, was das bedeute, antwortete sie, dass Olbrich ihr bei jeder Begegnung einen Heiratsantrag mache. Durch Stricherl am Kalender wollte sie kontrollieren, wie viele Anträge es bisher waren und wie viele es noch werden könnten. Eines Tages erhielt Olbrich den Auftrag, das Theater in Darmstadt zu restaurieren. Da diese Arbeit mindestens ein Jahr dauerte, befürchtete Olbrich, dass Alma ihn ganz vergessen würde. Deshalb entwickelte er die fixe Idee: Bei der Eröffnungsfeier des Darmstädter Theaters sollte Alma dem Fest durch ihre Lieder einen würdigen Glanz verleihen.

Josef Maria Olbrich

Als Frau Moll erschöpft ihre Erzählung unterbrach, setzte Carl Moll fort: »Ungefähr nach einem drei viertel Jahr schrieb Olbrich, dass seine Arbeit bald beendet sei und dass er Alma und mich mit großer Freude zu den Eröffnungsfeierlichkeiten erwarten würde. Alma hatte bis jetzt keine einzige Note für dieses feierliche Ereignis geschrieben. Jetzt wurde sie hysterisch, sie schimpfte mit Max Burghard, weil er ihr keinen Text für eine Ode geschrieben hatte, und ebenso mit Alexander Zemlinsky.

Bereits drei Tage später schickte uns Josef Olbrich die Bahnkarten erster Klasse Wien–Darmstadt–Wien. Jetzt war mir angst und bang vor der kommenden Blamage. Doch Alma verbreitete in Darmstadt blendende Laune. Immer wenn sie Zuhörer hatte, konnte sie im Überschwang ihrer Rhetorik alle auf ihrer Seite ziehen. Sie erzählte von ihrem Vater Emil Jakob Schindler, der er ihr über das Schauen hinweg das Sehen beigebracht und ihr erklärt hatte, dass ein Klavier lebendig werden würde, wenn man es beim Üben liebte.

Sie erzählte von Johannes Brahms, der mit ihr am Pianino seinen Walzer Opus 39 gemeinsam gespielt hatte, von ihrer Liebe zu Richard Wagner, als sie zum ersten Mal mit vierzehn Jahren ›Tristan‹ gehört hatte und über diese herrliche Musik nicht zur Ruhe gekommen war. Die Zuhörer saßen da und staunten. Endlich traf das ein, worauf Alma die ganze Zeit hingearbeitet hatte. Der Herr Direktor stand auf und fragte Alma verlegen: ›Ich glaube im Namen meiner ganzen Belegschaft zu sprechen, wenn ich mich zuallererst für Ihr hochinteressantes Gespräch bedanke! Wir hätten schließlich alle noch eine Bitte: Wir alle wären glücklich, wenn Sie mit Musik am Klavier diesen hervorragenden Abend zu einem würdigen Abschluss bringen würden.‹ Darauf hatte Alma nur gewartet. Dann sagte sie so laut, dass es jeder hören konnte: ›Ich spiele auswendig! Sie hören jetzt von mir: ›Isoldes Liebestod‹ in der Transkription von Franz Liszt.‹ Als Alma ihr Spiel beendet hatte, wurde es still im Raum. Dann brach unter den Gästen plötzlich ein ungeheurer Jubel aus.«

Als Carl Moll Alma fragte, ob es nicht ihr Wunschtraum wäre, Pianistin zu werden, gab ihm Alma zur Antwort: »Schau, Carl, wenn heute unter den Zuhörern ein Musikkenner gewesen wäre, der hätte beim Anhören meiner musikalischen Wiedergabe laut aufgeschrieen. Mindestens fünfzig Prozent der Noten, die ich heute gespielt habe, stehen nicht in den Noten der ›Transkription‹ von Franz Liszt. Mit welchem Aufwand uns der gute Herr Direktor empfangen und bewirtet hat! Da blieb mir gar nichts anderes übrig, als all diese Leute zu bluffen.«

Die letzten glücklichen Jahre

Frau Moll meinte: »Siehst du, Burschi, bei uns hat es auch lustige Zeiten gegeben!« »Du, Anna«, sagte Carl Moll und hielt ihr die Zeitung hin, »da steht, dass man wieder einige Bilder und Zeichnungen vom Gustav Klimt gefunden hat. Der Gustav muss reihenweise seine Arbeiten verschenkt haben! Klimt ist bis heute noch immer der größte Maler unserer Zeit. Aber als Mensch war er ein Patscherl und unselbstständig.«

»Carl, erzähl doch dem Burschi die Geschichte von der Florenzreise!«

»Das war damals ein Theater! Gustav bekam durch meine Vermittlung vom Gremium der Wiener Secession eine Studienreise nach Florenz geschenkt. Da Klimt allein fahren musste, haben wir an alle Möglichkeiten, die zu einer Katastrophe führen könnten, gedacht. Zuerst haben wir seinen Abreisetag auf einem Kalender rot angestrichen, damit er ihn nicht vergisst.«

»Am Abend vor seiner Abreise«, setzte Frau Moll fort, »habe ich ihm seinen Koffer gepackt, ihm die Fahrkarten gegeben, ihm den Wecker gestellt, die benötigten italienischen Scudi gegeben und ihm genau aufgezeichnet, wie er vom Bahnhof in Florenz in das nahe Hotel kommt. ›In Wien wird dich ein Fiaker abholen und zum Südbahnhof bringen. Im Hotel in Florenz nimmst du eine Mahlzeit ein und wartest auf Carl.‹ Immer wieder hat Klimt gejammert: ›Schau, Anna, ich war noch nie so weit weg.‹

Am nächsten Tag habe ich dem Frieden nicht getraut. Bereits zeitig in der Früh stand ich vor lauter Unruhe auf und plötzlich dachte ich, dass der Gustl sicher verschläft. Ich stellte fest, dass es vier Uhr früh war, zog mich an und ging ich auf die Straße. Dort sah ich einen heimkehrenden Fiaker, versprach ihm den doppelten Fuhrlohn und fuhr mit ihm zur Klimt-Wohnung. Das Haustor war noch geschlossen. Der Hauswart musste mir aufsperren. Gemeinsam gingen wir die Treppe hoch und ich läutete an Klimts Wohnungstür. Endlich, nach langem Sturmläuten machte Klimt im Nachthemd die Türe auf. Er hatte tatsächlich noch geschlafen. Schnell fuhren wir zum Südbahnhof und kamen zur Zugabfahrt gerade noch zurecht.«

Carl Moll erzählte weiter: »Als ich um 21 Uhr ins Hotel kam, war Gustav Klimt noch nicht da. Er hatte sein Zimmer noch nicht bezogen, seine Koffer waren nicht da. Also wo ist er? Ich ging ihn suchen. Als ich beim Bahnhof vorbeiging, hatte ich eine Eingebung – und wirklich, in der fast menschenleeren Bahnhofshalle saß ein einsamer Mann gottergeben auf seinem Koffer und schien zu warten. Ich habe ihn gleich richtig angefaucht: ›Sag Gustl, was machst du da? Was hättest du gemacht, wenn ich dich nicht am Bahnhof gesucht hätte?‹ Da sagt mir der Gustl glatt: ›Dann wäre ich mit dem nächsten Zug wieder nach Wien gefahren.‹ Ja, so war er, der Gustav Klimt. Ein grandioser Maler, im täglichen Leben allerdings ein großes Kind. Sein großes Glück war die Emilie Flöge. Bevor er die Flöge gekannt hat, haben die Frauen mit ihm machen können, was sie wollten. Sogar unsere 13-jährige Alma hat den 17 Jahre älteren Klimt zum Narren gehalten.«

Gustav Mahler

Einmal bat ich Anna Moll, mir von Almas ersten Ehemann Gustav Mahler zu erzählen: »Auch tät Sie meine Mutter, gnä' Frau, schön bitten, wenn Sie mir etwas über den berühmten Mann erzählen könnten.«

»Über den Gustav? Burschi, so viel Schreibpapier gibt es auf der ganzen Welt nicht, was ich über ihn erzählen könnte!«

»Ja bestimmt, denn meine Mama meint, dass Ihr Wissen doch der Nachwelt nicht verloren gehen darf! Außerdem höre ich Ihnen so gern zu.«

»Ich war sein ›Mammele‹, zu der er immer gekommen ist, wenn er Sorgen hatte, wenn ihm etwas weh tat oder wenn er Angst hatte, Alma, seine Frau, zu verlieren. Gustav Mahler hat eine trostlose Kindheit gehabt. Sein Vater Bernhard Mahler wird als cleverer Geschäftsmann beschrieben. In Wahrheit war er ein rücksichtsloser Egoist. Seine Mutter Maria stammte aus einer wohlhabenden Familie. Sie war zart, voller Weisheit und sehr hübsch. In ihren Jugendjahren erkrankte sie an Kinderlähmung und hatte von da an ein kürzeres Bein! Oft ist der Gustl bei mir gesessen und hat mir erzählt, welches große Leid seine Mutter durch diesen rücksichtslosen Mann zu ertragen hatte. Gustav Mahler hatte zwölf Geschwister.«

Als Kind mit großem Realitätssinn warf ich ein: »Das ist gewaltig! Das ist ja eine ganze Fußballmannschaft mit vier Ersatzspielern!«

»Burschi, du hast immer nur deinen Fußball im Kopf! Ich möchte gern wissen, ob du dir auch alles merkst, was ich dir erzähl, sonst höre ich nämlich auf mit meine Erzählungen!«

»Gnä' Frau, was das für mich bedeuten würde, kann kein Mensch ermessen! Außerdem schreibe ich nach jedem Besuch bei Ihnen alles auf, was ich bei Ihnen gehört habe. Ich habe jetzt schon fünf Hefte vollgeschrieben! Meine Mama nimmt sich öfter eines und liest darin. Dann sagt sie oft zu mir: ›Schön schreiben lernst du nimmer. Aber vielleicht schreibst du einmal ein Buch?‹«

Frau Moll fuhr in ihrer Erzählung fort: »Bernhard Mahler kümmerte sich wenig um den Gesundheitszustand seiner Frau und holte sich sein eheliches Recht auch gegen ihren Willen von ihr. Eines Tages hatte Gustls Mutter mit ihrem Mann eine hässliche Auseinandersetzung. Die Kinder hörten die lautstarke Auseinandersetzung ihrer Eltern mit an und versteckten sich ängstlich. Da stürzte Mahlers betrunkener Vater in das Schlafzimmer, riss der Mutter das Nachthemd vom Leib und tat ihr Gewalt an. Dabei bekam die Mutter einen Blutsturz. Der kleine Gustl hinter dem Bett erlebte alles mit und verkroch sich voller Angst. Gustav schilderte mir immer, welche tödliche Angst er gehabt hatte – einerseits um seine Mutter, andererseits, dass sein Vater ihn sieht. Er hätte ihn bestimmt halb totgeschlagen, hätte er ihn entdeckt.

Sigmund Freud war der Meinung, dass dieses Kindheitserlebnis eine schwerwiegende Neurose bei Mahler bewirkt hatte, aus der er sich schwer befreien konnte.«

Frau Moll hatte Gustav Mahler sehr geliebt. »Er gab mir öfters Beweise seiner liebenswerten Zuneigung. Bevor Gustav zur Uraufführung seiner achten Symphonie nach München fuhr, legte er mir heimlich den Klavierauszug auf den Frühstückstisch. Darauf schrieb er folgende Widmung: ›Unserem lieben Mamele, die ja zu uns gehört, und die mir Almschi geschenkt hat – von ihrem Gustav, dessen Dankbarkeit nie erlöschen kann‹.

Alma machte sich über Gustavs Zuneigung zu mir immer lustig und trieb damit ihre Späße. Einmal, als Julius Meier-Graefe mit seiner Frau zu Besuch war, kam Alma auf meine große Zuneigung zu Gustav Mahler zu sprechen. Schelmisch sah sie mich an und erklärte: ›Wenn Gustav zu meiner Mutter käme und sagen würde: ›Du, ich habe Alma umbringen müssen‹, so würde sie das nicht stören. Sie würde, ohne ihre Ruhe zu verlieren und ohne zu fragen ›Warum?‹, antworten: ›Du hast sicher einen Grund und deshalb recht gehabt!‹

Für mich war Gustav jedoch eine Ausnahmeerscheinung. Mein Gott, was hätte dieser Mann noch alles schaffen können, wenn man ihn mit den persönlichen Angriffen auf seine Person verschont hätte! Oft klagte er mir sein Leid, dass er zu viel arbeiten müsste und er im Ruf stand, die Sänger wie Sklaven zu behandeln und für keine Gefälligkeit zu haben sei. Er konnte diese Klagen der Sänger und Musiker nicht begreifen. Für ihn war Arbeit am Werk eines Genies ein Genuss, für die Ausführenden allerdings viel mehr Schweiß und Tränen.

Bevor Gustav Mahler die Leitung der Oper in Wien übernahm, hatte sich dort folgende Unsitte eingebürgert: Jede Primadonna und jeder Heldentenor hatten fanatische Anhänger, die nur in die Oper gingen, wenn ihr Stern eine Titelrolle sang. Sie warteten nur auf die berühmte Arie, die ihr Liebling sang. Nach Beendigung der Arie setzte stürmischer, nicht endenwollender Beifall ein und der Sänger oder die Primadonna musste die Arie wiederholen.

Gustav Mahler beendete diese Unsitte sofort bei seinem Antritt als Operndirektor. Er galt bald als bizarrer Sonderling, bald zu gefühllos, bald ohne Herz, bald hatte er keine Ahnung vom Kontrapunkt, bald war er nur ein Theoretiker, der keine Ahnung von einer Opernarie hatte. Man beklagte sich auch darüber, dass er die Tradition, die die Wiener Hofoper so berühmt gemacht hatte, vernichtet habe.

Als ihm sein Generalintendant Freiherr Plappart von Leenherr im Streit vorwarf, dass Mahler damit den Ruf der k. u. k. Hofoper vernichtete, gab ihm der erzürnte Gustav zur Antwort: ›Für mich bedeutet Tradition meistens nur Schlamperei.‹ Damit hatte er nun drei Gruppen gegen sich: Plappart von Leenheer sowie die mittelmäßigen Könner im Metier, die mittelmäßigen Kritiker, die sich kaum die Mühe machten, seine Arbeit zu verstehen, und die mittelmäßigen Gebildeten aus dem Publikum. Als Gustav Mahler am 8. Oktober 1897, mit allen Vollmachten ausgestattet, vom Kaiser zum künstlerischen Leiter der k. u. k. Hofoper ernannt wurde, stand er mit 37 Jahren an der Spitze seiner Karriere. Da er nur dem Kaiser verantwortlich war, konnte er nach seinem Wissen und Gewissen im künstlerischen Bereich tiefgreifende Änderungen durchführen.

Im Laufe der Jahre ließ die schützende Hand des Kaisers über Gustav Mahler allerdings deutlich nach. Schuld daran waren vor allem die gehässigen Intrigen des Generalintendanten August Plappart von Leenheer gegen Gustav Mahler, mit denen er dauernd beim Kaiser vorstellig wurde. 1907, als die Gehässigkeiten ihren Höhepunkt erreichten, nahm Gustav Mahler seinen Abschied. Ganz niedergeschlagen kam danach Gustl zu mir und klagte: ›Mamele, die Leute in Wien wollen mich nicht mehr! Darüber bin ich unsagbar traurig. Ich gehe fort von hier. Was ich an Werten in der Oper zurückgelassen habe, wird bald verschwunden sein.‹ Ich sagte zu Gustl, dass sich der Herr Generalintendant darüber sehr freuen würde. ›Jetzt hat er es endlich erreicht – Du bist fort und er triumphiert!‹«

Nur lange hat sich der Herr Generalintendant darüber nicht freuen können. Er ist 1907 mit 71 Jahren gestorben.

Mein großes Spiel

Am 5. April 1936 herrschte auf der Hohe Warte Länderkampfstimmung. Österreich spielte gegen unseren größten Gegner Ungarn. Dieses Spiel anzusehen, war für mich einfach ein Muss. Unser österreichisches Team hatte sich schon in den 30er Jahren gegen Ungarn immer schwer getan. Auch die Vereinsmannschaften von Ungarn, Hungaria und Ferencvaros, waren schwer zu besiegen. Einzig die Wiener Austria mit dem legendären Matthias Sindelar konnte diese Teams bezwingen. Doch bei diesem Länderspiel setzten wir alle Hoffnungen auf einen Sieg.

Die Fußballmeisterschaft 1936 in Österreich lief gut an. In der Wiener Meisterschaft hatten die Vereine Admira, Austria und Vienna ausgezeichnete Spiele geliefert. Man war also guter Dinge, die ungarische Nationalmannschaft schlagen zu können. Doch sie hatte großartige Spieler wie Gábor Peter Szabó im Tor, die grimmigen Verteidiger Gyula Polgár und László Sternberg, im Mittelfeld György Szücs und im Angriff den großen Géza Toldi, der einen enormen Schuss hatte, und die Seele der Mannschaft, Dr. György Sárosi.

Vor dem Länderspiel Österreich gegen Ungarn spielte Rapid Jugend gegen Viktoria Währing. Da ich bei Viktoria Währing in der Schülermannschaft spielte, war ich sehr interessiert daran zu sehen, wie sich unsere Jugendmannschaft mit Spielern, die viel älter als ich waren, gegen die bedeutend bessere Jugend von Rapid schlagen würde. In meinem Innersten befürchtete ich ein Trauerspiel unserer Mannschaft. Rapid hatte damals eine hervorragende Jugendmannschaft. Aus ihr gingen Fußballer hervor, die sich später in der Topmannschaft von Rapid einen Namen machten wie Lukas Aurednik, August Fellner, Georg Schors, Hermann Dvoracek, Ladislav Maier und Max Merkl.

Als ich mich bei den Umkleidekabinen herumtrieb, kam plötzlich unser Trainer auf mich zu und fragte mich: »Bua, du bist doch der Tormann von unserer Schülermannschaft?« »Ja – warum?« »Der Herrschl ist krank, wir stehen ohne Tormann da. Zieh dich um, du spielst!« Ich war entsetzt: »Ja, aber wenn ich vor lauter Angst ein Eiergoal bekomm, dann kriegen wir einen hohen Schraufen und ich bin schuld.« Ein »Eiergoal« war ein Schuss ins Tor, den, wie der Trainer sagte, meine Großmutter gehalten hätte. Der Trainer war sichtlich in Zeitnot. Er nahm mich beim Ärmel und sagte: »Komm, Bua, du kriegst scho kane Eiergoal!« Kaum war ich im Dress, pfiff der Schiedsrichter und gemeinsam mit Rapid liefen wir aufs Spielfeld. Als ich die vielen Zuschauer sah, wäre ich am liebsten umkehrt. Mir zitterten die Knie, und obwohl das Spiel noch nicht begonnen hatte, war ich schon schweißgebadet. Mit weichen Knien und düsteren Gedanken ging ich zum Tor.

Es dauerte nicht lange und der wieselflinke Aurednik kam am Flügel durch, flankte den Ball zur Mitte und der heranstürmende Fellner schoss wuchtig aufs Tor. Ich warf mich mit Todesverachtung in seinen Schuss und verhinderte so ein sicheres Tor. Kaum hatte ich den Ball ins Feld zurückgeschossen, kam schon der nächste Angriff von Rapid. Jetzt war ich in meinem Element. Mit voller Wucht stürzte ich mich dem Ball entgegen. In der Reportersprache hieß das: »Der Tormann nahm dem anstürmenden Spieler den Ball vom Fuß.« In diesem Spiel nahm ich oft den im vollen Lauf anstürmenden Rapidspielern den Ball vom Fuß. Einigen gelang es bei meiner Aktion, über mich drüberzuspringen. Bei den meisten Angriffen machte ich schmerzhafte Bekanntschaft mit den Fußballschuhen des Gegners. Da unsere Verteidiger lauftechnisch so schwach waren, dass sie von den schnellen Rapidspielern ständig überlaufen wurden, hatte ich oft die allein auf mich zulaufenden Rapidspieler vor mir. Doch mit größter Leidenschaft konnte ich mein Tor bis zur Halbzeit torlos halten. Da stand es 0 : 0.

In der Kabine hielt unser Trainer in seiner derben Fußballsprache der Mannschaft eine Strafpredigt: »Was ist denn los mit euch, dass ihr nimmer rennen könnt's? Der arme Bua spielt allein gegen Rapid und wo seid's ihr? Seid's ihr unterm Rasen verkommen? Euch sieht man gar net. Geht's drauf am Ball, und helft's dem Buam a bisserl!«

Mir kühlte er mit einem kalten Wickel die Beulen am Kopf. Dazwischen sagte er: »Bua, hör auf mit dem Hinschmeißen vor die Füass! Die Rapidler san turmhoch besser als wir. Dass es bis jetzt noch 0 : 0 steht, des verdanken wir nur dir, aber was hast davon? An Brummschädel!« Ich: »Herr Trainer, die Zuschauer haben mich so narrisch g'macht! Ich bin innerlich so wild geworden!« »Auf de derfst net hören. Vergiss des und jetzt lass nach, verstehst!«

Die Aufmunterung des Trainers »nachzulassen« hätte ich gar nicht gebraucht. Ich hatte körperlich spürbare Verschleißerscheinungen. Innerhalb von zehn Minuten stand das Spiel 3 : 0 für Rapid. Das restliche Spiel hatte nur noch Trainingscharakter. Man stürmte nicht mehr auf mich los. Ich sehnte den Schlusspfiff herbei. Todmüde, aber froh ging ich in die Kabine. Inzwischen hatte das Länderspiel begonnen, das für Österreich nicht gut ausging. Obwohl wir drei Tore schossen, verloren wir 5 : 3. Ich konnte das Ende des Länderspiels nicht abwarten, da ich mich kaum noch aufrecht halten konnte. Ich musste heim.

Als mich meine Mama sah, schlug sie die Hände über dem Kopf zusammen und rief: »Um Gottes Willen, Erich, wie schaust denn aus?« Ich warf mich, so wie ich war, auf meinen Diwan und schlief sofort ein. Der nächste Tag war furchtbar. Ich konnte mich kaum rühren. Mein Kopf sah aus wie ein überreifer Kürbis und ich war froh, dass wir in der Karwoche keine Schule hatten.

Mama holte unseren Hausarzt Dr. Zimmerl herein. Jetzt sah ich erst, wie fürchterlich ich zugerichtet war. Massenweise hatte ich am Körper und an den Knien blutige Abschürfungen und blaue Flecken.

Aber den traurigsten Anblick bot mein Kopf. Der Arzt schüttelte den Kopf. »Dein Ehrgeiz in Ehren, doch du übertreibst. Schau dich an, wie du ausschaust, du gehörst eigentlich ins Krankenhaus!« Da verkündete meine Mutter: »Ab heute ist es beim Erich mit dem Fußballspielen vorbei!« Als am nächsten Tag unser Trainer nach mir sah, sagte er zu meiner Mutter einen Satz, der mich ungemein stolz machte: »Gnä' Frau, ich versteh Sie, aber eines können Sie dem Buam sagen. Nach dem Ländermatch, des ma 5 : 3 verloren haben, ist der Bican Pepi zu mir kommen und hat g'sagt: ›Wenn wir euchern Buam im österreichischen Goal gehabt hätten, hätten wir bestimmt kane 5 Goal kriegt.‹ Darauf kann Ihr Bua stolz sein.«

Dieser Ausspruch meines Fußballidols machte mich sogar sehr stolz. Doch ich sah gleichzeitig ein, dass eine Karriere, bei der ich dauernd wie der Bruder des Watschenmannes im Wiener Wurstelprater ausschaute, nichts für mich war.

Frau Moll war sehr mütterlich zu mir: »Schau, Burschi, kränk dich nicht. Du hast als 12-Jähriger vor 50 000 Zuschauern, noch dazu vor einemLändermatsch, spielen können. Alle waren begeistert von dir. Doch was hast du dafür gegeben? Ich sage es schlicht und einfach: deine Gesundheit! Das steht in keiner Relation. Darum höre auf deine Mama und hör auf.« So geschah es dann auch. Mit Freunden habe ich schon noch Fußball gespielt, doch nie mehr mit solcher Leidenschaft.

Als ich eine Woche nach Ostern wieder Frau Moll besuchen wollte, erinnerte mich meine Mama daran, dass Herr Moll unbedingt meine letzten Eintragungen in meinem Schreibheft lesen wollte. Darüber war ich nicht begeistert und erfand allerlei Ausreden, um mein Heft nicht auf die Hohe Warte mitnehmen zu müssen. Meine Mutter meinte: »Was du jetzt in dem Heft aufschreibst, ist kindlich und naiv. Aber so wie dich deine Autogramme und Fotos an gewisse Begebenheiten mit diesen Leuten erinnern, werden es auch deine Schreibhefte tun.« Also nahm ich mein Heft und fuhr auf die Hohe Warte.

Kaum hatte ich bei der Gartentüre angeläutet, stand Herr Moll bereits da. Ich hatte den Verdacht, dass er auf mich gewartet hatte. Er holte seine Lesebrille und wir gingen in den Garten, wo einige

Leute saßen. Da sah ich auch Marianne Eberstaller, die Tochter von Anna und Carl Moll. Meiner Meinung nach hatte das Ehepaar Eberstaller damals nicht mehr in Wien, sondern schon vor 1938 in Deutschland gelebt. Herr Moll begann, aus meinem Heft vorzulesen und meine Geschichten erheiterten die Anwesenden. Ich stand mit vor Verlegenheit feuerrotem Gesicht da und wusste nicht, was ich dazu sagen sollte. Frau Moll rettete mich schließlich aus meiner Befangenheit.

Meine Erinnerungshefte erstreckten sich über den Zeitraum von 13. März 1932 bis Ende November 1938. Es waren ungefähr fünfzehn Hefte, vollgeschrieben mit Erinnerungen und Berichten, die ich selber erlebt, gehört und gesehen hatte. Meine Mutter verbesserte in meinem Heft nicht einen Satz, auch keinen Rechtschreibfehler. Sie sagte: »Deine gesammelten Autogramme, die du dir von berühmten Personen geholt hast, und die vielen Fotos, die du bereits mit zehn Jahren geknipst hast, werden dazu beitragen, dass die einzelnen Erinnerungen vor dir wieder lebendig werden, als ob es gestern gewesen wäre. Ich bin sicher, einmal wirst du über diese Erlebnisse ein Buch schreiben – ob ich das erleben werde?« Als ich an diesem Tag am Abend heimging, machte ich mir um die gebrechliche Frau Moll große Sorgen.

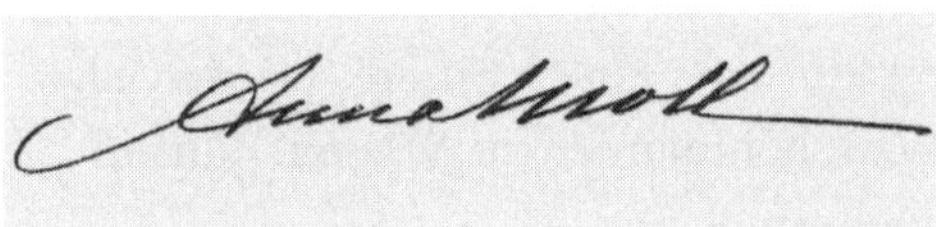

Anna Molls Unterschrift

Wien ist ein Tollhaus: die Nazi sind da

Im Winter 1937/38 begann sich Frau Molls Gesundheitszustand empfindlich zu verschlechtern. Anfang November 1937 feierte sie ihren 80. Geburtstag. Kurz darauf machte sie in ihrer Küche einen unachtsamen Schritt, stürzte und brach sich den Oberschenkel. Sie wurde in das Sanatorium Löw gebracht. Wie uns Schulli erzählte, wurde Frau Moll, trotz ihres hohen Alters, zwei Mal von Dr. Felsenreich operiert. Einmal wurde das Bein gestreckt, bei der zweiten Operation wurde der Schenkelhals genagelt. Frau Moll hatte große Schmerzen. Doch obwohl sie nie mehr gehen können würde, behielt sie ihren Humor. Sie sagte: »Jetzt habe ich nur mehr einen einzigen Freund: den Rollstuhl.«

Nach dem pompösen Abschiedsfest von Alma und Werfel mit über 150 Gästen wurde die Villa an die ungarische Gesandtschaft vermietet. Alma und Werfel zogen in das Hotel »Johann Strauß« in die Wiedner Hauptstraße. Wenig später fuhren sie nach Capri und Carl Moll mit seiner Frau über Weihnachten nach Baden bei Wien.

Die politische Lage in Wien wurde immer bedrohlicher. Täglich hörte man von Schlägereien und Anschlägen der Nazi-SA. Es wurde gefährlich auf die Straße zu gehen und man riskierte, von diesen Horden angestänkert zu werden. Wenn man nicht gleich »Heil Hitler« rief, konnte es passieren, dass man einen Schlag verpasst bekam.

Anfang März 1938 wurde es der Bevölkerung klar, dass in Österreich große politische Veränderungen bevorstanden. Ein großer Teil der Bevölkerung jubelte, ein kleiner Teil lebte in Angst. Jetzt wurde es auch Alma bewusst, dass Werfel und sie gefährdet waren. Am Sonntag, dem 13. März 1938, war in Wien die Hölle los. Die Straßen waren voll von Menschen, die mit lauten »Sieg-Heil«-Geschrei zum Wiener Heldenplatz strömten, um dort Arthur Seyß-Inquart und Baldur von Schirach sprechen zu hören. Man trieb bereits Juden zusammen, damit sie zum Gaudium ihrer »arischen« Mitmenschen, Parolen wie »Schützet Österreich« vom Gehsteig abwuschen.

Auf meinem Weg zur Hohen Warte hatte ich Schwierigkeiten überhaupt dort hinzukommen. Immer wieder versuchten Jugendliche, mich gewaltsam auf den Heldenplatz mitzunehmen. Mit Mühe erreichte ich das Haus Moll. Schon beim Öffnen der Türe erzählte mir die Pflegerin, dass sich die alte, kranke Frau Moll fürchterlich aufgeregt hatte. Am Morgen hatte sich Alma überschwänglich von ihrer Mutter verabschiedet. Mutter und Tochter ahnten, dass dies ein Abschied für immer sein würde. Jetzt war die alte Dame vor lauter Kummer eingeschlafen. Vorsichtig setzte ich mich an ihr Bett und wollte ihre Hand streicheln. In dem Moment schlug sie beide Augen auf und richtete sich etwas auf. Sehr traurig sagte sie: »Burschi, heut habe ich so viel geweint wie in meinem ganzen Leben nicht! Meine Almschi hatte mich heute verlassen müssen. Ich weiß es, ich sehe sie nie mehr wieder.« Dann weinte sie still vor sich hin und ich versuchte vergeblich, sie zu trösten. Als ich mich nach einer Weile leise zurückziehen wollte, drückte Frau Moll meine Hand. »Burschi, wenn du brav bleibst, wird alles gut!« Still verließ ich das Zimmer.

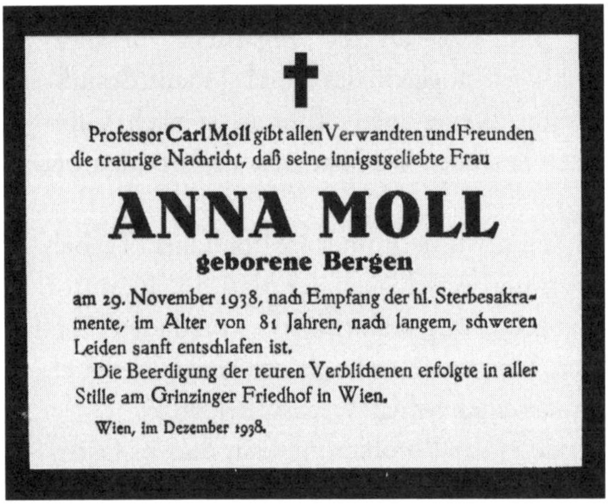

†

Professor Carl Moll gibt allen Verwandten und Freunden die traurige Nachricht, daß seine innigstgeliebte Frau

ANNA MOLL

geborene Bergen

am 29. November 1938, nach Empfang der hl. Sterbesakramente, im Alter von 81 Jahren, nach langem, schweren Leiden sanft entschlafen ist.

Die Beerdigung der teuren Verblichenen erfolgte in aller Stille am Grinzinger Friedhof in Wien.

Wien, im Dezember 1938.

Der Partezettel von Anna Moll, 1938

Das war das letzte Mal, dass ich Frau Moll lebend sah. Danach verwehrte mir Dr. Richard Eberstaller jeden weiteren Besuch. Ende November 1938 schlug ich die Zeitung auf und sah diese Nachricht, die mich erschreckte und gleichzeitig sehr traurig machte.

Einige Tage später besuchte ich Frau Molls Grab am Grinzinger Friedhof. Dort sah ich Schulli im Gebet versunken stehen. Als sie mich sah, drückte sie mich an sich und wir beide weinten. Anschließend setzten wir uns auf eine Bank und Schulli zeigte mir ein Stück Papier: »Das sind die letzten Zeilen von Frau Moll. An der Stelle, wo sie den Brief unterbrochen hat, verlor Frau Moll das Bewusstsein. Eine Stunde später war sie tot. Ich glaube, sie hätte nichts dagegen, wenn ich dir ihren letzten Zeilen schenke. Halte sie in Ehren. Sie

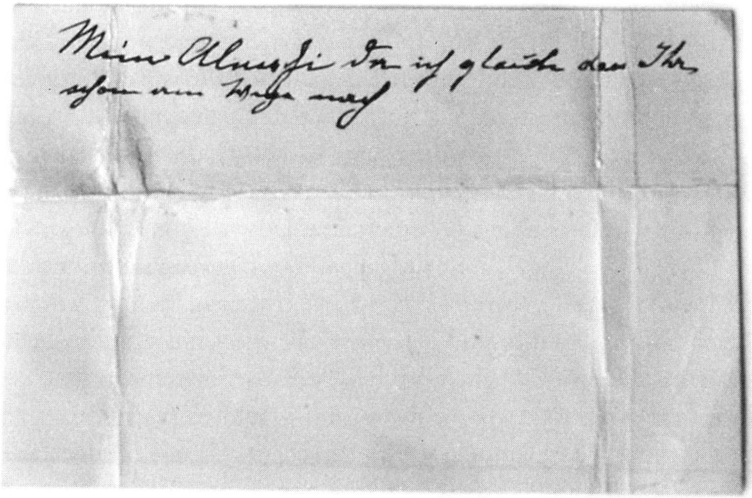
Meine Almschi da ich glaube dass Ihr
schon am Wege nach

»Meine Almschi ...«– Anna Molls letzte Zeile

werden dir Glück bringen.« Während des ganzen Krieges und an vorderster Front begleiteten mich Frau Molls letzte Zeilen in meiner linken Uniformtasche: »Meine Almschi da ich glaube dass Ihr schon am Wege nach«.

Ich werde Soldat und bekomme an der Front einen Streifschuss

Im Leben eines Menschen geschehen Dinge, für die es manchmal keine Erklärung gibt. Im Zweiten Weltkrieg war ich an der italienischen Front eingerückt. Mit meinem Funkgerät der Type Dora mit einer Reichweite von 30 km und einem Gewicht von 27 kg war ich bei einem schweren Infantriegeschütz immer an der vordersten Front als Beobachter eingesetzt. Das Gewicht dieses Funkgerätes weiß ich deshalb noch, weil ich es tagein, tagaus auf meinem Rücken herumtragen musste. Das war eine furchtbare Zeit für mich. Mit 27 kg am Rücken zu marschieren und vor den feindlichen Granaten Deckung zu suchen, geht noch, aber mit 27 kg aufzustehen und weiterzulaufen, war furchtbar anstrengend.

Im Winter 1944/45 kam der zügige Vormarsch der Alliierten vorübergehend zum Stillstand. Man konnte davon ausgehen, dass sich der Feind auf eine Großoffensive vorbereitete. Unsere Kompanie lag in der Po-Ebene in Stellung. Unsere Aufgabe war es, den Raum zwischen den Städten Bologna und Ferrara abzusichern. In diesem Raum gab es zwei kleine Flüsse, die Idice und den Reno, die südlich der Stadt Agenta zusammenfließen. Zwischen den beiden Flüssen hatte man Bewässerungsgräben angelegt, die beidseitig mit Dämmen geschützt waren. In diesen stabilen Dämmen gab es ausgebaute Räume, in denen die Bauern ihre Gebrauchsgegenstände unterbrachten. Während unsere Kompanie gemeinsam mit dem Stab kilometerweit hinter uns Stellung bezogen hatte, mussten meine Kameraden und ich im freien Feld in einem von den zwei gegenüberliegenden Dämmen unsere Unterkunft einrichten. In dem dem Feind zugewandten Damm lag unser Beobachtungsposten, der aus acht Mann und einem Leutnant bestand. Von dort aus sahen wir 200 Meter weit nur Ebene, dann kamen wieder zwei Dämme mit einem Bewässerungsgraben und dahinter 200 Meter weiter standen unbewohnte Häuser, die von alliierten Truppen besetzt waren. Hinter diesen Häusern war die feindliche Artillerie in Stellung gegangen. Sie wurde von einem US-Panzerregiment unterstützt. Uns war klar, dass die deutsche Wehrmacht dieser feindlichen Übermacht nahezu schutzlos gegenüberstand.

Wenn unser Leutnant ein feindliches Ziel ausgemacht hatte, bekam er auf Anfrage drei Granaten bewilligt. Kein Richtoffizier in der ganzen Welt kann sich mit nur drei Granaten einschießen. Die US-Armee schoss sich beispielsweise massenweise mit ihren Zielgranaten ein, bevor der gewaltige Granatenregen kam.

Unser Beobachtungsposten musste Tag und Nacht besetzt sein. Als wir unsere Stellung bezogen hatten, ließ uns der Feind in Ruhe. Wir konnten ohne feindliche Störung unsere Latrine bauen und bekamen zur Mittagszeit von unserer Kompanie die tägliche Verpflegung. Als wir den Beobachtungsposten fertig gestellt hatten, war es mit der Waffenruhe vorbei und uns wurde bewusst, in welcher verzweifelten Lage wir waren. Zweimal täglich erhielten wir Artilleriebeschuss. Unsere eigene Artillerie beantwortete das feindliche Störfeuer mit einigen Granaten, die hinter unserer Stellung einschlugen. Feindliche Hubschrauber kreisten dauernd in der Luft. Wenn sich ein Soldat außerhalb unserer Stellung nur zeigte, wurde auf ihn vom Hubschrauber aus geschossen. Unsere Verpflegung bekamen wir mittlerweile nur in der Nacht und auch das nicht mehr regelmäßig. Unsere Lage kam einem Himmelfahrtskommando gleich. Die verzweifelten Hilferufe unseres Leutnants wurden nicht beachtet.

Erich Rietenauer als Achtzehnjähriger, 1942

Im Dezember 1944 kam eine Bataillonsorder heraus: Dem Stoßtrupp, dem es gelang, alliierte Soldaten in ihren Stellungen gefangen zu nehmen und in unsere herüberzubringen, wurde ein vierzehntägiger Heimaturlaub gewährt. In unserer Kompanie gab es einen waghalsigen Oberfeldwebel, der sich einen Sturmtrupp zusammenstellte. Es gelang ihm tatsächlich, acht feindliche Soldaten aus ihrer eigenen Front gefangen zu nehmen. Das waren Soldaten aus Argentinien, die froh darüber waren, aus dem Frontbereich abgezogen zu werden. Oberfeldwebel Angermaier fuhr mit seiner Truppe auf Weihnachtsurlaub.

Als er mit seinen Männern zurückkam, plante er eine neue Attacke. Doch dieses Mal hatte uns gegenüber eine amerikanische Einheit Stellung bezogen. Anscheinend hatte der Feind Lunte gerochen, denn das Störfeuer wurde verstärkt. Ausgerechnet den Freitag, den 13. Jänner 1945, hatte sich der Oberfeldwebel ausgesucht, um mit seiner Sturmtruppe eine weitere Attacke in die feindlichen Stellungen zu unternehmen. Ich wurde beauftragt, mit dem Sprechfunkgerät die Sprechverbindung zu halten. Es hatte nur eine Reichweite bis zu 1000 Meter und war viel schlechter als das Radar, das die Alliierten im Krieg einsetzten. Die Aktion startete um 22 Uhr.

Unser Stoßtrupp war bereits eine drei viertel Stunde unterwegs und ich bekam von ihnen kein Lebenszeichen. Ich fragte mich, ob mein jetziger Standpunkt der Grund dafür war. Ich wechselte meinen Platz für einen besseren Empfang und stieg auf das Plateau des Dammes hinauf. Dabei übersah ich, dass mein Körper im Kontrast zwischen Damm und Himmel dem Feind eine Zielscheibe abgab. Kaum wurde ich mir dieser Gefahr bewusst, sah ich aus der Dunkelheit ein Geschoss mit Leuchtspur direkt auf mich zuschießen. Instinktiv machte ich mit meinem Körper eine kleine Drehung. Dann spürte ich einen heftigen Schlag auf meiner Brust und flog in hohem Bogen den Damm hinunter.

Der Schlag war so heftig, dass ich kaum atmen konnte. Meine Kameraden halfen mir beim Aufstehen und ich war froh darüber, dass ich stehen konnte. Mein Anorak und meine darunterliegende Uniform waren bis auf die Erkennungsmarke total zerfetzt. Meine Brust war feuerrot und schmerzte. Doch sonst hatte ich keine Verletzungen. Meine instinktive Drehung war meine Lebensrettung gewesen, sonst hätte ich einen gezielten Herzschuss bekommen. Als ich in meiner linken, zerrissenen Uniformtasche nachsah, fand ich völlig unversehrt Frau Molls letzte Zeilen.

Im nächsten Moment wurde unsere Stellung mit Granatwerfern und Feldhaubitzen beschossen. Der Feuerhagel hielt eine volle Stunde lang an. Am nächsten Morgen sahen wir das Ausmaß der Katastrophe: Das ganze Feld hinter unserer Stellung war durch Granateneinschläge umgepflügt worden. Unsere Kompanie im Hinterland hatte schwere Verluste erlitten. Wir bekamen per Funk den Befehl, uns während der Nacht ins Hinterland abzusetzen. Dieser Rückzug wurde für manche Soldaten zum tödlichen Hindernislauf. Wir wurden beim taghellen Licht der Leuchtraketen vom Hubschrauber aus mit dem Gewehr beschossen, zwei unserer Kameraden kamen dabei ums Leben.

Am 9. Mai 1945 war in Italien der Krieg zu Ende. Zu diesem Zeitpunkt hatte ich, ganz allein auf mich gestellt, Frangart, eine Ortschaft vor Bozen in Südtirol, erreicht. Als ich versuchte die österreichische Grenze zu erreichen, wurde ich von Mitgliedern der italienischen Befreiungsarmee gefangen genommen und den heranrückenden amerikanischen Truppen übergeben.

Dort, wo heute zwischen dem Comacchiosee bis hinunter nach Rimini unzählige Hotels stehen, war 1945 nur Sand. Auf diesem Strand hatten die Alliierten ein riesiges Gefangenenlager errichtet. Dorthin wurde ich gebracht. Um sich im Sand eine Schlafstätte einrichten zu können, bekam man von den Amerikanern einen großen Karton. Wenn sich einige Soldaten mit ihren Kartons zusammentaten, konnten sie sich etwas Ähnliches wie eine Hütte bauen, um zeitweise Schutz vor der sengenden Sonne zu finden. Schlafen mussten wir wie alle anderen Gefangenen auf dem Sandboden. Von Mitte Mai bis September 1945 war dieses Kriegsgefangenenlager mit über zehntausend deutschen Wehrmachtsangehörigen belegt.

Unser täglicher Speiseplan bestand aus einem kleinen Sackerl Kaffeepulver, einer 5 cm langen Stange mit Zucker, einem Löffel mit Trockenmilch, einem Löffel voll Trockenei, 10 Stück Keksen, 5 Stück getrockneten Marillen, 5 Stück gedörrten Pflaumen, 7 Rosinen, einem halben Kochgeschirr mit einer undefinierbaren Suppe und einer Feldflasche heißem Wasser.

Glücklicherweise hatte ich das Buch »Hyperion« von Hölderlin gerettet. Außerdem besaß ich zwei Bleistifte und leeres Schreibpapier. Nachdem ich den »Hyperion« bereits fast auswendig konnte, vertrieb ich mir die entsetzliche Langeweile im Lager damit, alle meine Erlebnisse von 1931 bis 1938 aus dem Gedächtnis aufzuschreiben. Im September 1945 floh ich mit einer Gruppe aus dem Lager. Wenn ich in Kärnten oder in der Steiermark gewohnt hätte, wäre es leicht gewesen sich abzusetzen, weil dort die britische Besatzungszone war und niemand hätte etwas beanstandet. Wien und Niederösterreich waren jedoch von den Sowjets besetzt. Wenn sie unsere Flucht entdeckt hätten, wäre unsere Zukunft äußerst fragwürdig gewesen.

An der steirisch-niederösterreichischen Grenze wurden wir davor gewarnt, die Grenze zu überschreiten. Erst kurz zuvor hätten sowjetische Soldaten eine Gruppe Kriegsgefangener in einem Lastwagen mit unbekanntem Reiseziel abtransportiert. Möglicherweise wurden sie zur Zwangsarbeit eingesetzt. Man riet uns, zu Fuß über die Rax und den Semmering auszuweichen. Von dort aus könnte man eher auf einen Lastwagen nach Wien kommen.

Wir drei Flüchtlinge entschlossen uns, den Fluchtweg über den Semmering zu wagen und machten uns bei einbrechender Dunkelheit auf den Weg. Die Überquerung der Zonengrenze war problemlos, doch ohne Karte und Kompass ein bergiges Waldgebiet in der Nacht zu durchqueren, ist sehr schwierig. Nach stundenlangem Herumirren kamen wir an einigen Häusern vorbei. Wir zögerten, uns bemerkbar zu machen, denn wir konnten ja nicht wissen, wer in diesen Häusern wohnte. Plötzlich standen wir vor einer einsamen Villa, die mir bekannt vorkam: Es war die verlassene Villa von Alma Mahler in Breitenstein am Kreuzberg. Jetzt wussten wir, dass der Semmering nicht mehr weit weg war. Wir schlugen uns über Waldwege weiter, als uns eine Gruppe steirischer Arbeiter entgegenkam. Sie hielten uns auf und warnten uns: »Dieser Weg ist für euch zu gefährlich. Da kommt ihr direkt zur russischen Kommandantur!« Trotz Kriegsende wurden von den Sowjets noch immer deutsche Soldaten gefangen genommen und zur Zwangsarbeit nach Russland verschleppt.

Da zeigte ein Arbeiter auf einen steilen Weg durch den Wald und sagte: »Der Weg ist etwas beschwerlicher, wenn ihr euch an die grüne Markierung haltet, umgeht ihr den Semmering und kommt in Payerbach heraus. Von dort fährt täglich ein LKW nach Wien, vielleicht nimmt der euch mit.« Da die Arbeiter Leiter, Pinsel und große Farbtöpfe trugen, fragte ich sie, wo sie ausmalen würden. Sie hatten von der Kommandantur den Auftrag, in Breitenstein in der leerstehenden »Villa Berg« ein Zimmer neu auszumalen. Vor allem sollten sie ein fürchterliches Bild, das ein geisteskranker Maler an die Wand geschmiert hatte, mit roter Farbe übermalen. An dieser Stelle würde ein großes Stalinbild hinkommen. Damit konnte nur die Mahler-Villa und Oskar Kokoschkas aufregendes Fresko aus dem Jahr 1913, das ich mit acht Jahren fotografiert hatte, gemeint sein.

Ohne Probleme erreichten wir schließlich Payerbach, wo uns ein Steirer, der auf dem Weg nach Wien war, um von der russischen Kommandantur Waren abzuholen, mitnahm. Unter den dicken Wagenplanen versteckt, nahm er uns bis Wiener Neustadt mit.

Meine eitrige Brust rettet mich vor Sibirien

Als wir in Wiener Neustadt auf den Zug nach Wien warteten, kam eine Gruppe russischer Soldaten, die allen Anschein nach ebenfalls auf den Zug warteten. Aus der Reihe der wartenden Zivilisten kam ein Mann auf uns zu. »Wenn ihr drei so voller Angst herumsteht's, dann macht ihr euch mehr als verdächtig.« Er riet mir, in meiner zerfetzten Uniform einen schwer nach Atem ringenden Mann zu spielen und mich von meinen Kameraden führen zu lassen. Der Mann sprach perfekt Russisch. Wenn uns ein russischer Soldat ansprach, sollten wir die Faust zum Gruße heben und »za rodinu – za Stalina!« rufen. Er ging zu dem russischen Offizier und redete in einem energischen Ton mit ihm. Da kam der Offizier auf uns zu und sah sich eingehend meine zerschossene Uniform an. Um Atem ringend öffnete ich meine Uniformjacke und zeigte ihm meine grausam entstellte Brust. Dieser Anblick genügte ihm und ohne Kommentar nahm er aus seiner Manteltasche ein vorgedrucktes Formular, unterschrieb es, gab es unserem Retter und ging wortlos zu seinen Soldaten zurück. Triumphierend überreichte mir unser Helfer diesen Passierschein und sagte: »Mit diesem Schein können Sie sich in der russischen Zone frei bewegen. Kein russischer Soldat darf Sie belästigen.« Meine Kameraden bekamen ebenfalls einen Passierschein.

Er hatte dem russischen Offizier erzählt, dass er gesehen hätte, wie ein betrunkener, russischer Soldat mit seinem Gewehr unvorsichtig herumhantiert hatte. Ein Schuss sei losgegangen und hätte diesen harmlosen Zivilisten getroffen. Zum großen Glück hatte die Kugel seine Brust nur gestreift, aber es hätte auch ein tödlicher Herzschuss sein können. Meine Brust sah nach fünf Monaten immer noch erschreckend aus. Die Stelle, an der mich die Kugel gestreift hatte, war aufgesprungen und nässte. Außerdem hatte es den Anschein, dass sich um die Wunde herum wildes Fleisch gebildet hatte. Seit meiner Verletzung und während des Rückzugs war eine ärztliche Behandlung meiner Wunden nicht möglich gewesen und die Kriegsgefangenen bekamen sowieso keine ärztliche Betreuung. Ich fühlte mich sehr schlecht, denn der kleinste Druck auf meine Brust war sehr schmerzhaft und beim schnelleren Gehen kam ich rasch außer Atem. Ich fühlte mich nach den Strapazen der letzten Zeit völlig ausgelaugt und schwach.

Auf der langsamen Zugfahrt nach Wien wurden wir drei Mal von der russischen Militärpolizei kontrolliert. Zwei der Militärpolizisten schien der Inhalt dieser auf rotem Papier gedruckten Order bekannt zu sein. Sie nahmen Haltung an, salutierten und gaben uns den Schein zurück. Doch der dritte russische Militärpolizist machte uns Schwierigkeiten. Immer wieder sah er mich und dann den Passierschein an. Da erinnerte ich mich an die russischen Worte, die uns unser Retter gelehrt hatte. Ich hob die rechte Faust und rief: »Za rodinu – za Stalina!« Erschrocken reichte er mir den Schein, sagte etwas, das sich wie ein Fluch anhörte, und verließ rasch unser Abteil.

Mit dem 43er fuhr ich nach Hernals. Zögernd blickte ich zur Kirche hinauf, die von Bomben getroffen worden war, doch unser Haus war, außer den kaputten Fensterscheiben, die mit Pappkarton ersetzt worden waren, vollkommen ganz. Wir hatten noch ein Dach über unserem Kopf! Doch die viel größere Sorge galt meiner Mutter, die ich drei Jahre nicht gesehen hatte.« Ich lief eilig die Stufen zum ersten Stock hinauf. Da sah ich, dass neben unserer Tür in der Küche Kerzen brannten. Ich klopfte an und hörte eine vertraute Stimme: »Ja – wer ist's denn?« Die Türe ging auf und wir lagen uns in den Armen.

Alma Mahler-Werfel besucht Wien

Im September 1947 las ich in der Zeitung, dass die berühmte Gattin von zwei unsterblichen Genies, Gustav Mahler und Franz Werfel, aus den USA nach Wien auf Besuch kommen würde. Ich hatte Alma fast zehn Jahre nicht gesehen und war neugierig, wie sie jetzt aussah. Dass sie mich nach dieser langen Zeit noch erkannte, konnte ich mir kaum vorstellen. Alma hatte mich bei ihrer Mutter, und manches Mal zusammen mit ihrer Mutzi in ihrer Villa nur geduldet. Doch sie sprach selten ein Wort mit mir, denn ich war für sie uninteressant.

Als ich vier Jahrzehnte später mit Schulli zusammensaß und wir über Alma sprachen, kam ich auf das Weihnachtsfest 1931 zu sprechen. Schulli erzählte, dass es an diesem Abend einen fürchterlichen Krach gegeben hatte: »Sie war auf Julius Tandler fürchterlich böse, und wie konnte er ihr eine solche Schmach antun, sie als Dame von Welt gleichsam als Samariterin vorzuführen. Wenn sie gewusst hätte, was Tandler von ihr verlangte, hätte sie keinen Fuß in diesen Saal gesetzt.« Alma konnte sich damals kaum beruhigen. Sie hätte auch erwähnt, dass unter den Bettelkindern ein Knabe mit einem auffallend schönen Gesicht war, sicher der Jüngste von allen. Er stand mit seinen viel zu großen abgehatschten Halbschuhen da, mit denen er kaum gehen konnte. Ganz verlegen hätte er sein Weihnachtsgedicht aufgesagt.

Durch Anfrage bei der Austria-Wochenschau erfuhr ich, dass Alma Mahler-Werfel am 16. September 1947 gegen Mittag am amerikanischen Militärflugplatz in Langenlebarn ankommen würde. Ein Lastwagenfahrer, der nach Tulln unterwegs war, nahm mich dorthin mit.

Als ich den Flugplatz erreichte, kam ich gleichzeitig mit der Abordnung des österreichischen P. E.N.-Clubs dorthin. Das war mein Glück, denn Zivilisten war das Betreten von amerikanischen Militäranlagen streng verboten. Auf den Flugplatz wurden wir von amerikanischen Soldaten begleitet. Sprecher der österreichischen Abordnung war Franz Theodor Csokor, ein großer Verehrer von Alma. Da sah ich eine ältere Dame, die nervös auf und ab ging – es war Schulli!

Endlich wurde die Gangway herangeschoben und Alma Mahler-Werfel kam die Stufen hinunter. Mit einem Freudenschrei und einem großen Blumenstrauß im Arm stürmte Schulli Alma entgegen. Der Blumenstrauß fiel zu Boden, beide Damen umarmten und küssten sich und weinten vor Freude.

Diese stürmische Szene der Wiedersehensfreude der beiden Damen verhinderte die geplante Filmaufnahme der Wochenschaureporter. Deshalb wurde Alma ersucht, ihren Abgang aus dem Flugzeug nochmals zu wiederholen. Sie stieg die Stufen wieder hinauf und genoss sichtlich ihren zweiten Auftritt. Nach beiden Seiten grüßend, schritt Alma feierlich die Stufen hinunter. Präsident Franz Theodor Csokor begrüßte sie herzlich. Küsse wurden ausgetauscht und schließlich ging sie mit Schulli eng an ihrer Seite zum wartenden Auto und fuhr nach Wien. Obwohl Alma und Schulli ganz nahe an mir vorbeigingen, machte ich mich nicht bemerkbar.

Alma wohnte damals im Hotel Krantz. Viele Hotels hatten Bombentreffer bekommen und mussten renoviert werden. Die wenigen attraktiven Hotels wie Imperial, Sacher oder Bristol wurden von der Besatzungsmacht beansprucht.

Alma Mahler-Werfel bei ihrer Ankunft am Flughafen Langenlebarn, September 1947

Almas Anwesenheit in Wien gab dem österreichischen P. E.N.-Club die Möglichkeit, bei einem Festakt im Akademietheater dem ersten Ehrenpräsident des P. E.N.-Clubs Franz Werfel zu gedenken, der im August 1945 in Kalifornien an einem Herzinfarkt verstorben war. Im Mittelpunkt dieser Feierstunde stand Alma Mahler-Werfel. Franz Theodor Csokor würdigte Alma mit den Worten, ihr wurde vom Schicksal zwei Mal die schwere Aufgabe zuteil, Gefährtin eines Genius zu sein. Dieser Satz, so schrieben die Zeitungen, rührte Alma zu Tränen.

Der eigentliche Grund von Almas Besuch in Wien war, dass sie ihr gesamtes Eigentum nach Amerika holen wollte, das Schulli 1937 fein säuberlich verpackt und bei verschiedenen Spediteuren gelagert hatte. Die Kanister wurden in die USA verschifft.

Nach Schullis Erzählungen hatte sich Alma im Oktober 1947 bemüht, das Bild »Mitternachtssonne« von Edvard Munch zurückzubekommen. Doch die Österreichische Galerie im Belvedere war der Meinung, dieses Bild von Carl Moll käuflich erworben zu haben. Man hatte ihm für drei Schindler-Bilder und für das Munch-Bild RM 7000,- gezahlt.

Alma hielt dagegen, dass Carl Moll kein Recht gehabt hätte, diese Bilder zu verkaufen. Die drei Schindler-Bilder würde Alma der Republik Österreich schenken, nur das Munch-Bild wollte sie zurückhaben. In ihrer Biografie »Mein Leben« berichtete Alma von einem Wiener Richter, der zu ihr gesagt haben soll: »Wie konnten Sie nur als Tochter einer Patrizierfamilie zwei Juden heiraten!«

Auch ihr Haus in Breitenstein am Semmering wollte sie zurückhaben, doch der Semmering gehörte zur sowjetischen Zone. In Almas Villa war die russische Kommandantur einquartiert, zu deren erster Amtshandlung gehörte, das Kokoschka-Fresko mit roter Farbe zu überpinseln.

Alma schickte Schulli nach Breitenstein zur russischen Kommandantur, um ihren Eigentumsanspruch auf das Haus anzumelden. Als Schulli dem russischen Kommandant erklärte, dass diese Villa einer berühmten Frau, der Gattin des großen Komponisten Gustav Mahler, gehörte, stürzte der Kommandant zur Türe, riss sie weit auf und schrie: »Scheiß Kapitalista, dawei, dawei!« Damit warf er Schulli einfach hinaus. Dabei hatte sie eigentlich großes Glück. Dieser Besuch in der russischen Kommandantur hätte ihr auch eine Gratisfahrkarte nach Sibirien einbringen können. Almas Haus in Breitenstein wurde als Nazibesitz von den Russen requiriert.

Als Schulli Alma von dieser vergeblichen Fahrt nach Breitenstein berichtete, wurde Alma zornig und rief: »Das alles habe ich nur dem Obernazi Carl Moll zu verdanken!« Während Almas gesamtes Konvolut mit dem Schiff nach Los Angeles geschickt wurde, flogen Alma und Schulli mit dem Flugzeug zurück. Mutzis Grab am Grinzinger Friedhof zu besuchen, hatte Alma abgelehnt.

Ich werde Filminstruktor für das grafische Gewerbe

In den nächsten siebzehn Jahren stand für mich meine berufliche Laufbahn im Vordergrund. Um den Befähigungsnachweis als Reprofotograf für die drei Druckarten Buchdruck, Tiefdruck und Offsetdruck zu bekommen, besuchte ich die grafische Berufsschule. Ich fand eine Lehrstelle als Fotograf in der Druckerei Steyrermühl und meldete mich für die Berufschule an. Dort saß ich dann mit 14-jährigen Schülern auf der Bank. Mein Altersunterschied störte mich nicht, ganz im Gegenteil. Ich habe in meinem ganzen Leben keine so gute Klassenkameradschaft vorgefunden wie dort. Aus dieser Klasse sind nicht nur hervorragende Fachleute des grafischen Gewerbes, sondern auch Künstler wie der spätere Interpret des Wiener Liedes Karl Hodina und der heutige Kammerschauspieler Helmuth Lohner hervorgegangen. 1950 bestand ich in der Grafischen Lehr- und Versuchsanstalt in Wien meine Gesellenprüfung. Mit 26 Jahren war es für mich höchste Zeit, mir in meinem erlernten Beruf eine passende Tätigkeit zu suchen.

1958 fand in Brüssel die Internationale Weltausstellung statt. Auf meine Kosten fuhr ich dort hin. Mein Hauptinteresse galt den überwältigenden Neuheiten auf dem grafischen Sektor. Die belgische Filmfirma Gevaert stellte mit Multimask ein hochinteressantes Farbdruckverfahren her, das die Herstellung eines Farbdruckes sowohl hinsichtlich der Zeit als auch in der Qualität wesentlich positiv beeinflusste. Ich wollte mich in Wien mit Multimask intensiv befassen und nahm mit der Firmenleitung von Gevaert in Antwerpen Kontakt auf. Man rief daraufhin bei Gevaerts Vertretung, der Firma Knödler in Wien, an, und ich wurde eingestellt. In den folgenden Jahren war ich bei der Einführung des neuen Reproduktionsverfahren Multimask in Österreich maßgeblich beteiligt.

In den 50er Jahren befand sich die Technologie im grafischen Gewerbe im totalen Umbruch. Die Filmfirmen der ganzen Welt stellten Filme her, die es den grafischen Fachleuten ermöglichten, die bisher gebräuchliche Herstellung von Rasteraufnahmen im nassen Verfahren durch Filme zu ersetzen. Bei der Einführung von Filmmaterial für die erweiterte Anwendung von Filmen im grafischen Gewerbe war ich als Instruktor ebenfalls maßgeblich beteiligt.

Im August 1968 wurde ich von Gevaert Antwerpen ersucht, bei zwei großen Druckereien in Prag das Multimaskverfahren vorzuführen. Um 7 Uhr abends begann ich vor Ort, die zu meiner Arbeit benötigten Geräte auszutesten. Das dauerte ungefähr eine Stunde.

Ich glaubte fest daran, wenn mir diese Arbeit besser gelänge, dass ich dann bei allen Großdruckereien in der Tschechoslowakei mit meinem Material freien Eintritt hätte. Also stürzte ich mich in die Arbeit. Ich hatte vierfärbige Dias, die ich faksimil reproduzieren musste. Ich glaube, ich habe in meinem ganzen Leben noch nie mit einer solchen Akribie gearbeitet. Genau um Punkt Mitternacht war ich mit der Arbeit zu meiner Zufriedenheit fertig. Als ich um 1 Uhr früh ins Motel »Stop« kam, war ich sehr müde. Obwohl ich sehr hungrig war, ging ich zu Bett und schlief sofort ein.

Ich war schließlich erfolgreich und feierte mit der Belegschaft. Am nächsten Morgen, als ich noch im tiefen Schlummer lag, wurde energisch an meiner Türe gerüttelt und jemand rief: »Herr Rietenauer, stehen Sie auf, russische Soldaten sind in Prag!« Schlaftrunken murmelte ich: »Die sind doch immer bei euch!« Als Antwort bekam ich: »Ja, aber nicht mit Panzer und Kanonen!«

Jetzt sah ich erst, dass der Himmel voll von russischen Kampffliegern war, die laufend am alten Flugplatz landeten und wieder starteten. Unten auf der Straße rasselten die sowjetischen Panzer. Als ich genauer hinsah, bemerkte ich, dass der erste Panzer die beiden nachfolgenden zog. Als ich den Geschäftsführer vom Motel »Stop«, der ebenfalls zusah, fragte, ob die Russen uns hier Treibstoffsparmaßnahmen vorführten, lachte er. Der tschechische Rundfunk hatte gerade verkündet: die ČSSR weigere sich, der russischen Armee Verpflegung oder Dieseltreibstoff zu schenken. »Wir haben die UdSSR-Armee nicht gerufen, sie sind bei uns, ihren Verbündeten, gegen unseren Willen eingedrungen. Wir haben nichts zu verschenken!« So war der Wortlaut der tschechoslowakischen Rundfunkaussendung.

Als ich auf den Parkplatz des Hotels hinuntersah, stand dort, einsam und verlassen, einzig mein Auto. Die anderen Gäste hatten zeitig in der Früh fluchtartig das Motel verlassen, ich war der letzte Gast. Im Radio hörte man, dass die Hauptverkehrsstraßen für Zivilpersonen bereits gesperrt waren, die Brücken über die Moldau ebenfalls. Ich konnte nur mehr über unzureichende Nebenfahrbahnen die österreichische Grenze erreichen. Der Chef des Motels gab mir den Rat, zu bleiben und einige Tage verstreichen zu lassen, zumindest so lange, bis sich die dramatische Lage etwas beruhigt hätte.

Jedes Mal, wenn ich in ein kommunistisches Land, in diesem Falle in die Tschechoslowakei, fuhr, nahm ich immer den inzwischen über zwanzig Jahre alten sowjetischen Passierschein mit. Auch dieses Mal hatte ich ihn bei mir. Rot umrandet mit goldgedrucktem Hammer und Sichel sowie Stempel und Unterschrift eines russischen Kommandeurs versehen, sah er imposant aus. Ich fragte mich, ob mir mit diesem Passierschein etwas zustoßen könnte, bezahlte kurz entschlossen im Hotel meine Rechnung und fuhr los.

Als ich mit meinem roten Fiat zur Hauptstraße in Richtung Prag kam, zog an mir die Kriegsmacht wie bei einer Parade der Sowjetunion vorbei. Welche Menge an Panzern und schwerer Artillerie die Russen einsetzten, war beängstigend. Ohne weiter zu überlegen, gab ich Gas und fuhr entlang des sowjetischen Heeres in Richtung der Hauptstadt Prag.

Die Kolonne war mit einer Geschwindigkeit von ungefähr 30 Stundenkilometer unterwegs. Ich fuhr mit meinem Auto mit 40 Stundenkilometer und somit etwas schneller. Doch die Truppen ganz zu überholen war nicht möglich. Die Kolonne schien schier endlos zu sein. Zuerst rollten dicht hintereinander zwei schwere Panzer, dahinter einige Lastwagen voll von bewaffneten Soldaten, dann einige Raketenwerfer, die sogenannten Stalinorgeln, dann folgten schwere Artillerie, Granatwerfer, Infantriegeschütze und weitere Lafetten mit geheimnisvoll umhüllten Waffen. Dazwischen fuhren Militärlastwagen mit bewaffneten Soldaten. Die folgende Kampfeinheit war genauso ausgerüstet wie die erste. Der gesamte Aufmarsch der Sowjets wurde von der Luft aus mit tieffliegenden Jagdbombern abgesichert. Gemeinsam mit den schweren Waffen des Heeres entstand ein Getöse von ungemeiner Lautstärke.

Was mir an den Soldaten besonders auffiel, war, dass die Sowjettruppen sehr jung waren. Auf ihren Gesichtern lag pure Angst. Die tschechische Bevölkerung begegnete den einmarschierten, sowjetischen Truppen lautstark mit deutlicher Ablehnung.

Am Stadtrand von Prag wurde ich von einem sowjetischen Soldaten mit einem lauten »Stoi« aufgehalten. Die Maschinenpistole auf mich gerichtet, schrie er mich an: »Papiera, Papiera!« Ich zeigte ihm meinen 23 Jahre alten russischen Passierschein. Er nahm ihn und schüttelte seinen Kopf. Scheinbar konnte der mongolische Soldat den Passierschein nicht lesen und sah sich hilfesuchend nach seinem Wachoffizier um. Dieser kam sofort, las meinen russischen Passierschein und schrie den blutjungen Soldaten an. Zitternd stand er da und hielt sich an seinem Gewehr fest. Der Offizier gab mir sofort meinen Passierschein zurück, sagte höflich zu mir »Spassiva« – danke – und ich konnte weiterfahren.

Mit meinem Auto befand ich mich bald ganz in der Nähe der Großdruckerei Swoboda. Ich entschloss mich anzuhalten. Dort war die Belegschaft besonders empört darüber, dass die Sowjets alle Brücken über die Moldau gesperrt hatten. Viele Betriebsangehörige wohnten auf der gegenüberliegenden Seite des Flusses und konnten nun nicht heimgehen. Da hatte Generaldirektor Vins eine blendende Idee, die man ohne Weiteres dem braven Soldaten Schwejk Josef zuschreiben konnte. Die Ausgangsbasis seiner Idee war, dass die Bürger nicht mehr an Gott, aber an ihre Parteizeitung »Prawda«, die bei Swoboda gedruckt wurde, glaubten. Er nahm die Titelseite der »Prawda« her, wo man in großen Lettern vom siegreichen Einmarsch der roten Armee lesen konnte. An einer Stelle des Textes wurde berichtet, wie einige Verräter des tschechischen Volkes, brave tschechische Genossen, gegen die »in friedlicher Absicht einmarschierenden Truppen« auf das Erbärmlichste schimpften und man würde diese Verräter zur Rechenschaft ziehen. Diesen Satz nahm Vins heraus und setzte stattdessen ein, dass in Prag wieder Ruhe eingekehrt war. Deshalb könnte man alle gesperrten Moldaubrücken wieder öffnen und dem zivilen Verkehr zugänglich machen.

Nach einer knappen Stunde war die Titelseite der »Prawda« neu gedruckt und eine Kolonne von Lastwagen mit Brot und anderen Lebensmitteln setzte sich zur nächsten Moldaubrücke in Bewegung. Generaldirektor Vins fuhr mit seinem Wagen an der Spitze des Konvois. Auf seinem Nebensitz hatte er einen Pack »Prawda« bei sich liegen. Im Fond seines Wagens nahm Vins zwei Herren vom tschechischen Magistrat und mich mit. Als wir zur Moldaubrücke kamen, konnten wir nur hoffen, dass dieser Trick gelang.

Wir wurden durch »Stoi«-schreiende Soldaten aufgehalten. Vins sprach ausgezeichnet Russisch. Er stieg aus seinem Wagen und begann mit den Sowjets zu verhandeln. Er holte die »Prawda« aus dem Auto und zeigte den Soldaten die unterstrichene, bewusste Textzeile. Doch die mongolischen Soldaten konnten die russisch geschriebene »Prawda« nicht lesen. Endlich kam ein Offizier, der Russisch beherrschte, und gab die Brücke schließlich frei.

Alma schreibt ihre Biografie »... and the bridge is love«

Nach Mutzis Tod besuchten Alma und Werfel nur mehr sporadisch die Hohe Warte und Anna Moll. Diese Besuche verliefen nicht immer erfreulich, sondern führten oft schon nach kurzer Zeit zu hitzigen Debatten. Besonders während des Spanischen Bürgerkrieges kam es zwischen Carl Moll und Franz Werfel zu heftigen politischen Auseinandersetzungen. Carl Moll hielt als Nationalsozialist alles, das Hitler in Spanien tat, für gut, während Werfel die Menschen, die unschuldig durch die mörderischen Stukaangriffe aus der Luft ums Leben kamen, verteidigte.

Doch ein Hauptgrund für Almas Besuche war wohl, dass ihr Schulli fehlte. Doch diese hatte wenig Zeit. Sie arbeitete jetzt ausschließlich im Leopoldstädter Kinderspital in der Augartenstraße. Von 1938 bis 1947 war Schulli Oberschwester. Im Oktober 1942 heiratete sie Karl Wagner, der zehn Jahre jünger als sie war. Er brachte einen zehnjährigen Sohn in die Ehe mit. 1943 rückte Karl Wagner zur Wehrmacht ein, wurde verwundet und kam todkrank aus der russischen Kriegsgefangenschaft zurück. Er starb im November 1946 im Elisabethspital in Wien. Als Alma davon erfuhr, bestürmte sie Schulli, sobald als möglich zu ihr in die USA zu kommen, und besorgte ihr die Aufenthaltsgenehmigung. Sie schickte ihr Care-Pakete mit Kaffee, der in Wien kaum erhältlich war, den Schulli an Ärzte, Schwestern und Patienten im Spital verschenkte. Da ihre Kleider so intensiv nach Kaffee rochen, nannte man sie bald die »Kaffeeschwester«.

Am 15. September 1947 kam Alma nach Wien, um ihren Besitz nach Los Angeles zu holen, wohin sie mit Werfel 1940 gezogen war, und Ende Dezember begleitete sie Schulli nach Amerika. Sie lebte von 1948 bis 1956 bei Alma, die seit 1951 in New York wohnte.

Im Jänner 1948 begann Alma gemeinsam mit Schulli, ihre gesamte Korrespondenz zu ordnen. Sie fing mit ihren Briefen an Oskar Kokoschka an und vernichtete sämtliche. Auf Schullis Einwand, dass sie hier Schätze vernichte, erwiderte Alma: »Ich lasse mir doch von der Nachwelt nicht in meinen Hintern schauen!«

Im März 1949 kam es zu einem großen Streit. Alma warf Schulli vor, dass sie die ganze Zeit gratis bei ihr gewohnt hatte. Schulli sah ihren Aufenthalt bei Alma als ein Dankeschön für ihre Arbeit an Almas Briefen. Ohne ihre Hilfe wären sämtliche Briefe für Alma verloren gewesen. Kurz entschlossen fuhr Schulli zu ihrer Schwester nach Brasilien, wo sie mehrere Monate lebte, bevor sie zu Alma zurückkehrte.

Doch als sie erfuhr, dass ihr noch vier Dienstjahre als Oberschwester fehlten, um 1960 die volle Pension zu erhalten, musste sie zurück nach Wien in den Spitalsdienst. Davon wollte Alma überhaupt nichts hören. Doch Ida kehrte nach Wien zurück, wo sie bis 1961 lebte. Danach blieb sie bis zu Almas Tod bei ihr.

Im August 1949 hatte Alma ihren 70. Geburtstag gefeiert. Bei diesem Fest war Alma unleidlich, trank viel, wobei sie das Stehvermögen, dass sie in Wien noch demonstriert hatte, nicht mehr besaß, und stritt bei Tisch mit ihrer Tochter Anna. Thomas Mann kommentierte dieses Fest mit »Ein mieser Abend«.

Danach veränderte sich Alma, geistig und körperlich. In den Jahren danach wurde sie für viele Leiden anfällig. Schulli meinte, dass Alma sich ohne Mann unglücklich fühlte.

Seit 1949 hatte Alma viel Zeit darauf verwendet, ihre Briefe, Notizen und Tagebücher zusammenzutragen. Aus all diesen Unterlagen sollte ihre Biografie entstehen. Doch es war derart viel Material, das sie intensiv nach einem Ghostwriter suchte. Schulli erzählte mir, wie Almas Biografie letztendlich entstand: Alma wurde von ihrer Freundin Hertha Pauli auf den deutschen Emigranten Ernst Basch aufmerksam gemacht. Basch, Paulis Ehemann, war hauptsächlich als Übersetzer aus dem Deutschen ins Englische tätig. Da Almas Biografie zuerst in den USA erscheinen sollte, schien er der richtige Mann zu sein. Um in der Biografie chronologisch vorgehen zu können, bemühte sich Ernst Basch aus der Unzahl von Almas Informationen zeitliche Zusammenhänge herzustellen.

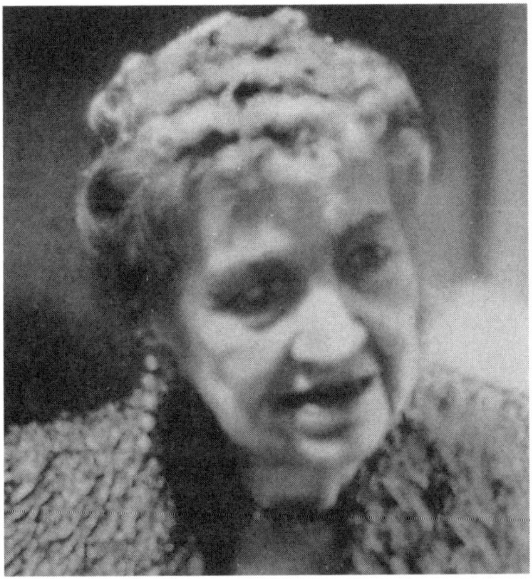

Alma Mahler-Werfel in ihren letzten Lebensjahren

Schulli erzählte mir, welch große Schwierigkeiten Basch hatte, aus Almas Unterlagen eine Biografie zusammenzustellen. Er stellte Fragen, die Alma nicht beantworten konnte. Außerdem konnte er ihre Aufzeichnungen nur mühsam entziffern.

Zu dieser Zeit hatte Alma Herzprobleme und bereits einen leichten Schlaganfall hinter sich und litt unter der Nachwirkung ihrer gebrochenen Hand. Wenn Ernst Basch persönlich bei Alma vorsprach, um sich Klarheit über gewisse Ereignisse in ihrem Leben zu verschaffen, endete dieses Gespräch meist mit rhetorischen Turbulenzen. Besonders ihre Selbstgespräche, die ihr Basch in seiner Biografie in den Mund legte, fand sie banal und ihrer nicht würdig. »Da fehlt der tiefe Sinn meiner ausgesprochenen Gedanken«, erklärte sie Schulli. Auf Anregung von Friedrich Torberg sollte Basch sich zuerst mit den einzelnen Perioden in Almas Leben befassen. Dann würde es Alma leichter fallen, sich zu erinnern. Um Alma das Beantworten seiner Fragen zu erleichtern, schickte er ihr Fragebögen, die sie ihm schriftlich beantworten sollte. Darüber wurde sie sehr zornig. Die Zusammenarbeit wurde immer schwieriger.

Über den Buchtitel von Almas Biografie gab es endlose Debatten. Zuerst wollte Alma nur ihren Namen als Titel. Doch da dieses Buch zuerst in England und den USA erscheinen sollte, genügte ihr Name nicht. Da schlug Alma als Titel »Mein schillernder Weg« vor. Das gefiel Friedrich Torberg nicht. Sein Vorschlag lautete »Der schimmernde Weg«. Schulli erzählte mir, dass Alma darüber sehr empört war. Sie sagte: »Eine Alma Mahler-Werfel schimmert nicht, sie kann nur strahlen.«

Eines Tages las Alma Thornton Wilders »The bridge of San Luis Rey«. Im Vorwort dieses Buches fand sie eine Textstelle, die ihr sofort gefiel: »There is a land of the living, and a land of the dead and the bridge is love.« Damit stand der Titel für Alma fest: »And the bridge is love.« Zur Verwendung dieses Verses als Titel ihrer Biografie gab Thornton Wilder rasch seine Zustimmung. Ein paar Wochen später lag Almas gedruckte Biografie vor.

Wenige Tage später bekam Alma von ihrem Ex-Ehemann Walter Gropius diesen Brief:

> *Liebe Alma, die Liebesgeschichte, die Du in Deinem Buch mit meinem Namen verbindest war nicht die unsrige. Das Andenken an Mutzi sollte dich davor bewahrt haben, unser Erlebnis seines wesentlichen Inhalts zu entkleiden und seine literarische Preisgabe muß nun auch in mir die Blüten der Erinnerung töten.*
> *Der Rest ist schweigen.*
>
> *Walter*

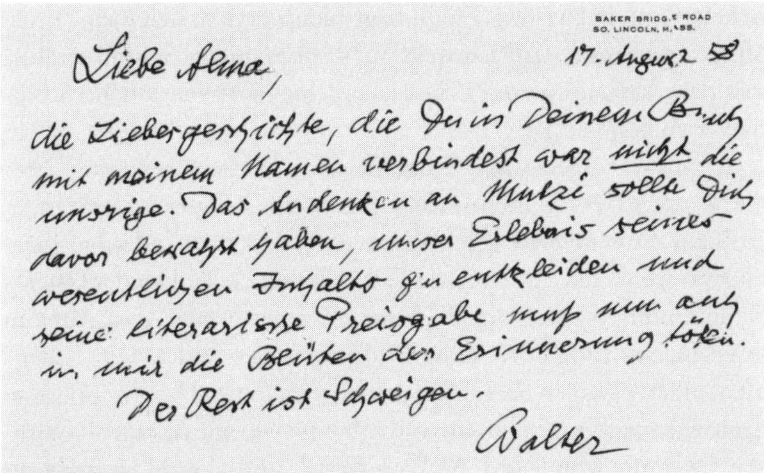
BAKER BRIDGE ROAD
SO. LINCOLN, MASS.

Liebe Alma, 17. August 58

die Liebesgeschichte, die Du in Deinem Buch mit meinem Namen verbindest war nicht die unsrige. Das Andenken an Mutzi sollte Dich davor bewahrt haben, unser Erlebnis seines wesentlichen Inhalts zu entkleiden und seine literarische Preisgabe muss nun auch in mir die Blüten der Erinnerung töten.

Der Rest ist Schweigen.

Walter

»Der Rest ist Schweigen.« – Walter Gropius an Alma Mahler-Werfel, August 1958

Schulli konnte Alma nicht davon abhalten, dass sie den Brief in lauter kleine Stücke zerriss und wegwarf. Jahre später fand der Autor dieses Buches in Schullis Nachlass in einem Kuvert, fein säuberlich, die einzelnen Teile dieses Briefes und klebte sie in mühevoller Kleinarbeit zusammen.

Als sich ihr Zorn gemildert hatte, schrieb Alma Gropius einen Entschuldigungsbrief, dass sie schwer krank war und sich um ihr Buch nicht kümmern konnte. Sie würde Basch anweisen, in der deutschen Ausgabe die Gropius störenden Passagen herauszunehmen, was aber nie geschah.

Willy Haas, der die deutsche Ausgabe mit dem Titel »Mein Leben« übersetzte, hielt sich hauptsächlich an den englischen Originaltext. Darin las man folgende Zeilen: »Was habe ich alles durchlebt. In welche Höllenschlünde bin ich gestolpert, bin aufgestanden und wieder gefallen. Ich möchte einen Winterschlaf tun ... alles Weh vergessen, das fest in meiner Brust sitzt.« An einer anderen Stelle im Text liest man Folgendes: »Von mir sage ich ... ich liebe, ich liebe, aber wen, aber was? Bach, den ich spiele, weil er der einzige ist, der mich aus dem Gefängnis meiner Gedanken befreit. Er ist kein Mensch. Er ist kein Gott. Bach ist ein Zukunftsgebilde, vor dem sich meine Brust öffnet und beugt. Aber ich weiß nichts über mich.« Schulli erzählte mir, dass Alma ihr ganzes Leben lang keine Note von Johann Sebastian Bach gespielt hatte.

Schulli war über Almas Biografie sehr verärgert, besonders über die Wiedergabe von Stellen aus Franz Werfels Tagebuch, in dem er groß auf die erste Seite geschrieben hatte, dass niemand seine Tagebuchnotizen lesen durfte. Alma hatte Werfels Gedanken der Öffentlichkeit preisgegeben. Schulli betonte immer wieder, dass Alma in ihren beiden Biografien »The Bridge is Love« und »Mein Leben« nicht einen einzigen Satz selbst geschrieben hatte. Darum war sie so daran interessiert, gemeinsam mit mir eine – so wie sie sagte – »ehrliche Biografie von Alma Mahler-Werfel und ihrem Umfeld« zu schreiben. Jede Woche suchte sie mich auf und übergab mir nach Jahreszahl gebündelte Informationen über Almas Leben. Ich legte sie in einen leeren Kasten. Als Schullis Papiere ein beachtliches Volumen in meinem Kasten aufwiesen, stellte ich sie zur Rede. Ganz ruhig sagte sie zu mir: »Es liegen keine Zettel herum, jedes Jahr wurde von mir fein säuberlich geordnet und eingepackt. Ich weiß, dass du zur Zeit keinen Kopf für mein Buch hast. In 20 Jahren, lieber Erich, bist du Pensionist und wirst mir dankbar sein, dass du in deiner Pension eine lohnende Aufgabe hast.«

Almas Ende

In Almas letztem Lebensjahr kam es während der Nacht oft vor, dass sie plötzlich ihre Erinnerungsstücke sehen wollte. Da sie aber im Safe der Bank lagen und während der Nacht nicht greifbar waren, machte Alma Schulli eine Szene. Am nächsten Morgen musste Schulli Almas Schätze aus dem Safe holen. Nachdem diese alles betrachtet und angegriffen hatte, brachte Schulli die Schätze wieder in die Bank zurück. Schulli erzählte mir, wie unheimlich ihr zu Mute war, wenn sie mit all den Kostbarkeiten allein zur Bank ging.

Je älter Alma wurde, umso unleidlicher wurde sie. Da sie fast taub war und kein Hörgerät trug, musste man sich die Seele aus dem Leib schreien, um von Alma verstanden zu werden. Wenn man sie ersuchte: »So nimm doch dein Hörgerät«, wurde sie unwirsch: »Wer zu mir deutlich spricht, den verstehe ich immer.« In der Nacht geisterte sie herum, schrie um Hilfe, weil sie Gestalten sah, die sie bedrohten. Schulli kam in manchen Nächten nicht zum Schlafen. Alma verlangte immer häufiger nach ihrer Tochter Anna und führte stundenlang Telefonate, weil sie am Telefon noch am besten hören konnte. Anna lebte und arbeitete in Los Angeles und Alma lebte in New York. Waren Alma und ihre Tochter Anna beisammen, dauerte es nicht lange und sie stritten sich.

Um in Almas Leben etwas Abwechslung zu bringen, schickte Schulli, ohne dass Alma davon wusste, in ihrem Namen ein Grußtelegramm an Oskar Kokoschka. Prompt antwortete Kokoschka per Telegramm, das sie außer Rand und Band brachte. Er telegrafierte die Worte: »In der Windsbraut, in Basel, sind wir auf ewig verbunden.«

In Schullis Tagebüchern wurde jeder Besuch, was gesprochen wurde und wie lange er gedauert hatte, festgehalten. Die Besuche waren alle meistens kurz. Manchmal verlangte Alma nach Hollnsteiner und vergaß ganz, dass sie ihn bereits 1952, als er sie in New York besucht hatte, mit den Worten »Ich habe Sie als Priester geschätzt, als Familienvater brauche ich Sie nicht!« hinausgewiesen hatte.

Schulli hatte eine besondere Freude, wenn der wichtigste Gustav-Mahler-Biograf Baron Henry-Louis de la Grange zu Alma zu Besuch kam. Am 25. März 1962 kam er mit Lotte Lehmann zu Alma. Er war ein schöner schlanker Mann, Mitte Dreißig, sehr gebildet und zuvorkommend. Man sprach damals auch über die Werke Gustav Mahlers, die der Nachwelt wenig oder gar nicht bekannt waren, zum Beispiel Mahlers Jugendwerk »Rübezahl« oder »Das klagende Lied«. Alma störte die Anwesenheit von Lotte Lehmann sehr, denn sie duldete keine weibliche Prominenz neben sich.

Auch Friedrich Torberg kam zu Besuch. Alma hatte ihn sehr gern und er war für sie ein lieber, wertvoller Freund. Als Franz Werfel 1944 seine schweren Herzattacken hatte, musste jemand während der Nacht an seinem Bett wachen. Torberg hatte sich spontan dazu bereit erklärt, Alma bei der Nachtwache zu unterstützen. Pünktlich um 23 Uhr kam er mit einer Thermosflasche heißen Kaffee. Den Cognac steuerte Alma bei.

Am 2. Dezember 1962 besuchte Torberg Alma zum letzten Mal in New York. Alma sprach über Schallplattenaufnahmen von Gustav Mahlers fünfter Symphonie unter Bruno Walter, die ihr nicht gefielen. Schließlich kam sie auf Clara Schumann zu sprechen. In der letzten Zeit ihres Lebens erzählte sie immer öfter von ihr. Clara Schumann war eine brillante Pianistin. Sie gab in Sankt Petersburg ein Konzert. Ihr Mann Robert Schumann begleitete sie bei ihren Konzerten immer. Als Clara ihn als ihren Ehemann vorstellte, fragte ihn der Bürgermeister von Sankt Petersburg, ob er auch etwas von Musik verstehe. Das war das letzte Mal, dass Schumann seine Frau auf ihrer Tournee begleitete.

Alma meinte, Clara hätte Robert Schumann immer nur als ihren Trabanten benützt. Sie hatte sich immer in den Vordergrund vor ihren Mann gespielt. Ein Brief, den Clara an ihrem Mann schrieb, hatte Alma sehr empört. Darin schrieb sie ihm, er möge doch endlich instrumentieren lernen. Alma liebte Schumann und seine Musik sehr, sie hatte sie auch oft auf dem Klavier gespielt.

Seit 1963 arbeitete Alma sehr eifrig an ihren Mädchentagebüchern. Wenn Schulli ihr dabei zusah, bekam sie den Eindruck, dass Alma ihre Jungmädchengeschichten von anno dazumal völlig neu verfasste. Sie war ja eine brillante Märchenerzählerin. Ihre Übertreibungen hörten sich alle grandios an.

1962 hatte sich der Journalist Thilo Koch aus Frankfurt zu einem Interview in New York bei Alma angesagt. Damals war sie 83 Jahre alt. Das war das letzte Interview, das Alma einem Journalisten gewährte. An diesen Tag konnte sich Schulli genau erinnern. Zuerst wurde das Zimmer abgedunkelt. Nur eine Lampe mit indirektem

Licht war auf Alma gerichtet. Sie saß von einer schweren Parfumduftwolke umgeben in ihrem Fauteuil und trug ein rosafarbiges Kleid. Ihren Hals hatte sie mit einem kostbaren Schal umwickelt und ihr Haar war von Silberstreifen durchwirkt. Sie war mit Schmuck überladen.

Als der Journalist eintraf, begrüßte Alma ihn mit einem Kopfnicken, gab Schulli ein Zeichen, dass sie das Tablett mit den kleinen Kuchen bringen sollte, und begann sofort zu sprechen: »Also, aus Frankfurt kommen Sie. Obwohl ich schon 13 Jahre hier wohne, ist New York für mich eine ungewohnte Stadt. Haben Sie mein Buch schon gelesen? Meine Biografie? Finden Sie nicht, dass meine Erzählungen zu gewagt sind? Wie unverschämt jung Sie sind!«

Alma redete pausenlos und ging auf keine Fragen ein. Dann zeigte sie auf Kokoschkas Fächer, die unter verschiedenen Briefen auf ihrem Tisch ausgebreitet waren. »Das war eine Liebe – so etwas kommt nicht wieder!« Während sie sprach, fixierte sie mit ihrem Blick einen festen Punkt vor sich. Schulli beobachtete den Journalisten. Er musste doch endlich bemerken, dass Alma nichts hörte. Später meinte Thilo Koch zu Schulli: »Sie hört nichts und sie spielt mir etwas vor, von dem ich nicht behaupten kann, dass es mich kalt lässt. Im Gegenteil, Almas Schauspiel lässt erahnen, wie großartig Almas Empfänge in Wien waren.« Nach einer Stunde bei Alma verabschiedete er sich und küsste ihr die Hand. Zu Schulli, die ihn zur Tür brachte, bemerkte er: »Diese Frau muss sehr allein sein. Ich meine, sehr einsam. Denn allein sind alte Menschen mit diesen Kostbarkeiten nie. Da lauern überall die Geier.« Wie recht er einmal haben sollte.

Alma wurde jetzt auch zu Schulli immer unleidlicher. Sie hatte laufend Schwächeanfälle und der Arzt sagte: »Jetzt muss man alles seinen Lauf lassen.« Einmal musste Schulli Alma alle Kokoschka-Bilder ans Bett bringen. Alma stellte die Bilder vor sich auf und seufzte: »Ich habe ihn sehr geliebt und er mich auch. Was für ein schöner Mensch, der Oskar!«

In der Früh richtete sie sich immer ganz vornehm her. Sie pflegte ihr Gesicht, schminkte sich die Lippen und Schulli hatte ihre Frisur in Ordnung zu bringen. Unfrisiert durfte sie außer Schulli niemand sehen. Beim Gespräch verwechselte sie häufig die Vergangenheit mit der Gegenwart. Ihre Beine waren angeschwollen und der Arzt musste ihr eine Entwässerungspritze geben. Alma wurde immer schwächer. Sie starb schließlich am 11. Dezember 1964, ganz plötzlich in der Früh um 6 Uhr 35. Kurz vorher breitete sie noch ihre Arme aus und rief: »So hilf mir doch, Schulli!«

Ida Gebauer, 1965

Almas Leichnam wurde vom Bestattungsinstitut Frank E. Campel in New York geschminkt und verschönert, wie es in Amerika in besseren Kreisen üblich war. Schulli achtete darauf, dass man Alma alle Dinge, die sie sich gewünscht hatte, in ihren Sarg legte, so zum Beispiel die Noten von »Tristan und Isolde«. Schulli gab der Wiener Fotografin Trude Fleischmann den Auftrag, sie noch einmal in ihrem Sarg zu fotografieren.

Nach dem Tode ihrer Mutter beauftragte Anna Mahler Ali Rosé, Almas Haushalt aufzulösen, und flog nach Los Angeles zurück. Danach herrschte in Almas Wohnung ein unbeschreibliches Chaos. Vieles, das Alma lieb und teuer gewesen war, wurde einfach weggeworfen.

Inzwischen war Schulli mit der Überführung von Almas Leichnam nach Wien beschäftigt. Die amerikanischen Behörden verlangten nach Dokumenten, die alle verloren gegangen waren und in Wien neu besorgt werden mussten. Frau Weidl, eine gute Freundin von Schulli in Wien, war ihr dabei eine große Hilfe. In langen Briefen gab Schulli ihr Anweisungen, wo sie die fehlenden Dokumente bekommen würde. Für Schulli waren das mit ihren 70 Jahren große Strapazen. Nachdem alle behördlichen Wege erledigt worden waren, stand der Überführung von Almas Leichnam nach Wien nichts mehr im Wege. Um sich von ihren körperlichen Strapazen zu erholen, fuhr Schulli mit dem Schiff nach Europa. Anna Mahler flog am 30. Jänner 1965 von New York mit dem Flugzeug nach Wien. Am nächsten Tag konnte Schulli am Flughafen Schwechat Almas Sarg in Empfang nehmen. Der Sarg wog 330 kg. Er war mit einer Metallhülle luftdicht verzinkt. Mit großen Schwierigkeiten wurde er verladen und zum Grinzinger Friedhof gebracht. Auf Almas Partezettel hatte ihre Tochter das Begräbnis für den 8. Februar 1965 angesagt. Da Anna nur ein paar Leute zu Almas Begräbnis einladen wollte, fand das Begräbnis aber schon am 4. Februar 1965 statt.

Ich hatte aus den Nachrichten erfahren, dass Alma Mahler-Werfel am 11. Dezember 1964 in New York gestorben war. Wann und wo das Begräbnis stattfand, wusste niemand. Mir war bekannt, dass Alma 1936 zu ihrer Mutter gesagt hatte, dass sie unbedingt einmal bei ihrer Mutzi am Grinzinger Friedhof begraben werden wollte. Da Alma in New York gestorben war, wusste niemand, ob Almas Wunsch ausgeführt werden würde. Am 4. Februar 1965 war ich am Grinzinger Friedhof. Da sah ich einen Träger einen wunderschönen Kranz zur Aufbahrungshalle tragen. Neugierig geworden, ging ich zur Aufbahrungshalle. Dort stand eine größere Anzahl von Polizisten, die den Platz vor der Halle absperrten. In meinem schwarzen Anzug hielten sie mich für einen Trauergast und ließen mich in die Aufbahrungshalle hinein. Dort stand ein pompöser Sarg aufgebart.

Obwohl ich Schulli 18 Jahre lang nicht gesehen hatte, erkannte ich sie sofort unter all den Anwesenden. Die Dame in Schwarz war Anna Mahler. Neben ihr hatte eine gutaussehende Frau Platz genommen, die plötzlich aufstand, zu mir kam, ihr Beileid aussprach und mir ihre Visitenkarte überreichte. Es war die amerikanische Botschafterin Clare Boothe Luce. Auch ihr Mann gab mir seine Karte. Die Trauerfeier begann.

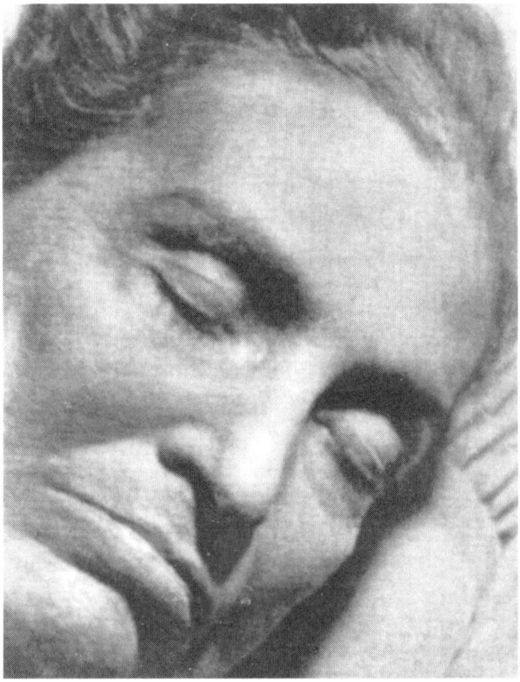

Alma Mahler-Werfel auf dem Totenbett, fotografiert von Trude Fleischmann, 1964

Ein katholischer Priester hielt auf Englisch eine Ansprache. Während der Priester den Sarg segnete, sang eine Sängerin ein wunderschönes amerikanisches Lied. Das war die ganze Trauerzeremonie. Während acht Leichenträger Almas Sarg mit Mühe auf die Lafette hoben, hörte man den Walzer von Johannes Brahms in As-Dur Opus 39 erklingen, den er mit der achtjährigen Alma am Klavier gespielt hatte.

Mr. Luce schloss sich mit mir dem Trauerzug an. Er sprach Deutsch und erzählte mir, dass er Alma zwei Mal in New York getroffen habe. Wenn sie redete, ließ sie keinen mehr zu Wort kommen. Was sie erzählte, war aber ungemein interessant.

Als man Almas Sarg in das Grab hinablassen wollte, gab es große Probleme. Ihr Sarg war für das offene Grab zu groß und musste deshalb bis zum nächsten Tag auf einem Gestell über dem offenen Grab stehen bleiben. Am nächsten Tag wurde das Grab erweitert und Alma fand endlich neben ihrer geliebten Mutzi ihre ewige Ruhe.

Fünf Jahre später wollte ich wissen, ob Alma auf ihrem Grab schon einen Grabstein hatte. Von Weitem sah ich eine bräunlich gemeißelte Grabplatte. Daneben saß eine alte Frau auf einem Klappstuhl und sah teilnahmslos vor sich hin. Als ich mich mit meinen Blumen näherte, sah sie mich fragend an. Ob ich vielleicht ein Verehrer von Mutzi sei? Jetzt wusste ich, wer diese alte Frau war: Oberschwester Ida, die Schulli. Sie war seit dem Begräbnis von Alma stark gealtert. »Oh ja, sehr, nur war ich damals viel zu klein für sie. Ich bin doch ›der Burschi‹.«

Vor lauter Freude drückte sie mich an sich. Als ich ihr erzählte, dass ich sie zum letzten Mal bei Almas Begräbnis gesehen hatte, wurde sie ganz traurig und berichtete mir, dass sie damals seelisch und körperlich kaputt war nach den ungeheuren Problemen, die sie mit den amerikanischen Behörden hatte, bis endlich Almas Leichnam für die Bestattung im Ausland freigegeben wurde.

In ihrem vierzigjährigen Zusammensein mit Alma hatte Schulli vieles erlebt und plante, diese Erinnerungen niederzuschreiben. Sie fragte mich, ob ich ihr bei ihrem Buch nicht helfen könnte. Sie bat mich, in Zukunft Kontakt zu ihr zu halten. Ich gab Schulli meine Karte und versprach ihr, für sie da zu sein, wenn sie mich brauchte. Danach brachte ich sie mit dem Auto nach Hause. Vor ihrer Wohnung in der Tiefendorfer Gasse verabschiedete ich mich. Schulli sah direkt glücklich aus, gab mir mit festem Händedruck ihre Hand und sagte: »Burschi, du wirst sehen, wir werden etwas Wunderbares zusammenbringen.«

Eine Woche später flog ich zu meiner Firma »Fujifilm Tokyo« nach Japan. Es war für mich eine ungeheuer anstrengende Zeit. Nach einem achtundzwanzigstündigen Flug von Kyoto kam ich völlig erschöpft nach Hause. Ich konnte zuerst nicht glauben, was ich dort sah: Obwohl es bereits halb 11 Uhr abends war, saß Schulli seelenruhig auf dem Sofa und hatte ein großes Paket Schriften vor sich liegen. »Das sind ganz wertvolle Briefe. Die sind äußerst wichtig. Ich wollte sie dir nur persönlich überreichen. Schau sie dir an und lies sie. Wir werden zur gegebenen Zeit darüber sprechen.«

Bis zu diesem Tag hatte ich meiner Frau nichts Wesentliches über meine Jugendzeit im Hause Moll erzählt. Statt über meinen Aufenthalt in Japan musste ich nun vieles über meine Erlebnisse auf der Hohen Warte erzählen und wir gingen erst um drei Uhr früh schlafen. Von diesem Tag an kam Schulli jede Woche mit einem Stoß Briefe.

Das Schicksal meiner fünfzehn Schreibhefte

Einmal, als ich meine Schreibladen ordnete, fielen mir meine fünfzehn Schreibhefte in die Hände. Um mich von Schullis Anhänglichkeit etwas zu befreien, borgte ich sie ihr. Danach rief mich Schulli öfters im Geschäft an, um mir mitzuteilen, welch eine Freude es ihr bereitete, in meinen kindlichen Heften zu lesen. Jede Woche kamen ihre Freundinnen zum Kartenspiel zu ihr und sie lasen in meinen Heften. Dinge, von einem Kind mitgehört und in kindlichen Logik wiedergegeben, riefen bei den Damen oft große Heiterkeit hervor. Für einen Erwachsenen waren meine Hefte offensichtlich sehr lustig.

Einmal erzählte mir Schulli von Frau Moll: »Sie hat es nicht gerne gesehen, wenn wir über dich gelacht haben. ›So bitter arm war der Bub und schau, wie er jetzt gescheit ist.‹ Immer, wenn sie das über dich gesagt hat, brummte Carl Moll: ›Bei deiner Affenliebe zu dem Buam gehört hinter das Wort ›gescheit‹ ein großes Fragezeichen.‹ Frau Moll war zu dir wie eine richtige Großmutter. Sie hat dich sehr gern gehabt und du sie auch.«

Oft kam Schulli auf Mutzi zu sprechen: »Aus deinem Heften lese ich heraus, dass deine kindliche Liebe nur Mutzi galt. Während ihrer langen Krankheit beklagte sich Mutzi oft bei mir, wie traurig sie darüber war, dass sie alle ihre Freundinnen und Freunde verlassen haben. Nur ein Freund ist ihr treu geblieben: der Burschi!«

1972 erlitt Schulli einen leichten Schlaganfall. Als sie aus dem Sanatorium entlassen wurde, drängte sie noch mehr darauf, das Erin-

Das Grab von Gustav Mahler

Das Grab von Alma Mahler-Werfel

nerungsbuch fertig zu stellen. Sie befürchtete – das war offensichtlich –, dass ihre Zeit nicht mehr reichen würde. Zwei Mal im Monat musste ich Schulli einen halben Tag zur Verfügung stehen.

Ende 1976 starb Helene Berg, die Witwe Alban Bergs, mit 92 Jahren. Ihr Tod traf Schulli sehr, denn die beiden alten Damen waren ein Leben lang eng miteinander befreundet gewesen. Schulli drängte immer mehr, an dem Buch zu arbeiten. Im Juni 1977 lag sie plötzlich auf der Erde und konnte sich nicht mehr bewegen. Dieses Mal war der Schlaganfall sehr schwer und sie konnte danach ihre linke Seite nicht mehr bewegen. Sie kam in das Wilhelminenspital, wurde immer teilnahmsloser und starb am 29. September 1977.

Nach Schullis Tod ging ich mit einem Notar in ihre Wohnung, um meine fünfzehn Schreibhefte abzuholen, bevor sie aufgelöst wurde. Doch alle meine Hefte waren spurlos verschwunden.

Da Schulli in Wien keine Nachkommen hatte, wurde ich vom Notar beauftragt, ihren Nachlass aufzulösen. Schulli hatte im Ausland drei enge Verwandte, eine Schwester in Brasilien, eine Kusine in Australien und einen Neffen, der in Deutschland lebte. Nach Anweisung des Notars wurde zuerst jeder noch so wertlose Gegenstand in Schullis Wohnung von einem Sachverständigen geschätzt. Der Endbetrag der Schätzung sollte durch einen Verkauf der einzelnen Gegenstände eingebracht werden. Danach wurde der Erlös nach einem Verteilerschlüssel, den der Notar erstellte, auf die drei Erben aufgeteilt. Die aufreibende Arbeit, den Endbetrag der Schätzung zu erreichen, dauerte fast ein Jahr.

Ein stiller Abschied

Vor Schullis Tod musste ich ihr versprechen, dass ich mich weiterhin um Almas und Mutzis Grab kümmern würde. Mittlerweile sind seit Manon Gropius' Tod mehr als 70 Jahre vergangen. Eines Tages machte ich mich auf den Weg zum Grinzinger Friedhof, um mein Versprechen zu erfüllen. Um 9 Uhr früh war der Friedhof noch menschenleer. Auf dem Weg zu Mutzis Grab kam ich an Gustav Mahlers Grab vorbei, das nur wenige Schritte davon entfernt lag. Da bemerkte ich am Grabesrand einen alten Mann im hellen Regenmantel, in sich zusammengesunken und heftig schluchzend. Es war der berühmte Dirigent und Komponist Leonard Bernstein.

Er sagte zu mir: »Hier ist mein heiliger Platz, meine Pilgerreise. Mahlers Musik war immer mein Trost.« Er lehnte sich an mich. Ich hielt ihn fest und war in diesem Moment seine einzige Stütze. Nach geraumer Zeit wischte er sich seine Tränen ab und wir gingen gemeinsam zu Almas Grab. Während ich in der Laterne eine Kerze anzündete, legte Bernstein

Leonard Bernsteins Autogramm

einen Stein auf Almas Grab. Ich steckte noch die Blumen in die Vase und Bernstein sagte zu mir: »Es ist schön, dass Sie an diese Leute denken, sehr schön.«

Leonard Bernstein

Gemeinsam gingen wir zum Ausgang des Friedhofes. Vorher drehte sich Bernstein zu Gustav Mahlers Grab um und sagte: »My last visit, absolutely my last visit!« Dann wurde Bernstein unruhig: »Ich brauche ein Taxi, ich soll in zwei Stunden am Flughafen sein.« Ich beruhigte ihn: »Sie brauchen kein Taxi, ich bringe Sie mit meinem Auto hin.« Als wir losfuhren, sagte er: »Das war meine stille Wallfahrt.« Während ich mit ihm nach Schwechat zum Flughafen fuhr, sprach Bernstein sehr wenig. Manchmal hatte ich das Gefühl, dass er betete. Unmittelbar fragte er mich, ob ich von Gustav Mahler das »Lied von der Erde« kenne. Ich bejahte und erzählte Bernstein, dass mich am Schluss des Abschieds das siebenfache »Ewig« immer tief berührte. Bernstein sah mich überrascht an: »Dieses ›Ewig‹ habe ich heute dauernd in meinem Kopf.«

Beim Flugplatz in Schwechat nahm Bernstein zum Abschied meine Hand und sagte zu mir einen Satz, den ich nie vergessen werde: »Es ist wunderbar – man ist verloren und Gott schickt einem einen Menschen!« Dann küsste er mich auf beide Wangen und ging beschwingt davon. Leonard Bernstein starb am 19. Oktober 1990.

Der Kreis schließt sich

Als ich mit 82 Jahren auf die Idee kam, mich von meiner Vergangenheit zu lösen, indem ich darüber ein Buch schreibe, war mir klar, dass ich wegen meines fortgeschrittenen Alters leicht kritisierbar war. Daher fasste ich den Entschluss, meine Wahrheit, soweit es mir möglich ist, glaubhaft mit Fotos, Briefen, Tagebuchzitaten und Zeitungsartikeln zu belegen. Mein Wissen und mein Konvolut über meine Erlebnisse sind groß. Ich suchte alle Unterlagen zusammen und so entstand rund um meinen Schreibtisch ein großes Chaos, in dem ich fast ein Jahr lang lebte.

Vieles bewahrte ich auch im Keller meines Wohnhauses auf. Die einzelnen Keller der Parteien in meinem Wohnhaus sind nicht sehr groß, dafür aber sehr hoch. Dort hatte ich vieles gestapelt. Als ich einmal stöberte, fiel aus dem obersten Fach meiner Stellage ein alter Koffer mit Gepolter auf mich herunter. Mir war im ersten Moment nicht klar, was das für ein Koffer war, denn in dem obersten Fach der Stellage hatte ich nie etwas gesucht. Erst bei Tageslicht erinnerte ich mich an diesen alten Koffer, den vor 30 Jahren bei der Auflösung von Schullis Wohnung niemand öffnen konnte. Statt auf die Mülldeponie hatte man mir diesen gelben Koffer ins Haus gebracht. Durch den Aufprall sprang er plötzlich auf und es kam haufenweise Damenunterwäsche in Zuckerlrosa und in Himmelblau zum Vorschein, die Alma in den 50er Jahren Schulli aus den USA geschickt hatte.

Da traute ich meinen Augen nicht. Unter der Wäsche kam ein weißes Hermelincape zum Vorschein. Trotz der langen Zeit war es noch tadellos erhalten. Nachdenklich versuchte ich mich zu erinnern, was es mit diesem Cape auf sich haben könnte. Da erinnerte ich mich wieder an den 8. Dezember 1931, an die Weihnachtsfeier beim Zögernitz, als ich mit meinen riesengroßen Schuhen zitternd vor Alma stand und ihr ein Weihnachtsgedicht aufsagte. Als Alma mich an sich gedrückt hatte, spürte ich auch diesen weißen Pelz an meiner Wange.

Frau Moll hatte mir erzählt, wie Alma zu dem Hermelincape gekommen war. Gustav Mahler hatte seine Hochzeitsreise mit Alma 1902 mit einem Konzert in St. Petersburg verbunden. Er dirigierte dort Beethovens fünfte und Tschaikowskys sechste Symphonie. Der russische Graf Alexander Fjodorowitsch Kerensky war von Gustav Mahler so begeistert, dass er mit Gustav und Alma bis zum Morgengrauen zusammensaß, um über Tschaikowsky zu diskutieren. Kerensky behauptete, er habe Tschaikowskys sechste Symphonie »Die Pathetique« noch nie so tief empfunden wie unter der Dirigentschaft von Gustav Mahler. Bei diesem Gespräch kam zur Sprache, dass sich Alma und Gustav Mahler gerade auf Hochzeitsreise befanden. Tags darauf übergab ein Bote des Zaren dem Ehepaar Mahler ein Paket. Als Alma es öffnete, lag darin ein blütenweißes Hermelincape als Geschenk des Zaren für sie. Alma war sprachlos vor Freude.

Alma Mahler-Werfels Hermelincape, 2006 von Erich Rietenauer fotografiert

Bei allen festlichen Anlässen bis hin zu Almas großer Abschiedsparty im Juni 1937 trug sie dieses Hermelincape mit großem Stolz. Danach ging es verloren und wurde nie gefunden. Erst mein heftiger Fußtritt hatte es wieder ans Tageslicht gebracht.

Das geschah am 8. Dezember 2006 – auf den Tag genau 75 Jahre nach meiner ersten Begegnung mit Alma. Dieses Cape ist heute somit über hundert Jahre alt.

Dieser Fund hatte mich tief berührt. Damit schließt sich der Kreis meiner Erinnerungen.

Mein Dank

Meine Erinnerungen, die ich in langjähriger, mühevoller Arbeit niedergeschrieben habe, wären Stückwerk geblieben, wenn sich nicht in schätzenswürdiger Weise meine Nachbarn Dipl.Ing. Harald Berger und seine liebe Frau Ingrid Berger bereit erklärt hätten, meinem Manuskript Form und Gestalt zu geben. Mein bescheidener Dank kennt dafür keine Grenzen.

Zeittafel

31. August 1879	Alma Maria Schindler wird in Wien als Tochter des Malers Jakob Emil Schindler und seiner Frau Anna von Bergen geboren.
1884	Vater Jakob Emil Schindler erwirbt einen Grund in Plankenberg.
9. August 1892	Jakob Emil Schindler stirbt auf Sylt.
3. Oktober 1895	Ida Gebauer wird geboren.
1897	Almas Mutter Anna Schindler heiratet Carl Moll. Alma erhält von Alexander Zemlinsky Unterricht in Kompositionslehre und lernt Arnold Schönberg kennen.
1898/99	Alma knüpft erste Kontakte zur Gesellschaft rund um die Wiener Secession und befreundet sich mit Gustav Klimt. Die Familie zieht in die Wiener Theresianumgasse.
1901	Familie Moll zieht in das Haus auf der Hohen Warte.
23. Dezember 1901	Alma Schindler verlobt sich mit Gustav Mahler.
9. März 1902	Gustav Mahler und Alma Schindler heiraten in Wien. Auf der dreiwöchigen Hochzeitsreise dirigiert Mahler Konzerte in St. Petersburg.
3. November 1902	Geburt der Tochter Maria.
15. Juni 1904	Geburt der Tochter Anna.
12. Juli 1907	Tod der Tochter Maria.
15. Oktober 1907	Mahler löst seinen Vertag mit der Wiener Hofoper.
9. Dezember 1907	Alma und Gustav Mahler unternehmen eine Konzertreise nach New York.
April 1910	Rückkehr nach Europa. Konzerte in Paris, Leipzig und Köln. Im Mai lernt Alma den Architekten Walter Gropius kennen.
18. Mai 1911	Gustav Mahler stirbt und wird auf dem Grinzinger Friedhof beigesetzt.
1912	Beginn der engen Beziehung zwischen Alma und Oskar Kokoschka.

18. August 1915	Walter Gropius und Alma Mahler heiraten.
5. Oktober 1915	Manon Gropius (Mutzi) wird geboren.
1917	Alma lernt Franz Werfel kennen.
Januar 1918	Beginn der Beziehung zu Franz Werfel. Im Juli Frühgeburt des Sohnes Martin Carl Johannes, der ein halbes Jahr später stirbt.
14. August 1924	Erich Rietenauer wird geboren.
1925	Enge Freundschaft Almas mit Alban Berg und seiner Frau Helene.
6. Juli 1929	Alma heiratet Franz Werfel. Hochzeitsreise in den Nahen Osten.
1931	Umzug in das Haus auf der Hohen Warte.
8. Dezember 1931	Erich Rietenauer lernt Alma Mahler-Werfel bei einer Wohltätigkeitsveranstaltung kennen.
1932	Hinwendung Almas zur römisch-katholischen Kirche. Beginn ihrer engen Freundschaft mit dem Theologieprofessor Johannes Hollnsteiner.
April 1934	Tochter Manon erkrankt in Venedig an Kinderlähmung.
22. April 1935	Manon Gropius stirbt.
1936	Das Haus auf der Hohen Warte wird aufgegeben.
März 1938	Alma Mahler-Werfel geht mit Franz Werfel ins Exil.
29. November 1938	Anna Moll stirbt.
12. September 1940	Alma und Franz Werfel emigrieren in die USA.
1941	In Los Angeles knüpfen die Werfels Kontakte zu Arnold Schönberg und Max Reinhardt.
September 1942	Franz Werfel befreundet sich mit Friedrich Torberg.
26. August 1945	Franz Werfel stirbt in Beverly Hills/Kalifornien.
1947	Alma Mahler-Werfel besucht erstmals nach dem Krieg Wien.
1958	Almas Autobiografie »And the bridge is love« erscheint in englischer Sprache.
1960	Alma Mahler-Werfels deutschsprachige Autobiografie »Mein Leben« erscheint.
11. Dezember 1964	Alma Mahler-Werfel stirbt in New York.
8. Februar 1965	Alma Mahler-Werfel wird im Grab von Manon Gropius in Wien beigesetzt.
29. September 1977	Ida Gebauer stirbt in Wien.

Freunde und Familienangehörige von Alma Mahler-Werfel

Gropius, Manon (1916–1935): Almas dritte Tochter

Gropius, Martin Carl Johannes (1918–1919): Sohn von Alma und Franz Werfel

Gropius, Walter (1883–1969): Architekt, Almas Ehemann

Hollnsteiner, Johannes (1895–1971): Priester

Klimt, Gustav (1862–1918): Maler

Kokoschka, Oskar (1886–1980): Maler

Legler, Wilhelm (1882–1914): Ehemann von Grete Schindler und Schwager von Alma Mahler-Werfel

Legler, Willy (1901–1960): Sohn von Wilhelm Legler und Grete Schindler

Mahler, Anna (1904–1988): Bildhauerin, Almas zweite Tochter

Mahler, Gustav (1860–1911): Komponist, Almas erster Ehemann

Mahler, Maria (1902–1907): Almas erste Tochter

Moll, Carl (1861–1945): Maler und Almas Stiefvater

Schindler, Anna (1857–1938): Sängerin und Almas Mutter, Witwe von Emil Jakob-Schindler, Ehefrau von Carl Moll

Schindler, Emil Jakob (1842–1892): Maler und Almas Vater

Schindler, Grete (1880–1942): Almas Halbschwester

Werfel, Franz (1890–1945): Dichter und Almas Ehemann

Zemlinsky, Alexander (1872–1942): Komponist und Almas Kompositionslehrer

Namenregister

Kursivierte Ziffern verweisen auf Abbildungen